山枣红了

格 非/著

敦煌文艺出版社

图书在版编目（CIP）数据

山枣红了 / 格非著. -- 兰州 ：敦煌文艺出版社，2017.4（2021.8重印）
ISBN 978-7-5468-1254-0

Ⅰ．①山… Ⅱ．①格… Ⅲ．①长篇小说－中国－当代 Ⅳ．①I247.5

中国版本图书馆CIP数据核字(2017)第081135号

山枣红了

格 非 著

责任编辑：李 佳
装帧设计：刘恒云

敦煌文艺出版社有限责任公司出版、发行
本社地址：(730030)兰州市城关区读者大道568号
本社邮箱： dhwy@duzhe.cn
本社博客（新浪）：http：//blog.sina.com.cn/dunhuangwy
本社微博（新浪）：http：//weibo.com/1614982974
0931-8773084(编辑部) 0931-8773235(发行部)

北京一鑫印务有限责任公司印刷
开本 787毫米×1092毫米 1/16 印张 16.5 插页2 字数272千
2017年4月第1版 2021年8月第2次印刷
印数：1 001~3 000

ISBN 978-7-5468-1254-0
定价：38.00元

如发现印装质量问题，影响阅读，请与出版社联系调换。

本书所有内容经作者同意授权，并许可使用。
未经同意，不得以任何形式复制转载。

一

教室里坐了许多学生，所剩不多的空位子静悄悄地在空气中沉默着。

郭峰轻轻地推开门，一门心思地走进教室，坐在最前面的一个空位子上；苗红伟一进门便坐在爱说话的班长——李国平旁边。

教室里出奇的静，每个人好像都藏着什么心事似的，沉默不语；又好像在一心一意地等待，等待着老师的到来，仿佛只有老师的到来才能打破平静的气氛。郭峰做好了上课前的准备，两只小臂平搁在课桌上，汗津津的双手玩弄着王雪梅送给他的"英雄"钢笔。洁白的"T"恤衫上散发着浓浓的汗香味。三七式的分头微微透着点凌乱，瓜子脸的两鬓和额间早已沁出许多小汗珠，浓黑厚重的眉头下深沉炯亮的大眼睛，正出神地盯着桌面。"哐当"一声，门猛地被推开，一个身材矮小的学生急匆匆冲进来，此人正是徐飞。后面紧跟着冲进三个"光头"学生，他们晃动着光溜溜的脑袋，一上一下，一左一右，一前一后的。三人笑嘻嘻地互相推搡着，左顾右盼地急忙找座位。

听到推门声，教室里几十双眼睛齐刷刷扫过去，猛然间看见三个剃光了脑袋的同学，怪里怪气地闯进来，沉静的气氛被打破了，顿时笑声四溢。校园中不流行光头，近些年很少有人剃光头，看到三个"光头"，几十双眼睛牢牢"抓"住他们不放。班里的几个"调皮生"将三个光头"据为己有"，凑过去摸一下光脑袋，"光头"们躲闪着，笑呵呵地用手护着不让碰。

郭峰好像从来没见过光脑袋似的，好奇地跑过去摸了一把施宏的光头。

"郭峰，别闹了，已经上课了，快别闹，求你了。"施宏求着饶推搡着郭峰。郭峰匆匆摸了几把光脑袋，笑呵呵地回到座位上。

教室中的吵闹如同潮水般退了下来。

三个"光头"和邻座的几个同学笑呵呵地玩起扑克。其他人则两人一对，三人一伙地凑在一块说起话来。郭峰和旁边的徐姗姗也你一言，我一语的……说话声渐渐地大了起来。

上课铃早就响过一段时间了，还不见老师来。黄少华按捺不住地躁动起来。折腾了一中午，早就困得睁不开眼，原本打算逃课，就因为没剩几节课了，才强迫自己来教室。这下可好，好几分钟过去了，还不见老师来。他不耐烦地扭过头冲李国平喊道："李国平，课上不上了，不上我就走了。""打个电话问一下老师，不上咱们就走了。"周围的几个学生也连珠炮似的嚷嚷道。"少安毋躁，马上就来了。"李国平滑稽演员般地做了一个搞笑的动作，生怕大伙都走了似的。不料竟惹得全班同学都哈哈地笑起来。笑声未绝，教室门"吱"一声被推开了。听到推门声，教室里的说笑声，顿时如同打开的收音机停了电似的鸦雀无声。李国平这才意识到赵老师在他身后站着。"班长带头起哄啊！"赵灿如花一般的脸蛋上堆起一抹笑容，嘴角的一对酒窝显露出来。"赵老师你瞧，是他们自个儿闹呢！"李国平为自己辩解。"李国平带头起哄的！"苗红伟故意说道。其他同学也小声附和着。"不是那么回事。"李国平一张嘴说不过几十张嘴，他有口难辩地半张着嘴，"真是冤枉人。"他受了委屈似的坐下来，周围的同学却似打了胜仗一样喝彩起来，气得李国平哭笑不得。

这样玩闹的场面，让赵灿对这些顽皮可爱的大学生倍感留恋。离毕业的时间屈指可数，她真不想让这些带给她欢乐的年轻人们走出校园，她真想让时间的脚步慢下来，让它一丁点一丁点过，可时间老人的脚步总是坚定不移，就好像每个大学生从步入这所大学起，注定在四年后，必然要走出大学校门一样的坚定。

四年的时间，匆匆而过，四年来的一切如过眼云烟，不可捕捉。真快呀！一想到毕业，郭峰感觉像将要失去什么似的，心里空落落的。他很留恋四年的时光，他也很留恋青春活泼，无忧无虑的校园生活，他更放不下四年来跟大伙儿培养的那份情同手足的同窗之情。毕业就意味着将要离开校园，离开这些兄弟姐妹，离开老师们，再也没有时间和机会听大伙高谈阔论，斗嘴拌舌了。

赵灿的声音，压低了"嗡嗡嗡"的吵闹声。"同学们，真不好意思，耽搁了大家的宝贵时间。我很感谢大伙儿能一如既往地来上我的课。我知道，再过短短几周时间，大家就要毕业，就要离开这所学校了。在这段时间里，大家的心情肯定很乱，很浮躁，老师也是从这条路上走过来的，我很理解大家，但是我还是希望大家能够按时来上课。屈指可数，我们没有几节课可上了，希望同学们珍惜我们共同拥有的这短短几节课时间。当然了，最近大家都忙着找工作，如果是因为找工作而耽误上课，那没有关系，我支持你们去找工作，工作是大事，我在这儿衷心祝愿你们都能找到自己喜欢的工作，将来能够高高兴兴地去就业。大家在校园所剩的时间只有仅仅几周，我祝愿每位同学在毕业之前能够圆满地完成学习任务，考好毕业测试，顺利地拿到毕业证和学位证，给你们的家人一张圆满的答卷，给你们的亲朋好友和所有传授过你们知识的老师一张圆满的答卷……"赵灿水流叮咚般的嗓音，悦耳地在这帮活泼的大学生耳边流淌。

教室里静得没有一丝杂音，赵灿的讲课声轻轻地飘荡，学生们听着她绘声绘色的讲课内容和带有磁性的声音，心里说不出的舒畅和惬意。

赵灿很懂得讲课的艺术，她用自己独特的教学魅力和语言艺术吸引着这些大学生，没有人随意抠眼睛，挖耳朵，不是不想，也不是不敢，是怕这些微不足道的小动作会影响自己听课，就好像他们正在欣赏一首精妙绝伦的散文诗时，丝毫的分神和小动作都会影响和干扰对它的理解和思考。其实，对这些大学生来说，听赵灿讲课可真算得上是在阅读一首精妙绝伦的散文诗。

郭峰很投入地听着赵灿的讲课，他越听越感觉自己脑子里的知识少。他感觉四年的大学学习一无所获。先前他从来没有这样的感觉。他有意把自己和赵灿老师做了个对比，自己就好像是个目不识丁的文盲遇见了大文豪。"真该好好学学了！"每次听完赵灿老师的课后，他总是这样感叹，仿佛是赵灿老师把他带进了知识的海洋。

人往往都是这样，当他拥有机会的时候，不懂得好好珍惜，一旦将要失去的时候才知道机会是多么珍贵和难得……四年的时光，眼瞅着从身边匆匆流过。而郭峰准备要做的，是在离开校园之前的这段时间里，做自己最想要做的事，充实地度过所剩的时间。他要抓紧时间学习，抓紧时间复习功课，抓紧时间陪陪他的雪梅，抓紧时间……他唯恐一眨眼的工夫，时间就会飞到毕业的那一天，他的心里除了抓紧时间，还是抓紧时间。

到了下午放学的时间，跟往常一样，马路上学生们的脚步声和说话声，又一次达到了小高潮。

20号公寓的519房间里，电视机大开着，房间里的几个人坐的坐，站的站，躺的躺，各俱姿态。

门"砰"的一声被推开，郭峰和施宏说着话闯进来，一下搅乱了他们的注意力，一个个扭头朝门口看。郭峰和施宏一进门撂下书本，就急急忙忙换起篮球衫来。

"嗨，这么热的天能受得了吗？"卧靠在被子上的张成明朝他俩叫嚷，"等天凉快了咱们一块去。"

"天凉了还有地方等咱们？"郭峰换好衣服朝张成明理论了一句。

"说的也是，那稍等等吧，等我换了衣服，咱们一块去。"张成明一个仰卧起坐站起身来，三下五除二地开始换衣服。

张成明是个喜欢闹腾的人，家在农村，又是独生子，家里上上下下都当他是"宝宝蛋蛋"，父母亲对他娇生惯养，只要做人做事不出太大的格儿，绝对不会责怪他。虽然是农村人，可父母亲却很少让他做家务活。除了学习，他就只剩玩了，父母亲是做生意的，经常给他钱花，跟村里的同龄人相比他可是他们眼里的富家子弟。

自从他上了大学，那手花得更大了，不是买这个，就是买那个。一年下来别的不说，光衣服就买七八套。父母亲辛辛苦苦挣来的钱，到他手里一点都不心疼。后来，他父母亲定期定额地给他钱，减少了他的生活开支，一贯的浪费作风才逐渐收敛了些，以前闲下来便去酒吧迪厅消费，现在闲下来就抱着篮球玩，总算找了件有乐趣的事。

篮球场上，太阳发怒地暴晒着水泥地面、篮球架和周围的树木。一些喜欢玩篮球的大学生并不在乎烈日的炙烤，蹦蹦跳跳地在篮球架下玩着。有树荫的篮球架边，几个玩累了的大学生坐在报纸上乘凉。可似乎没有一点凉气落在他们身上，反而满身的热气直戳进心窝里似的，闷得一个劲儿地冒汗。忽地，刮起了一阵风，迎面"哗哗"地吹过来，可吹到身上还是热乎乎的。只有汗水蒸发吸热的那一瞬间，才感觉有一丝丝凉意。

郭峰一行三人，摇晃着身子从球场的一端慢悠悠走来。施宏和张成明那颗剃光的脑袋瓜子在太阳底下被照得直发光。施宏用手摸了摸发烫的头皮，"真热，这下我这光头可受罪了。""哎呀，我这头顶上跟着了火似的。"张成明双手捂着头皮难受地说。惹得后面跟来的郭峰咧嘴笑起来。"快走吧，去那个有树荫的篮架下。"郭峰半笑半说地用嘴指了一下前面不远处的一个篮球架。

一片林立着几十棵小白杨的小树林，一棵棵小树纹丝不动，绿油油的树叶煮熟了似的耷拉着，仿佛连树枝也煮熟了似的无精打采着。

郭峰走在最前头，望了一眼正在打球的三个男生。"不认识。"他心里嘀咕了一声，从网兜里掏出篮球在地上拍了拍。篮球在地上蹦蹦跳跳，张成明瞅着篮球心急，还没等郭峰拍几下，他就急嚷："郭峰快投，让我接一个。"

"哟，还真准！"张成明瞅着进球赞叹道。"我也来一个。"他说着接住反弹过来的篮球，"噌噌噌"来了个三步上篮，球在他手指尖"嗖"地一下挑进了篮圈。

"喂，同学，咱们分两班打吧！你们一班，我们一班，怎么样？"郭峰跟旁边的三个男生搭起话来。

"嗯，那好呀。"穿绿色篮球衫的男生点着头，挂着笑，目光谦虚地看了一眼郭峰。

两班人站好位置，开始发球。先由"绿篮球衫"一班发球。发球是由郭峰和"绿篮球衫"猜拳定的。郭峰、张成明和施宏站好人盯人防守阵型。

球发开了，"绿篮球衫"接住球，三步两步摆脱郭峰的防守，运球到篮下，

一个假动作将郭峰闪到一边，轻轻一个跳投，球进了篮圈。

郭峰无奈地看着球装进篮圈，真是可望而不可"阻"呀。

"郭峰怎么搞的？"张成明双手叉腰地扭头朝郭峰嚷，"防严点。"

"人家速度太快了！"郭峰不服输地说，"我就不相信防守不住。"他拉开阵势，死死"咬"住对方，不给他半点进球的机会。不料，"绿篮球衫"一个极快地传球攻破他的防线，将球传给篮球架下的队友，然后加速摆脱防守，接着几步赶向前接过队友的传球，一个漂亮的低手上篮，篮球在空中旋转着划了一个优美的曲线后稳稳当当地进了球圈。

二比零的比分让郭峰、王成明、施宏三人一下子焦急起来。三人决定加强攻防配合，严防猛攻。双方打得都很卖劲，比分越来越高，差距却越来越近。汗水一会儿就渗透球衫，比赛变得越来越激烈，给原本热闹的球场增添了不少激情。比赛进行了一个多小时，球场上移动的球员，也渐渐疲倦下来。

功夫不负有心人，三人终于扳平比分。双方以平手结束了这场激烈的比赛。

时间这东西真不好用确切的词来描述它，就像几天前那一场篮球赛，现在已经作为记忆深处的一段回忆，装在郭峰的脑袋里。

他静静地坐在操场边的看台上，太阳照在后背上，汗水偷偷地沁了出来，透过那件白色的"T"恤衫。额头也渗出许多小汗珠，细细密密的布满额间。他双手汗津津地捧着书埋头读着，嘴唇微微地触动着，却没有发出一点声音来，仿佛是读给自己听的。

骄阳火球似的移到西边的天际里。在树荫下，闷热的空气便有了些凉气。傍晚的清风刮开，树叶"哗哗"地轻响，树木一下子显得精神起来。郭峰被清爽的微风吹拂得浑身舒畅，身上的暑热一时被驱散许多。太阳就剩下半个脸蛋，树影长长地落在地上，风开始大了起来，掀动着他额前的一撮头发，随风左右飘动。

操场上气氛，因夕阳西下和空气的凉爽而活跃起来。喊声，叫声，夹杂在踢球声中，仿佛一曲交响乐传开。也许是因为快要毕业，郭峰感觉眼前的画面格外赏心悦目，看到这些不由得让他联想到和舍友们踢球的情景来……

树荫和凉气很快盖满了看球台，很多人不约而同地凑过来，单独一人的，两人的，凑成一伙的，在田径场西边的看球台上长长地蔓延开，叽叽喳喳的说话声相伴而来。

傍晚郭峰很少来这里，现在看到有这么多人，心里莫名的兴奋和好奇。于是，他闲看了一阵看球台上的"众人乘凉百态图"。

郭峰回到宿舍，房间里电视大开着，几个舍友躺在床上各具姿态地熟睡着。他受到感染，顿时觉着浑身乏力，便侧身卧躺养起精神来。夕阳的余晖径直透过五楼玻璃窗悄悄钻进来，端端爬在他疲乏的身体上。他不久就进入了梦乡。

淡蓝色的窗帘垂在窗户两侧。忽地，一股热风吹进来，那窗帘懒洋洋地扭捏起身子，打了个转身又懒洋洋地睡着了。

电视机的声音塞满屋子，顺着敞开的窗口往楼下飘去。郭峰熟睡着，电视机的杂噪声，丝毫没有干扰他睡意。

天色渐渐暗了下来，房间里也开始异常的闷热，仿佛是待在一个高温的大蒸笼里。施宏从睡梦中醒来，闷热让他胸中烦躁不安。他敞开了房门，在地上泼满凉水，这才稍有了点凉气。房间里静静的，几个人不言不语。有的平躺着，有的静坐着……好像是怕一说话会使气温升高似的。

"丁零零，丁零零……"桌上的电话机声划破了空气中的平静。

施宏光着膀子提起话筒，就听对方说："喂，你好。请问郭峰在吗?"

"在，请稍等。"施宏边说边喊，"郭峰，电话。"

郭峰被一把推醒来，脑子里发着愣，浑身软沓沓地。他慵懒地伸手从施宏手里接过话筒，"喂。"他有气无力地说。

"郭峰，出来吃饭，这么晚了，还不吃饭，不饿呀?"

"噢，雪梅呀！我这就出来，你在楼下等我。"是王雪梅打来的，他放下话筒才觉得肚子饿得咕咕直叫。下来床，三下五除二洗了把脸，整理完头发，跟舍友们匆匆打了声招呼就"噔噔噔"地下了楼。

学生餐厅里灯火辉煌，洁白的天花板上，整齐匀称地挂着亮闪闪的节能吊灯；餐桌前坐满了正在吃饭的大学生；宽敞明亮的餐厅两侧窗户一尘不染，明

净如空，老远看去如同一辆扩大了几十倍的中巴客车。

郭峰走进餐厅和王雪梅找个空位子先坐了下来。打饭的大学生还蜂拥在打餐窗口。"叮叮当当"的碗碟声和"嗡嗡嗡"的说话声交织着传播。等打饭的人少了些，郭峰和王雪梅才打来饭菜。

"峰，你想什么呢？菜都凉了。"王雪梅用手推了一把坐在对面的郭峰。

"噢。"郭峰说着无力地往嘴里连扒了几口饭。他没有睡醒觉，脑子昏沉沉地还在发着愣怔，浑身有气无力。他强打着精神吃完饭，端起打来的鸡蛋汤"咕嘟咕嘟"几口喝个底朝天。肚子吃饱了，精神一下子来了，身上的乏力也减了不少。

夜幕降临，在灯光的照耀下，天空变得朦胧迷人。

郭峰和王雪梅从学生餐厅出来，顺着马路向西走去，他们想找个地方坐坐，于是走了一段路，左拐又走了一段，眼前便是葡萄藤围成的大花园了！里面的大理石长椅上坐着聊天的男女大学生。说是男女大学生，其实，就是谈情说爱的恋人。路灯淡淡的光线，悠然地洒在草坪、花盆和葡萄藤围成的花园墙上。学生们的脚步声不时地从水泥月亮门里传进来，窃窃细语声悄悄透过葡萄藤墙缝，在花园周围跳跃浮动。

郭峰和王雪梅边走边聊着开心的事。王雪梅挺拔苗条的身材在路灯下显得格外修长，俊俏大方的脸蛋散发着浓浓的青春风貌。路上碰见很多男生，都侧目欣赏她的身材和脸蛋。

"眼睛都给你挖了！"王雪梅瞅了一眼那些盯着她不放的几个男生低声说："再看，你小心点。"说完痴痴地斜靠在郭峰胳膊上低声笑，一下弄得旁边的几个男生不好意思起来，他们很不乐意地挪开视线，余兴未了地走开，心里却说：这靓妹真够凶的。

郭峰早看出了名堂，一把攥紧雪梅的手，拐了个弯进了葡萄藤墙。

王雪梅从背包里拿出一沓旧报纸，平铺在一张大理石长椅上。"峰，坐吧！"郭峰一屁股坐在报纸上，她也紧靠在郭峰身边坐下来。"峰，下午你去哪儿了，电话也不打，连吃饭都忘了。你说，是不是跟其他女孩子去玩了，是不是？快说，要不然今晚跟你没完！"她狠狠地瞪了他一眼，接着说："下午我们班没有课，丁洁、陈小红、李月琴她们都被男朋友约出去玩了，只剩下我孤零零守在宿舍里，给你打电话半天没人接。你今天下午不是没有课吗？"她说着瞪大了会说话的眼睛不满地问郭峰。路灯下，她模糊的眼眶湿润了，泪水在灯光下闪着委屈，她没有再问下去。其实，她并没怪他的意思，可是她受不了几个舍友跟她们的男朋友在一起时，他却对她一副不理不睬的傲慢样。她细细一想觉得没有理由怪舍友们，但她心里就是委屈，就是不舒服。对这些，她也说不清为啥？

郭峰被她这么一闹，就像当头来了一棒，半张着嘴说不出话来。他仿佛看出她心里的委屈，又看出她对他并没有真的生气；他知道其实她就是想把委屈说给他听听，现在他已经知道她有什么样的委屈，他望着她委屈的泪水，多想能够让她马上忘却委屈，远离委屈。

"雪梅，都怪我不好。咱俩吃过午饭后，我从宿舍取了本书就去了操场，我怕影响你午休，才没有敢叫你。"郭峰实打实地说。他爱雪梅就只剩下把心掏出来给她看，他了解雪梅，更清楚她对他的感情。相识三年来，她对他好得不能再好。陪他学习，帮他洗衣刷鞋，只要是有空闲她都会来陪他，哪怕是他上课，她有时也会陪在身边。说实在的，像他这样的女孩还真少见，论她的条件——才貌双全，追他的男生能排一个连。此时，他满脑子都是她的好，他不知道该说啥，只是负罪似的看着她，听着她的抽泣声。

"雪梅，原谅我吧！"一阵沉默后，郭峰抬起头来，他越想越觉得自己太马虎雪梅的感情了！他真后悔下午的单独出行。

"峰，我没有怪你的意思，你别自责。不过以后不能再这样了，正版的王雪梅就我一个，错过了可就是别人的了。"

郭峰一听后半句话，心里怯生生、凉冰冰的，仿佛有人会马上抢走雪梅似的。

"雪梅，以后不会再发生这样的事了，我向你保证！"他说着和她的双手掌心对掌心，手指交手指地紧紧地捏在一起，两颗心仿佛溶进了蜜罐似的顿觉甜滋滋的。

"以后，可不能再这样了，要对我多关心体贴，知道吗？"王雪梅说着把头埋进郭峰怀中。

"遵命，我的梅梅……"郭峰搂紧她，将她整个身体都抱在怀中，生怕她飞了似的。

王雪梅沉醉在郭峰的怀抱中，她觉得仿佛浸泡在爱的港湾里，干脆闭上眼睛尽情地享受这份感觉。

毕业考试越来越临近了，就好像马拉松的终点快要到达似的。毕业班的大学生们争分夺秒的复习功课，就连走路的节奏都加快了，校园里比平日平静了许多。

时间说长也长，说短也短。在匆忙之间，学生们感觉都没有复习好各门功课，但毕业考试就开始了，每个毕业生都清楚地知道，这次考试只要一门功课不及格，就得等到下一年才能拿到毕业证，要是那样的话麻烦就大了。所以毕业生们心里不免都有些提心吊胆。

郭峰和其他毕业生一样，怀着同样紧张胆怯的心情。不怕考分多，就怕不及格；不求考满分，只盼过得关。郭峰在心里默默祈祷着能考好这次毕业试，能顺利地拿到毕业证。

毕业考试开始了，每个考生紧绷着弦，生怕考砸。短短几天过后，考试结束了。毕业生们彻底地放松了自己，校园里顿时又恢复了平日里热闹和沸腾的场面。

毕业典礼过后，毕业照紧跟着开始。毕业生们对校园、同学和老师的留恋只得用一张张相片来表达，实在没有更好的方式来代替。大学生活就要结束，心底里谁都不愿意离开生活了四年的校园，但终究要毕业呀！

阳光自然地撒在天河工大的校园里。已经是下午，太阳早偏了西。郭峰从公寓里出来，漫步在校园中。校园四处晃动的是合影族，他觉着平日里熟悉的校园，因为他们变得更加生动。他边走边闲看着，没有目的，没有方向，可一想到即将离开学校，却又开始留恋眼前的一草一木，一花一叶。

"喂，郭峰。"他寻声望去。同班的几个女生在旁边一块绿绿的草坪上，前前后后站成几排，正准备合影。徐姗姗站在最前面，招着手大声叫他。

"哟，真巧！"他看着一伙女同学腼腆地说。

"快过来。"徐姗姗催促地说道，"来来来，站在这个位置。"他被一伙女同学半包围地走到后中央，挺拔高挑的身材让他显得鹤立鸡群，一伙人摆好了造型，听到"咔嚓"一声，几个身影便感光在胶片上。

这张相片不过是作为纸面的形式把他和几位可爱漂亮的女同学拍在一张小小的胶片上而已，但郭峰觉着拍下的不是一张相片，而是四年来的友情。常言道：青山不老，友谊长存。虽然过不了几天他将和眼前的这几位女同学们各奔东西，但刻骨铭心的同学友谊永远都不会被割舍掉。他的内心乱乱的，他真的不敢想象和同学们分开后，心里会有多么不好受。就像割舍身上的肉一样难受，他觉得这毫不夸张。

夕阳带着余晖越过了高楼大厦，照进了另一个天地。暗淡的夜色被路灯和楼面上射出的灯光照了个通透，黑暗一下子退缩到阴森的角落里。夜的降临使闷热退缩了些，路灯下散步的人也随着增多起来。

20号公寓里，热闹的像谁家过喜事似的，浓浓的酒精味从窗口直往楼下窜。猜拳声接二连三地从各个窗口传出来。

519房间里，一伙人围在桌子周围。桌上、地上和窗台上立着十来个空啤酒瓶，地上还摆着七八个没打开的啤酒，酒味挤满了房间，简直就像进了酿酒房。

张成明靠着床头，一条腿盘在床边，一条腿搭在床沿上。旁边的施宏则双腿盘坐在床上。两人吆五喝六地切磋着拳。

"喝，喝。"张成明赢了拳，非让施宏当场把两杯酒都喝下去。

"能不能让我先喝一杯。"

"不行。"

"赶快喝，喝了我还要划拳。"

施宏被逼无奈，"咣咣"将两杯酒喝了下去。

对面坐着郭峰和黄少华摆开大阵势，本来坐在床上划拳，一会儿又站起划，等站够了又坐下来划。

徐飞和苗红伟坐在凳子上，伸着手指划着小拳，徐飞赢了一拳，笑得嘴都合不拢。屋子里好不热闹。

夜不知不觉深了下来，远处零星的几座灯塔亮着白花花的灯光。学生公寓里一片漆黑，一切进入了夜的怀抱。

519宿舍的窗口，模模糊糊地透出暗淡的烛光，低低地说话声从窗口飘出来，又融进黑暗中。

郭峰醉醺醺地躺在床上。烛光下，因酒精作怪而绯红的脸庞，直闪红光，看上去像所有的酒都让他喝了似的。房间里的舍友们也都醉眼蒙眬。桌上的酒杯、酒瓶狼藉一片，地上也被乱扔了一层烟头。

房间里静静地，几个人光着膀子，无精打采。四年的大学时光，犹如过眼云烟。马上就要离校了，相处了四年的兄弟感情，真不想就这么……一想到离校，一想到分开，一想到各奔东西，就更加觉着同室四年的弟兄们比以前更亲，越想越是怕跟大伙分离。

郭峰很平静地坐着，脸庞的表情看上去更平静。酒精在血液中沸腾着，而心里却并不因酒精的刺激而难受，他觉着思想好像脱离了躯体，身体空洞的好像一列空火车皮。他不愿和弟兄们、同学们、老师们就这么匆匆忙忙地分开，在感情上真的不允许他这么做。相聚难，别更难呐！对他来说，这真好比是把身体撕开一样难受。

我是不是太感情化了？他在心里自语着。他发着感叹，他对有这样的心情感到无奈，他更对离开大伙儿和熟悉的校园无奈。在此时，强烈的留恋猫爪子似的在心里抠着。他越想脑子越乱，越乱心里就越慌。他实在舍不得大伙呀！今后不知道能不能碰着面。如果不能就只能在脑子里回忆大伙儿的影子，再就是看看相片。他脑子里乱得如同塞进一大团麻。他回忆着四年来的生活，点点滴滴都会让他留恋且兴奋。

"嗨，时间这东西真像个精灵呀！一眨眼的工夫就溜得无影无踪。你瞅瞅，这四年的光景就这么说走就走了！如果再有四年时间的话，可一定要抓住一分一秒的时间，珍惜它，充实它。"他感叹地说着。

"别感叹岁月了！时间对咱们都是公平的，只是我们呀！没有用心去做事，我这四年算是白白浪费青春，知识没有学到手，钱倒是花了不少。眼瞅着跟大家分开了，我这心里空落落的，还真不是个滋味。四年啊，真像做了场梦，这几天静下来的时候，我前前后后回忆了从进入校园第一天开始到现在，我感受颇深。最后，我给自己写了一首小诗，觉得感悟很深刻，我想现在把它念给大伙听听。哎，鄙人水平有限，大伙可不能见笑！"黄少华微微一笑，从床上找出眼镜，端端正正地架在鼻梁上。

"少华，赶快读吧，还见什么外！"施宏按捺不住地催起来。

"别急，让我找找诗稿。"黄少华借着烛光从衣袋里找出一张纸来，斯文地皱了皱鼻子，哼哼地清了一下嗓子。这个动作竟惹得他自己莫名其妙地笑起来。大伙看着他的可笑模样也惹得笑起来。

烛光一闪一闪地摇摆着，仿佛喝醉了酒似的。房间里安静了下来，黄少华坐直身子，重新举起诗稿。

"下面由天河理工大学，著名诗人黄少华先生，给大家朗读他的新作《大学四年》，希望各位同行提出宝贵意见。"还没有等黄少华说完话，几个舍友就兴奋地拍响了巴掌。

"谢谢。"黄少华滑稽地说。

四年前，
一位水乡男孩带着理想踏进他的梦想之地；
他用执着将希望的种子撒进向往的开拓地；
他用自信将灵魂带进梦想的港湾；
四年的奋斗，注定在步入大学校门那天开始。

理想伴随着纯真向希望进军了；
一路上，带着同样理想的兄弟姐妹并肩同行，风雨共度。
于是，众多希望播撒在同一片田地里；

梦想的翅膀携着许多希望展翅高飞了，
每到一处，都刻下辛勤和欢乐。

我的理想半路脱离了航向浑浑噩噩了；
我的理想开始枯萎；
我的希望也开始在理想中干瘪。
希望的种子在失去理想的地方枯死了；
凋谢的理想伴随时光离去；
我的心欲追回往事，唤来春姑娘踏进我的心田，让我的希望重新生根发芽。

我听到秋天的脚步声；
我断定已失去春的希望和夏的理想；
懊悔声在腹腔里回荡；
向前看，前方的路更长；
回头瞧，大学四年洋溢着青春和纯真的绚烂，
在我可贵的生命线上划上一道道残破的破折号！
看！那青春里最欢乐的影子便是我的大学四年；
瞧！那生命里，闪烁着激情音符的，
是兄弟姐妹们和我陶醉丢失的青春年月！

黄少华充满激情地用不太标准的普通话抒情地朗读着，每读一句，手中的诗稿便会随着朗读声有节奏的抖动一下。房间里没有半点儿杂音，唯有浓浓的啤酒味儿还闷在里面。

黄少华感情投入地朗读完诗稿，房间里的几个人顿时拍起手掌。

"嘘，隔壁还有人睡觉呢！快别拍了。"他摆着手劝说大伙，"就剩几天了，给隔壁留个好印象吧。"

蜡烛在桌上暗淡地亮着，蜡水盈满了灯芯周围的窝坨，凸涨得高高的。忽

地,豁开一道口子,蜡水滴溜溜地流下来,灯芯上的火焰一下长高了。爬在酒瓶上的苍蝇,被骤然变亮的烛光惊了一跳,盘旋着"嗡嗡嗡"飞起来。

"嗨,咱们继续喝吧!过去的总要过去,有幸和大伙萍水相逢,就是最大的快乐,为我们的萍水相逢干杯!"徐飞说着拿起酒瓶"咕嘟咕嘟"喝下几口。其实,他心里很不好受,也许是酒喝多了,脑子里一想生活了四年的弟兄们马上就各奔东西,心里便格外难受。这几口酒好像被黄连泡过似的,让他喝得很苦很难受。

徐飞的情绪感染了几个弟兄们,其他人的鼻子渐渐泛起了酸,眼圈使劲地吞着泪。

夜欲深空气欲凉爽,一股夜风从低垂的窗帘下吹进来,沁人心脾,凉爽怡人。

郭峰和舍友们谈起毕业后的去向。每个人都有各自的打算和想法,打算和想法都是绚丽的,就像海市蜃楼,完美的自我陶醉,却不知前面的路一片茫然……

桌上的几根蜡烛熔成了几摊蜡水,平坦地汪在桌面上,就剩下一点灯芯燃烧在蜡水中。

"蜡烛快灭了,再找点!"苗红伟拨弄了一下就要熄灭的灯芯,看了大伙一眼。

"今晚就聊到这儿吧?你看都两点多了。"郭峰有点困意地看了苗红伟一眼,"明晚大伙儿都有时间,咱们一块出去吃顿饭,你们看怎么样?"

"嗯,就明晚咱们一块吃顿饭。"黄少华点头说道,其他几个舍友也跟着应道"好的,好的。"

房间里的最后一点光亮,瞬间熄灭,几个人摸着黑准备睡觉。手臂和脚碰得酒瓶和桌子"哐哐"直响,但是不一会儿,几个人便昏昏地进入梦乡。

一切进入夜的怀抱中,黑乎乎的水泥森林黯然酣睡。不知疲倦的树木在夜风中"哗啦哗啦"地轻唱着夜曲。

郭峰一觉醒来,天还黑咕隆咚的,舍友们的酣睡声交叉地在房间里响着。他想睡,闭上眼却怎么也睡不着。他闭上眼睛,不由得开始胡思乱想,想得都是些摸不着边的事,越想心越乱,越想脑子越发胀。他索性将被子捂在头上,强制自己睡,这才迷迷糊糊地睡去。

第二天清晨，天晴气朗，万里无云。瞅着太阳刚露出半个脸，天空就被照得泛白，空气中好像洒下了火苗，火烧火燎的热。

校园里，除了毕业班的学生外，其他年级的学生跟往常一样，遵守着学校的规定，按部就班地学习和做着自己的事。

中午下课的铃声尖叫着响过。大学生拥挤地走出教学楼。转眼间的工夫，马路上成了人的河流，人流缓缓地前移，向餐厅、公寓、校门口四散着移去。

郭峰站在马路边的树荫下，眼光扫向人群，却看不见王雪梅的影子，他用手背擦了擦额头的汗水，继续向人群后扫去。王雪梅低着头，在人群后若有所思地走着。一瞅见郭峰站在路边，高兴地三步并作两步赶过来。

"峰，热坏了吧？"

"没有事，看到你，我这身上一下子就凉快了。"

"耍贫嘴。"王雪梅两只大眼睛迷人地盯住郭峰，撇开嘴娇声柔气地说："瞧你热成啥样了，让我给你擦擦。"

郭峰看着雪梅，忽地想起和她第一次见面的情景来。也是在这条路上，不过那时候路上人很少。他和雪梅还有施宏在一块走。说实在的，能够和雪梅认识还多亏了施宏，想起这事来他觉得和雪梅真是有缘分。他和她是典型的一见钟情，感觉没有半点含糊不清的东西，反正就是彼此喜欢，也说不清对方有啥好的。

一晃三年过去了，现在和雪梅走在同样的路上，感觉格外不一样，如果说施宏是他和她的牵线人，那这条路就是他俩的爱情大道。在这条路上，他和她不知走过了多少回。

学生餐厅里挤满了人，七嘴八舌的说话声、脚步声和碟碗声杂乱地塞满了餐厅。

他和她在人群中匆忙地打了菜和馒头，趁机坐在刚腾开的空座位上。

她不喜欢吃荤菜。打菜时，他就打了两个素菜——油炸豆腐块和土豆丝。"味道好的食物不一定有很高的营养价值，植物性食物更含有人体所需的营养成分"，他很清楚地记着她曾对自己说的这句话。

她对吃很讲究。三年来，他跟着她潜移默化地改变了不少吃饭的习惯。也改掉了自己挑食偏食的毛病。

"峰，毕业证和学位证啥时候领呢？是不是就在这几天呢？"

"就在这周六，我们系的报栏上刚张贴的通知。"

"那你啥时候离校呢？"

"嗯，按学校规定，下周天，所有毕业生都得离校。我打算多待几天，好好陪陪你，"他一边吃着一边抬头露了个笑脸。好像这样能够让她接受他的想法。

"峰，你说的是真的？"

"嗯，是真的！"

"我就知道你会陪我的，峰，我爱你！"

"我也是！"

爱一个人就是这样，说来真奇怪。跟她在一起，心里好像就能充实、快乐、甜蜜；跟她一起聊天、吃饭好像就有一种说不出的快乐和幸福感。

三年了，他和她保持和拥有这份至深的爱情，他感到真不容易，但这也着实地让他自豪和幸福。

爱，可真是个机灵鬼，为什么就能使两个不同的人，心甘情愿地接受对方，死心塌地喜欢对方呢？真是叫人捉摸不透。

王雪梅刚才问这些话，不为别的，就是想让郭峰多待几天。如果郭峰走了，这一别是多长时间，谁也说不好，即使和郭峰是老乡，但见面也不是说想见就能见着的。

特别是这几天，一会儿不见郭峰的影子，就感觉他已经走了，孤单、寂寞、无聊、烦躁的情绪一下包围了她，直到见到郭峰，她才能安下心来。

王雪梅看着师哥师姐那种留恋校园的神色，仿佛还能看到他们那颗难舍难离的心。离校生难舍难分的凄凉让她受到感染，她为他们而难过。其实，她主要是为郭峰的离开而难受，如果突然郭峰不在他身边，她真的不知道该怎么接受，她知道她深深地爱着他，爱得不能自拔，甚至觉着一刻都离不开他。她迫使自己不再想这些让她不开心的事，尽量表现出快乐的样子给郭峰看。

其实，郭峰早看穿了她的心，只是不想揭开它。

餐厅里，几台空调卖力地工作着，却散不去里面的闷热，学生们的汗水还没有擦干，又有汗水渗了出来。

"里面太热了，咱们走吧。"王雪梅擦了一把汗，催促郭峰。

"去花园吧，那儿凉快些！"

"嗯！"王雪梅应着声跟着郭峰走出餐厅。

绿茵茵的草坪上，几架喷水头"喳喳喳"地叫唤着，脖颈一转一转地朝草坪上喷着水，路边的树坑已经汪满了水，围摆在草坪边上的花盆早被淋得湿漉漉的，鲜艳的花儿淋过水后，更加精神夺目。一会儿的工夫，就有许多的蝴蝶、蜜蜂颠来颠去地在花瓣上飞舞。

郭峰和王雪梅经过这块大草坪来到花园，葡萄藤架下凉丝丝的，中间的大花坛上摆放的各种艳丽夺目的鲜花整齐地怒放着，花坛周围有几条通向花坛中央的水泥小路，小路之间是隔开的几块草坪，上面刚喷过了水，湿漉漉的。花坛和草坪相映成景，格外漂亮。

"真漂亮"，王雪梅说着有点发困地斜靠在郭峰宽厚的胸脯上。女孩身上的清香味儿，浓浓地朝郭峰鼻孔里钻。

"郭峰，我们一直像现在这样，该多好呀！没有别人打扰，只有鲜花，绿草，蝴蝶和蜜蜂陪在身边。"王雪梅轻声叹了口气接着说："你说好吗?"

"是啊！如果一直像这样，恐怕我俩就是世上最幸福的人，咱们恩恩爱爱，一生相伴，多美呀！可是哪有这么好的事，咱们还得生活，还得工作。有一位哲人曾说过这么一句话：'人的一生，一半是蜂蜜，一半是黄连'，你还记得吗?"

"又讲大道理，我看你快变成哲人了。"

"不会吧？那我得感谢你高抬，谢谢王雪梅女士对郭某人的高抬！"郭峰说着"叭"的一下，亲在王雪梅脸蛋上。

"干什么？一点都不老实。"

"雪梅，再过几天，我就要走了，不知道啥时候才能来看你。回去以后，就得忙着找工作。如今的大学生满街都是，要找工作不容易呀！"

郭峰说完，凑过去，紧紧地抱住王雪梅使劲亲了几下。

王雪梅望着郭峰，从困惑的眼神中看出他的烦恼。她不想看到心爱的郭峰烦恼，她就想让他快乐起来。

"峰，别着急。其他很多毕业生还不是没有工作吗？车到山前必有路。"王雪梅紧紧靠在郭峰怀里，抬头注视着他，"峰，我相信你会有好运的，相信我好吗？"

"嗯"郭峰应着声，抱紧了雪梅。

一阵凉风吹来，一大团花朵被吹得摇摇摆摆。忽地，一股旋风疾驰而来，几只贪婪在花蕊中的蜜蜂被卷在里面，惊慌地盘旋了几圈，仓皇而逃，只剩下一大团花朵使劲地摇摆着。

王雪梅默默地靠在郭峰的怀抱中，丝毫没觉察到这一情景，她很投入地靠着他，听着他的心跳。她忽然间又想到他很快要离开，心里不由得着急、紧张。她紧抓住他的手，脑子里浮现出和他在一起的一幕幕欢乐情景来……她想着想着嘴角不觉得挂上一抹微笑，眼角却闪动着亮晶晶的泪花，滑落到脸颊上凉冰冰的，她才意识到。

"你怎么哭了，雪梅。"郭峰擦去了她的泪水，"到底怎么了，雪梅？"他追问着。

"我也不知道怎么回事。"王雪梅声音颤抖地说。

郭峰看懂了她的心事。他的情感得到了共鸣似的，心里泛起了酸。他爱她，爱她的一切；他也舍不得离开她，可总得回家找工作呀！没有工作，就没有了生活的希望呀！他得先抓紧时间把工作问题解决了，这样就可以保证以后的生活来源，就可以衣食无忧的跟雪梅在一起，他不着边际地想着。

他沉默着。她看着他，也沉默着。

蓝蓝的天空，一会儿的工夫，不知道从哪儿飘来几片云朵，悠闲地飘荡，像轻纱一样扯开着。不多时，四周天空猛地生出几片黑压压的乌云，如同拼图似的，从四面八方涌动过来，企图遮盖整个天空。

火辣辣的太阳在云层间着急地穿梭着，仿佛在寻找着空隙要跳出云层似的。接着清凉的风刮了起来，越刮越大，卷着地上的纸屑和尘土，在空中乱舞。

"郭峰，跟我说话呀！是不是惹你生气了。"

"哪有的事，我就想抱着你静静地坐一会儿。"

"郭峰，其实，我知道你在想啥？你的心事全写在脸上了！"王雪梅坐起身来眨了他两眼，"别想得太多了，工作总会有办法解决的，高兴点好吗？别沉着脸，跟老天爷一样。"

"哎哟，干啥呀！吓了我一跳！"王雪梅刚对郭峰说完话，就见陈小红从身后冒出来，冷不丁吓了她一跳。

"怎么，不行吗？怕我当电灯泡呀？"陈小红阴阳怪气地说着，看了一眼王雪梅。

"真是个小妖精！"

"啊！我是小妖精？"陈小红说着，扑哧一笑冲向王雪梅，王雪梅赶紧躲到郭峰身后。

"小红，别这样。我错了还不行吗？"

"还敢说我是小妖精。"

郭峰看着雪梅和陈小红开心地玩闹，心里不由得开朗起来。他被雪梅拽过来拽过去地当作挡箭牌，反倒逗得陈小红手舞足蹈地笑个不停。

"好了好了，再不闹了，你瞧把郭峰拽的。"陈小红说着笑嘻嘻地停了下来。

"哎，小红，今天怎么没有午休?"郭峰扭头朝刚坐下来的陈小红问道。

"能睡着吗？其他人都走光了，就我一个。"陈小红急躁地说，"刚走到这儿，一扭头瞅见你跟雪梅，真是巧。"

"你眼力真好！"

"嘿，哪有你的眼力好，瞅了这么俊的姑娘做女朋友。"

"怎么又扯到我头上来了。"王雪梅嘴角一翘撇开嘴娇滴滴地说道，"有些人呀，以后说话可得注意点。"

"哟，有人撑腰就是牛呀！不过我可是实话实说！一点都没撒谎，郭峰，你说是不是？"

"你说的没错，雪梅本就是美人胚子。"

郭峰和陈小红一说起来就像拉开了话匣子。

"哎，我说你们俩说点正经事行吗？大中午的脑子都给你们俩吵累了。"王雪梅皱起眉头乏力地说。

"好、好、好，不吵了，你瞧，再吵雪梅就生气了。嗨，郭峰说说你工作的事吧！"陈小红看了一眼王雪梅，对着郭峰又唠叨起来。

"工作还没着落。前些天，我跑遍了天河的人才市场，腿都跑断了，就是没结果。大多数招聘单位要的是研究生、工程师之类的人才，本科生理都不理。而且招聘桥梁工程设计专业的单位也非常少，真愁死人了。"郭峰摇着头失望地说。

"嗨，现在对文凭的要求越来越高，也不知明年的就业情况会怎么样？我真有点后怕，以后万一找不到工作该怎么办呢？"

"你发什么愁，外语系就业率那么高，你怕啥？"

"借你的吉言，但愿明年有份属于我的工作。"陈小红说着自信地抬高了头。

王雪梅被冷落在一边，不情愿地听着他们唠叨。小红今天哪来这么多的废话，真无聊，她心里不满地说着。真想打断他们的谈话，可又不好意思，只能在心里埋怨和忍耐。她虽然心里很不满，但还得硬装出笑脸。

天空很快被乌云笼罩起来，太阳被淹没得无影无踪。乌云遮住炙热的阳光，大地立刻变得凉爽了。云层越积越厚，越积越黑，渐渐地压向地面，乌黑的云团仿佛是蓄积了许多雨水的黑海绵，眼看着要将雨水挤下地面。

狂风席卷而来，尘土、纸屑被刮得漫天飞扬。风越刮越猛，几只飞鸟在空中被刮得东摇西摆，胆怯地赶紧躲藏起来。

郭峰三人静静地坐着，感受着暴雨将要来临的凉爽气息。他们好久没有感受过这样的天气了。生长得密实的葡萄藤阻挡了狂风的脚步，只有清凉的小风钻进藤蔓。

郭峰和陈小红停止说话，开始一心一意地享受凉爽气息。王雪梅的心情因他俩的沉默好了许多。她好像觉得老天也懂她的心思似的，有意让狂风干扰他们的对话。"咔——嚓，咔——嚓"，一道闪电从乌云中劈开一道缝，如同一条银蛇舞动着不见了踪影，雷声接踵而来。狂风好像又被谁招惹了似的，一阵接

一阵地刮得更猛了。

"风太猛了,我得去教室。"陈小红站起来,忙忙整理了一下被刮乱的头发,"雪梅,我先走了,你再陪郭峰坐坐。"

"好的,你先走,我坐会儿就来。"

"那我走了,再见。"陈小红打完招呼小跑着走了。

郭峰目送着小红出了月亮门后,才把注意力放在雪梅身上。扭头一瞧雪梅的脸色,才知道势头不对。他刚才只顾着跟陈小红说话,忽略了雪梅。他望着雪梅,好像觉得自己犯了什么错似的,心里怕怕的。

"雪梅,你看刚才只顾着说话,把你给撂在一边了,你不会怪我吧?"郭峰说着眯起眼睛一笑,卖起乖来,"雪梅,你真生气了,都怪我不好"。

"我哪敢怪你,跟谁说话是你的权利,我无权干涉。"王雪梅板着脸,面无表情地背对着郭峰。她得给他一个小小警告,看他还敢不敢忽略她。她偷看了他一眼,见他负罪似的样子,心里暗笑起来,一时无法掩饰的胜利让她禁不住得意。

"跟你闹着玩呢,还当真!"

"早看出来了。"

"那你还假惺惺装可怜。"

"不假装,能让你高兴?"

"啊,原来你刚才糊弄我!"王雪梅娇声柔气地提起两个拳头嚷道。

郭峰瞅着雪梅的可爱模样,满心欢喜。

风瞬间奇怪地停了下来。杂乱重叠的脚步声从马路边传来。绵长的学生队伍,如同雨前搬家的蚂蚁,浩浩荡荡。

"雪梅,该去上课了。快去吧,要不然就迟到了。"

"嗯,我得赶紧走,拜拜。"王雪梅说完紧紧捏了一把郭峰的手,甜甜地望了一眼,匆匆离开花园,一转眼淹没在人海里。

天空简直就成了一块大黑板,漆黑的云层眼看着就要压下地面。突然,几道闪电划破"黑板",映亮地面,就像正要烧断的钨丝,闪动了一下,不见了踪影。顷刻间，雷声震破天宇"咔——咔——"几声过后，豆大的雨滴跌落下来，路上的学生小跑躲避，郭峰见势匆匆赶向公寓，刚到公寓门口，"哗哗"的雨滴狠狠地摔下地面，一眨眼的工夫，地面就湿淋淋了。斜斜密密的雨柱加重了天空的昏暗，几乎分不清天和地了。雨水拍打地面的声音淹没了周围的声响。一道巨闪过后，一声猛雷携着雨柱发疯地摔下来，雨水简直是从盆里猛泼出来的，千军万马般地往下冲。半个小时过去了，雨水丝毫没有停下来的意思，反而越下越大，越下越猛。地上已成了一片"汪洋"，积水顺着马路横冲直撞。下水道口，汪满了积水。雨点发疯地继续打下来，水面到处是被雨滴打起的水泡，像小船一样到处漂移，瞬间，又被打沉在水中。

一节课的时间过去后，雨点才稍稍小了些，都说过雨一会就停，但这场过雨好像要打破纪录似的，还没个消停。马路上的积水浩浩荡荡地往低处流着，雨点还不依不饶地往水面上继续打。

教学楼门口，赶去公寓的学生被马路上的积水挡在门口，一双双眼睛好像要跳出眼眶似的朝门外观望，心里兴奋地恨不得飞过去看个够。

雨逐渐停了下来，黑压压的天空，一下子退得亮堂了。满天的乌云已匆匆退却到了天边，云层变得又薄又白。雷声继续响着，好像下达命令似的催赶着云层赶快退却。

天空终于露出蓝底子，阳光从残云隙里射下来，照在地面上，空气又逐渐热起来。

马路上的雨水还在使劲地朝下水道流着。清洁工开始忙碌起来，雨点打下的树叶和干树枝落了一地，够他们忙碌一下午的，才扫了几下，泥点子就溅了一裤腿。

雨后的天空，被鸟雀们闹翻了天，"叽叽喳喳"的叫声快要把天空炸开。它们追逐嬉耍着，像是在讨论着这场暴雨。

阳光逐渐把地面照得白花花的。建筑物的影子长长斜斜地躺了一地，清洁工还在热火朝天地忙活着，他们身上天蓝色的制服沾满了泥水。地面上的大部分湿气已被太阳蒸干，就连他们身上的湿泥巴都晒成了干泥块。

学生的玩耍声将湿润的空气搅了个翻。打乒乓球的，打排球的，打羽毛球的，走的，跑的，说话的，围成一团的，走出的，走进的……一下子又让安静一时的校园沸腾起来。

郭峰站在公寓楼下的马路边。他刚刚从宿舍下来，眼前的小广场上，几伙人正在打着排球，一些调皮的男生瞅准女生就将球打过去，几个女生一瞅见那些"坏"男生就立刻躲在人后。郭峰看见施宏和张成明也在人群中打排球，心里痒得想凑过去玩。

黄少华和苗红伟从宿舍下来，两人一前一后，绕过打排球的人群慢吞吞地向马路边走来。他俩刚睡起来，见其他弟兄都不在，才无聊地下楼来。本来他俩想和弟兄们商量晚上一块吃饭的事，见其他人都不在，以为吃饭这事就没戏了。郭峰朝施宏和张成明招了招手叫他们过来。五个人站在一块，就差徐飞一个人。

"哥们，这会徐飞不在，我们先想想去哪儿吃饭吧?"黄少华直言快语地说。

五个人相互看了看。

"咱们去'群仙火锅城'怎么样?"施宏说完用眼睛重新问几个弟兄。

"那儿的环境不错，挺好的。"郭峰看了一眼施宏扭头跟其他弟兄商量，"大家看怎么样?"

"那儿地方不错，就去那儿!"

"嗯。对对对，就去那儿。"其他弟兄你一句，我一句合心意地说。

"那就定好了去'群仙火锅城'，可现在就差徐飞这小子，不知道他去哪儿了，咱们分头找找!"郭峰说着征求意见地看了看几个兄弟说："我去田径场找。"

"嗯，嗯。"其他人点着头，各自散开去找徐飞。

校园里闲转的，散步的，玩耍的……绝大多数是毕业班的学生。其他低年级的学生早就急匆匆去自习室复习。王雪梅和班里的其他同学一样，同样紧张地复习功课，眼看就到期末考试了，不加把油就没有好成绩了。然而她没去教室，只是一个人静静地待在宿舍，没有人打扰，只要静下心专心学习就是了，可她总是静不下心来，一会儿想这个，一会儿想那个，心里一刻都静不下来。

她干脆撂下笔，趴在桌上养起精神来，心想睡一会儿就能平静下来，可趴在桌上，脑子里依然乱乱的，心里像塞了一团麻，怎么也理不清楚。

夕阳的余晖暖暖地抚摸着她的后背。王雪梅烦乱地抬起头，扭头望了一眼正在下沉的夕阳，努力控制烦乱思想，强迫自己静下心来开始学习。

黑暗渐渐淹没了楼群，满天的星斗在夜空中精神抖擞着；无数盏街灯照亮了周围的漆黑。此时，天上和地下好像已分不清了。凉爽怡人的夜风吹来，路灯下乘凉的学生三人一伙，五人一帮地凑在一起，天上地下地闲聊着，马路上行走的学生络绎不绝，好不热闹。

学校门口车来车往。出租车和"招手停"的司机大叫着拉拢客人，几个售票员站在马路边扯着嗓子招呼行人，一瞅见有人过来，争着抢着把行人往自己车里塞。

校门对面是一排整齐的百货店铺，店铺延伸到更远处是药店，小吃店，小饭馆，书店，粮油店，小超市之类的店铺。校门坐南朝北，门前面的这条路，靠西通向城市的郊区和农村，靠东通向城市的繁华地带。天河工大地处于市区和郊区的中间地带，虽然比不上市区繁华，但也交通便利，马路宽广。

校门口的两侧，摆满了摊位，卖水果的，卖烧烤的，卖瓜子、花生、小电器的，还有什么书摊、裁缝、唱片、蔬菜等摊位，杂乱不一地沿街摆了一长排。再远处，人少了，摆摊的也少了，整齐的店铺却沿着马路齐刷刷地延伸到更远处。

店铺后面不远处的住宅楼群灯火辉煌，正好跟天河工大的灯光交相辉映。

时间如同夜空中的流星，一晃的工夫已夜深人静了。郭峰和几个舍友在火锅城吃饱喝足，从'群仙火锅店'的巷子里摇摇摆摆地走出来，来到马路上，路灯亮堂堂的照白了路面，几家小吃摊正在准备收摊。

一伙人汗味和酒味交加，脚底下软酥酥的，浑身困乏无力，巴不得眼前的马路能立马变成一张软绵绵的床。

学校的铁大门上了锁，一些不知名的小飞虫，在门旁的路灯下飞来舞去地折腾。几个人见校门被上了锁，气愤地埋怨门卫。

"怎么办？"徐飞红着脸说。

"喊门卫吧？"苗红伟慢吞吞地接过话茬说。

"不行，门卫最能刁难人！万一被罚款怎么办？大伙又不是不清楚！嗯，走，我带大伙去一个地方。"黄少华酒气熏天，他悄声说着，好像门卫就站在他身边似的，说完给一伙人使了个眼色"走。"几个舍友二话没说，跟着他朝学校后墙走去。路灯熄灭了，眼前一片黑暗。墙边一根根电线杆光秃秃直立着，几根残旧的断线半吊在空中，几个踏梯紧紧地箍在水泥杆上，在月光下朦胧可见。

"就从这儿上，你们小心点。"黄少华带头爬上了电杆，一个侧身，一只脚已跨在墙头上。接着招呼其他人跟着上。他摸索着连滑带跳地下了电杆旁边的墙，脚下是一片小树林，林里面黑洞洞的，不见一点光亮。

"小心点，慢慢下。"他边说边托住从墙头滑下来的郭峰。

"哟，怎么啥都看不见。"郭峰摸索着跳下墙，瞅着黄少华。心想怎么像做贼似的，幸亏没有摔着碰着，要不然太不划算了。

一伙人敲开公寓楼门，还没等门房老头看清是谁就匆匆地跑上楼，到了宿舍一躺下，立刻进入了梦乡。

窗外星光灿烂，空气清新怡人。微风吹来，花园中的花儿都舞动着身子。郭峰穿着洁白的"T"恤衫和王雪梅又说又笑地在校园里散着步。

一会儿他和她来到葡萄藤蔓围成的花园，他和她觉得花园比以前更大更美了，各种颜色的蝴蝶从四处飞来，在他俩身边飞来舞去，时不时会有几只悄悄落在他俩身上，他俩兴奋得眉开眼笑。他帮着她捉蝴蝶，却一只也没有捉到，忙得两人团团转，就是捉不着，累得他俩躺在草坪上喘粗气。就在这时，许许多多的蝴蝶不知不觉地落在他俩的身上，他和她惊奇地看着满身的蝴蝶，不敢出声，怕一出声会惊飞它们。等他俩躺够了，看够了，便轻悄悄坐起身，不料，所有的蝴蝶都飞起来，在他和她的头顶扑扇着翅膀颠来颠去，宛如一大束鲜艳无比的花团飘在半空中，美丽极了！一眨眼工夫，这束"花团"不见了，就连一片花瓣都不见了。他和她环顾四周地寻找，一点影子都没找到。

他俩小跑着向四处去寻，经过几栋教学楼，几栋实验室，还是没有寻到那些蝴蝶，却发现每经过一处所看到的地方都比以前漂亮许多。他和她慢下脚步，兴致勃勃地望着满目的变化。路边翠柳婆娑，松柏刚劲有神，鸟儿们"啾啾"地鸣叫着，追逐着。他和她停了下来，仔细聆听，几只鸟儿悦耳的叫声，让他们觉得动听到心窝里去了。一只小鸟在树间扑扇着小翅膀穿来穿去，灰溜溜的小眼睛不时地望着周围，娇小的身体不停地跳动着，那顽皮劲儿可爱极了。另外有两只小鸟在枝头跳来蹦去地玩耍着，美丽的羽毛，羡慕的让人咂舌称赞。此刻他把雪梅和自己想象成枝头这两只美丽可爱的小鸟儿，正欢乐的玩耍！

鸟鸣声越来越大，不那么清脆了，他才从梦境中回过神来，睁开惺忪的睡眼。透过玻璃窗，阳光早已洒满了房间每个角落，急促的脚步不断从外面传来。新的一天又开始喽！他心想着，却又闭上了眼，想重新回想刚才的梦境。

时间过得真快呀！该到来的仿佛一下子就迫不及待地赶来。

学校很快地把毕业证和学位证发到学生手中，郭峰捧着两本证书，心里不由得感到丰收的喜悦和来之不易的辛酸，却又像拿到了强制离校的通知书一般。毕业了！他感叹着。

校园广播中，不断传来祝愿毕业生一路顺风之类的话语。像一股暖流流进每个毕业生的心窝，滋润抚平着那一颗颗伤痛、无奈、揪心……和难舍难离地离校之情。校园的马路上，减少了许多毕业生的身影，他们在校外的餐厅、酒吧、迪厅活跃着。他们相互之间比过去礼貌多了，就像和亲人分别前一样的礼貌和实在。

郭峰从公寓里出来站在路边，有很多认识的低年级学生跟他打招呼时不像以前那样随意，而是很热情。可能正是这样，他感觉浑身不自在，仿佛一下成了这里的客人，有一种莫名的疏远感。

"郭峰，我迟到了。"

"雪梅，你再不会迟到了，我都毕业了，我有的是时间等你。"郭峰很深情地望着王雪梅说："雪梅，怎么啦？脸色这么差？"

"没有呀！我咋没感觉到，嗨，你不会怪我迟到吧？"

"哪儿的话呀！"

"那就好。"王雪梅嘴角一提，"走吧。"她跟郭峰商量好要去逛街。打算了好几天，在今儿个下午才落实。

校门口的马路上，各种机动车吼破嗓子地从人群中挪动着轮子。车满为患，人满为患，似乎是校门口近几天的一大特点。拥挤的场面，给闷热的空气又增添了额外的热量。

夕阳带着最后一抹余晖在西边的天空压着山尖往下沉。周围的天空被夕阳照得透亮，几片浮云被照得银光闪闪，耀眼地挂在空中。几只鸟雀"啾啾"地鸣叫着飞落到一棵松树上，庞大茂密的树林将几只鸟雀遮得严严实实。

"哎，郭峰，走那么快干什么嘛？"王雪梅三两步赶上他，"等等我，你想扔下我呀！"

"你看，这不是在一块走嘛。"

"就让你跟我并肩走。"王雪梅一把挽紧郭峰的胳膊，"你给我老实点。不听话，嗯，可没好日子过。"

"我这是咋了，该不会又犯了错吧！"郭峰摇着头，带着一股演员似的口气说。

"走吧，你。瞧你那样，就想给你一脚，又怕踢疼你。"

"你敢，我一口吃了你，信不信？"郭峰说着朝王雪梅脸上试探。

"别……别，路上这么多人，你不羞，我还羞呢。"王雪梅吓得连连阻挡，"可别这样。"

郭峰也就是做做样子，谁知竟让王雪梅当了真。他心里笑着，深情地看着她，用眼睛泼洒出火辣辣的爱意，传递给他心爱的雪梅。

"别这样，再看把你眼睛抠了。"王雪梅害羞地低下头，着实拧了一把郭峰的胳膊，然后把他的手挽得更紧些，"好好走路。"

郭峰疼得"哟"了一声，"雪梅，听你的，听你的。"

王雪梅用眼睛给了他一次警告，再不听话就让他好看，这一招还真奏效。郭峰老老实实地走起路来，心窝里却暖暖的。他已感受到雪梅爱的暖流，对，那股暖流像一股甘泉奔向他的心窝与他对雪梅的深爱交织在一起，构建出他们心与心的桥梁，爱与爱的彩虹。

"郭峰，我得回宿舍，记得晚上给我打电话。"王雪梅大眼睛一眨冲郭峰一笑，"回去休息一会，拜拜！"

"拜拜。"郭峰看着王雪梅的背影走远，才回过神来。他看了看塑料袋中的礼品盒心里甜甜的。他边走边想着雪梅送给他的"水车"。打开电源开关，"吱吱呀呀"的轮子携着水桶转动起来，"哗哗啦啦"的水声从底座下的音乐盒里传出来，与底座一起固定在一个平面内的一块地面，仿造得很逼真，地面上有水沟、小树和绿草，一位身穿古代服装的老农夫卷着裤管伸手去捧清澈的河水，眼神中流露出一种饮水思源的情感，旁边的一位老农妇，感激地望着"吱吱呀呀"转动的大水车。有仿造水的特殊灯光设计，在黑暗中更显好看，只要打开灯光开关，那轻柔缥缈的光线，水一般闪动。他喜欢雪梅送给他的这辆"水车"。看着水车，他心里兴奋的如同揣了几只兔子。

雪梅也喜欢他送的"秋千"，在荡悠的秋千上坐着一个小男孩和一个小女孩，旁边是一间简单朴素的房屋，屋子的门窗可以打开，里面摆着像模像样的简单家具，屋檐下还吊着一盏仿真的小灯泡。房屋周围长着椰子树和绿绿的草坪。一打开电源开关，那秋千就会荡起来，小男孩和小女孩的欢笑声立刻从暗藏的音乐盒里飘荡出来。

王雪梅一眼就喜欢上它，还说要给荡秋千的两个孩子起个名字，小女孩叫王雪梅，小男孩叫郭峰。看见雪梅的高兴劲儿，他心里别提有多高兴。

20号公寓楼上到处都是收拾行李和说话的嘈杂声，楼道里满地垃圾，一片狼藉。

郭峰到了宿舍，几个行李包鼓鼓囊囊地摆放在一张空床上，好几双旧球鞋横七竖八地乱躺在地上。"真是天下没有不散的宴席呀！"望着凄凉的屋子，他心里着实地发凉发冷，犹如一股冰冷的水直浇到腹腔内。他真不愿接受这凄凉的感受。他无奈又疲乏地躺倒在床上。

一切都在预料之中进行着。第二天，一大早，客车喇叭声催命般地在公寓楼下大叫起来，周围站满了回家的毕业生和送行的同学和老乡。几个陌生的中年男子站在车顶，往上接行李，下面的两个同伴使劲地往上送，脸上满是汗珠

子，衣服上也沾满了土。这几个中年男子，一看就是乡下人，嘴里说着地地道道的地方话。客车内开始有人上来，渐渐地塞满车厢。送行的人围在车厢外，手伸进玻璃窗，抓住同伴的手不想分开，心里猫爪子扣似的难受。

火红的太阳升了起来，一阵工夫，地上就像生起了火炉，热腾腾的。但火热的太阳并没使客车上的人和周围的人沸腾起来，相反，他们却沉默着，如同雷雨来临前的那一瞬沉寂。

苗红伟不再说话，他正要掩饰内心难舍难分的痛苦。不料，汽车的喇叭声将他内心的苦涩情感一股脑儿的赶了出来。他看到情同手足的舍友们、班里的其他同学还有低年级的老乡都来送他，感动极了。他为四年来的舍友情，同学情，老乡情而感动；他为大伙都来送他而感动。他的腹腔内仿佛装满了泪水，他使劲控制着不让它溢出，可越控制心里越难受，四年的感情，这时使他着实地痛苦和难受，他真不想这样，但却做不到。"嘀嘀嘀"的车喇叭声又一次催命般响起，苗红伟想说话，刚张开嘴却不由自主地"哇哇"地哭了出来，泪水涌出眼眶，顺着鼻洼往下流，他哽咽着将头埋进怀里，不想再说话，心中百感交集，汗水和泪水弄得脸上湿成一团。车里的哭泣声增多了，有的人虽然低头沉闷着，但心里伤心着，眼圈也憋得红红的。

"哭啥，不哭了。以后，咱们哥们又不是联系不上，想咱哥们了就打个电话。你看你那样，有啥想不开的。咱们在这儿待了四年，已经够不容易了，你还想待第五年呐！"黄少华说完瞅着苗红伟咧嘴笑起来。周围的人听黄少华这么一说，都惹得笑起来。

"去你的吧，你这秃头，轮到你走的时候看你难过不难过。"苗红伟还没哭完，就被逗得笑起来，他擦了把眼泪止住哭声，"我也不想哭，可心里难受，真是由不得我自己呀！"说完又擦了一把泪。

"嗨，我也难受，可惜呀，在我走的时候，你看不到我！"黄少华摇着光头惋惜地说。

"哎，我看呀！大家就应该像这位同学学习，乐观些，有啥好哭的，如果你们的友谊常在，只要想了，打电话就是了。再说现在交通这么方便，相聚的机会还多着呢！我看你们这些哭的人都是死脑筋，转不过弯来。"站在车顶上的中年男子摸了一下八字胡，看了一眼黄少华，又说："那些哭的同学，可不能再哭了，哭坏了身体，我们可不好向你们家长交代！"

"对对，再哭就是死脑筋。"

"再哭，把你秃头都给砸扁了！"

"哎，门都没有。"黄少华笑呵呵地逗着苗红伟，周围的人都看着他俩开心地笑起来。

"红伟，回去以后，给咱们来个电话报个安，代我们几个哥们向家里人问个好。"郭峰实实在在地说。

"嗯，知道。我走以后，大伙可都要保重！"

"你就放心吧！"旁边的舍友们真诚地点着头。

汽车喇叭声又在催促还没上车的学生。马达声"突突"地响起，大客车缓缓地往前移，每个人心里却被一股力量牵扯着，庞大的车厢也仿佛被一股无形的力量往后拉似的，车轮每转动一圈，拉的力量就越大，扯得人心里难受。

车轮子飞起来了，苗红伟看了最后一眼车身后的舍友们，挥了挥手让他们回去。客车拐过一道弯出了校门。苗红伟走了，真正的走了。但他的身影仿佛还在学校里，在宿舍里。

苗红伟坐着那辆大客车驶向回家的归途，而刚才的说话声和送行的场面，还在脑海中萦绕，使得他不由得牵着脑袋向窗外张望。

郭峰看到送别毕业生的离别场面，感受到兄弟们之间的深情友谊。四年的生活，大伙一起浇灌的友谊之树，长高长大了，根也深了，现在，突然要拔出来，还要分成几半，将根深蒂固的友谊树撕扯开，怎么会不让兄弟们痛苦难受呢！

宿舍里，郭峰站在桌边，透过玻璃窗向刚才送行的那块地方望去。另一辆大客车停在那里，旁边又围上了另一伙送行的人。后面紧挨着还停了两辆大客车，车顶上的人，在使劲往上接行李，周围的说话声、车叫声交织成一片。

"郭峰，你啥时候走呢？"

"明天吧！你呢？"

"等几天再看吧！我得等等女朋友。"张成明吸了一口烟，慢吞吞地说："哎，哥儿几个，你们啥时候走呢？"他往桌上磕了一下烟灰，朝着徐飞，施宏和黄少华问起来。

"过几天吧！"三个人互相看了看，不太肯定地说。

太阳升到了天顶，地上依旧没有一丝凉风吹起，路边的树枝上，树叶子煮烂了似的低垂着脑袋。草坪上，几架喷水头转动着脖颈，发疯地朝周围洒水。

正午时分了，王雪梅从教室出来，一进宿舍就给郭峰宿舍拨电话，是施宏接的电话，他把电话递给郭峰。

"喂，雪梅，今天热坏了吧！这屋里跟蒸笼似的，你可得小心，别中暑了，多喝点菊花茶解解暑气。"

"嗯，知道了。哎，你的行李啥时候收拾呢？下午，我请了半天假，我想好了，过来帮你把该洗的东西洗一洗，该装的东西装一装，好不好？"王雪梅体贴地接着说："哎，你吃了没？我买点吃的给你带过来，你想吃啥？"

郭峰坐在床上，听着雪梅的话，心里暖暖的。他觉着雪梅对他很好。他感动得一时说不出话来，一股酸水从心底直奔眼眶。他稳了稳情绪，鼻涕还是控制不住地流了出来，酸酸的。他怕弟兄们笑话，赶紧拿手擦去。他的声音有点颤抖，咽了口唾液润了润喉。

"哎，说话呀？你怎么啦？"王雪梅在电话那头急问。她从电话中隐约听到郭峰吸鼻涕的哽咽声音，可她不知道他怎么了。她从校园其他毕业生身上看穿隐藏在他身上的凄凉与惆怅。郭峰马上就离校了，他注定要和她分开，她不知道该怎么办。但她知道她对他的爱，使她半点都不允许自己离开他，就像小说中的朱丽叶和罗密欧一样，有着共同的至死不渝的爱。

"雪梅，那……那我在宿舍等你。"他有点激动，但他控制着用平和地语气说。

挂了电话，王雪梅站起身，走到墙边的挂镜前。乌黑的眼睛比刚才精神了许多，她前后左右地扭动了一下身体，造作地微笑了一下，两个小酒窝诱人地露了出来。她对自己的长相和身材充满自信。她伸手按了按头顶翘起的几根乱发，感觉压平压展了，转身走出了宿舍。

  弟兄们一听王雪梅要过来，都自觉地坐起身，把各自的床铺收拾得整整齐齐，然后不吱声地走出了宿舍。郭峰等弟兄们走完，提起拖把拖地，拖干净后，又端来一盆凉水洒在地上。原本热腾腾的房间，经他这么一弄，一下子凉快下来。

  他打扫干净房间，开始一门心思等雪梅，心里盼着她能快点来。

  "咚，咚，咚"门板被轻轻敲了几下，他觉着如同敲在他的某个神经上似的。一定是雪梅，他确信不疑地忙忙跑过去开门。

  "峰，不想让我进来呀？"她站在门口娇滴滴地说。郭峰的判断没错，的确是雪梅。"梅，看你说的，人家盼星星，盼月亮地盼了半天了"。

  "我知道，看你那傻样。"王雪梅抿了抿嘴唇，开心地微微一笑，两个小酒窝也露了出来，"快吃吧。"

  郭峰接过快餐转身放在桌上，然后就忙着给雪梅倒水。王雪梅趁机察看他的床铺和衣服，床头上挂的几件脏衣服。"看看都脏成啥样了！快取下来让我洗洗。快点，干了明天还得带走呢。"她连推带搡的让郭峰拿下衣服，郭峰刚拿下衣服，又叫他去水房端水。郭峰快乐地听着她的安排去了水房。

  楼道里嘈杂的声响，时不时地闯进房间里，吵得人心烦意乱。郭峰很快吃完饭，凑在雪梅身边帮忙。王雪梅洗干净衣服，让郭峰拿着去水房漂洗干净。她和他沉默地洗着衣服，默契地配合着，好像是提前商量好的，该做什么心里都有谱。

  "郭峰，你相信缘分吗？"王雪梅突发奇想地问，又好像是想了好长时间，才说出来的一句话。说完，她继续低头洗着衣服，好像有什么事藏在心里。

  "我最信这个了，你呢？"郭峰反过来问王雪梅。其实，他非常清楚雪梅的心思。跟她相识三年时间，他们花费了很多精力和汗水来浇灌属于他们的"爱情之树"。而今，这棵"爱情之树"生根发芽，枝叶繁茂，那根已经深深地扎在彼此的心窝里，每触动一下，就疼得要命，每次疼痛都会剧烈地共振，让他俩都会感到难舍难分。

  "郭峰，你说我们俩是真有缘分？"王雪梅手底下揉着衣服，抬起头望着郭峰。

  "我俩是上天特意安排好了的，打不散，拉不开。"

"哎，认真点！"王雪梅扭头瞪了郭峰一眼继续说："那你说，咱俩今后怎么办？"

"我会经常来看你的。一有空我就打电话给你。"

"你别嘴上说得那么轻松，到时候就变了卦。"

"我说的是真心话。那我把心掏出来给你好吗？"郭峰深情地带着乞求的语气说。

"那你对天发誓。"

"好吧！我——郭峰，对上天起誓，我会永远永远爱王雪梅，不论天涯海角，就算是天涯海角，我都会抽空来看她。我的心里只有她，我会死死地追着她不放，直到她嫁给我！"郭峰拧了一把漂净的衣服，站起身来对着窗外的天空坦诚地发起誓来。王雪梅一看他的架势，被惹得"咯咯咯"地笑个不停。她知道他爱她，喜欢她，疼她。就算不说刚才这些话，她心里也清楚明白。可没有想到经郭峰这么一说，她倒觉得挺感动的，心里也更加踏实。

"郭峰，你对自己所说的话要负责，如果你变了心，我是绝不会放过你的。"王雪梅敲警钟一样给郭峰提着醒。其实，她用不着担心什么。她很清楚他是怎样一个人，他的性格气质很像她的父亲，做人坦荡正直，做事勤恳踏实……

王雪梅洗完衣服，开始装行李。不一会，该装的都装好了，就剩下被褥在床上留着晚上睡。

屋子里凌乱得让人失落。看着生活了四年的屋子，没有了热闹高傲的生气，郭峰不由得黯然神伤。

过几天，舍友们，同学们，一个个都将踏上回家的归途。他内心为舍友们，同学们之间的这份难舍难离的灼热感情烧得发慌。黯然失色的宿舍和乱糟糟的楼道，让他有种"人去楼空，凄凉满目"的伤感。

楼下的一排针叶松，依然整齐的挺立着，听惯了学生的吵闹声和欢笑声，突然没有了这些声音，倒觉得有些不习惯起来。

夜幕在城市的喧闹声中拉了下来，郭峰住的这所公寓楼里，灯光熄灭大半，吵闹声好像凝固了似的，只有电视机的声音单调地流动。楼下的公寓管理人员无聊地抽着烟，他伸长着脖子时不时地瞅着进进出出的大学生。不时地给招呼自己的学生点个头或者哼哈两句。"今天走了一大半人了。"他不由得自言自语道。学生们一走，倒让人舍不得。"呼呼"的夜风，轻悄悄地吹进楼门，掀起门旁的几片废纸在地上无聊地玩耍，废纸片打了几个转，"哧"的一声停住了脚。"起风了！"他望了一眼窗外的情形，自言自语地说。地上的烟头横七竖八地躺着，最爱干净的他却没有看见。他习惯地从桌前的小窗口看着从门外走进来的大学生，尽管进出的人那么少，可他还是想看着他们一个个走进走出。

第二天清晨，郭峰准备好行李就去车站搭乘回家的班车。马路上是熙熙攘攘提着行李准备回家的毕业生。

红彤彤的太阳刚探出半个脑袋，就用金晃晃的火焰炙烤着大地。一片片鱼鳞状的云朵，散落在天空，渐渐的"鱼鳞"散了架似的变成大片大片的"红纱"扯散开来。

郭峰被剩下的几个兄弟送到校门口，就恋恋不舍地告别了大伙。王雪梅陪他一直来到车站。

候车厅里，充满了嘈杂的脚步声和说话声。几架空调卖力地工作着，可丝毫感觉不到它的存在。

郭峰坐在椅子上，仰身靠着椅背，他闲看着提着大包小包进进出出的乘客，心里空落落的。他清楚将要告别大学四年的美好生活，这份感受不免让他的心情有些失落，他的脸上木然无色，眉宇间净是惆怅犹豫和无奈。

王雪梅提着几瓶饮料走进来，他马上强打起精神，强作笑脸，然而犹豫的眼神，却怎么也掩饰不住内心的失落。王雪梅望着他僵硬的笑容，想尽可能地让他忘去不愉快的现实，但真不知道该说些啥好，也不知该用什么样的方式来劝说他。

车站内，客车井然有序地停在自己的站点上。出站的客车满载着乘客，打着响亮的喇叭，向车站外移去。郭峰走进车门时，终于禁不住心中的情感，他激动地跟王雪梅紧紧地拥在一起。内心的情感牵着他的心发酸、发痛。顷刻间，腹腔内的酸楚一股脑儿地化作一股热泪飞奔出眼眶，他舍不得离开雪梅，他不

愿跟雪梅分开。王雪梅失声地哭出来，她的理智彻底被情感所征服。她实在离不开郭峰，可他现在就要无奈地离开她，往后的日子对她来说，就剩下孤独煎熬和折磨。她再也无法控制内心的激动。深深地爱恋，难舍难分的情感，彻底地爆发出来。

"郭峰，你一定要来看我，我等着你，盼着你来……"王雪梅激动地再也说不出话来。郭峰使劲地点着头，"嗯嗯嗯"地应着声。看着雪梅的泪眼，铁了心地想：我这辈子发誓只爱雪梅一人，如果有二心，我是不会饶恕自己的，我会杀了自己。

客车上的乘客好奇地探出头来，"哟，这两个学生娃太痴情啦！"客车司机开玩笑地说，"舍不得就都上来吧！"说完呵呵地笑了。周围的乘客听着他的话都可笑起来。两个泪人相互擦着湿漉漉的泪水，泣不成声地说着祝福的话，鼓励对方不要哭。

"雪梅，好好学习。我一有时间就会给你打电话，写信的。"郭峰稳住了情绪，安慰着王雪梅。

"嗯，我等着你的电话和来信，你抓紧时间找工作，可别忘了抽时间来看我。"王雪梅擦着眼泪提醒着郭峰。

"嗯，嗯。我知道，你放心吧！"

"峰，快上车吧！一车人就等你一人呢！"王雪梅轻轻地推了郭峰一把，又马上捏紧他的双手，接着又不情愿地松开，再接着哭哭啼啼的再次紧紧抓住他的双手，"上车吧，峰。"她最后一次松开郭峰的手，红着泪眼极不情愿地催郭峰上车。

郭峰无奈地上了客车，在车窗边坐下来。王雪梅泣不成声地望着他，给他拼命地招着手，追着客车呼唤着他的名字。他望着客车身后的雪梅，内心像一只猫爪子使劲抓着往后揪。他招着手示意让雪梅回去。

客车拐过一道弯上了公路，王雪梅被抛在车身后。他看不到她，心里难过到极点，他觉得他的心被遗落在雪梅身边了，腹腔里成了个空壳。

不知道雪梅现在成了什么样，她还哭吗？她还难受吗？她还……郭峰百感交集。

客车从车站出来，就驶进了宽阔的街道。路边高楼林立，街道充斥着城市的喧闹声，郭峰失落地看着擦肩而过的繁华的城市风景。

客车很快地前行，楼群和喧闹声渐渐被抛远。客车上了高速公路，客车便飞奔起来。郭峰靠在座椅背上，眼前的山峰和树木不断进入他的眼帘，脑子里不由得浮现出雪梅的身影和美丽的校园。渐渐地觉得自己好像从梦境中清醒过来，刚刚过去的大学生活好像是一场梦境中的事情。但这场梦会让他永远忘不了，永远值得他回忆。

车厢里的烟味，越来越呛人。几个烟客毫不自觉地继续抽着烟。

"抽烟的师傅们，别再抽了，我都被你们熏死了！"一个妇女板着脸朝几个烟客说。烟味仿佛熏透了她整个人。她气愤地把窗户推得更大。

几个抽烟的男人，对这个妇女的抗议不理不睬，继续"吧嗒吧嗒"抽着。

"把这几个人，一口烟呛死算了。"妇女一看没反应，气愤地说。

"爸爸，别抽了！我头晕。"一个小女孩大喊了一声抱着她的父亲，那人一听女儿这么说，啥话没说，马上捻灭了正吸着的香烟。周围几个抽烟人，一听小女孩说头晕，也都自觉地灭了烟。妇女一看这几个抽烟的人，捻灭了烟，感觉立刻舒服了些，心里也不再埋怨。

车窗外，一大片、一大片的田地里，覆盖着整片、整片的小麦，一直延伸到远方。两侧的山上，树木葱郁，绿草茂盛，真美呀！这都是近几年灌溉的绿化区，绿油油地遮盖了过去的黄土坡。还真看不到从前童山秃岭的影子。

客车在路边，缓缓地停了下来。郭峰提着行李走下车。"嘟嘟嘟"的几声马达声响过，客车快速驶向了前方。

二

葱郁的小树林，驻扎在公路边的水沟旁。"哗哗"的水声在水沟里亲切地流淌着。他有多年没到过这儿了，觉得这里的每一根草、每一棵树，都是那么亲，那么让他激动和喜欢。他有意张开嘴，吸了几口新鲜空气，憋闷的肺部舒服了很多。

他望着通向村庄的曲折山路，不由得兴奋起来，就好像已经见到村里的亲人似的，既亲近又激动。也许是好久没回家的原因，他感觉眼前的山山水水格外热情，格外亲切。

太阳晒得头顶上火辣辣的，呼啦啦的山风，倒也凉爽清新，比起城市里的闷热空气舒服很多。田野里，看不到半点人影。

水沟边的几块水浇地里，麦浪"哗啦哗啦"地响，一片丰收的景象。郭峰踩着山路，心里热乎乎的。路上碾出的车辙里，窝满了尘土。忽然，身后传来"哒哒哒"的三马子声。他转身一瞅，不远处一辆三马子尘土飞扬地开上前来。

"师傅，捎我一程？"郭峰上前招着手说道。

开三马子的是个中年人，一看有人搭车，停了下来，"小师傅，你去哪里？"

"去郭川子村。"

"上来，正好顺路。"中年人点着头，大大咧咧地说。他那风吹日晒造就的庄稼人脸，红得像个洋葱，嘴角一咧，脸上现出几道浅浅的皱纹。

郭峰听着中年人说完话，连说了几声谢谢，然后匆匆放上行李，一个跃步上了车。中年人见郭峰上了车，松开离合，一踩油门"哒哒哒"地走开。

三马子顺着颠簸的山路一会儿下坡，一会儿上坡。郭峰蹲在车厢里，颠得骨头都快散了架。三马子"哒哒哒"地朝山里奔去，车后的尘土四处飞扬。

郭川子村离公路大约三十里地，实属偏远山区，虽说是山区，但饮用水早由十年前的蓄雨水，改换成现今的管道输送水了。架管不忘镇政府，吃水不忘共产党。架管道多亏镇政府的大力支持和帮助，没有镇政府的支持和帮助，清澈的水不可能吃到嘴里。只因为旱地高高低低，坡度太大，要不然，满山的旱地也早成水浇地了。

三马子碾着厚厚的尘土，一摇三晃地驶进山沟。两侧的山峰光秃秃的，稀稀疏疏的山草被晒得蔫在山坡上。低矮的小麦烧焦了似的萎缩着身子。离村庄越来越近，郭川子村的轮廓隐约地出现在眼前，渐渐地可以看清楚一些村里人悠闲的身影，他们在土砖泥墙的村庄里闲走着。绕过一座山坡，看到了村口的大柳树，它好像比以前更粗、更大了，庞大的树干下，一大团树荫盖在地面上。围绕在村庄周围的白杨树、柳树也比以前更高、更粗了，绿油油的树叶儿尽情地摇动着，如同在招呼来客似的。郭峰的心情激动兴奋，真有点近乡情更怯的感觉。

三马子在村口停了下来，郭峰招呼中年人到家里喝杯茶，吃些东西再赶路，中年人说有事，一踩油门"哒哒哒"地走了。

郭峰提着行李，迫不及待地走向家门。

李玉珍在院子里做着家务，听见门"哐当"一声，回头一瞧，看见儿子提着行李从街门跨进来。

她一看见儿子回来，高兴地赶紧放下手中的活儿，乐呵呵迎上前，"峰儿，回来了。"说着帮儿子把行李提进院子。

郭富贵一听儿子回来，笑呵呵地从大屋里出来，夹在手指缝里的半截旱烟还冒着刺鼻的烟味。"峰儿，回来了，总算毕业了。"他说着呵呵地笑出声来，"现在就盼着有个工作了。"

"峰儿，晌午饭还没有吃吧？我这就给你做去。"李玉珍关心地问。

"妈，我不想吃，不做了。要是饿了，我嚼几嘴馍就行。"

"哎，那哪行呢，我去做。"李玉珍说完径直去了厨房。

郭富贵不言不语地帮儿子把行李搬进小屋，就去厨房帮妻子烧火做饭。

郭峰打开了行李包，整理起来。他把带来的几本小说放进写字台上的小书架上，还没有收拾完行李和一大堆书，就感觉又乏又瞌睡。他索性躺在炕上，养起精神来。

小屋里，墙面刷得白生生的，上面贴着几张篮球明星画。虽然好长时间没人住，但是李玉珍还是每隔两三天替儿子打扫着。他疲乏地迷糊了一阵，就听见母亲叫他的名字，还没翻起身，母亲端着饭便走进来。

"峰儿，吃饭。吃完了再睡。"母亲见他睡意正浓的样子，轻声地催起来，"峰儿，快吃吧！"

他翻起身伸手接过碗，坐在炕沿上睡眼惺忪地吃起来。墙上悬挂的月亮镜里，满头银发的母亲，站在朝气蓬勃的儿子旁边。头上戴着的自缝的天蓝色的确良圆帽，早被汗水渗透大半，矮小敦实的身体，明显有些驼背。郭峰抬头不经意从镜子里看到母亲，他发现母亲变老、变瘦了，他心疼地转头看了一眼母亲。

"妈，您瘦了。"

"哎，还不是为了你。俗话说：'爹妈的心放在儿女上，儿女的心放在石头上。'现在我和你爹都累出了一身病，你就看着办，今后我们两个'老鬼'你照顾不照顾？"李玉珍说完憨憨地笑了。

"妈，您还这么说呀！我都二十多的人了，您还这么说！"

李玉珍看着儿子俊俏的脸庞，心里热乎乎的。她多想儿子能早点出人头地，早点过上好日子，这是她最大的心愿。现在只要儿子有了工作，这个心愿也就了了，他心想着。

郭峰吃完一碗，又去厨房舀饭。李玉珍便收拾起他摆在炕上的书本和行李来。儿子回了家，她心里别提有多高兴，浑身长了不少劲，仿佛都年轻了好多岁。儿子现在长大成人了，她不指望他以后为家里做些什么，只希望他有个吃公饭的工作，她就安心了。她翻来覆去地想着这些问题。

她收拾完炕上的东西，便抱起炕上的被子想去晒晒。

太阳晒得正有劲，院子里的几只母鸡"咯咯"地叫着，窝进墙边的柴堆底下去乘凉。她走到院中间，将被子搭在晒衣铁丝上，用手拉得平平展展。

郭峰舀了饭，就坐在灶火门边的小板凳上吃起来，浑身热得冒汗，额头上的汗珠直往下流，心里也闷腾腾的热。

厨房的墙壁被熏得黑漆漆的，头顶的椽子更是黑得发亮。里面简简单单地摆了一张方桌，一张大案板和一个橱柜。虽然有点简陋，可摆得整齐有序。

郭峰吃完饭，从厨房出来坐在屋檐下乘起凉来。"呼呼"的山风轻轻地刮着，吹到身上凉飕飕的，很是解暑气。他索性脱下上衣，光着膀子让风吹。

"峰儿，屋里有凉茶，喝点。"

"爹，我不想喝，您喝吧。"

"峰儿，你进屋来，我问一下你们毕业后的分配情况。"

"爹，现在都是自己找出路。"郭峰边说边走进大屋，"去年，我们县上对本县户口的大学生进行了一次就业招聘考试，今年的情况大概也跟去年一样吧！过几天我去县人事局打听一下。"郭峰说着坐在茶几边的小板凳上。

"那可要抓紧时间打听。干脆明儿个你就去。"郭富贵对儿子工作的事有点着急。他盘算着，如果政府不能安排，就得靠自己想法子了。他说完话，"咕嘟咕嘟"地喝了几口茶，接着问，"你的同学们工作找到了没？"

"大多数都没有找到，只有个别人找到了。反正各地的就业情况都不太好。"郭峰对着父亲郑重其事地说。眼下面临的就业问题是全家人都替他犯难的大事。没有工作，他未来的生活和前程将是一片渺茫。他必须得找到工作，而且必须抓紧时间去找，先从县人事局打听就业情况开始，然后就……他在心里替自己做着周密的打算。

李玉珍洗刷完锅碗，便来到大屋。"峰儿，你在家待着，我和你爹去地里拔草，想看书你就看会书，不想看就到村子里转转，散散心。"她望了一眼儿子接着说，"草不多，我们一会儿就能拔完，你就不去了。"

"妈,天气热,您得多带点水。"

"嗯,"李玉珍说着和郭富贵戴上草帽,提了一大壶水出了家门。

郭峰回到小屋,从书架上拿了一本小说翻起来,只翻了一会就没有心思继续翻下去,心里乱乱的。想想父母亲面朝黄土背朝天,日渐衰老的身体,他深深叹了口气。他是父母亲心里唯一的希望和寄托,他无论如何都不能让二老的希望和寄托在他身上落空,他一定得找到工作,他心想着。

山村里,出了山还是山,漫山遍野的旱地里刨不出几个钱儿来,能供出一个像模像样的大学生来,要花多少心血和汗水呢?他知道,四年来上大学的学费除了梨地里的经济作物外,还得靠父亲做木工活和母亲拾发菜填补。父母亲真不易呀!他对父母亲满腹的心疼和敬佩。他不再去想这些,无聊地找出带来的影集,闲翻起来。

看到一张张熟悉的脸庞,又将他带进一串串回忆中。他看着雪梅的相片,她是那么漂亮迷人。亭亭玉立的身材,俊俏的脸蛋,会说话的大眼睛,浑身上下充满了朝气和自信,他端详着她的相片,心早飞到她的身边。雪梅这会不知在干什么?她在认真学习吗?她的心情好吗?如果有一对翅膀该多好呀!一拍翅膀就可以见到她。可以跟她说话,看着她学习。想回家时,翅膀一拍就回来了,他空想着。

他待在家里整整一个下午,时间并不算长,可他感觉好像已经过了好久好久。到后来干脆打开日记本写起日记来。

X 年 X 月 X 日星期 X

今天,是我离校的第一天。跟舍友们告别后,雪梅一直送我到了车站。到现在离开学校不到半天,可我脑子就已经想念学校,想念舍友,想念我心爱的雪梅。我待在家里,心却还在遥远的学校。我的脑子里满是对心爱的人的牵挂和对校园的留恋。我现在离开了学校,我看不到那儿的一切,也听不到那儿的一切,我只能凭想象捕捉那儿的影子,凭回忆搜索那儿的美好。我想对着天空大声呼喊一声:我非常非常想念你们!可那儿的人听不到,我就想把天底下最美的祝福统统送给他们，愿：天河工大的王雪梅和我的老师们还有回到家乡的舍友和同学们健康快乐。

到了晚上，郭峰吃过晚饭，就在院子里闲走着。夜静静的，耳边传来村里的狗叫声和小孩子们的追逐声，他不由得想起了童年的事情，一帮小伙伴们整天打打闹闹地折腾，到晚上都不愿意回家，非得几个母亲揪着赶回来。现在，从前的那些伙伴们都各奔前程抓光阴挣钱去了，逢年过节才能碰个面。

郭峰一时兴起想去外面走走，他跟父母亲打了招呼，就迈出了家门。

村子周围的山峰，黑魆魆地林立着，在灯光的映射下，显得格外庞大，格外可怕，如同一群怪兽一般静静地卧在郭川子村周围。

郭峰顺着村前的马路，向远处走去。眼前的田地里，早就黑咕隆咚，只听见清风过后，麦穗窸窣的摩擦声。远处的蛙声，接二连三地传来，响彻村庄田野，想要撕破夜的沉寂。他已经好久好久没有到过田边，宁静的田野让他的心情舒畅平静；他仿佛忘记了一切烦心，任由他的心情一再放松。他感觉此刻自己仿佛变成了放开自我，放飞思绪的田园诗人，正在捕捉诗句，描绘田间情趣。

村口的大柳树下，几个年轻人正凑在一起闲聊着，瞅见有人过来，都瞪大眼睛看过去，等人到了跟前才认出是郭峰。

"是峰子呀。你啥时候回家的，这都半年不见你人影儿了。嗨，个子又长高了。"比郭峰大五岁的陈林亲热地说："咱们的大学生工作联系到哪儿了？吃了公家饭可别忘了咱们这些土包子。"他开着玩笑，看着郭峰朝旁边的几个伙伴笑了笑。旁边的几个人一看是郭峰，都走过来问长问短地寒暄起来。一问到工作方面的事情，郭峰就犯起难来，他觉着工作仿佛离他还很遥远，很遥远，一伙人的问话让他的思绪一下又进入无业的烦恼中。

"哎，现在找份工作，难啊！城里找工作的大学生满街都是，多得绊脚面。我跑遍了天河的人才市场，没一点戏，真是愁死人。"郭峰心里苦，但还得装着乐。

"工作是大事，可要抓紧找，"几个年轻人关心地说："现的工作，都得托点关系，花点钱，要不然找工作难啊！有时花了钱事情还不一定成。如果自己

能找到,最好靠自己。"

"是啊!就是不好找。"郭峰发愁地说。

陈林和周围的几个人这么一说,他感觉如今的工作远比他想象的还要难找得多。

夜空无月,天空黑得如同一口倒扣下来的黑锅。他的心情仿佛跟黑夜一样沉重而没光亮。回到家,他心情低落地上了炕,脑子里空空的,没一点方向,想睡却没半点睡意,脑子里都是工作的事,心里也不由得着急起来。这一夜,他辗转反侧。

他失眠了,到第二天一清早才昏昏睡去。

李玉珍一大早起来,她喂猪喂鸡忙活完,就去做饭。一顿饭做好,还不见儿子起来,就站在院子里,"峰子,峰子,这娃还不起来,正在关键的时刻要鼓把劲呀!"一瞅小屋里有了动静,才停了声。

郭峰听见母亲的叫声,匆忙地起了床,洗漱完就端起碗吃起饭来。李玉珍和郭富贵早吃完了,坐在一边等着儿子赶紧吃完饭。

"峰儿,今儿个你就去县人事局吧?"郭富贵还没等儿子吃完饭就开口说道。

"嗯,爹,我吃完就去。"郭峰从父母亲刚才的沉默中察觉到他们急切的心情。

父母亲身上也有压力呀!他们的压力就是他的工作问题。父母亲和他怀着同一个相同的心愿,他们和他的压力相同,他们多么希望他能快点找到一份工作。眼下,一家人的主要任务就是想方设法解决他的工作,他自然心知肚明。

吃完饭,郭峰就忙忙地推着自行车出家门,李玉珍趁机塞给儿子20块钱,"到中午吃个饭,别将就。"她悄悄地给儿子说。"知道了,妈。"郭峰说着骑上自行车,踏着脚踏板,朝村口骑去。

"峰儿的工作咋办啊?一个事愁罢,又是一个事。"李玉珍满脸愁云地说,"峰儿的工作不能耽搁,得抓紧办啊!"

"是啊。今儿让峰子看看人事局的安排。"郭富贵思忖着说,"实在没法,就另做打算。你闲下来了跟村里人打问一下,谁家有能牵线的亲戚呢,到时候好有个方向找人。"郭富贵弹了弹烟灰跟妻子商量着说。

"尕三哥不是有两个外甥在县里和市里工作吗？你抽空跟尕三哥拉个话儿。"李玉珍平和地说，但语气里让郭富贵感觉是在催他。

"我抽空去聊聊。我先走了，你洗了锅碗就来。"郭富贵说着提了个麻筋袋子出了家门，快步地朝地里走去。

旱年的庄稼，干巴巴地挺立着，那些乱七八糟的草倒是很绿很精神。远远望去有些草比麦子高出一截，真是可恶，郭富贵有心一把将地里所有的草都拔个精光，可就是心有余力不足，得一根一根地去拔，还得小心不能踩着麦子，他躬下腰，面朝黄土，背朝天地拔起草来。

郭峰出了家门，便顺着黄土山路朝山口奔去。天热路遥，没走多长时间，身上已汗淋淋的。出了山口，走在柏油马路上他感觉轻松起来，车轮也听话了，滑溜溜转动着。

天越来越热，暑气直往心里钻。阳光照射在柏油马路上泛起了刺眼的白光，耀得人眼眯成一条缝。

这条柏油路，郭峰再熟悉不过。四年前，他在县城上高中，每到周末都会骑上自行车，飞奔着回家。到了第二天，母亲给他装好一周的馍，他又飞奔着回学校。不管刮风，不管下雨；不管冬天，还是夏天，他一如既往，为的是考上大学，为的是父母亲的盼头。

现在走在同一条路上，他有了新的感觉，有了新的盼头。他感觉这条路很亲切，很友好，它不仅仅是通向学校和家的途径，而且像人一样有特别丰富的感情——愿意支持他单纯的想法和盼头。盼头，过去是金榜题名，而眼下就是能有一份吃公饭的工作，他心里想着。

足足骑了四个小时的自行车，才隐约看到县城的轮廓。一片平屋的远处，高楼林立。车辆的噪声远远传进耳膜。

变化真大呀！郭峰心里感叹道。沿街新修建的楼面拔地而起，几家超市也是最近开张的，门口摆着两个大音箱，正亮开嗓子唱着流行歌曲，大酒店门前齐刷刷地停着出租车和小轿车。他从东关十字拐了一道弯向西的方向走去。

楼群间的气温，钻心的热，刮过的风也是热腾腾的。他急匆匆赶到县委大门口，已经十二点过了，里面的工作人员早已下班。他停下车，一只脚支在地上。门里的大院里空荡荡的没人影，他在门口支好车子，走进大门，朝旁边的门房走去，他伸手"咚咚咚"地敲了几下门。

"进来。"一个粗粗的声音传出来。

他推开门走了进去，一个半老头子坐在桌前，满脸的胡茬，一双小眼睛睁得大大的，正朝他望来。

"你找谁？"

"师傅，我到人事局去。请问人事局是不是下班了？"他摸了摸鼻子说。

"十二点下班，这会儿早没人了。下午两点半上班，你下午过来，先去吃个饭，一会儿就到时间了。"老头子直言直语地对他说。

落实情况后，他打算先去吃饭，下午再来人事局。

县委大门出来，朝东是一个小杂市，里面摆摊的，卖鱼的，卖菜的，补鞋的，开面馆的，还有小百货，土特产……郭峰想去那儿，图个方便。

小杂市中间的马路边，几家小面馆敞开着大门，里面坐满了食客，更远处的一家面馆却生意萧条，几乎无人光顾。庄稼人不离地头，生意人不离市口，这家小面馆像是站错了位置似的，半天还等不来一个人。

郭峰来到了小杂市，偏偏进了这家饭馆，他是图个消停。里面摆着几张小餐桌，桌面擦得干干净净的，一台大风扇在天花板上"呼啦啦"旋转着，他往餐桌前一坐，立刻从出饭间出来一女青年，她很大方地走过来。

"师傅，您吃个啥饭。"女青年伴着专业的微笑朝郭峰问。

"大碗炒拉条，少放点辣子。"郭峰说完一心一意地对着风扇乘凉。凉爽的风舔着他的身体，舒服到心里去了。

吃完饭，时间还早。他打算给雪梅打个电话。自从分开后，他的心一直惦记着她。虽然，他烦工作的事情，但雪梅仿佛时时在他心里作怪，让他时时都不忘记思念她。

"丁零零……"一阵电话声响彻房间，桌边的陈小红伸手接起电话，"喂，你好，请问你找谁？"

郭峰一听是陈小红的声音。"喂，小红你好。"

"噢，是郭峰呀！你好你好，雪梅去隔壁了，你稍等。我这就去叫他。"陈小红放下话机 "雪梅，有电话！雪梅，有电话！"边喊边往外走。

王雪梅一听见陈小红的声音，匆匆赶过来。她迫不及待地拿起话机，"喂。"

"雪梅，是我，在干什么？吃饭了吗？我在清泉县城。今天来人事局打听毕业生安排情况，早上来迟了点，人家都下班了。哎，雪梅。你还好吗？才分开一天就想你啦！我也不知道啥时候能来看你，不会怪我吧？"

"不会怪你的，到了家里。肯定有很多事要做。再说，你正在忙工作的事，哪来的时间看我。你能打电话来，我就已经很高兴了，我想给你打电话，就是不知道往哪儿打？我看只能给你写信了。"

"我们村里还没公用电话，也不知道啥时候能把电话线架过来。总得让人走出山找电话。雪梅，你别着急，我一有空就来看你，反正这儿离学校也不算远。噢，对了，过半个多月，你也要放暑假了，等放了假来我家好不好？"

"嗯，我会考虑的。哎，你先忙工作的事，如果在县城找不到，就到天河来找，这儿的就业面广，说不定很容易就找到了，如果再找不到，那我们就一块去外地打工，反正挣到钱能养家糊口就行。如果将来钱挣多了，有没有稳定的工作都无所谓，你说呢？"王雪梅替郭峰和自己的未来打起算盘来，她觉得关心郭峰已经超过自己，她太爱他了，她满脑子都是他的影子。

"我先尽量找，实在没辙就只能那样了。"郭峰拧着眉头认真地说。

"嗯，我听你的。但你一定要想我，一有空就想我，知道吗？"

"嗯嗯，知道。"

"知道就好！"雪梅满脸喜气地乐着。

"雪梅，真浪漫呀！"陈小红在一边拔高了音调，怪模怪样地故意逗起她来。

"小红，你这小妖精，就会逗人！"王雪梅大声闹腾起来。王彩虹，丁洁和李月琴"哐"地推门进来，"干什么？你们俩。"

"嗨，雪梅和郭峰搞浪漫呢！"陈小红朝进来的三个姐妹喊道。

"哟,是吗?那我得制造点火热气氛。"丁洁说着凑近王雪梅,对着话筒叫起来,"郭峰,雪梅一直念着你呢!你怎么才打电话来呀!哎,你可记住,雪梅可是咱们学校有名的美女呀!可别让其他男生乘虚而入,撬走雪梅。"

"丁洁,那拜托你替我罩着点雪梅。"郭峰一听是丁洁,讨好地说。

"那你可要表示表示。你这差使可是不一般,至少得一顿饭吧?"

"没问题。"

"郭峰,着急了吧,看你以后对我好不好!心里酸了没?嘿嘿,别乱想了,我和丁洁都开玩笑呢,你放心好了。郭峰,她们要捣乱了,有时间再打电话吧,赶紧去人事局,看看有什么好情况,我会给你写信的,再见!"

郭峰心里暖暖地将话筒放下。

太阳火辣辣的,街上的行人都贴着荫凉走。郭峰看了一眼手腕上的石英表,快两点了,得赶紧去人事局,他心说着跨上自行车。

王雪梅接完电话,阴郁的心情顿时开朗起来,一下子有说有笑。

郭峰离开她后,她心里好像缺了什么似的,空荡荡的,就连美丽的校园,在她眼里都好像失去了原有神色,变得灰蒙蒙的。班里的同学高高兴兴地在一起说天道地,而她黑着个脸,愁眉不展。郭峰走了,仿佛带走了她的心,她把所有的心思都放在对他的思念中。刚才接到了他的电话,她的心情才算了平静下来,否则她真不知道该咋办。

郭峰到了县委,将自行车停在县委大院里,就径直向县委办公大楼走去。一面鲜艳的国旗在院中央猎猎作响,升旗台后的大花坛里摆满了各色鲜花,个个争奇斗艳,精神抖擞,充满了火一样的热情,大院的左右两侧是挺拔威武的松柏,如同两列卫兵肃穆地站在岗位上。好些不知名的小轿车停在这些树前,有些刚从大门开进来,有些正准备出去,"嘀嘀嘀"地叫着,大院里热闹而不失秩序。

郭峰绕过花坛,顺着青色的水泥台阶,走进办公大楼。迎门的一块宽大的双面镜端正得立着,他对着镜子擦了擦汗,转身盯在墙面的办公示意图上,"四楼右手第四间。"他自语着顺着楼梯左拐右拐地来到人事局办公室门口。

他站住脚，镇静了一下，伸手"咚咚咚"地敲起门板。心里期盼着有人能很快说声"进来。"

一个三十多岁的年轻人，拉开门看了他一眼，"请进。"那人迟疑了一下问道，"你找谁？"

"请问人事局报到的就在这儿吗？"他很拘谨地问。

"在李主任那儿。"那人扭头用嘴指了一下。

郭峰朝窗边看去，一个中年男人正坐在桌前写着什么，鼻梁上架着一副黑边近视眼镜。听见有人找，中年人推了推眼镜，抬起头来，朝郭峰望了一眼，又接着低下头继续写起来。

郭峰走上前小心地说："李主任，您好，我来报到。"说着利索地拿出报到证和毕业证，整齐地放在他的桌面上，"这是我的证件，打扰您了。"

中年人拿过证件仔细看，毕业证封面上印着：天河工业大学。打开封面，里面印着：学生，郭峰，性别，男，出生日期：一九八二年五月十六日，二零零一年九月至二零零五年七月在我校工程设计院学习，桥梁工程设计专业……中年男人看完证件，望着郭峰淡淡地说："毕业证和报到证各复印一张，留在这儿就行了。"说着将证件推到郭峰旁边。

郭峰拿上证件，对着中年人试探地打问道："李主任，请问一下，今年的大学毕业生，工作怎么安排呢？"

"这个不好说，近几年的毕业生太多。前两三年的学生，工作还没有解决呢。你先在家等着，如果有工作方面的消息，我会通知你的，你把家里的电话号码留下。"

"我们那儿还没有装电话呢，怎么办呢？"

"那你自己得操心，万一有就业的消息可就没法通知你，你可要多跑跑人事局。另外，很可能要举行就业招聘考试，自己要多留点心。"

"嗯，谢谢李主任。那我赶紧去复印证件。"郭峰说完话，感激地望了一眼中年男人，就匆匆出了人事局办公室。

"哎，又是一大批毕业生啊！哪来那么多岗位给你们呢！这个世界，真是

人满为患啊！"等郭峰离开后，李佳一仰头靠在椅背上感叹起来。窗台上的一盆金钱树和一盆四季果很讲究地摆着，给房间添了不少景致。他起身从窗台上的鱼食袋里取了一撮鱼食，撒进桌上的小鱼缸里，几条小金鱼一下子精神起来，摇着尾巴抢着去吃水面上的食物。不一会，撒进里面的鱼食，全都被吞光。

郭峰下了办公大楼，便匆匆去附近的复印店，可他并不知道从这刻起，就是他艰难求职征途的开始。

光秃秃的山峁上，山风呼呼地刮着；枯黄的山草干巴巴地扎着；好些叫不上名堂的山花鲜艳地绽放着，在烈日下如同五颜六色的火焰。地里的荒草反倒精神十足，一大片，一大片地缠在麦子的脚脖上，霸道牛气地生长着。

天空瓦蓝瓦蓝的，几缕白云轻纱般长长地拉开，越拉越多，拉满了整个天空，它们翻转飘动，缠绵相连。一会儿的工夫给天空蒙了层神秘的面纱。地面上闷热起来，屋里屋外闷得让人透不过气来。

李玉珍在村口远远地瞭了一阵，不见儿子踪影这才返回家来。刚走进家门，刺耳的驴叫声"吱儿吱儿"闹起来。一见人，叫得更殷切了。李玉珍三步两步地走到水窖边，提起半桶水走向驴圈。大青驴看见水桶"哼哼哼"地叫唤着将脖子伸过来，等女主人把水桶提到嘴巴，便抿住嘴，"咕咚咕咚"地往肚子里灌，鼻孔一张一合地呼吸着。等喝足了水，便拌着嘴唇、喘着粗气抬起头来，没咽下的水哗哗地顺着嘴唇流出来。还撒着娇去舔女主人的手，大嘴巴一下就弄湿了李玉珍的手。"这畜生，走开。"李玉珍习惯性地责骂起来，她挥手一甩，吓得大青驴一惊一惊地向后连连退去。

郭富贵在炕上打着呼噜，熄灭的半截旱烟在嘴角衔着，身上的汗味和旱烟味儿浓得呛人。

"峰他爹，快起来。日头晒得人心惶惶的，地里的庄稼都晒干了。快起来，快起来。"李玉珍催起来，"你也能睡着，真是的。"

"叨叨叨，叨叨叨，就知道个叨叨。庄稼晒干了让我咋办。"郭富贵睁开眼，头脑昏沉的，一听见妻子的唠叨声，就来火了。

"说不得，你睡着就好。"李玉珍阴下脸，再没说啥。提了个筐就出了家门。

郭富贵揉了揉眼睛，喝了口水提起锄头跟在李玉珍身后，也出了家门。

山沟里刮进一股透心的凉风，刮得漫山的庄稼窸窣作响，刮得很舒服，很及时，刮到哪儿，哪儿就凉飕飕的。李玉珍和郭富贵面朝黄土背朝天地拔着草。野麦、灰条、苦苦菜、骆驼蓬、蒿子……乱七八糟地长了一地。

"哪来的草，这么多。"郭富贵望着满眼的杂草和矮兮兮的庄稼发起了牢骚。他心里乱乱的，就好像这满地的杂草长在他心窝里似的。李玉珍在一边默不作声地低着头，她一边拔着草，一边考虑儿子工作的事，心里没个底。亲戚中间没个牵线的人，眼下的社会没个牵线的人，办事难呀！真是愁死人了，她心里感叹着。

山脚下满是昆虫的吵闹声，搅得山沟了乱哄哄的。几个顽皮的孩子们，提着刚从树上揪下来的小树条，"吱吱哇哇"地喊着往山坡上跑。红扑扑的脸上，沾满了土，衣服也弄得土苍苍的。一会儿，竟跑下山坡，闯进庄稼地，大呼小叫地乱跑，看见有大人过来，赶紧溜出来。"这些小鬼，净是糟蹋庄稼。"郭富贵瞅见孩子们溜出庄稼地，心里不满的责怪起来。

他直了直腰，发困的腰舒服了一些，迎面吹来的山风使他浑身凉爽，他拿下草帽，抠了抠脑勺。也不知道峰儿事情打问的怎么样，有没有好消息呢？如果能把峰儿的工作顺顺利利地解决，我就谢天谢地。哎，就怕事与愿违。峰儿的工作如果解决不了，那可怎么办？都说黄天不负有心人，峰儿十年寒窗苦读，考上了大学，现在大学毕业，都是为了有一份吃公家饭的差使，可眼下峰儿的工作没一点着落。真不知道该如何是好？他不断地在心里发着疑问。太阳火辣辣地燃烧着，他仰头望了望天空，眼睛被耀得眯成了一道缝。

"啪啪"的羊鞭声从山梁上传下来，只见一大群羊从山峁上探出头。羊户长跟在羊群后面，手里握着一把羊鞭，肩上挎着背壶和饭兜悠闲地走着。尽管阳光很毒，但在山头上风刮得有劲，羊群也不会乱跑，乖乖地低头啃着半黄不绿的山草。羊户瞅着日渐瘦乏的羊群，心急地恨不得把自己身上的肉剜下来补在这些羊身上，瞅着干巴巴的山坡，他唯一的盼头就是让老天爷下几场大雨。有了雨水，这群羊就能吃饱肚子，他也就有指望，羊户暗暗在心里叫着苦，他

叹了口气，看了看炫目的太阳不再作声了。

再说说郭峰，自从他从人事局回来后，翻腾出他在大学里学过的专业书籍，准备从头到尾地展开复习，父母亲为他创造着最好的学习条件，不让他分心地投入到学习中去。

他起早贪黑，全心全意地复习，困了累了，他就在院子里转一转。他知道他必须靠真才实学去参加招聘考试，除此之外，他无路可走。厚厚的书本放在桌上，起先还觉得用不了多长时间就能复习完，才刚过几天，就觉得不是那么回事。越复习，越感觉时间远远不够；越复习，越感觉以前学得太肤浅，他感觉自己仿佛走进了一个无底的葫芦，越走越宽大，好像要学习的知识都在葫芦里面，而自己却显得那么渺小和无知。他感觉一种莫可名状的紧迫感填满了身体。

时间一天天过去，他时刻担心就业招聘考试会很快到来，时间远远不够用，他一边紧张地复习，一边在心里干着急。

自从王雪梅和郭峰分别后，便独来独往，她没心情去搭理身边的一切，也无心和舍友们说天道地。她觉得时间跟她较劲，叫它短时，它偏度日如年。见不到郭峰，她仿佛觉得自己生活在梦境中。她很想念和他在一起的日子，那些日子里有那么多欢乐，有那么多乐趣。这两天，她的思想全投入到对他们过往的回忆中，凡是有他的地方，她都回想遍了。她没有想到自己会因为他的离去而变得如此脆弱和孤独。

校园里充满了难得的清净和凉爽。已经是晚上十点多，夜空漆黑如墨，周围的灯光却亮堂迷人。王雪梅走在五彩缤纷的夜色中，她只身一人，内心一片孤独，刚刚离开郭峰不久，却感觉好久没有见过他。她真的很想见到他，不知道他现在做什么？他睡了吗？不断地心想着。其实，她已经满足了，有他爱，有他疼，而且父母亲那么关心她，又有足够的钱供她上学，还渴望什么呢？她跟几个舍友相比，在各个方面有过之，无不及呀！陈小红自来到世间就失去母爱，她是父亲一把屎，一把尿地拉扯大的，家里穷得叮当响，连几件像样的衣服都没有；再想想其他几个舍友，都如同是同一个黄连扎出的几条根，除了丁洁是城里人，剩下的都是从贫苦的山区走出来的。贫困和艰难的农村生活滋养出她们几个农村女孩坚强勇敢的信念，几个舍友个个不怕苦，不怕累。看看自己，虽然小时候家境不太好，但是没过几年，家里的生活条件在父母亲双手的辛勤劳动下，发生了天翻地覆的变化，家里不缺钱花，她和妹妹不用担心没钱上学。回想过去，仿佛刚刚发生过的事。时间过得真快呀，转眼间小姑娘都成二十出头的大姑娘了，现在不缺钱，就缺郭峰在她身边。她的脚步移向公寓楼，想回宿舍给郭峰写封信。

时光如水一般匆匆地流着。

眼瞅着太阳一天一天地东起西落，李玉珍觉着自己的心一天比一天沉重，仿佛身体都增重了好多斤。瞅着儿子起早贪黑地复习，她这心里一半是信心和希望，一半是担心和渺茫。

她在心里默默地给儿子加着油鼓着劲。身上的每根弦都绷得紧紧的，多希望能给儿子帮上点忙，可就是心有余力不足。她叹了口气，忙忙催起丈夫来，她要丈夫去人事局打听儿子考试的时间。郭富贵应着声，说第二天就去打听，她这才静下心来。

郭峰正在小屋里复习，听到母亲要让父亲去人事局，心里有些按捺不住，他是想自己去人事局的，一来打听招聘考试的情况；二来可以联系一下班里的其他同学，问问他们的就业情况；三来可以给雪梅打个电话，他心里盘算好，就跟母亲说他要去人事局。李玉珍一听儿子要去人事局，心里有点不乐意，但嘴上并没说什么。她想让儿子一门心思地扑在复习上，这些事情让丈夫去就行了。

第二天一大早，郭峰很早就起了床，洗漱完后母亲就端来荷包蛋，等他急匆匆吃完，东方的天空已经亮了。母亲再三叮嘱着送他出了家门。

来到清泉县城的时候，还不到十点钟。他骑着车径直到县委大院，支起车子跟传达室的中年人打了个招呼，迫不及待地上了县委办公大楼。

他敲开人事局的办公室，上次来人事局见到的那个青年人开了门，他说明来意，青年人从桌上拿起一张文件给他看，"一楼墙面上早贴了，你没看到?"青年人坐下来问。

"我刚才走得急，没注意到。"郭峰一边瞅着文件，一边冲青年人笑了笑。

山枣红了

"关于2005年大学毕业生就业招聘考试的通知：……2005年8月1日上午9时报名，报名时须带毕业证，身份证和一寸免冠相片两张，报名费150元。考试时间：2005年8月3日上午9时。招收范围：2002——2005年毕业的本科生和大专生。"

他看完文件，在脑子里重新记了一下报名和考试的时间。

喧闹的街道里，好像在庆祝一个盛大的节日似的，格外热闹。他从县委大院出来，径直朝东面的小杂市移去。

他脑子里早计划好要做的事情，先吃饭，再给雪梅打电话。如果这会给雪梅打电话，她肯定没下课，打也是白打。

几台褪了色的修鞋机闲闲地立在小巷口，发亮的机架在阳光下反射着耀眼的光线，修鞋匠不知躲进哪个角落，不见了踪影。他望了望几台修鞋机不作声地找了一家饭馆走了进去。等他从这家面馆吃完饭出来，额头上的汗水流进眼眶，涩得他睁不开眼。

他接着走进一家公话亭拨通了雪梅宿舍的电话。

"喂。"是王雪梅接的电话。

"雪梅，是我。"他用唾沫润了一下嗓子，"雪梅，说个好消息给你听……"他详细地把考试的情况告诉了她。

王雪梅一听，着实地替他高兴，她在心里为他鼓劲加油，她相信他一定能行。

"郭峰，我真为你高兴，我祝愿你能考出好成绩，早点就业，我相信你一定能行。对了。我过几天就考试，考完试就来看你。"她一想到马上就要放暑假，心里就来了精神，因为很快就要和他心爱的郭峰见面。

"真的！太让我高兴了，你哪一天来？我来公路边接你。"郭峰兴奋地满怀欢喜。

"我自己来，不用接，到时候打问一下就找到你家了。进山的路我知道，你就放心吧。一放假我就来，你在家等着我就行了。"王雪梅开心地说。今天能接到郭峰的电话，她着实的欢喜，简直有些兴奋。"郭峰，我给你写了信，可能这一两天你就能收到。看完信请妥善保管。"

"嗯，知道了。"

"你要点什么我来时给你捎上，"王雪梅接着说，"不说可就没有机会了。"

"嗯……就借本张爱玲的小说吧！借一本就行。"

"那好，我下午就去图书馆。"

"雪梅真想你。"

"我知道，过几天就见着面，你安心复习，我很快就会来到你身边的。"

"嗯，为了你，为了我们的伟大爱情，为了我们的美好将来，我会踏踏实实地去复习。"

"那就好。"王雪梅甜甜地说，"说真的，我也想你呀，时常拿着你的相片解闷，这些天真不知我是怎么熬过来的，还好马上就放暑假。峰，真想马上飞到你身边，诉说这些天来对你的思念。这些天我太孤独，太冷清了，除非你来到我身边，否则无法改变我的糟糕心情。好了峰，再说就没完，过几天就能见着面，你好好复习，好吗？"

"嗯。"

"峰，拜拜。"王雪梅压低声音，甜甜地说。她声音虽然很低，但让郭峰觉得她是在用心说话。

打完电话，他如同了却了一桩心事。

熙熙攘攘的街道，车来车往。鳞次栉比的楼群拔地而起，这不算是繁荣富有的县城，但汇集了许多清泉人的理想和梦。有许多人正在为清泉的发展和前途奔波忙碌着，他们正在默默地为清泉设计着最宏伟的蓝图。

县委冯书记的秘书——李成飞，正在资料架上挨个儿找文件。会议厅里，县委、县政府的领导和乡镇领导，差不多坐满了大厅。县长鲁国平坐在主席座上，几个副县级干部挨个坐在旁边。隐隐约约的低语声"嗡嗡嗡"地在会议厅里轻荡。几台空调吐着冷气，里面凉爽舒服。门外传来"嗒嗒"的脚步声，只见一位宽额头，大眼睛，头发整齐乌黑的中年人提着一沓文件精神抖擞地走进大厅，他坐在鲁国平旁边，跟鲁国平耳语了几句，就端坐下来。

鲁国平干咳了两声，大厅里的小声小语立刻安静下来，知道会议就要开始，

都打起精神端坐好身子。

会议井然有序地在县长鲁国平的主持下进行着，人事局局长张格非，务实地汇报关于今年大学生就业的严峻问题和相应的解决方案。县委书记冯平和几个常委赞同了他的观点……

会议大厅门外的大院里，一架喷水头在院中央喷着水，水花喷在周围的花瓣上，晶莹剔透，可爱极了。大厅内的讲话声传到院子里和喷水声融为一体，响亮悦耳。

郭峰回到家的时候，天还早，太阳离山尖老高老高。

郭峰一到家就把得来的消息一五一十地告诉父母亲。老两口一听，心里畅快了，总算有了就业的机会。眼下峰儿除了靠自己还是得靠自己，没别的指望，虽说寻关系找贵人比真才实学强，可对他们来说，这些似乎太遥远，但他们并不放弃这遥远的想法。没有能牵线搭桥的亲戚就想方设法找其他关系。村里孖三哥有两个外甥，一个在县政府上班，一个在市政府上班，这个关系如果能打通的话，儿子的工作也就容易解决。李玉珍和郭富贵寻思着等儿子考完就业招聘考试就去给孖三哥求情下话，让他的外甥给峰儿帮这个忙。

郭峰说完考试的事，就给母亲悄悄说王雪梅过两天要来的事。

听儿子这么一说，李玉珍既欢喜又担心，欢喜的是马上能见着王雪梅；担心的是怕王雪梅的到来会影响儿子的复习。

时间说快也快，说慢它也慢。想到考试时间飞也似的，一想到雪梅回来的时间又好像过得很慢很慢。

雪梅的信是第二天中午送到的，郭峰迫不及待地撕开信封。

峰，你好，家里人都好吧！

好长时间没接到你的电话了，我好想你，我真没办法控制自己，脑子里整天都是你。自从你走了以后，我就没法安心学习，心里空落落的，我知道如果有你在身边的话，肯定不会这样。丁洁说，我的魂儿都被你勾走了，说我自从你走后痴痴呆呆没个精神气，一点都不像以前那么有说有笑，活泼开朗了。我也不知道该怎么办，反正我一想你的时候，心里就火烧火燎的难受。

这几天，天气非常炎热，别人都拿雪糕和冰茶来解暑，而我不用这些东西，就觉得身体已经是冰的了。我的心情一直很差，我不想跟别人说话，我一听到他们的说话声就心烦，我只想静下心来认真地想你，感觉这样舒服些。

郭峰你还记得我送你去车站的情景吗？你走了，抛下我一个人哭哭啼啼老半天，也不知道哪来那么多泪水。哎，也不知道你有多少值得我牵挂的地方，反正我这颗心总被你拉着牵着似的。

我想好了，放了暑假就来看你，不知道你同意不同意，我想你不会反对吧。我来给你加油鼓劲，好让你抓紧复习，考好就业招聘考试。

郭峰，你想我吗？我的相片你经常看吗？你猜我想你的时候会做什么？笨蛋，我是拿你的相片过瘾呢！谁叫我那么想你，那么爱你呢。我刚才还拿你的相片瞧呢！嘿，你这可爱的家伙，总是让我痴情的牵挂，我真是倒霉死了。

过几天，就放暑假，到时候就来看你。你乖乖地在家复习，可得听话，不然，哼，我可要给你好看……

郭峰，想说的话太多太多，说上三天三夜恐怕也说不完，你要知道在异地他乡有一个牵挂你的人，她在时时想你，祝福你。你得好好复习，不能辜负她，你这家伙听到了吗？

峰，已经十一点了，舍友们都睡着了，就写到这儿，过几天见。

雪梅

郭峰认真地看完信，心里舒服得无法言表，他有点兴奋和激动，他在为雪梅的来信兴奋和激动。

他把信整齐地装进信封，如宝似的装进写字台的抽屉。坐在炕沿上，心里美得像长了翅膀。

夕阳西下，云雾绚丽。

李玉珍做好晚饭，就去叫儿子吃饭，走进小屋看见儿子伏在写字台上沉睡着，那副疲倦的样子，着实地叫她心疼。

"峰儿，峰儿。"李玉珍上前摇醒儿子，"峰儿，吃完饭再睡。"说着出了小屋。

郭峰打着哈欠振作起来，发懵的脑袋胀得难受。

在饭桌前，父亲问起复习的情况来。他一五一十实地给父亲说……

他感觉越临近考试时间，复习越是一无所获，他知道自己已经很认真，该复习的都复习到位，他很有信心和决心去迎战这次考试，就是没把握打胜这场就业招聘考试的仗。眼下就剩几天时间，他心里越是紧张，越是感觉希望渺茫。

王雪梅考完试，急匆匆地收拾完行李，就赶着去车站，坐在公交上又恨不得公交马上飞起来，她得赶上清泉的客车赶往郭峰家，她明明知道和郭峰分开才不过一月多时间，但在心里头她感觉早超过一年多。

刚到车站，恰巧碰上一趟去往清泉的客车，两步登上客车后她的心才缓和下来。峰，我马上就能见到你了，你这个傻瓜蛋不知道现在在干什么？等到了你家就全知晓了！她在心里很愉悦地说。

长长的山路，坑坑洼洼，满是厚厚的尘土。她走得急，没料到膝下的裤腿上盖得满是尘土。她有些厌恶路上的尘土，没办法，不管它了，她迈开步子朝前走。跟郭峰说的一样，从公路到他家确实得走一个多小时。她感觉远远看到的村庄就是郭川子村，跟郭峰描述的没两样。村子周围四面环树，村口有一棵粗大的柳树，看到这些让她肯定了这个村子就是郭川子村。大柳树下几个小孩正在玩耍，她走过去问几个小孩，"喂，小朋友，你好。你知道郭峰家怎么走？"小男孩听见有人问，抬头望了望，"我带你去，我带你去！"一个浑身沾满土的小孩懂事地说。说完轻车熟路地带她左拐右弯地来到一家门口就走了。

"咚咚咚"她举手敲了几下木板做成的大门，院子里没动静，她干脆推开门探了进去。

"家里有人吗？"她站在院中间喊了一声。

"雪梅，"郭峰听见喊声赶紧从小屋里走出来，"雪梅，放假了？见到你太高兴了。"他说着接过她的行李包，"雪梅，热坏了吧，我们的山路不好走，瞧你身上都给土染过了，来，先打打土。"说着找出打土掸子在王雪梅身上打起土来。

"哟，你……是……郭峰的同学吧？看热成啥样了。峰子，快去沏茶。我去盛点水给你同学擦擦脸。"李玉珍也从屋里走了出来，乐呵呵地说道，使劲瞧了王雪梅一眼，看得王雪梅脸红红的。

擦过脸，王雪梅进了大屋，郭峰便让她喝茶吃馍。

李玉珍边想着心事，边劈柴打水准备做饭。院子里没半点风的影子，空气火烧火燎似的，就连猪食盆上的苍蝇都躲进荫凉里去了。

"郭峰，复习得怎样了？看你脸都瘦了一圈。有什么发愁的，你肯定能行，还不自信呀！"

"我心里就是踏实不了，你说报了名的毕业生那么多，谁不是在认真复习，谁不想考好这次试。反正我是铆足了劲儿参加这次考试，再别无选择。"

"瞧你那紧张样，像是把命都赌在考试上。你呀，该放松就得放松一些，别一根筋似的。"

"我也想那样，可就是放松不下来。"郭峰直言不讳地说，"雪梅，这段时间还好吧，都一月多没见面，我心里想死你了。"

"别假惺惺的，谁知道你心里有没有我？有可能早忘了我，"王雪梅接着说，"想我，为啥不来学校看我，我看你就是嘴皮子上耍功夫。"

"你看你……不相信我呀？"郭峰迎风吃了炒面似的说不出话来，惹得王雪梅"呵呵呵"地捂着嘴笑。

"你为啥不问我想你不？"

"你不想我，这么老远能来看我？"

"看来你不糊涂，真没白想你。"王雪梅睁大眼睛自信地说，"也不知道你这个坏蛋以后会不会有二心，要是那样，我可就早点做打算了，你说对不对？"

"你看你……真是冤枉。"郭峰急得说不出话来，皱起眉头喊冤枉，王雪梅瞧着他那样偷着在心里乐。

"开玩笑呢，还当真。"

两个人拉开话匣子，越说越带劲，像是几十年没见面的老朋友，又像是久别的小两口，仿佛有说不完的话，道不完的情。

李玉珍端来两碟家常菜，轻轻地放在茶几上，"雪梅，先吃菜，面待会就好。峰子，快让雪梅吃菜呀！你看你，也不知道给客人倒茶，净是说话。"说完和颜悦色地望了王雪梅一眼就出了大屋。

郭峰一瞧雪梅的茶杯都空空的，这才记起来给雪梅添茶水。

"雪梅，吃菜。"他添满茶水，将筷子递给她。

"我看我还是先去帮阿姨。"说着站起来走向厨房。李玉珍一看王雪梅来帮忙，满心欢喜，嘴里却谦让着不要雪梅帮忙。王雪梅撩起袖子洗了把手就凑在李玉珍旁边抽起拉条子。看着王雪梅麻利的样子，李玉珍喜在脸上，乐在心里。她对儿子相好的这个女朋友十分满意。从那善良俊俏的模样一瞧就知道七八分人品，她在心里早对雪梅姑娘做好了评价……

夕阳害羞似的红着脸庞压着山尖落了下去，一抹浮云如同一只展翅的凤凰舞动在落日上空。一会儿的工夫，金灿灿的羽毛染成了粉红色。慢慢地，它变得更大更稀疏了，遮住了半边天。云层仿佛一下子厚起来，那只"凤凰"竟也忽然变成一块犁沟分明的农田，看上去仿佛是正等待着播种。

李玉珍和儿子招呼王雪梅吃饭。"哐当"家门响了一声，"是我爹回来了吧。"郭峰说着出了大屋去看，"嗯，是我爹。"

郭富贵进了家门，放下手中的一股野麦，拍了拍手上的土，又打了打身上的土走进屋。

"叔叔，您回来了。"王雪梅站起来规规矩矩地问。

"嗯，你……你是……"

"爹，这是我同学，下午刚到。"郭峰接过父亲的话解释说。

"噢，闺女快坐下来"，郭富贵和气地客套着，"闺女快吃饭"。

"嗯"，王雪梅恭恭敬敬地应着声坐下来。

郭富贵洗了把手便坐了下来，拿起筷子给王雪梅碗里夹菜，"多吃菜，闺女。"

李玉珍去厨房下面，一会儿工夫，端来两碗面，轻轻地放在茶几中间，"雪梅，多吃点。"

"阿姨，您吃，我吃饱了。"

一家人亲亲热热地招呼王雪梅吃完饭，就凑在一起拉家常。王雪梅刚来时的矜持劲全没了，大大方方，娇娇气气的劲全使了出来，逗得郭峰一家人乐呵呵的。

天色悄悄地暗了下来，郭峰带着雪梅去了小屋。

"郭峰，你爹妈真好，淳朴厚道，你真是好福气。"

"嗯，那当然"。

"哎，我看我不能在这儿呆了，你得抓紧复习，等你考完试咱们有的是说话时间，你说好不好？"

"你说咋样就咋样喽。"

"那我出去了，你认真复习，可别三心二意的。"王雪梅用大眼睛看了郭峰几眼，两步迈出了小屋。

李玉珍洗完锅碗，从厨房里出来，恰巧看见王雪梅从小屋出来，"雪梅，咱娘俩好好聊聊，屋子里闷得很，院子里凉快。"说着从大屋里提出两个小板凳，"来，咱们坐"。

王雪梅接过小板凳，坐在李玉珍旁边打开了话匣子。

夜静静的，轻柔的夜风毫不吝啬地吹拂着夜空，漫天的星星一闪一闪地眨巴着眼睛。狗叫声和蛙声扯开了夜的静谧。禁不住热闹的蝉也跟着掺和进来，它的叫声给宁静的夜添了不少的活力和趣味。

郭峰伸了个懒腰，仰头靠在椅背上张开嘴长长地打了个哈欠，用双手揉了揉发困的眼睛。屋外的说话声还在院子里回荡着。昏黄的灯光模糊地从纸窗里映出来，映亮了窗外的一片空地。早过了十一点，夜静了下来。他用手抠了抠发胀的脑袋，手指间一下子抠下一撮断发，他看着断发"噗"地用力一吹，那些断发刷刷地飞了出去，散落在地上。

往常这个时间，李玉珍早就熟睡了。今晚跟王雪梅凑在一块，越聊越投机。郭峰总怕雪梅会在父母亲面前拘束，听到屋子里投机的说话声，他放心了。他拉开门，走出屋子，黑乎乎的两个人影还在说话，他走了过去。"妈，还不睡呀，你和雪梅聊啥呢？这么投入。"他咧开嘴说道。

"我和阿姨聊的可多了。"王雪梅甜甜地说，"你累了吧，反正过几天就要参加就业考试，这几天辛苦点儿值得。"

"是啊，为了有份吃饭的差使，我是豁出去了。"郭峰痛快地说。

"哎，身体要当心，身体是革命的本钱，可别熬得太累。"王雪梅关心地说。

"嗯，我知道。"郭峰抿了抿嘴唇说完，望着李玉珍，"妈，我爹睡了吧？"

"早睡在书房了，你也早点睡，别熬得太迟。"李玉珍说着站起来，"雪梅，咱们也睡吧？"

"嗯。"王雪梅跟着李玉珍进了大屋，只留下郭峰还站在院子里。

漆黑的夜无边无际，远处的山峦墨染了似的，如同一群怪兽威严地守护着郭川子村。夜静悄悄的，无声无息，连一点风都没有。郭峰站在院子里，浑身乏力的，脑袋也觉得沉沉的。他回到小屋，重新坐下来，考试的压力并没因雪梅的到来而减轻，依旧像一个无形的重担压着他的肩膀。

小屋的门突然被推开了。郭峰回过头，王雪梅站在门口，看着她害怕的样子，知道她怕黑了。他赶紧站起来走近她说道："又怕黑了？"

"嗯，天太黑了。"王雪梅着实地说，脸上的恐惧感慢慢退了下来。

"雪梅，你还是那样怕黑。"他知道她怕黑不是一天两天了。她说过她从小就怕黑，现在长这么大怕黑的老毛病还没改掉。

"你咋弄成这样了，头发乱糟糟的像团乱麻，"王雪梅说着伸手梳了梳郭峰乱扎的头发，"真像个刺毛狗，也不知道梳梳头。""头皮发痒，抠乱的。"郭峰说着看了看王雪梅。"早看出来了。"王雪梅说完，从床上的背包里取出一本小说。郭峰借着灯光一瞅，是《张爱玲小说集》，他心里一下热了起来，可眼下正是复习的关键时节，内心的克制力如同一盆凉水浇在刚热起来的心头上。他是个小说迷，一看到小说心里就痒。在学校那阵，常常抽出一段时间来看看小说，现在不一样了，随心所欲的光景已经过去，不能由着性子去做事、想事，这一点，他再清楚不过。

雪梅陪在身边，他感觉既兴奋又自信。身上仿佛充满无限的活力和激情。王雪梅在一边有心无心地翻着小说，他便埋下头学习。

王雪梅都是为了他好，这一点再笨的傻瓜都清楚不过。她让他抓紧时间复习，集中精力去复习，有把握地参加考试。他也知道她对他的好，他很感激她，尊重她，对她无可挑剔。

王雪梅默不作声地翻着那本小说，她感觉很舒服，很自在。

时间在黑夜中爬行，不知不觉之中已是深夜一点多。郭峰发困地直了直腰，站起来在房间里走动了几步，然后挨着雪梅坐下来。

"郭峰，咋不学了，累了吧。"

"你看都几点了。我可不能跟铁人比呀！"郭峰叹出一口气。

"学习可不是闹着玩的，这些累也不会白受，等考完试你就知道这些天的辛苦都是值得的。"

"是啊，你说的没错。"郭峰说完，"啪"的在王雪梅白里透红的脸蛋上亲了一下。

"干什么？"王雪梅撅起小嘴推了他一把。他却乐呵呵地盯着她的脸庞不放。"看啥，没见过？""我要看个够，看不够我这心里就不舒服，等我看够一万年，也许心里才会舒服些。"他对着她的耳根低声地说。"去你的，我才不要你看呢。"她喃喃地说道。

天干物燥的天气，郭川子村的人跟往常一样忙碌在田间地头，只有那些上了年纪的老人闲散无事地凑在村口大柳树下扯天扯地。带领的孙子们自寻乐趣，几个人围着大柳树转圈圈，捉迷藏。

"昨儿个我看见峰子家来了个大姑娘，长得水灵水灵的，高高的个儿，一条好身段，真是俊，我还从来没见过那么俊的女娃。"刘二奶奶盘着双腿，抱着个小女娃，慢吞吞地抖着下巴说，手里的旱烟锅随着说话声有节奏地晃悠，满脸的皱纹跟身后的柳树皮一般衰老。

"那可能是峰子谈的对象。峰子是大学生，有文化哩，以后都是双职工。哎，富贵两口子没给峰子白供书，以后有福享了。"李家奶奶利索地缠好裹脚。瞅着刘二奶奶大声地说，人虽老了，那声音听起来却像三十多岁的年轻妇女在说话。

"哎,我看是好人有好报,你看富贵两口子,没黑没白地忙碌,人都累成瘦棍了,那苦没白受,如今峰子是大学生,他们再苦也是甜啊。"尕新奶奶开始发言,"富贵两口子眼光长远,为了娃的前程可没白费心,真是值了。"

"峰子那娃也懂事,从小就听话,村里的娃们数他有才学。你看看别的娃们,走在路上疯疯癫癫,说起话来没大没小。"陈奶奶慢悠悠地说。

"哎,这一晃的工夫,这么多年过去了,我想着富贵这才结婚几年,可这一晃眼的工夫,他娃大学都念出来了。"刘二奶奶拍着怀中的小孙女回想着说,"真是过得太快了。"老太太们的说话声撒播在空气里。俗话说"树老根多,人老话多。"说起来就没完没了,这个说完,那个当即接上就会继续说下去。

一股旋风扫地卷来,那些纸片,草渣和尘土一块卷进去,在旋风中啪啪直响。瞅着旋风就到柳树根儿了,几个老太太们便匆忙向一边躲去。"怪事,好好的天气,哪来的旋风,真晦气。"刘二奶奶抱着惊醒的孙女向扑过来的旋风埋怨,旁边的几个老太太也都召唤来自己的孙子们。等旋风一过,几个人又凑向树根边儿唠起嗑来。

太阳烤得地面快要烧起来。树木和庄稼中了暑似的没个精神样。瞅着干巴巴的庄稼,村里信神信佛的老太太,老爷子们开始自发地忙碌起来,先是分头在村上化布施,然后就凑在一块商量着怎样操办隆重的求雨仪式。操办求雨仪式的也不过十五六个人,都是些年过花甲的善男信女们,村里的后生们都半信半疑地支持着他们的工作,反正都是盼着他们能快些求老天爷降下雨来。

老爷山后有座雷公山,雷公山顶有座庙,村里人叫它——雷公殿。求雨仪式就在雷公殿举行。说它是雷公殿,其实是对雷神的虔诚,它只不过是土墙片瓦建起来的孤殿。原先粉刷过的墙皮,现今都露出了土坯,房顶的青瓦也严重地破损,两根松木柱子笔直地立着,上面漆的朱红油漆早褪了色。双扇门大开着,烟雾缭绕了一屋子,殿内的石墩上端端地盘坐着一尊塑像,这便是雷公。雷公早已面目全非。据村里的老人讲,这尊塑像和雷公殿至今已有两百多年的历史,有些人对此却是半信半疑。

这座历经百年的古庙,破旧而又残缺不齐,但从来没人修补过。只是每年逢年过节，村里的许多老人都会来上香，献贡品，如此而已。有道是：闲了不烧香，忙了抱佛脚。这些老太太，老爷子认为是长期断了神仙的香火，才招来旱灾，他们又合伙商议着有谁以后来雷公殿烧长香。吴家老爷子自告奋勇地揽下了这桩事，其他几个人就商议着以后轮流化布施凑香钱，烧长香的事解决了，一伙人又开始继续进行求雨工作。求雨仪式举行的日子早给全村老少通知到了，因此，还没到那一天，雷公殿就拥入不少人。妇女们帮着剪神钱，打扫会场。男人们则帮着从村里往山上搬运东西，什么桌椅、棍棒、旗杆都搬了上来。她们将桌椅安排摆好，摆上贡品，然后在周围插上五颜六色的大旗，就等着求雨仪式开始。娃娃们串来串去，跑来跑去，以为大人们将庆祝什么盛大的节日。

大殿边搭好的灶棚里，几个妇女正忙碌着给求雨的善男信女们准备午饭。饭后开始求雨，所以，她们要把饭菜做得尽量好一些，好让他们有劲去打坐念经，磕头上香。灶棚边的几张大方桌上放好了饭菜，都是清一色的素菜素饭，周围观看的人早站好位置，就等着吃饭的人赶快吃完饭求雨。娃娃们又开始闹腾起来，在布置好的会场中间调皮地玩闹，听到有人呵斥，就赶紧溜出场外。会场前的供桌上，摆好了贡品，什么水果、馒头、饼干、茶水统统都有。小孩子们看着桌上的好东西馋得直流口水，就盼着快点有人来给他们分贡品。

求雨开始了，先是在殿内殿外上香，然后一串鞭炮"噼里啪啦"地响过，紧接着求雨的人念起经来。先是在殿内念，一阵又到殿外念，过上一阵又磕头作揖，最后又拿出钹儿，铃儿和雷鼓，"噔噔噔，喀喀喀，丁零咣啷"地大整起来。

大殿内外经他们一折腾，顿时人气大增。诵经上香，磕头作揖热闹了好几天，雨并没在虔诚中降下来，就连下雨的一点迹象都没有，反倒把那十几个求雨的人搞得筋疲力尽，腰困腿疼。求雨的最后一天就只剩下那十几个人在坚持，到底还是以求雨失败而告终。

旱情一天比一天严重，整片整片的麦子枯在地里。仔细一看，唯有麦穗上不起眼的绿还可以证明它有一口气。

连续的干旱害得村里的羊户长没有个消停，他们白天赶着羊群去离村子老

远的红石岭，红沙湾，晚上回来还得加草加料。瞅着满身老毛的羊群，羊户长们焦急的心里猫爪子抠似的。

"这年成，了不得。"这句话成了村里人茶余饭后的老话题。

"昨晚新闻联播上报道，全国各地都有不同程度的旱情，中央领导正在各地视察呢。"王立三翘起山羊胡大声地说。

"那是龙王爷睡着了，等太阳烧到屁股，不下雨才怪呢！"能掐会算的胡三贵得意地说。

"你这人，早不说，晚不说。害得我们敲锣打鼓地折腾了几天，连个雨渣渣都没下来。"胡田转过晒得通红的老脸朝胡三贵嚷嚷。

"天机不可泄露。"胡三贵说完，咧开嘴露出豁豁牙笑开。

旁边的几个老头瞅着胡三贵的自信样，也都将信将疑地跟着笑起来。胡三贵开始吹起牛来，天上地下，云里雾里，神神鬼鬼地吹个没完。旁边的人都清楚他有这个毛病，听了一阵，不理不睬地先后站起来，各自离开。胡三贵瞅着没趣，沉下脸迈开老寒腿一颤一颤地朝家门走去。

王雪梅在郭峰家待了一周多，耳边隐约听见有人说她和郭峰的事儿。她也是农村里长大的孩子，思想虽然比长辈们开放些，但跟其他女孩想比，她深知自己保守封建。她虽然喜欢听别人说他是郭峰的对象，可心里免不了害羞。刚到郭峰家的时候一看见有外人走进来，她总是躲进郭峰的房间，怕被看见。后来慢慢待习惯了，不胆怯了，开始跟别人说话了。

她很快在郭川子村家喻户晓。人们都说，富贵的儿子领来个对象，也是个大学生，人长得跟画上的人似的，心眼也好；也有些人说，现在的年轻人真是开放，敢爱敢恨，自个儿就敢来男朋友家，真泼辣；年轻人的说法就不一样了，他们说，这叫浪漫，这叫真正的爱情。

对别人的看法，她哪晓得，反过来说，就是晓得她也肯定不会理睬，都是人家的脑袋和嘴，想啥说啥是人家的事，她管不了。

虽然，待在郭峰身边很快乐，很踏实。但她心里想家，想着父母亲和活泼好动的妹妹。郭峰看出了她的心思，但他不想让她走，她只好答应再多待两天。

李玉珍知道王雪梅要走，水果饮料的准备了一大堆。临走那天，李玉珍送王雪梅出了村口，一路上嘱咐雪梅常来郭川子村，又嘱咐她代她向她的父母亲问好，然后说了一阵一路顺风的话，就让儿子送她去公路坐车。

她可真没把王雪梅当外人，从第一眼见了她到现在，就看准她是个好姑娘。她相信自己的眼光和直觉，瞅着她和儿子难分难舍的劲儿，她心里暗自欢喜。

郭峰跨上自行车带上王雪梅出发了，路上尘土没过车轮，路虽然很难走，一会儿上坡，一会儿下坡，一会儿高，一会儿低的，但他俩倒感觉特轻松。

"郭峰，再过几天你就要参加考试了，临阵磨刀三分快，可抓紧点复习。对了，考试那天我来清泉给你加油鼓劲。"

"嗯，真希望你能来，我想我肯定会考好这次试。"郭峰听着她的话开心地说。他心里记着她的好，惦着她的情，他深深地喜欢她，爱她。

车子走得很慢，但他俩感觉还是很快就出了山沟。王雪梅觉得自己像是琼瑶小说中那些感情脆弱的女主角们，一旦要离开心爱的男人，心里头就不是滋味。她不知道该怎么调节心情，她有意去控制沉迷在郭峰身上的感情，可大脑偏偏不听使唤；她怀疑自己得了心理疾病，不然哪有这么繁重的感情压力和欲望，她一时又为自己的想法感到可笑。

拉上人的客车一股烟地走开。郭峰瞅不见它的踪影后，才扭过头顺着山路无精打采地往回走，车子也笨拙地似乎跟人较劲，"咔嚓咔嚓"地倒起链来。仿佛对王雪梅的离开感到伤心。郭峰对雪梅的离开多少有点失落，谁愿跟心爱的人分开呢？除非傻瓜！他心想着，过几天就能见到雪梅了，应该乐观点。

群山连绵间的郭川子村，在日升日落中度过着它的每一天。

清泉县大学生就业招聘考试如期举行了。考场设在县一中，由人事局的工作人员负责监考，校内不得有任何闲杂人出入。考试的气氛跟高考没两样，好几百名考生拿着考试用具，紧张严肃地等在各自的考场门口。

教室门打开了，进入考场，考场中同样散布着浓浓的紧张严肃的气氛。郭峰满怀信心地坐在考桌前，随手将准考证放在桌面上。

王雪梅站在校门口朝内张望，脑海里想象着考场内的情景。她的心绷得紧

紧的，她所有的思想都聚焦在郭峰身上，在心里成千上万遍地替他祈祷。她多希望神灵能保佑郭峰答好试卷，考好成绩，顺利通过这道就业的门槛，从而得到一份稳当的工作！她心想着，祈祷自己的想法会成为现实，而不是一场毫无意义的空想。

　　写字声清脆地从试卷上飘起，每一位考生的思绪都投放到桌上的试题中。郭峰紧张慎重地答完试卷，从前往后，从后向前一题不落地检查了几遍。额头的汗水不断蒸发着，大脑格外的清醒和舒畅。

　　他感觉试题并不难，都是些复习中遇到的问题，离书本很近，所以做起题来顺畅无阻。他为自己的状态兴奋不已，心里激动起来，仿佛跳进了几只兔子。

　　大街上人来人往，喇叭声闹得空气都沸腾起来。

　　考试结束了，王雪梅在校门口等来了郭峰。

　　郭峰很惊喜，他把答卷的情形一一地告诉雪梅。王雪梅一听悬着的心一下子放了下来。

　　"峰，恭喜你。"王雪梅由衷地说，"真为你高兴。"

　　"我先谢谢你了，雪梅。"郭峰听着她的话，心里暖暖的，"雪梅，我看考试只不过是人事局设的一个小小的关口，后面的麻烦还多呢，我考虑着还得找个有关系的人才行。"

　　"嗯，雪梅，你说得没错。现今，有权有钱有关系啥都好办，没有这些办事难啊！我们村的李英是天河农大毕业的，人家刚毕业就分配到县农业局上班。说实在的，跟他一起毕业的在我们村还有一个，还一直待在家里，村里人满城风雨的说李英的爸摆平了县长鲁国平。"

　　两人聊着聊着拐过了一路口，看见前面围了一伙老太太，正叽里呱啦地说着什么。

　　"你看昨晚'迷你'酒吧给人砸成啥样了。那些警车昨晚叫了好一阵子。"

　　"听说那些闯了祸的人，一个都没抓住，哎，现在的年轻人不知道想干啥，弄得街坊不得安神。"

　　"就是，我看这些人早该让警察修理修理了。"她们你一句，我一句地议论着。一会儿工夫，又围了一伙人，好奇地听着她们的议论。

街对面的'迷你'酒吧门前，店老板娘还在蓬头垢面地哇哇叫骂。

郭峰和王雪梅没心思去看这些事，只顾着议论工作的事。

在这个五彩缤纷的世界上，每个人对自己的未来都有最美好的设想，有了想法就应努力去实现它。然而，只会有少数人实现他的想法。郭峰也许是属于少数人，也许是属于少数人之外的另一些人，这谁都无可推断，可能只有老天爷知晓。

自那天考完试和王雪梅分别后，郭峰就匆匆回了家。他把试卷和找关系的情形说给父亲母亲，郭富贵听完情况，扔下地里的活儿就去了王立三家。

说起王立三，他在兄弟间排行老三，本来他跟郭峰是同辈，那他就是郭富贵的下一辈。但七十多岁了，村里大他辈分的年轻人都叫他尕三哥，郭富贵也不例外。

遇事求人矮三分，谁心里都明白这个理。但眼下的事，哪顾得上什么矮三分高三分的，反正儿子的事大。

推开王立三家的家门，郭富贵硬着头皮走了进去。院子里空荡荡的，几只母鸡看见有生人进来，"咯咯咯"地叫着往远处走，拴在圈里的青稞马也"咴儿咴儿"地叫起来，鼻孔一张一合地要草吃，圈门外卧着的长角羯羊将头躲进荫凉里，呼呼地喘着粗气。

郭富贵在院子里有意咳嗽了一声，屋里还是没动静。往前走了几步，才听见打呼声。是尕三哥在睡觉，他心说着走进堂屋。

王立三正躺在三人皮沙发上熟睡，头枕在扶手上，两腿伸展，刚好合适，半开的嘴巴随着打呼声一张一合。

郭富贵一瞧睡的架势，不好再打搅。正打算回去，王立三却眨巴一下睁开了眼睛。

"富贵叔，你坐。"王立三困乏地伸了伸腿，挪了挪身子靠在靠背上，眼睛直勾勾地发着愣怔。

郭富贵坐下来，拿起茶几上的卷烟纸和旱烟渣，揉捏着自个儿卷起来。王

立三打了一个长长的哈欠，浑身舒服极了，瞅着郭富贵抽着烟，他的烟瘾也上来了，干脆提起烟灰缸边上抽剩的半截烟，"嗒"地一下打着打火机，吧嗒吧嗒抽起来。

郭富贵见王立三清醒了些，就开始拉起话茬来。开门见山地跟人家谈正事可能会适得其反，只能抛砖引玉，等待火候，他思忖着。

先是拉开了庄稼地里的话茬，从沟地扯到平板地，再从接水地谈到坡坡地，沟里扯洼里，洼里扯沟里地说起来。然后，慢慢地扯开了人的事情，说谁谁谁有本事，某某某能吃苦；谁家的光阴好，谁家的亲戚硬棒，话茬谈到这儿，郭富贵一下子扯到王立三妹妹身上。

王立三一提起妹妹王菊春，顿时来了精神，他坐直了身子，用唾液润了润喉咙，得意地翘起山羊胡，饶有兴致地说起来。

"我妹妹现在的情况可不一般喽！她住在大外甥那儿，妹夫住在小外甥那儿，都忙着接送孙子们上学。两外甥的楼房都在天河市委家属院，大外甥在市委办公室，他媳妇在天河一中当老师；小外甥在县委组织部，媳妇在移动公司上班。两个外甥女没念书，占了这两兄弟的光，被安置在电信局，就连我们家新国也跟着占了他俩的光，不然哪能轮上他在城建局上班"。

话茬说到这里，郭富贵感觉到开口的火候了，他抠了抠后脑勺，动开了嘴皮子，"三哥，有句话不知当讲不当讲。"他难为情地又抠起脑门子。

"富贵叔，你有话就直说，还见外？"

"三哥，是这样，峰子大学刚毕业，眼下还没工作，今天在县城考了由县人事局举办的就业招聘考试，听他说考得还不错，但我想着找个关系硬棒的人从中间疏通疏通，可能稳妥些。你说万一这次考试考砸了，这娃该怎么办？总不能让他跟我一样当一辈子庄稼人。"郭富贵着实地又说，"您也是看着他长大的，上学的时间没少受罪，现在让他待在家里也不是个事儿，您说是吧，三哥？眼下我只巴望着他能有个稳定的工作。在这节骨眼上没个硬帮的人拉攀，恐怕工作的事门都没有。您的外甥是干大事的人，您就说个话，让您的两个外甥把峰子拉一下，我实在没别的人可求了！亲戚中间都没个干事的人，我现在就死心塌地地靠三哥您了，您就费费心帮帮这娃。"

"富贵叔，你说的苦衷我理解，当舅的不能难为外甥，关于峰子的事，既然你说了话，我也不好拒绝，都熟门熟户的。我抽时间给两外甥通个气，峰子找工作的事急，不能耽搁，至于事情办成办不成，我很难说。"王立三思前想后才吐了话，"这样吧，明天我就打电话，让他俩考虑考虑，如果答应接这事，那最好不过，如果不答应我也没辙，就只能想别的法子。"

"嗯嗯嗯，您说的对。"郭富贵点着头应承着。

李玉珍和郭峰在家里等着消息，要是王立三推辞，也是没有办法的事，就得赶紧另做打算，反正这事千万不能拖。娘俩坐在沙发上尽量往好的方面去想。要是王立三应承了这事，就谢天谢地呀！郭峰脑子里净是些飞黄腾达的想法。他想着顺顺当当参加工作以后的美好前景。他用幻想设计着未来最完美的蓝图……

家门"哐当"响了一声，娘俩跨出屋门一瞅，郭富贵一脸喜气地走进院子，娘俩迎上去急切地问开。

郭富贵详细地说了一遍他和王立三的谈话过程，娘俩听完，心里的热乎劲直挂在脸上。

已经是傍晚时分，几片浮云被夕阳照得耀眼夺目，无比透亮。头顶大片云团多了起来，棉花似的四散开来。一群飞燕扑扇着翅膀，黑色的身影在空中无拘无束，任意穿梭。夜色渐渐走近村庄，天空暗了下来。已经有很多人在大柳树下乘着凉谈天说地拉家常了。轻柔的山风吹散了白天留下来的暑气，柳条轻轻地摆动着，仿佛歌舞着夜的到来。

王立三躺在炕沿上，心里琢磨着答应郭富贵的事，越想越觉得麻烦。可是已经答应了人家，就得说话算数，就得实实在在地给人家去办。他认真的琢磨着，万一两个外甥不给我老面子，我可怎么收场，嗯，那不可能。不管它了，明天再说吧。他心说着闭上眼睛，不一会儿竟打起呼噜来。

第二天一大早，李玉珍早早地起了床，先是喂猪喂鸡喂牲口地忙活。然后，打扫屋子院子，忙活完，这才准备做饭。今天，她做早饭迟了些。这是她计划好的。因为王立三出山打电话，肯定不能太早，也不能太迟。她得把握好时间，

给王立三做顿饭。

郭富贵出去请王立三来吃饭。郭峰帮着母亲端饭菜，拿碗筷。茶几上摆好了饭菜，只等着王立三来。"哐啷啷"一声，大门被推开，就见郭富贵笑呵呵地让着王立三进家门。

"三哥，您来了。"李玉珍和儿子一前一后从屋子里走出来，望着王立三恭敬地说，"三哥，劳驾您了。您都一大把年纪了，还给您添麻烦，真是不该呀！"

"富贵婶见外了，峰子的前程要紧。"王立三走进院里笑呵呵地说，"原以为我这老骨头不中用，没有想到能给峰子帮上忙。"

"三哥是跟我们家峰子有这个机缘。"李玉珍接过王立三的话风趣地说，"不然哪有机会遇见您这大贵人。"

"对，富贵婶说的对，这是我跟峰子的缘分。"王立三山羊胡一撅，咧开嘴笑了起来。

茶几上的饭菜冒着热气，只等着王立三吃。王立三刚坐进沙发，郭富贵便恭恭敬敬地用双手把饭碗端过来。

"三哥，家常便饭。您凑合着吃。"

"哎，这面片好，就爱吃这饭。"王立三谦让着接过饭碗，夸奖地说，"咱们山里的面筋条好，下的面片滑溜溜的，不仅看着好，而且吃着也香。"

"就是，您多吃点。"李玉珍说着舀了添碗让郭峰端放在茶几上。

王立三和郭富贵每人吃了两碗，然后点了一根香烟，"吧吧"地抽完，向李玉珍打完招呼便起身出发。

郭峰早早在大门外准备好自行车，检查完车胎，又擦来擦去地忙活了一阵，自行车立马变得干干净净。

郭富贵出了大门，骑上儿子准备好的自行车，小心翼翼地捎上王立三，顺着弯弯曲曲的山路，向着山外缓缓驶去。

王雪梅待在家里，除了打扫屋子，就是给妹妹补习功课。

每到夜晚，她心里总是空落落的。她想郭峰，着实地想他。她脑子里塞满了郭峰，心里也塞满了郭峰，她凭着想象去思念他。曾经在一起的情景，不断地涌现在想象中。

"真美呀。"她想象着，不由得脱口说出声来。倒使得旁边学习的妹妹奇怪起来。王雪珍扭头瞧见姐姐靠着椅背发呆。她诡异地笑了笑，"姐，怎么啦，想郭峰了吧?""胡说，快做你的功课!"王雪梅被妹妹说准了心事，不由得红了脸。王雪珍瞅见姐姐的害羞样，禁不住地笑出声来。"死丫头，我让你笑。"王雪梅扑过去跟妹妹哇哇地闹腾起来。王雪珍见势不妙，照着姐姐的身上就撕，撕了几把一溜烟地逃出屋子。等王雪梅追出去，早不见了她的影子，她瞅着拉开的大门埋怨起来，"死丫头，真是个疯子。"她摸了一把被撕得生疼的胳膊，撩起"T恤"的短袖，一道抓痕显露出来，她轻轻地揉了揉，"这丫头，这么狠"，说着气呼呼地关了大门，嗖嗖的微风不知从哪儿吹进来，让她透心的舒畅。她想去大门外走走，但又怕碰见村里人，她怕和他们说话，一说就是话不投机。他们说的是张家偷吃了李家狗，谁跟谁吵架的事，她不愿听这些毫无意义的闲话，但有时避免不了，也只能聊几句再走开。

"还是回去看书吧!"她自语着扭头走向屋子，捧起《英语四——六级词汇泛读手册》翻起来。

去年取了英语四级，她仅仅高出四级线两分。现在想取六级，非得下一番苦功不可。也不知道怎么搞得，平时在学习上也没少下苦功，考试成绩在全班至少也在前几名，可在这次期末考试中比她学习差的同学都超过了她。她不服输，但成绩让她心服口服，现在要努力学习，争取在毕业前拿到英语六级，这是她的学习目标，其实这也是她进入大学就有的打算，她不指望拿八级，只希望原有计划能早些实现。尽管外语系的学生好就业，但并非所有的外语系学生都能顺利通过就业那道门槛，她不希望门槛外的那位就是她，她只盼自己的努力能使将来的就业多一道保险。

掌灯时分，王雪珍才蹑手蹑脚地溜进家门，透过玻璃窗看见姐姐埋头看书，这才放心朝西房走去。

"珍珍，今晚不学习了，你瞧瞧，你姐那认真样。看你这样，吊儿郎当的，没个好习惯，看你明年咋考大学?"

"妈，您偏心眼，等我考上了重点大学，看您还说不说我。"王雪珍撒着娇跟母亲犟起来。

"好了好了，珍珍比姐姐强。"一边的父亲心疼地鼓励女儿。母亲从一边过来撕捏了珍珍一把，"不抓紧学习，简直像个小孩儿。"王雪珍猛地跳起来，哇哇叫着闪到一边，"妈，您就是偏心眼，不理你了。"埋怨着说完出了西屋。

"怎么不去西屋了！"王雪梅故意问起妹妹。其实，刚才西屋发生的事，她听得一清二楚，她就想逗逗妹妹。妹妹起先没进北屋是怕她"报复"，父母亲却并不知晓。

王雪珍一言不发地板着脸。我就不信比姐姐差，明年高考等着瞧。什么事儿父母亲总是偏心姐姐，想起这些，她心里就泛起嫉妒，她越想越气，恨不得……她停止去想，一门心思地做起功课。王雪梅早就猜透妹妹的心思，瞅着妹妹可爱倔强的样子，她就觉得好笑。

郭富贵陪着王立三打完电话，知道王立三的外甥答应了儿子的事。得到这样的好消息，他兴奋地恨不得飞起来。"王立三可是峰子的大贵人，等事成之后，一定要好好的答谢人家。"他心里想着。

王立三定好后天要带郭峰去他外甥家，郭富贵一家积极听从他的安排。

刘宗德接了舅舅的电话，心里不太乐意。但是也不敢说啥，只得硬着头皮答应了。

舅舅说到就到，刘宗德泡茶让烟，炒菜敬酒地热情招待。又打电话叫哥哥——刘宗奎过来。两个外甥到一块，将老舅舅招呼的满心欢喜。

王立三细说了郭峰的具体情况，就指望两个外甥能尽快给郭峰办事。刘宗德兄弟俩一合计，二话没说，点头应承着。

郭峰坐在王立三旁边。他殷情地一会儿添茶，一会儿敬酒。他心里感激刘宗德兄弟俩，更感激王立三，有了他们的帮助，工作的事就好办了。刘宗德记下了他的名字，并答应尽快着手。郭峰一听满怀欣喜。

郭富贵和李玉珍伸长着脖子等着王立三和儿子。下午，老两口没去下地，李玉珍早早地准备做晚饭，郭富贵不见他们回来，就靠在沙发上打起呼来。李玉珍瞅见正要责怪，就听见大门"哐当"一声。她跨出屋子一看，儿子和王立三走进院子来，两人一副疲惫的样子。她赶紧拿来打土掸子，给两人上上下下地掸了一遍，赶紧又端来洗脸水让两人凉快地洗把脸，转身就去了厨房。

郭富贵捧着笑脸，揉了揉发红的眼睛从大屋出来，"三哥，今天让你受累了，先洗把脸，稍稍休息一下。"他微笑着，脸上的皱纹舒展开，眼睛都成了一条缝。王立三没吱声地擦了把脸，抹了一把山羊胡，叹了口气，才张开嘴说道："为你娃的前程，我这把老骨头都豁出去了。"说完哈哈地笑起来。郭富贵也陪着哈哈地笑起来，"有老哥您出马，峰子的事肯定能成。在您外甥的眼里，峰子的那点事简直就是芝麻大的事。""哎，也不能这么说，天下的官多了，我那外甥们还不是芝麻大的官。"

王立三把情况一五一十地说给郭富贵。郭富贵一听，满怀欣喜和踏实。"三哥，我这是打心眼的感谢您，没您的帮助，我真不知该怎么办这件事，真不知是哪世修来的福，才得到三哥您的帮助。"

"言重了，言重了。你把我抬举得老高老高，我可受不了。"王立三喝了一口茶，笑呵呵地说。

饭菜来了，碟碟碗碗地摆满了茶几。郭富贵拿出存了半年的"丝路春"，斟了两盅双手敬给王立三。王立三本来在外甥家喝了些酒，不敢再多喝。但又盛情难却，只得咕咕地喝下肚去。两人边喝边吃边聊，不觉间便有了醉意。

"富贵叔，你的事就是我的事。峰子的事就是我的事，我的外甥还敢不听娘舅的话？他们得把峰子的事办成。"王立三醉醺醺地说开醉话。七十多岁的人了，喝起酒来跟年轻人似的，一开始还有点把握，喝了几口就放开了肚皮，脸喝得红彤彤的，山羊胡子一撅一撅地夸起了大话。郭富贵将他扶到炕上，没有说上两句话就拉起呼来。

郭峰躺在小屋炕上，他为今天的事情兴奋地睡不着，脑子里翻来覆去地想象着参加工作以后要干的事情，他要求自己要轰轰烈烈地干出一番事业，一步一步地向上攀爬，给父母亲争光；一会儿又想象着参加工作后和心爱的雪梅同甘共苦，和和美美地生活在一起。越想越兴奋，越兴奋就越想。一时，任想象

山枣红了

放开翅膀，任意翱翔。

人啊！遇事该多想想它的难处，少想一些异想天开的事。正所谓，期望越大，失望越大。

半月后，人事局张贴了招聘考试的成绩，郭峰对成绩很满意，他排名第六。一家人和王立三合计了一下，就打发他再去刘宗德家一趟。"为了保险些，就只得求人家帮帮忙，不能一头落空了再去求人家吧！两头抓紧不是双保险嘛！"郭富贵心想着。峰子的第六名让他心里着实的高兴。他抽了一口旱烟，觉得眼前仿佛变得开朗了，心情也更舒坦宽阔了。"等峰儿参加了工作，再娶上个媳妇，我和老伴就卸下担子了，到那时就歇心了"，他有些得意地自语着。

凉风轻飘飘地穿梭在大街小巷，天空的小雨点儿趁着风儿四处飞溅。街道上人来人往，大大小小的车辆呼啸而过。云层厚了起来，雨点儿顿时大了，噼噼啪啪地打在地上，打乱了行人的脚步。郭峰加快了脚步向市委家属院移去。

郭峰的衬衣湿了大半。他匆匆忙忙按了几下门铃，屋里没动静。他又按了几次，门铃响着，依然没人开门。"真不巧。"他低声自语着，"一定是家里没人。"

楼下的小院里空荡荡的。雨水早已打湿了地面，空气中的浓浓潮气，让身边的花草树木精神了许多，雨水打湿的树叶透出逼人的清凉。他坐在楼下花园中的凉亭里，瞧着雨水打碎在水泥地上，浇洗着树木花草，他的心情也随着黯然神伤。

已经是下午六点，郭峰左等右盼，还不见刘宗德回来。他坐困了，便在凉亭里走两步，肚子早饿得咕咕叫了，他顾不得这些，只是一门心思地坐在凉亭里等。

刘宗德撑着雨伞，慢悠悠地走来。郭峰一瞧是他，赶忙迎过去，"刘主任，您好。"郭峰堆起笑脸礼貌地问。"噢，你好，上次你说的那事，我给人事局的张局长说过了。他这一两天要出差，回来就给你办，你别着急，先等等看。"刘宗德一本正经地说，旁边的老婆不耐烦地瞪了他两眼。"真不巧，等一会我还有点事，要不你上楼坐会儿？"他一瞧老婆板着脸，不好再多说话，"这样吧，你先回家，我抓紧给你办这事。"说着握住郭峰的手摇了摇，然后扭头上了楼，老婆爱理不理地斜了郭峰一眼也跟着上了楼。

郭峰要说的话全压在舌根下，没说出来。

雨哗哗地继续下着，他身上有些凉，这凉意仿佛透进心底。

火辣辣的阳光将庄稼地彻底烧成了黄色，村庄显得单调起来，独有村口几人合抱那么粗的老柳依旧青翠欲滴。

大暑之后，庄稼就开始收割了。路上的车辆顿时多了起来，三马子、马车、驴车、架子车不停地拉运庄稼。

郭峰和父母亲天不亮就起来，带上水和干粮，坐上毛驴车去徐家沟拔麦子。徐家沟在老爷山正南面，离家三十多里地。毛驴车摇摇晃晃地往前移，经过大陡坡，张家坪，才到徐家沟，再走半个多小时的上坡路才能到地里。

这时，已经日出东方。郭富贵卸下车，将青驴牵到草好的山坡前一拴，就去了地头。山上干巴巴的，远远望去童山秃岭，大青驴抖了抖身子，瞅着枯黄的山草，用鼻孔嗅了两下，低头啃起来。

麦子干巴巴的被太阳晒得犹如干柴。郭峰拔着麦子，手轻轻一动手中的麦子便折断了，麦粒哗哗地掉在地里。

"峰儿，擦着地皮，捏紧麦秆。"李玉珍在一边对着儿子喊，脸上已被汗水浸得湿湿的，她擦了把汗继续拔。地面上的温度越来越高，逼得人透不过气来，脚底下已烧得耐不住。

郭富贵望了望天，越发感觉到身体的闷热，脑子一阵阵地发昏，满脸的汗水直往脖颈流。

李玉珍从地边拔了一股长冰草，躬下腰来捆起干巴巴的麦子，旁边的父子俩也捆起来。捆完麦子，赶紧把麦捆装上驴车，尽管很小心，掉在地里的麦粒还是密密麻麻一片。李玉珍是庄稼人，郭富贵也是庄稼人，麦粒白白地掉在地里，老两口心里是一万个不愿意。郭峰捡着满地的麦穗，烧起来的空气让他的心干燥地快要裂开。

温热的风顺着山沟刮起来，三人找了个有荫凉的崖坎下休息，高温天气烤得他们一点食欲都没有。三人用水喝饱肚子，在崖坎下躺下来，一躺下就迷迷

糊糊地睡着了。

枯黄的山草在风中打着口哨。一只土黄的蚂蚱纵身一跳在风中打了个趔趄，落在地上翻了几个跟头，站稳了脚；一些不知名的小飞虫，拖着长长的叫声飞来舞去，一会儿落在一根山刺上，一会儿又飞起来，一只竟胆大地落到郭富贵脸上，咬了起来。他被打搅醒来，在脸上抠了抠，这一抠感觉浑身都痒起来。他站起身掸了掸身上的土和草渣子。头脑发胀，无比难受，他朝后山瞅了瞅，炫目的太阳高挂着，天空被烧得泛白。

远远听见马车"吱儿吱儿"下山的声音。有人走了，他心说着。旁边的妻子和儿子还在熟睡，他哇哇喊了两声，娘俩这才昏沉沉地坐起身来。

郭峰感觉身上的困乏减轻了一半，脑子却胀得发疼。

虽然这几天忙着收庄稼，但工作的事儿却时时挂在心头。一想到工作还没落实，他的心就乱起来，就像装进了一团麻。

郭富贵和李玉珍早看出儿子的心事。李玉珍心疼地宽着儿子的心，郭富贵白天收庄稼，晚上就到王立三家唠嗑，说直接些就是求王立三督促外甥给儿子办事。母亲的安慰并未使郭峰静下心来，事情也并未在他的希望中发展。

眼下收割地里的庄稼是刻不容缓的事，一茬接着一茬，麦子还没收完，大豆和胡麻就要着手收割。旱年的庄稼，产量没多少，可是活儿照样多。

农民就是这样：馍馍渣渣凑锅块过活的人，怨不得天，怨不得地。

郭峰对于工作的事，想了很多很多。他对工作抱有两种想法，要么能在这次招聘中参加工作，要么去外面闯一闯、看一看，说不定能找到机会。任何想法，希望越大，失望就越大。但没有努力，希望就是真正的失望。

天河市的街道和往常一样的热闹。

刘宗德和妻子刘丽下了楼，走出院子，悠闲地向外走去。

夕阳朦朦胧胧地淹没在云海里，只透出一片红红的光亮，天逐渐暗了下来。

刘宗德和妻子来到滨河路旁新建的健身广场。崭新的健身器械引来不少健身爱好者。大人、小孩、男的、女的、老的、少的都有。有几个打扮时髦讲究的女孩子，一走过体育广场就招揽了许多目光，旁边的几个小伙子眼珠子都快蹦出来。

今天是周末，怪不得到处是人。刘宗德瞅着黑压压的人群，心说着。如果每天都能来这儿锻炼一会儿，那多好。虽然他这么想，但为了前程，为了伟大的事业，他只能放弃这微不足道的想法。下一任的清泉县组织部部长就是自己，现在只是时间问题，只要这一步踏稳，以后的飞黄腾达就不是梦想。

"哎，宗德，你说你啥时间能调进市里来？每周你只待两天就拍屁股走人，撇下我一人守着家，你啥事都不管，叫你调进市里来，你不是这个理由，就是那个理由。"刘丽委屈地冲他诉起苦，"家里老的、小的撇给我一人照顾，好像跟你一点关系都没有。"

"丽丽，真是对不住呀。这几年，家里这些事够辛苦你的。我正在想办法往市里调，没准过段时间就调进来了。"刘宗德体谅着妻子的苦衷，见机安慰起来。

"好啦，好啦。每次谈起你的调动，你都说想办法，到现在连个边还没。我看你就别指望调到我身边来。"刘丽不满地说出心里的怨言。她朝丈夫望了望，见丈夫低头无言才停止说话。

两人不语地走到两架空闲的跑步机旁，抬腿一跨站了上去。

女人关心丈夫总是胜过关心自己，这话用在刘丽身上毫不过分。不管家里有多少困难，她总是无言地承受，默默地支持着丈夫的工作。家里的老人、孩子全靠她一人操心。

其实，女人更需要得到丈夫的关心和理解。都说女人是感性大于理性，她也不例外。可她为了丈夫，为了家庭，失去了很多感性，仅剩下用理性的思维看待问题。只有在周末丈夫回了家或是在电话中，她的感性才迸发出来，才给他发发牢骚。

两人下了跑步机，又坐在旁边的空椅上。

越来越多的人来到健身场，仿佛要准备参加一次约定的盛会似的。满场的人影装满眼睛，坐的、走的、跑的、喝叫的、喝水的、背包的、挂单拐的、坐轮椅的、手牵手的、抱小孩的、捡饮料瓶的、摆饮料摊的……

刘宗德望了一眼妻子，结婚快十年了，风采依旧，脸庞上，连一道皱纹都

看不到。柳叶眉、长睫毛、高鼻梁，还有那饱满的嘴唇，苗条匀称的身段，都让他喜欢到心眼里去。妻子不单单是漂亮，还是居家过日子的好能手。家里的老人小孩，亲戚邻里都竖着大拇指夸她好。虽然有高薪的工作，可她一点都不铺张浪费。她让一家人生活在高兴快乐中，他打心眼里感谢上天能赐给他这位貌美善良的妻子。

周围时不时有异性的目光落在刘丽身上。他一瞧这劲头，心里还真有些酸。

"哎，刘丽你看，瞄你呢？"

"我看到了，怎么？吃醋啦？"刘丽一句话顶得刘宗德迎风吃炒面似的搭不上话来。刘丽咧嘴笑起来。"看把你美的，看来你得少来这儿，不然我看会出问题。"刘宗德有口无心地说道。"啥？你说话太伤人了，你当我是啥人？"刘丽一下阴了脸。刘宗德一瞧架势不对，立刻堆起笑脸，"丽丽，跟你开玩笑呢。""有这么开玩笑的吗？太过分了。""是是是，我错了丽丽，我错了还不行吗？"刘宗德甜言蜜语，说得刘丽云开雾散，放晴了脸。"好了，好了，以后说话注意点，别出言不逊。"刘丽瞧着刘宗德笑呵呵地看着他，心里的怨气一扫而空。

滨河路边有人打架了，一个中年男子受了伤，眼眶里流出许多血，一只耳朵也被扯开一道口子，血凝住了，黑红的血浆染红了半边脸。那人坐在路边的石凳上，胆怯地看着不远处提着铁棍扬长而去的一伙人。

刘丽一瞧那人血红的脸庞，吓得直往刘宗德身边躲。

"咱们报警吧！"

"管那么多干啥。"刘宗德低声地嘀咕，回头瞅了那人一眼，心里骂道，"窝囊废！"扭头挽着刘丽走了。

夜幕和路灯的光亮同时笼罩了楼群，各式各样的彩灯和灯带闪烁跳动，斑斓夺目。楼群淹没在灯的海洋里，显得神秘多彩，辉煌灿烂。而离天河市百十里地的郭川子村，已进入了黑咕隆咚的世界，马蹄声携着马车声时不时惊起几声狗叫。袅袅炊烟迟迟地缭绕在村庄里外。

有妇女喊叫孩子的声音响亮地传开，一会儿就变成打骂孩子的声音，是胡三的儿媳妇正在打孩子！骂声和哭声混杂在一起，好一阵工夫哭声才停下来。

昏暗的灯光无力地给各家各户打着亮。

渐渐地黑暗吞噬了整个村庄，一切进入神秘的黑夜中。

老虎山威武地蹲坐着，一双威严的眼睛望着对面俏丽的月牙山。村后最远处坐落着老爷山。忽然，三座山动了起来，仿佛活了似的。周围云雾缭绕，简直像在仙境中一般，眼前的老虎山活生生地变成一只威风凛凛，震慑万物的神虎，它咧开大嘴，皱起鼻梁，对着山谷大吼一声，吼声震裂山谷，一下子引起一阵狂风，刮得满山谷天昏地暗。月亮山柔和地发着淡淡的清光，越来越亮，照亮了村庄的一草一木和周围的童山秃岭。待那阵狂风渐小后，山谷平静了下来。这时，村后的老爷山瞬间变成一位官老爷。他头戴乌纱，身穿蟒袍，脚踏朝靴，他抹了一把长长的胡须，慈眉善目的从云雾间现出身来。

王立三一瞧周围的阵势，吓得哆哆嗦嗦，连滚带爬地朝一边躲。

"官老爷"一瞅恐慌的王立三，连忙朝他喊道："别怕，别怕。我是村后的老爷山，我变成人形是有一事来叮嘱你。最近你帮郭家的事，我先替你记下一功，现在你尽力去帮人家的忙，再去一次刘宗德家，看看有什么结果，完事后你无须再管，就看郭家的福分了，往后的事，老夫自会安排。""官老爷"说完转身不见了踪迹，连同旁边的"老虎"和"月亮"也不见了踪迹，只剩下一片云雾飞飘在山谷里。

王立三猛地睁开眼，才知是一场梦。窗户上黑沉沉一片，看来天色还早。他心里变得胆怯，为刚才做的梦后怕着。

"神命不可违呀！本打算不管这事了，看来由不得自己了，我看峰子这娃今后肯定大有作为。"他动着嘴皮子轻声地自语着，"连山神爷都帮他，命大福大造化大呀！"一向虔诚神灵的他迷信地说着。

"去了该给外甥咋说？不能拿着老脸硬来呀？山神爷托梦来也不敢不从啊！咋办？老脸揣在怀里再去一趟，办成办不成就不是我的事了。哎，早知道这样，当初就不该应承这桩事。"他埋怨地望着黑漆漆的天花板，心烦意乱地想着这件事。

大暑过后半月便是立秋，俗话说：早上立了秋，晚上凉飕飕。此话半点不差，在晴朗的天气里，尽管骄阳似火，但秋风吹在身上，却是凉飕飕的。

山枣红了

秋后，漫山遍野可见被农民翻犁过的庄稼地。

羊户长张万年吆喝着羊群上了山坡，羊粪，羊尿稀稀拉拉撒了一路。张万年习惯地嗅着刺鼻的羊膻味，四下张望几天前还有人忙碌的山沟沟，此时，竟连个人影都没了。

秋风飕飕地四处乱吹，一时不知哪来的一股旋风"呼啦啦"卷来，直朝张万年过来，"嘿，邪气！"他纳闷地自言。羊群一瞅旋风吓得朝周围发疯地奔逃。"哟，这群畜生连个旋风都怕。"说着赶紧跑去挡羊。旋风过后，羊群平静下来，张万年用唾液润了润嗓子，又伸出舌头舔了舔干巴巴的嘴唇，他朝羊群瞄了一眼，想哼首歌，于是就张嘴哼了起来。

我家住在黄土高坡，
大风从坡上刮过，
不管是东南风，还是西北风，
都是我的歌，我的歌……

悠扬动听的黄土情，饱含淳朴的乡土味，浑厚清澈的歌声尽情地向连绵的童山秃岭传播开来。张万年对自己的嗓音很自信，连他的羊儿仿佛都对主人的歌声充满自信，它们抬头竖耳，打着精神倾听，有几只羊甚至卧下身子投入地听起来。

村前村后的麦场上，摞满了麦垛，已经有人打场了。"噔噔"的碾子声在烈日下加班加点地响起来。三马子，手扶子的叫声也跟着在场上锣鼓喧天。没有机械化农具的农民，则吆喝着牲口一心一意地慢慢碾场。

秋后的天气说翻脸就翻脸，刮风下雨的谁也料不准，有时一下就是好几天。麦子没打完的农民，让秋雨闹腾地人心惶惶。下了几天的秋雨像跟人做对似的，没一点停下来的意思，麦垛中间早焐得跟热炕一样，麦穗上长出长长的麦芽，老天爷再不放晴的话恐怕麦子全都给焐出芽来，郭富贵吧吧地抽着旱烟，心里却着急地直发毛。

秋后的雨点打断了村里的忙碌，却无法打断人们的思想。王立三披了件棉单褂，打算去富贵家。他心思着今天是个空闲时间，富贵也闲着，他顺手戴了顶草帽，就朝家门外走去。

天空细雨蒙蒙。他踩着泥泞的路面，深一脚浅一脚的朝富贵家移去。

郭富贵一见王立三走进屋子，赶紧站起来招呼。

"哟，三哥您来了。到沙发上坐。峰他妈，快给三哥泡杯热茶。"

李玉珍放下针线活，麻利地泡了杯茶，放在王立三旁边。淡淡的热气从杯里蒸发出来，在杯沿上积满了水珠，卷曲的花茶缓缓地舒展开来，朝杯底移了下去，盖住了杯底的一大块冰糖，茶的清香飘了出来，四处扩散，鼻孔里舒服极了。王立三使劲闻了两下，格外清香。

李玉珍用筷子彻底搅匀茶水，溶化的糖水在杯中飘散开来。

王立三喝了口茶润了润喉，点上了郭富贵让给的"海洋"烟，"吧嗒吧嗒"地抽起来，几口烟抽得他嗓子里痒痒的，忍不住咳嗽起来。他端起茶杯，想用茶水止住咳嗽，喝下一口咽下肚。还真有效，真的止住了咳嗽。

烟卷在干瘪的手指缝里独自逍遥地燃烧着，白色的烟雾顺溜地往上冒。

李玉珍给王立三续满茶，便去做饭了。

"富贵叔，峰子前些天去我小外甥家了没？"王立三沉默了一阵突然开口问道，"得抓紧！"

"三哥，峰子去了。峰子说，你外甥没给他肯定话，只让他不要着急，找机会给他办。"郭富贵一五一十地给王立三说。他从心底感激王立三，他感激他能全心全意地帮峰子办事。虽然没什么权力，但他觍着老脸低声下气地给外甥说话，"哎，三哥真是峰子的大贵人啊！"他心说着。

"我看这事得抓紧，让峰子多上几趟他家，千万不能放松。"王立三直言不讳地说，"等天晴了，忙上几天，让峰子跑跑腿。哎，我看有时间还是我和峰子再去一趟。"

"这……这，三哥真不知道该怎么感谢您。"郭富贵迟疑了一下，感激地说，"三哥，您看您都一大把年纪了，还让您这么费心，我心里实在是过意不

去呀!"

"富贵叔，可甭那么说，活在阳世上，谁不用谁!"王立三想了想做的梦，提高了嗓门，哇哇地说，"再说峰子的事是大事。现在我有这么两个干事的外甥，才给峰子帮忙，如果没这档子亲戚，你让我帮我也是没法子呀!"

屋外的雨继续下着，灰灰的云层不断地挪动着。秋风不停地携着雨水冲到地面上。小水洼里，不断地积满雨水，越积越多，汪满了院子。大梨花在秋雨中不时地打着寒战，它浑身的高雅和傲气在秋凉中变得不堪一击。

秋雨懂得人心似的停了，天空晴开了一个大洞，露出蓝天，云层有组织地向四周退去，一抹阳光从云缝间斜斜地射下来。

一只肥大的蜜蜂，"嗡嗡嗡"地从墙外飞进来，扑到花蕊上，不停地拨弄，一会儿又扑到另一朵上。不知哪来的一股狂风疾驰而来，吹得花园里乱糟糟的。蜜蜂惊慌又狼狈地逃出院子。

"三哥，峰子在家也没什么忙的，我看等天晴了先给您帮帮忙，等您忙完，领峰子去您外甥家，您看如何?"

"我还有什么活，巴掌大的几块地，早收拾清楚了。就那些地，娃们都不让种，反正我是闲不住，没了地我这心里空荡荡的。"王立三舍不得他的地，几十年啦！靠得都是它们。从农业社到包产到户，他对那些地有了感情，他精耕细作，希望它们能长出好庄稼，倘若老天爷雨水多一些，它们就更争气了。他把那些地看成了朋友，患难的朋友，他舍不得，抛不下。可七十多岁的人了，老啦，多半截身子已经埋在黄土下，苦不动了！

郭富贵跟他的思想一样，对穷山沟沟里的这些地情有独钟，从饿死人的年代过来的人，是地救了他们，是包产到户救了他们。虽然苦，虽然累，但它们救了人。他从王立三的眼神里看到了过去，看出他对那一块块干巴巴的土地的情怀，他也体会到自己对那一块块干巴巴的土地的深深情怀。

"三哥，我看天放晴了就让峰子跟您去，家里的活儿我和峰子他妈能应付过来。"他接着话茬大声地说，说完抽了口烟，吸得烟卷刺刺作响。

"嗯，也好。"王立三咂了一下嘴唇，微微地点了点头，"天放晴了就让峰子来叫我，赶早不赶迟呀！"

老天爷的脸说晴就晴了，院子里洒满了阳光。苍蝇和飞虫追着阳光舒展筋骨，一时间飞得到处都是。路上的脚步声和说话声多了起来。王立三隔着门缝，瞅了眼白花花的阳光，心里清透许多。下了十几天的雨，心里都给下透了，阴沉沉的，又急又闷。

"富贵叔，天气放晴了，我看明天就让峰子动身。"说着起身走出屋子，站在院子里察看天象，"我看明儿个就彻底晴了。"

"嗯，我看也是。"郭富贵望着撤出天空的云层接着话茬，"就巴望老天爷多晴些日子，等打完场再下也不迟呀！"

"老天爷能想得那样周全就好了！"王立三说完笑起来，核桃脸一下子舒展开来，抖动的山羊胡一翘一翘可爱极了。

一晃眼的工夫暑假过去了，王雪梅提着行李穿过刺耳的车声，走进校门。

马路上的大学生川流不息，吵得校园里满是热闹。她急匆匆赶到公寓。一进门，将行李胡乱地扔在一边，就跟姐妹们闹腾起来。

学校安排的课程按时开课了。

王雪梅已经很长时间没有了郭峰的陪伴，但她还不能适应没有他的日子。她觉得很孤独，恨不得追回过往的时光，让它返回到与郭峰在一起的日子，可偏偏时光不复返。

晚上，她很少出去，总是静静地待在宿舍里，一心一意地学习。她想下一番苦功在毕业前考过英语六级，只要拿到六级证，就不怕找不到工作，她打算为她的梦想做最大的努力。

现在，抓紧时间有效地来学习，是她唯一想做的事。她要在毕业后找到一份工作，然后投奔到郭峰身边去，哪怕那时他是一个无业者，她也会毫不犹豫地跟他在一起。

桌上的电话"丁零零"响了起来，她习惯地接起电话。

"喂，丁洁刚出去。"她习惯地对着话筒嚷嚷，"你该早点打过来。"

"雪梅，是我！我是郭峰。"郭峰的声音从话筒里传来，还是老样子，洪亮

的声音清澈见底。

她用牙齿咬着嘴唇，眨巴着湿润的眼睛，激动地说不出话来。

"雪梅，你好吗？"

"嗯，你呢？"她捏去鼻涕鼓着劲说。她爱郭峰，爱到心里，骨髓里；她想念郭峰，想念到心里，骨髓里。她感到委屈，因为她的爱，她的想念，无处去倾诉。她眼圈中的那些泪珠滚了下来，打在可爱的脸庞上，心里的委屈再一次让她流泪。哎，她想他想得苦啊！她知道郭峰能听懂她的沉默，她的抽泣，她的泪水和沉默仿佛倾倒出她爱的辛苦和委屈。她有些埋怨郭峰，她埋怨他不给她打电话，埋怨他不来看她，埋怨他……她感觉越是埋怨越是爱他。

"雪梅，我也很想你。好些时间没见到你。虽然听不到你的声音，但是我心里时时都是你的影子。"

"你骗人！想我还不来看我。"王雪梅心里乐了，眉开眼笑的。她的委屈与埋怨像一块冻实的冰块化了似的一下飞走，飞得远远的。她的心底忽地荡漾起一股热浪，那是一股有爱的热浪，有情的热浪，它热得让她血液沸腾，热得让她把所有的思想和心血都一门心思地投放在他身上，她为她的爱情而激动，她更为拥有这样的爱情而激动。

"雪梅，我人在这儿，心早飞到你身边去了，要不是秋忙和工作的事，我早去看你了！"

"峰，工作有进展了吗？"

"还没呢，找了个关系，说是半月内给个准话。反正现在还是未知数，我愁死了。"他有些焦急说着，"待在家里，没事做的滋味，我算是尝够了。"

"好事多磨，别着急。"王雪梅继续说，"你不是这次考试排第六名嘛！为啥录取结果还没下来？我看你别担心，车到山前必有路，船到桥头自然直，有时间你打听一下其他人的录取情况。"

"嗯。"

"你的感受我能体会到，可眼下别无他法，就等等看，总会有希望的。我在这儿祈祷上天保佑你，保佑你早点有份工作，然后欢欢乐乐地去上班，永远没烦恼。"

"梅，谢谢你。我希望你的每一天都过得快快乐乐。我想以后咱们都会有一份工作的，在那时咱们好好工作，快乐生活。"

"看你，想得那么远，先顾眼前的事，将来的事只要咱们好好努力，一定会实现咱们的愿望。"王雪梅一想到将来心里怯怯的。她不知道她的将来是什么样的，是否有他的陪伴。如果他不能在身边，她真不知该怎么办？不，他一定会在身边。他说过，他会照顾她一辈子，全心全意，至死不渝地照顾她一辈子。她把这句话刻在心里，脑海里。刻得很清楚，很清晰，很深刻。他也没忘记这些话，这是他用心用情用爱用血液表露给她的心声，这是一句永恒地承诺，无悔不变地承诺，真心实意地承诺。而他是这句承诺的守护者，忠诚的守护者。他会把这句承诺兑现成梦寐以求的现实。这需要他和她共同的努力和奋斗，需要他和她共同去创造。

"哎，不易呀！我们的路刚刚开始，万事开头难。"郭峰叹了口气很自信地说，"不过风雨过后见彩虹，我相信咱们的人生之路会有挫折，但更会有成功。"

"这就对啦，我在这儿给你加油鼓劲，愿你度过每一个难关，跨过每一道险坎。"

"嗯，有了你的支持和鼓励，再有十道八道坎我也能趟过去。"

"有信心就好。"王雪梅鼓励地说，"峰，我相信你一定能行，我等着你的好消息！"

"嗯。我努力找工作，不管如何，我是狠下心来的努力，但愿黄天不负有心人！"

"说的也是，不管怎样，你得加把劲地去求人，去争取。"王雪梅揉了揉眼睛，接着说，"也不知道我毕业后就业形势会是什么样呢？我也担心我的工作没着落。"

"你放一百个心吧！外语系的毕业生，哪个愁工作，倒是你别挑剔单位就好了！"

"看你说的。照你的话，我们外语系的就不用担心了？"王雪梅继续说，

"那万一其他人都有了工作，就剩下我一人呢？再说又不是百分百的外语系的学生都能就业。"

"放心吧。如果你就不了业，那你们系里没有几个能就业的！"郭峰抿了抿嘴唇继续说，"你看你是瘦猪哼哼，肥猪也哼哼"。

"你说什么呢？眼前的路，谁都可以看清，可往后的路，谁也说不准啊，不提前做打算能行吗？"

"你说得对，做人谨慎一点还是好。"郭峰说完转开了话题，"雪梅，我过几天忙完了活，就来看你。"

"真的？"

"嗯。"

"那提前打电话，我好来接你。"王雪梅一听郭峰的话，按捺不住激动的心情，"忙完就来，说话算数，可不许骗人，知道吗？"

"一言九鼎。"

"那就好，我相信你。"

郭峰打完电话，心里特别的畅快。他推上自行车摸着黑向村里走去。刚才，他是从红岗城小姨家回来，一时很想雪梅，就在路边的公话给她打了电话。

刘宗德抽着香烟，脑子里想着舅舅托付他的烦心事。不理吧，老人家张了嘴，不好拒绝；理吧，就得给人事局张嘴。低三下四地求人，谁愿意。他走出办公室，不情愿地敲开人事局局长张格非的办公室门。

张格非正坐在桌前写着材料，一瞅是刘宗德，赶紧放下手中的笔。

"张局，老哥你真是大忙人啊！材料的这些事交给小陈就行了，还劳你亲自动手。"刘宗德提高嗓门，响亮地说。

"小陈出差好几天了。要是他在我就用不着这么费劲喽！"张格非眼睛一抬，大声地说，"哎，刘主任，今天怎么有空上我这儿来！"

"哎，正有点事烦呢。"

"多大的事，说来听听。"

"是这样的。我的一个远方亲戚是天河工大的本科生，前些日子，参加你们举行的招聘考试，考试结果排在第六名，不知道录取了没?"

"叫啥名字。"

"郭峰!"

"噢，对了。起先被城建局录了。后来，挤进了'上面'的人，恐怕被挤出去了吧，后面的事我就不太清楚。哎，我看你先给孙文打个电话，了解一下情况再说吧！这个忙我可实在帮不上。你要早点说，这事我早给你解决啦!"张格非说着，两只眼睛滴溜溜转了转。

"孙文我不太熟悉，还劳烦老哥你给张张嘴。"刘宗德实打实地说。

"你不熟悉？开玩笑吧!"

"真是不熟悉呀!"刘宗德叹着气说。他在房间里来回走了几步。张格非瞧他瞎转悠，有点摸不清他的心思。刘宗德站住脚，伸手从腰间的手机袋里抽出手机，"噌噌噌"地按了几下。

"喂，你好。"孙文接通了电话，很客气地问。

"孙局，你好，我是刘宗德。"

"噢，是小刘呀，你好，你好。"

"孙局，最近忙吧!"

"还可以。竟忙些琐碎事情，前几天刚忙完一大堆事。新任务又来了，我看就没个消停。"

"还不都一样。"刘宗德说着，眼珠子一转，"孙局，问你点事!"

"啥事？有话就直说，还跟我兜圈子!"

"是这样的，城建局前几天是不是招聘了一个叫郭峰的大学生?"刘宗德把声音压得低低的。

"噢，对对，有这回事。你问这个干啥?"孙文感兴趣地问。

"那是我一个亲戚。孙局，现在就靠你帮帮忙。我听说他已经被挤出来啦，还劳烦老哥你高抬贵手呀!"

"哎呀，小刘。这咋偏偏碰上你的亲戚了，我真难办呀！再说，这是'上面'的意思，你说让我咋办？说实在的我为难，你叫老哥我咋办呀?"孙文实打

实地说。

"也是。"刘宗德在脑子里想着办法，"孙局，那我想想别的办法，真是打扰你了！"

"你老弟还说啥打扰。没帮上你的忙，我这心里真过意不去。"孙文客套地说，"这样吧，改天老哥请你吃顿饭！"

"嗯嗯，那好，那好！"刘宗德呵呵地装笑着。心里却骂着孙文，"这老狐狸，一肚子坏水。"

刘宗德合上手机，心里一百个不满意。张格非瞅着刘宗德没戏了，赶忙拿出一支香烟让给刘宗德。

"来抽。"张格非打着火机点着烟，"老弟，先坐下，有事慢慢来，为什么这么着急？"

"不急不行啊！人家刚毕业的大学生在家里干等着呢！"刘宗德"吧吧"抽了两口，"张局，我走了，改天聊。"说完拉门就走。

张格非点着一根烟，抽起来。"现在的世道，有权就牛呀！人家好端端地聘上了，你给插了一脚，鲁县长也太过分。没办法，谁叫人家是县长呢！烦这份心干啥？睁一眼，闭一眼，干好自己的事就行啦。"他把半截烟按在烟灰缸里，手指拧了拧将烟捻灭，提起笔接着写起来。

秋风揉弄着浮云，一刹那的工夫，太阳又钻进云层，云层慢慢增多了，越积越多，黑沉沉的。太阳躲在黑色的云团里，看上去仿佛一个亮晶晶的银盘闪烁。

县委大院里的两排松柏威武地静立着，院里小轿车们时进时出地忙碌，院子中央的花坛招来了许多蜂儿蝶儿，它们不知疲倦地飞舞着。

张格非撂下笔，心里想着鲁国平、孙文和他合作的那桩缺德事。虽然，官场上钩心斗角，拉帮结派。但这种事，他极不情愿去做，要不是鲁国平仗着权硬来，哪有这样的事。也巧，偏偏刘宗德和那个大学生扯上亲戚关系，要是他知道内情，肯定会埋怨。眼下招聘名额已满，再补招自己又做不了主。哎，瞎操这份心干啥！他心烦地想着。

云脚低低地踩了下来，雨点开始打向地面。一会儿功夫，地面就湿漉漉的，雨水开始聚积，路边的小坑小洼里，渐渐汪满了。

刘宗德瞅着窗外的雨点儿，心情格外的郁闷。麻烦死了，怎么缠上这桩事！舅舅也真是，没事找事，他心里埋怨起王立三。

桌上的电话刺耳地响起，他一瞧显示屏上的号码，一把提起话筒。

"喂，宗德，舅舅托给你的事怎么样了？"刘宗奎没等弟弟开口，就急匆匆地问。

"哥，这里面有问题，那个学生被人顶替了。"

"噢，原来是这样。"刘宗奎抽了一口烟，继续说，"过两天，我给鲁国平打个电话，让他帮帮忙。"说完就挂了电话。

刘宗奎打完电话，坐在沙发上抽起烟来。

秋雨连下了好几天。遭遇旱灾后起伏的山峦就像被火烧过。然而，连续的阴雨浇透了山坡，光秃秃的山峦峰岭滋生出一片绿的生机。

新的草芽迫不及待地从潮湿的土壤里生长出。很快让山坡上披上绿意！

郭富贵披着褪色的雨衣，穿了双破雨鞋，从老虎山后的小路上一步一滑地走向家。牛毛细雨，打在他粗糙干瘦的脸庞上，他仿佛觉察不到这些，只是哼着信天游一路走来。

他是去老虎山背后十里地远的挑担家。

他跟妻子前些天商量好去峰子大姨家借些钱，再凑上家里的一点积蓄，准备给峰子找工作用。挑担是个热心肠，一听他的来意，二话没说，凑出五千就给了他。

一路上，郭富贵满心欢喜。

只要能让峰子顺顺利利地参加工作，他再苦一点，再累一点，也乐意。钱借了，可以还。但工作解决不了，可就耽搁峰子的前程。没工作，峰子可咋办？让他去务农，就苦了孩子；让他外出打工，这么复杂的社会，肯定是吃不完的亏……郭富贵前思后想地为儿子计划着将来。

李玉珍把借来的钱用手绢整整齐齐地包好，小心地放进扁箱底下，压上衣服，上了锁，才算安了心。

郭峰懂得父母亲的苦心。

他静静地靠在椅背上，不由得回想起高考那年：离高考还有十多天，他和班里几个要好的同学埋头苦学，眼瞅着身无分文，就要断了口粮。幸好在校门口碰见来县城买东西的村里人，他便捎了个口信给家里。

第二天，下起了蒙蒙细雨，一下就没个停。午饭时候，雨下得更大了，而且没有停下来的意思，他索性坐下来继续学习。这时，低年级的一位同学走进教室，告诉他校门口有人找。他很奇怪，是谁找我呢，他心里猜测着。

他冒着雨跑出校门，却万万没想到，母亲正站在雨中等着他。破裂开的袖口下，雨水早已打湿了衣服，还直往下滴答雨水，裤腿和脚上的一双旧布鞋，湿得不能再湿了。唰唰的雨点，往母亲脸上甩去，看到母亲被雨水淋成这样，他心疼地赶紧让母亲去宿舍避一避。

母亲见了他，二话没说，赶紧解开雨衣，从怀里取出包好的一叠钱，塞进他的手里，又从腰间解下一个布袋交给他。

"峰儿，这些钱够你这几天花的，你要注意点，把它带好。到了宿舍，把馍馍晾开，别让捂馊了。再过几天就高考了，加把劲考个高分，知道吗？"她说着抖了抖雨衣上的雨水，"峰儿，快去宿舍，别凉着，这马上就高考了，万一着凉了可咋办？快去，我也得赶快去搭车，要不然就回不去了。"说着转身冒着雨就走。

"妈，你先避一避，车还有的是，你别急！"郭峰说着把母亲往宿舍里拉。

"峰儿，你别管我，赶紧回去吧！"说着回过头来又看了儿子一眼，才放心地往远处走去。

哗哗的雨水，不断地打向地面。他激动地看着母亲在雨中的背影，心里真不是滋味，他强忍着涌上眼眶的泪水，心里难受得要命。远处母亲的脚步，在雨水中作响，显然，鞋里已灌满了雨水，可母亲的脚步坚实有力，他从母亲的脚步中，看到了母亲对他的期望和信心。他看着母亲的背影拐过墙角不见了踪影，心里更加难受起来……瞧着手中的钱和装满馍的布袋，他感受到母亲留在这两样东西上的余热。母亲的衣服湿了，而给他的钱和布袋都是干的，温暖的。

他内心深深地感触到母亲对他的关爱。

他紧紧地抓着母亲给他的东西，刚刚强忍住的泪水不禁夺眶而出。他抬头望了望朦胧的天空，心里暗暗发誓：我一定要考上大学。他知道，他只有考上大学，才能报答父母亲的恩情，才能给父母亲脸上争光。他摸了摸酸酸的鼻子，使劲擦去脸上泪水和雨水的混合物，慢慢地转过身，怀揣抱负地朝宿舍方向走去。

几年的时间一晃过去了，母亲雨中的身影，时时出现在他的脑海中，刻骨铭心地留在记忆里。那哗哗的雨声和母亲坚实的脚步声在耳边响着，他仿佛彻底走进回忆中，走进令他难以忘怀的情境中。

现在，大学已毕业。面临着就业的困难，他着急，烦躁。他想快点上班，为家里人减轻些负担，偏偏事与愿违。

父亲冒雨去大姨家借钱，他真不忍心再让他们费心。他越想越觉得对不住父母亲。自己都长大成人，还让他们如此操心。他虽为自己的无奈和无业烦恼，但是他更因为父母亲的关心而产生一股强有力的压力。

连绵了几天的秋雨过后，天晴朗了起来，没打完场的人家继续忙起来。

郭富贵和李玉珍斟酌着让峰子去刘宗德家。眼下的行市，谁都明白，办事求人都有个价位，当官的人嘴上不说，心里比谁都清楚。老两口定好了星期六早早地就让峰子去。

到了星期六这一天，李玉珍把借来的五千块钱，原原本本地装进儿子衣服的内袋里，然后缝上袋口，千叮咛万嘱咐地让儿子在路上再三小心，别和陌生人搭话，万一人家不接受，就存在农行卡上。

郭峰答应着。临走时，他告诉母亲完事后，要去天河工大看雪梅，要两三天才回来，叫母亲放心，说完匆匆地迎着朝阳往山口走去。

刘宗德这几天正为这事不高兴，一看到郭峰，心里更加生气，脸拉下八尺长，目光像两把刀子，恶狠狠地瞪了郭峰一眼。

郭峰一看这阵势，心里慌得不知所措。

"刘主任，这……又打扰你了，嗯……"他用唾液润了润喉，清了一下发

干的嗓子，吞吞吐吐地接着说，"……我的事，让您费心了。嗯……嗯，刘主任，家里人凑了些钱，让我给您带来，您办事求人，少不了请人家吃饭喝酒，花的地方多着呢！我的工作就指望刘主任您了。"他说着，扯开缝了线的内袋口，拿出包好的五千块钱，轻轻地放在旁边的茶几上。

"这……这怎么行呢！我给你办事，不是为了钱，你的工作不是我不帮忙，是真的有困难。"刘宗德硬着声，实打实地说，"钱你装好，事儿肯定给你办。嗯，过两天，嗯……下周星期二吧，你给我打个电话，我把人找好，你跟他去接头。"他说着提起水壶，倒了一杯水放在郭峰旁边，"先喝点水。"

郭峰应着声，不自然地端起水杯，喝了一口，继续听刘宗德说。

"我安排好之后，你去找人，到时候你说出名字，他就知道怎么回事。"刘宗德拉平了脸和气地说。

刘丽正在厨房里炒着菜，看到郭峰，顿时，气得如同铁锅里的油一样，直冒烟。烦死人了，跑来跑去的犯得啥病，她心里骂着，一瞅见郭峰土里土气的样，她心里扑扑直冒火苗。

"吃饭。"她把碗"咚"的一下，狠狠地搁在茶几上，碰得茶几"哐当"直响，脸色跟落了层霜似的。

郭峰一看心里"咯噔"一下，凉了半截。"刘主任，这事就拜托你了，你们慢慢吃，我先回去。"说着知趣地站起来，点头哈腰地打完招呼就朝外走。

刘宗德一瞅郭峰要走，赶紧把茶几上的钱塞进郭峰的衣袋，然后假惺惺地留他吃饭。一看刘丽板着脸，理都不愿理客人，就半推半留地送客人出了门。还没等客人下几个台阶，门"砰"的一声关住了。

"姓刘的，你是不是没事干了，跟不三不四的人缠在一起，你累不累？"刘丽大发雷霆地吵起来，"让你想法子调到市里来，你理都不理，给别人办事，你哼都不哼就办！"

"行了，你嚷嚷啥，不吃饭了。你凶巴巴的，干脆一口吃了我得了。"

刘丽一瞅丈夫来了火，不敢再往下闹，气愤地走进卧室，"砰"的一声，摔上了门。哎，真是好心当成驴肝肺，让他少烦些心，少找些烦事，他不领情，还狗咬吕洞宾。

"妈妈开门，我们回来了。妈妈，快点开门。"刘丽一听是龙龙的声音，一把擦掉眼泪，匆忙地去开门。小孩子进了门，气喘吁吁地拉着爷爷往里进，一手又抓住刘丽的手，使劲拉。"妈妈，我饿了，我要吃饭。"一瞅见刘宗德，大声叫起来，"爸爸，你怎么一个人吃呢？我也要吃饭。"

"嗯，龙龙也要吃，爸爸忘了龙龙和爷爷了。儿子，先洗手，小手洗干净才能吃饭，听爸爸话！"刘宗德瞅着儿子的顽皮劲儿，欢喜地抱了抱，"嗯，我儿子乖，快去洗手。"

刘丽把饭菜摆在餐桌上，就叫公公和儿子来吃，随机从茶几上拿起自己的碗筷，轻轻地放在餐桌上。

"爸爸，你过来和我们一块儿吃吧！"小孩动着小嘴，走到刘宗德身后，一下爬上他的背，三两下蹿到肩头，骑在脖颈上面捣蛋起来。小孩将他从茶几闹腾到餐桌前，这才规规矩矩地吃饭。

刘丽气还未消，一瞅丈夫坐了下来，扒了几筷子菜，端起碗进了卧室。

郭峰不尴不尬地从刘宗德家出来后，心凉到冰点，浑身僵硬无力，连走路的气力都没有了。他走出市委家属院，眼前熟悉而迷人的城市，一下子变得阴森陌生。

他开始有些厌恶它。

他找到就近的农行，存了钱。

头顶的天空瓦蓝瓦蓝的，火辣辣的太阳划过天空，悠悠地朝西移去。秋风从街上一扫而过，他感觉这股风很冷清，仿佛直冷清到心里。

他觉得走在街上，好无聊，好无趣。周围的一切，跟他没半点关系，一切都是冰冷的、陌生的，他的大脑仿佛装了冰块，一点都活跃不起来。他觉得唯一让他心热的，就是雪梅的存在，假若没雪梅，他是不会有半点热爱和眷恋这片曾经生活过四年的热土的。

他想去找雪梅，他知道见到雪梅后心情肯定会好起来。因为雪梅会安慰他，开导他。他一想到她，脚底下就有了劲儿，他打算先乘车到天河工大，然后再

告诉她，给她一个惊喜。

他来到天河工大门口，在路旁的公话亭给她的宿舍拨了电话。

"喂，你好，请问你找谁？"

"啊……我找王雪梅，请问她在吗？"

"噢，你是郭峰吧！她在呢，你稍等，我去叫她。"丁洁说着，"雪梅，雪梅"地喊起来。

"喂，郭峰，你在哪儿？"王雪梅跑过来接了电话，然后着急地问，"我都等了好多天啦，还不见你的影子！"

"雪梅，我就在校门口。"

"啊，真的！可别骗我，"王雪梅又惊又喜地问，"你说的是真的吗？"

"是真的，我没骗你，我在校门口等你。"

"嗯，我很快就出来。"王雪梅说完，要了丁洁租的房门钥匙，匆忙打扮了一下，就急急忙忙去了校门口。

郭峰匆匆地买了些雪梅喜欢吃的零食和水果，站在校门口急切地等她出来。

两人一见面，没说几句话，就朝丁洁租的房走去。

"郭峰，房子给你借好了，想待几天，就看你自己啦！"王雪梅将钥匙插进锁眼，转头用眼睛望了一眼郭峰，"看你收个庄稼都瘦了一圈。"

"哪有那么严重。"

"真的。买点擦脸油，好好保养一下，看脸都晒成啥样了！"

屋子里简单地摆了一张双人床，一张小桌子，一套灶具和一个大水桶。

"郭峰，工作联系怎么样了？"两人寒暄了一阵，王雪梅关心地问起来，"我从几个老乡那里听到，跟你一块参加招聘考试的，被录取的人都上班了，听说考了第一名的也和你的情况一样，不知啥原因，也还没上班，老乡们对这件事议论得很凶。"

"提起工作的事，我的心都凉到-20℃了！"郭峰叹了口气，接着说，"如今的世道，找工作难啊！今早，我去找办事的人，三句话没说，就给人家'撵'出来。特别是人家老婆，像个母老虎，凶巴巴地板着脸，眼皮都能扇死人，那眼睛一瞪，简直一把利剑朝你甩过来！都说是，官大一品压死人，何况我一个老百姓，怎么不怕？"

"人在屋檐下，不得不低头，人家给你甩脸子，这很正常。不过，天无绝人之路，办法总会有的。"

"对，你说得对，办法总会有的。"

关于工作方面的事，他和她聊了一下午，又接着聊到晚上。

房间里，静静的，只有"嗡嗡"的苍蝇声和两人的呼吸声。

她听到他熟睡的声音，在耳边飘落。她想去拉下窗帘，但他的双臂紧紧地拴着她。他太疲惫了，看着他困乏无力的样子，她心疼的差点掉下眼泪。她舒服地看着他的脸庞，心里一百个心疼，一百个喜欢，一百个满意，她干脆一心一意地端详他的脸庞，他的头发和呼吸的样子。

一时间，她不觉地睡着了。她均匀地呼吸着，身体软绵绵的，白嫩的脸蛋透着一股诱人的青春气息，长长的睫毛，挺拔的鼻梁，饱满的嘴唇，苗条的身材，漂亮得像条海滩边的美人鱼。

郭峰被隔壁的开门声一下惊醒，浑身的困乏让他很不舒服，他打着哈欠，坐起身来。

王雪梅甜甜地睡在一边，她半侧着身子，彻底地进入梦乡。

郭峰揉了揉干巴巴的眼睛，回头望了一眼熟睡的雪梅。这让他回想起跟她从认识到现在的一幕幕片段来。

那是在三年以前，施宏结伴去见他的网友，他陪施宏去了，就在学生餐厅，三人坐在一块聊起来，一聊才知道雪梅跟他是老乡。那时，雪梅头发很短，留着时髦的学生发型，穿着一身牛仔服。说起话来很腼腆，时不时，害羞地低下头。等到说话，才抬起头说上几句。然后，微微一笑，又低下来。后来，他经常打电话约她，时间一长，两人熟悉了。她在他面前开始泼辣起来，话也多了，也开起玩笑。从那时起，他发现已经喜欢上雪梅。他喜欢跟她亲近，她也愿意跟他在一块。再后来，没她的影子，他就会心急如焚，心浮气躁。而王雪梅更愿意和他天天在一起，愿意让他陪她聊天、散步、吃饭、学习，她也愿意陪他

打篮球、跑步、去图书馆看书。他和她在那时，开始真的恋爱了。真正纯洁的爱情，两相情愿。

回想起这些，他仿佛忘却了一切烦恼。

刘宗奎跟弟弟掌握了郭峰工作还没解决的情况后，当晚就给鲁国平拨了电话。鲁国平接了电话，不好回绝他，只好口头上应承着，说要再研究一下。

看看县里面，像郭峰这样的大学生，没工作的满街都是。可郭峰这次考试被城建局录取了，但偏偏就这么巧，又被他的人硬打硬地挤了出去。如果不是刘宗奎提起郭峰这个名字，他根本就想不起这件事。

刘宗奎心想，鲁国平没回绝他，就已经认他是多年的同事。他真不好开口再说啥，想催催这事更是不妥，就只得等着看了。他想想自己，虽然在市委办公室工作，但有职无权，不好硬来。他不能确定鲁国平会解决郭峰的工作，但有一点他很确信，鲁国平肯定会给他一个满意的回话。

跟刘宗奎猜测的一样。果真，三天后，鲁国平给他回了话，说教育局还招教师，让郭峰去看看。刘宗奎接完电话，随即给弟弟拨了电话，把情况告诉了他。

刘宗德接了电话，心想这下可以解决这桩事。哎，这破事，害得他跟老婆翻脸。也怪舅舅多事，没事找事地让他难心，也不考虑外甥的难处。这桩事，马上就要了结，他感觉满心舒畅和高兴。

走到窗前，推开窗户，晨风带着新鲜的空气，扑面而来，他使劲吸了几口，满怀舒畅和沁心。窗外罩起淡淡的白雾，越来越浓，淹没了周围的建筑和道路。汽车的喇叭声，在雾气中清脆穿梭；人们的脚步声，从雾气里清澈响起；人们的说话声，伴随脚步声，穿透白雾。

这是秋后的第一场大雾，迷迷茫茫一片。

他见过很多次雾，他感觉，今天的这场大雾，是他见过的最大的一场，这场大雾让他内心兴奋不已。

眼前除了白雾还是白雾，可见度不过三米。朦胧中，眼睛隐约地看到汽车橙黄的防雾灯，像一盏盏星星暗淡地闪烁着，游走着。他很满足地欣赏着眼前的白雾，思想早飞出脑袋，在白雾间神仙般的穿梭。

太阳的影子，像一个白坨，缓缓向上移动，周围的空气被映得亮晶晶的。

天空透出淡淡的蓝底子，周围的大雾开始变得稀薄。

刘宗德坐在门边的三人沙发上，翻看报纸。窗台上刚买来不久的几盆花，散发出淡淡的清香。他嗅着清新的花香味空气，仰头惬意地靠在沙发上，一会儿的工夫，竟打起呼噜来。

秋天的雨，总是断断续续地一下就是两三天。雨一停，潮湿松软的土壤犁起来松活利索。郭富贵赶着大青驴吆喝着，李玉珍跟在丈夫的犁铧后，眼尖手快地拾着冰草根。犁过后的土壤，面墩墩的。

这下可犁了个好！郭富贵心里欢喜地嘀咕着。李玉珍拾着冰草根，心里却时时惦着儿子。他考虑着，峰子咋还不回来，带去的钱人家收了没有，这两天住在那儿。峰子是她的心头肉呀！就这么一个宝贝儿子，她心里格外地疼爱，格外地挂念。郭富贵犁完一块地，往后一瞧，浅浅的犁沟，如同微风吹过后的海面。他满眼舒坦和喜悦，再没犁过这么松软潮湿的地了。

"他爹，峰子这孩子，不会出啥事吧？"李玉珍担心儿子，心急地问丈夫。

"他都那么大人了，你还不放心！别着急，说不定明儿个就能回来。"

"我这心里，总是放心不下。"

"峰他妈，我再犁上一块地，你休息一会儿，就回家做饭。"郭富贵说完，吆喝着大青驴，朝旁边的另一块地轻快地走过去。

天空阴沉沉的，潮湿的空气，带着凉飕飕的山风，满山遍野的游玩着。秋后，发起来的青草，精神抖擞地露出小脑袋，迎风舞动。

李玉珍在地埂边休息了一会儿，给丈夫打了声招呼，就顺着小路，翻山越岭的朝家里走去。

她刚到家，老天爷就下起牛毛细雨。他赶紧抱了一捆干草，放进厨房，接着拾掇起摆放在院子里的家什。

雨一直下到天黑，还没停下来的意思。

郭富贵坚持犁到天黑，才卸下转头犁。

大青驴瞅着郭富贵卸掉身上的家当，呵了口气，使劲抖了抖湿漉漉的身子，

一骨碌倒在地里，打起滚来。等打够了，"哼哼"地清了清鼻腔，"嗖"地站起来，饿疯了似的，去啃地边上的荒草。

郭富贵牵着大青驴赶回家，天黑得只能看见个人影。

李玉珍在村口瞭了好几次。饭菜都凉了，她重新将饭菜炖在锅里，还不见丈夫回来。一听见脚步声，她就推开大门去看。好几次，都扑了个空。这次，真的是丈夫回来了，她心里的石头才落了地。

王雪梅醒来时，已经是六点多了。她匆匆梳洗了一下，就带郭峰去就近的饭馆吃饭。

校门口，摆摊设点的，生意正红火着。卖酿皮的摊子周围被一伙大学生团团围住，争先恐后地买酿皮；旁边一家卖麻辣烫的老板，忙出一身汗，正在打发等在周围的一伙女学生。

王雪梅和郭峰从一家小面馆吃完饭出来，恰巧碰见陈小红和其他几个姐妹，她们正围在烧烤摊边上干等着。

"小红，还没轮上呀，吃点别的吧！"王雪梅朝着几个姐妹喊，"随便吃点得了，别动不动就烧烤，麻辣烫的。"

"这么早，你们就吃过了。郭峰，今天不请客，可就不够意思，大伙说对不对。"陈小红瞧了一眼郭峰，对着旁边的姐妹们大声地说，"姐妹们，今天烧烤不吃也罢，反正有郭峰请客。"她说完就鼓动大伙叫郭峰请客。

郭峰支支吾吾的，半句话还没说出，就被她们推进旁边的麻辣店。

他们风风火火地吃饱肚子，朝着郭峰和王雪梅一笑，就速速地溜出了店门。

"嘿，好泼辣的姑娘们。"

"外语系的都这样，还有更厉害的呢！"王雪梅朝郭峰一本正经地说。

"我看外语系就你乖巧，而且还这么漂亮。"

"耍贫嘴。"王雪梅撒娇地瞟了郭峰一眼，接着说，"哎，你陪我去拿本书吧？"

"嗯。"郭峰应着声跟着雪梅一起走向学校。

傍晚的清风在楼间的空地上，打着旋儿乱飞，一会儿冲到树梢上，刮得树叶哗啦哗啦直响，一会儿又冲到地面上，吹起一层尘土。

王雪梅从宿舍拿了几本书，就匆匆下楼来。她瞅见郭峰在马路边上望着她，便三步并作两步跑了过去。

"郭峰，走吧！"她说着，拉起郭峰的手腕，朝前走去，"郭峰，咱们啥时候到南湖公园去玩一下呢？那儿风景特好。喷泉、水车、小船、树林，还有寺庙。特别好玩。我看了丁洁拍的照片，羡慕死人啦。"

"南湖公园在哪儿？远吗？"

"就在石门县，乘车两小时就到了。丁洁说，到石门县车站，向西走十几分钟就到南湖公园了。现在正是风景最美的时节，有个看头，如果再过一段时间，叶落花谢，就没啥风景了。"王雪梅说着，用恳求的目光看了一眼郭峰，"你想不想去呀？"

"让我想一想……"郭峰看了一眼雪梅，"要不，我们明天去，你说呢？"

"嗯，好好好，峰，你真好！"王雪梅一听郭峰同意去南湖公园，心里乐得开了花。她就想让他多陪陪自己，跟她多说说话，让她高兴。其实，看到他，已经让她很满足，但她偏偏就让他陪她去玩，她知道他会去，她了解他，了解他整个人。也正因为太了解他，她才深深地爱着他。"你等着，我去宿舍取点东西，顺便给宿舍里的姐妹们说一声。"说完将手中的书递给郭峰，扭头朝公寓楼方向走去。

天色渐渐暗淡下来，路灯齐刷刷地亮了起来。周围的公寓楼灯火辉煌，马路上的行人，一时增多了不少，有的从校门口刚进来，有的叽叽喳喳地说着朝校门口走去。瞧着进进出出的大学生，郭峰的思绪又回到了半年以前，跟舍友们闹腾玩耍，无忧无虑的时光。一会儿，思绪到图书馆，在那翻阅书卷的心情无法言表；一会儿，思绪又到了篮球场，雪梅不厌其烦地看着他玩。他从脑子里，翻腾出记忆的片段，一股脑儿的让它播放。

"郭峰，想什么呢？这么出神！"

"这么快就来啦。我刚才在回想毕业前的时光，那是多么令人难忘啊！"

"走吧，都过去了，还想它干什么。我发现你这人，还挺怀旧！"

"是啊！美好的东西，总是让人难以忘怀。那里面蕴藏的不仅仅是表面的欢乐和自由，更重要的是，它包含着很多真情实感和难舍的情怀，谁都忘不了它，哪怕是许多年之后，脑子不灵了，但对它的回忆，一定还是历历在目的。"

"走吧！还看不出你这么诗情画意。"

狭窄的小巷里，昏暗的灯光，从两侧街门里探出头来。

郭峰和王雪梅，一前一后地踏着砖块路走进巷子，这是一大片平房区，都是周围的农户专门为学生租住才修建的。丁洁租的房就在这块。小院的街门，紧闭着。郭峰"哗"地一下推开，里面黑咕隆咚的。王雪梅摸索着拿钥匙打开房门，伸手摸着灯绳，吧嗒一下，拉亮了灯。

郭峰走进屋子，有些疲乏地一屁股坐在床沿上。

"来，吃个香蕉。"王雪梅说着，将一个香蕉脱去皮，递给郭峰。

"雪梅，明天几点走呢？"郭峰咬了一口香蕉接着问。

"坐六点的公交到车站，估计到石门县也就是九点！"王雪梅吃完香蕉，拿起一本《知音》翻起来。

郭峰吃了一个香蕉，转身斜躺在床上解解乏。不一会工夫，竟打起呼来。

"这个瞌睡虫。"王雪梅瞅了一眼熟睡的郭峰，"哪来这么多瞌睡。"

她翻完《知音》，又拿起一本《读者》翻起来。周围的灯光相继地熄灭，黑夜彻底淹没了大地，四周万籁俱寂。

她困乏地放下书，瞅了一眼手腕上的石英表，"啊，十二点多了！"她惊讶地叫了一声，"都这么迟啦！"她想叫醒郭峰，让他送自己回学校，一看他睡得正香，就打算一个人回去，她拉开房门，外面黑得吓人，她赶紧"砰"地关上门。不料，一下惊醒了郭峰。

"雪梅，几点了？"郭峰迷迷糊糊地半睁开眼。

"我得回学校，你快点送我回去，外面太黑了，我不敢去。"

"黑灯瞎火的。"郭峰顺手看了一眼手腕上的石英表，"你看，都快一点了，校门早上锁了"。

"反正，我不能留在这儿！"

"你怕啥?"郭峰坐起身子说,"别怕神怕鬼的。"

"那哪行呢?孤男寡女的,让别人知道,会乱说的!"

"身正不怕影子斜,被子留给你,我先睡了。"郭峰说完,倒头就打起呼来。

"死猪,哪来这么多瞌睡?"王雪梅不满地责怪起来,却又暗暗地欣赏他的睡相和整个人。

第二天一大早,天晴气朗。

王雪梅早早地叫醒郭峰,准备赶向石门县。

南湖公园门口,摆满了冷饮摊。摊桌上,商户个个撑开了遮阳伞,红火地简直像谁家在办喜事。

郭峰和王雪梅到公园门口时,快十点钟。两人还没买到门票,可心早就飞进了公园里。

公园的大门大部分都用木料修建,典型的仿古建筑,还没等郭峰看仔细门的模样,就被王雪梅急匆匆拉了进去。

迎门立着一块足有一间房子大的青色巨石,上面密密麻麻地雕满了字,都是有关南湖公园的历史记载。

"这么大的石头,太奇了,我从来没看见过这么大的。"王雪梅惬意地摸着巨石,仿佛被大自然的这一杰作,倾倒了似的,"来,郭峰,咱们在这儿合个影,快点!"说着朝刚进门的一位年轻姑娘礼貌地说:"大姐,请您帮我们拍张照。"王雪梅露了个大大的微笑,甜甜地说,"麻烦您了。"

"注意,朝这儿看。"年轻姑娘热情地接过相机,调好镜头,站好位置,"咔"地一下,帮他们拍了张照。

从公园左侧的石板小路直直看过去,一座修长挺拔的塔楼从密林之中探出尖尖的脑袋,再远处便是一片树林了。朝右侧向北直直拐进去,隔着一排整齐的小垂柳,便是一面平静的湖。湖水犹如一位恬静的美少女,在绿树环绕中休闲地躺卧着。湖边停泊着五颜六色的小游艇,船员用一根细长的钢丝绳,将它们固定起来。有很多人,已经在岸边的长亭里娱乐了,有打纸牌的、打麻将的、

喝茶聊天的、喝饮料啤酒的好不热闹。

再向长亭方向看去，一条碎石小路直直通向远处的一座山林。几座小楼阁，在浓密的树林里神秘地掩藏着，只冒出一点阁顶。湖面的另一边，远远看去有一座独具匠心的假山，神气地站立着，脚下是一圈许多喷水头组成的喷泉，喷水池里已汪满了水，周围围满了游客，观赏着假山和喷泉。

郭峰带着王雪梅，没目标地朝前走。他们走走看看，满眼的秀丽景色。

"郭峰，我们去划船吧。"王雪梅瞅着湖面上的游艇，心热热地说。

"嗯，咱们先去山上，下山来再划吧。"郭峰望着王雪梅商量着说，"你说好吗？"

"嗯，也好！"

古朴的钟声从半山腰传下来，一股佛门圣地的清静，顿时传遍周围。

郭峰和王雪梅走到半山腰，就被眼前的寺院挡住了脚步。寺院的门打开着，浓浓的香火味扑鼻而来。跨进门槛，一口大香炉立在院中央，里面的香火悠闲地往上飘，缭绕了一院。大香炉正对面的大殿中，一尊金佛肃穆地盘坐在莲台上，前面的跪垫上，几个游客虔诚地跪拜着。门旁的一位老僧人，不动声色地用毛笔抄着经文。郭峰和王雪梅跪拜完金佛，转身朝门旁的老僧人走过去。

"师傅，请您给我们抽一道签。"王雪梅看着老僧人轻声地说。

老僧人不慌不忙地放下毛笔，一声不响地将桌边的签筒拿过来，用手拨弄了一下，轻轻地推到桌边。

"小施主，来，摇签筒。"他说着，从桌边拿过一本书，翻了几页铺开来。

王雪梅诚心地跪在桌前的跪垫上，"哗哗"地摇起签筒。没几下，"嗒啦"一声，一支竹签掉在地上。她赶紧捡起来，仔细一看，八十一签。

"师傅，你看？"

"八十一签。嗯，好签，好签。"老僧人说着，将桌上的书，翻了几页，拿给王雪梅看，"小施主，你来看上面的解说。"他说着轻轻地读出声来。

千年古柏万年松，

根深蒂固三千丈；

同生共苦同病怜，

莫愁前程风雨泪；

百炼成佛金陀身，

相依相偎今世缘。

王雪梅凑在书前，似懂非懂地听老僧人读着，仿佛悟出一点点意思，但就是说不出个一二三。

"小施主，你明白了吗？"

"师傅，您给解释解释。"

"嗯，好吧。"老僧点了点头，"千年古柏万年松，根深蒂固三千丈。是说古柏古松有很强的生命力，它们扎根大地的深处，汲取精华，顽强地生活着，历经千百年，依然长青于世；同生共苦同病连，莫愁前程风雨泪。是说它们生活在同样的恶劣环境中，不管严寒酷暑，风雨雷电，它们都会相互勉励着，坚强地生存下来，也正因为这样，才真正地考验了它们；百炼成佛金陀身，相依相偎今世缘。是说经历了重重苦难之后，它们会像佛陀一样，修成金身，而且，它们会相互依存，相互照应，一生一世都不分开……"

老僧人简单地解说完，又低下头，一声不响地抄起经文来。

郭峰仔细听完老僧人的解说，仿佛悟出了什么事情。他回想着老僧人说的话，仿佛看到了自己和雪梅的过去和将来，他脑子里一片畅想……

郭峰和王雪梅从寺院出来，便顺着通向山林的鹅卵石小路走去。有山泉从山林里流出，"哗哗"的水声顺着暗沟直直流进山下的湖里。

瓦蓝瓦蓝的天空，不知何时飘来几片墨黑的积雨云，聚在一块好像商量什么事似的。一会的工夫，从四周调兵遣将地唤来许多乌云，黑压压地盖满天空。风猛地刮了起来，公园里树木跟着狂风疯狂地摇摆起来，声音大得吓人。一看这阵势，郭峰和王雪梅赶紧从半山腰往下撤。云层越来越低，越来越黑，如同吸足了水的黑海绵，沉沉地压向地面。风，骤然停止，周围的树木瞬间被定住

似的纹丝不动。

郭峰和王雪梅刚走到山脚下，一声巨大的雷声劈头盖了下来，紧接着豆大的雨滴千军万马似的打了下来。

"赶紧跑。"郭峰喊了一声，一把拉住王雪梅飞快地朝湖边的长亭跑去。

雨泼水似的猛下着，雨点打得湖面上"哗哗哗"地响。水面上满是大大小小的水泡和漂浮的水气。远处的游艇在雨雾中影影绰绰漂浮在岸边。

郭峰和王雪梅上气不接下气地跑到长亭，身上早就湿了半透，两人赶紧脱下上衣，抖了抖晾在里面的长条凳上。

长亭里站了好几个人，正望着雨滴发呆，担心雨一时会停不下来。

郭峰想着如果这场雨下在郭川子村，肯定会山洪暴发，山路非冲垮不可，家里的屋顶又会漏雨，屋里的地上又会满地泥泞，炕上母亲又要拿盆子接漏水了。

过雨说停就停，下了不到半个小时就停了。乌云撤了下去，太阳晒红了天。

王雪梅从长亭里出来，就催着郭峰去划船。到了码头，跟管理人员租了一条小船。两人便坐进里面，船桨轻轻一拨，那船便乖乖地移动起来。也许是第一次坐船，看到宽阔的水面，王雪梅内心既好奇又胆怯。湖面上时不时跃起一两条鱼来，激起一片水花，她兴奋地哇哇直叫。小船在湖面上溜达了几圈，稳稳地停在岸边。

太阳离山尖只有一竿子高了，游玩的客人还在公园里余兴未了地欣赏着满目秀美的风景，仿佛没有什么可以驱使他们离开这个值得留恋和观赏的地方。

鲁国平给刘宗奎打完电话。心想，碰上这样的事，也是兵家常事，干脆推掉算啦。哎，这样不行，刘宗奎现在跟市领导，省领导混得熟门熟路。干脆一不做，二不休，推给唐全算了。可是他嘴上不说，心里比谁都清楚，为这点小事，跟他闹僵，划不来。他翻来覆去地想着。今天他让我办这事，明天市长让我办那事，他娘的，官场上的事真不好应酬呀！哎，当轮到我有事的时候，谁会认识我，还不是一个个畏首畏尾，往我脸上抹难看呀。官场凶险如战场，稍有不慎就遭殃，见官说官话，见鬼说鬼话，才是正道理。他"呵"地叹了口气，一下子靠在椅背上。回想多年来的处事之道，他心里一片惆怅，官场上的钩心斗角，早将他的棱角磨得又光又滑，他细细一想，自己是怎样的一个人，是不是老百姓心目中的好县长……

俗话说：为官一任，当造福一方。这太虚假。他闭上眼，任思绪畅游。猛然间他想起另一件事……今年的国道翻修工程上，市长吴正对清泉县提出要求，必须按预定期限完成翻修工程。市长的态度很坚决，要他务必按时完成任务。眼下国道翻修工程正在热火朝天地进行中，只要按期交工，就完成市长下的任务！

他给中标商一再强调，不管有什么困难，都必须按预定期限按时完成工程任务。

还有清泉县的两山绿化工程，市长一再重点强调是狠抓实干的重头工程……

鲁国平越想越觉得身上的压力越大！他一想到市长，一想到市长强调的任务，他就强制自己必须把工作干好，只有干好工作，啥事都好办。

郭峰和王雪梅从南湖公园回来，在校门口的面馆匆匆要了两碗面。待热腾腾的面下了肚，一下有了精神气。两人来到丁洁的租房，刚坐到床上，浑身的乏气，不由自主地涌上来。两人疲惫地躺在床上，一动都不想动。浑身上下的肌肉，累得没一点儿劲，这一躺下来，浑身立刻舒服了很多。

郭峰心里一直惦记着工作的事，第二天，他就打算给刘宗德打电话，问一下事情有没有进展。一颗红心，两手准备，最坏的打算，就是到城里来打工。

"郭峰，现在的世道可不比从前，有一份稳定的工作，将来的生活就会过得好一些，工作不稳定，收入肯定没那么理想，想过好一点的生活，真的不容易呀！"王雪梅扭头看了郭峰一眼，"你说呢？"

"是呀，可工作不是说找，就那么容易能找到的，由不得自己呀！"

"自己只要抓紧时间，抓住机遇，努力寻找，希望总会有的。今年失败了，明年再来，我就不相信找不到工作。你就放心，是金子肯定会被人发现的。"王雪梅干脆转过身，对着郭峰的半边脸，"你明儿个，打电话问问情况，但愿有好消息。"

"嗯，但愿吧！"郭峰感叹地说。

"哎，你明天啥时候回家？我想送你去车站。"

"明儿个，你得好好上课，不能逃课，知道吗？"郭峰扭头看了一眼雪梅，体贴地说，"经常逃课，你不怕老师秋后算账。"

"我还逃什么课，我用得着吗？你……不让我送就早点说，还装着关心我。"王雪梅翻了脸。

"你看你，这是怎么了，动不动就来火，我这不都是实话嘛，生的啥气呀？"郭峰低声下气地劝说起来。

"别碰我。"王雪梅硬声硬气地闹起来。

"雪梅，你别生气，什么都随你行不行。我答应你行了吧。"

"行了，别说了。你老是这样，一拍屁股就走人，别人可牵肠挂肚地想念你，一点良心都没！"

"不是呀，雪梅，我何尝不是这样呢，可你让我怎么办？"郭峰说着，一下抱紧了雪梅。

"干什么？这么抱着我？"王雪梅一动弹，膝盖不小心顶在郭峰勃起的下体上，弄得她羞红了脸。她分明感觉到郭峰的目光火辣辣地凝视着她，他的目光让她浑身情不自禁发热。

她是真心爱他的，她的心里全是他，每个细胞里都是他。她从眼缝里偷偷看到他的喉结在紧张地颤动。

郭峰情真意切地开始吻她，强烈地吻她，吻她的嘴唇、脖颈、脸庞、耳朵和胸脯……

床板"咯吱咯吱"地响了起来，很有节奏，很有力度。王雪梅呻吟着，她不再感到下体的痛苦。她下意识地知道，郭峰成了她真实意义上的男人，而她成了郭峰真实意义上的女人。她紧闭着双眼，仰着头迎合着他，微张的嘴唇触动着，满脸的红霞盖在迷人的脸庞上。不断地撞击使她的身体颤抖，血液加快。她扭动着脖颈，两颗大大的乳房，白花花地坦露出来，直挺挺地横在郭峰眼前。她感觉撞击越来越有力，越来越快。郭峰终于用完最后一点力气，然后瘫伏在她身上，继续亲吻她。她紧紧抱着他的腰，浑身颤抖得要命，眼泪立刻涌了出来，呜呜地哭出声来。

郭峰紧张得不知所措。

"雪梅，我错了，我错了，你打我骂我吧，都是我的错，我不是人，你怎么怪我都行，但千万别哭坏了身子。"郭峰紧紧地将她抱坐起来。

"我不怪你。"她瘫软在他怀里，断断续续地说，"我……控制不住自己。我冷，你抱紧我。今晚，发生这种事，我半点都不怪你，我只希望今后你能好好待我。你得关心我，爱我，永远只爱我一个人，你必须答应我。"她眼睛直勾勾地盯着郭峰的双眼。

"梅，我对天发誓，今后，更加关心你，爱你，死心塌地地爱你，永远都和你在一起，照顾你一辈子，疼爱你一辈子。要是我对你有歹心，辜负了你，我将天打……"

"谁让你说这些，不许胡说。"王雪梅止住了哭声，她整理了一下自己，穿好衣服。

一小片血印红了床单，像一团珍贵的记忆印在她脑海里，她很快地揭去床单，心里既羞涩又痛惜。她为他献出了女人最为珍贵的贞洁。

郭峰喜欢她爱她。她很清楚这些，可她就是想把他所有的爱都抓到手心里，不让它乱跑，乱飞。她知道他对她的爱是真心诚意，死心塌地的，但她就是放不下心，她知道这是女人的私心，永远无法克制的私心。

郭峰因昨晚的事，心情变得沉重起来。他要对雪梅负责，要更加关心她，疼爱她。想到这些，他对刘宗德的依赖心一下子增强了。只要有一份稳定的工作，他就有能力做到这些，但求取一份稳定的工作，谈何容易，不经历九九八十一难，就休想实现这个梦，他心想着。

王雪梅请了半天假，送他去了车站。

两人走进候车厅，从里面的百货柜上买了些饮料。

车站内乱哄哄一片，进出的客车大呼小叫地忙碌着，一些出租车，微型卡车，徘徊在刚进站的客车旁边，等着有人来租用。

李玉珍两天不见儿子，这心里就空巴巴的。儿走千里路，娘担万里心。她知道儿子大了，用不着再操心，可她哪能闲下这份心。

山枣红了

地都犁完了,漫山遍野的清新。天空晴得没一点云雾,就连山雀的叫声,都仿佛比以前响亮悦耳。

郭富贵坐在小板凳上,用小木棍敲打着粘在犁铧上的干泥块,犁尖在土里钻来钻去,早就被土磨地亮闪闪,阳光落在上面,直耀眼,原本草绿色的手柄,也被手抓得无比光滑。

他敲打净犁铧,随手将它靠在墙边,拍了拍厚厚的茧手,又顺手提起木杈,挑翻起铺晒开的湿草。不料,惊吓了旁边窝睡的几只母鸡,它们抬头张望着惊叫,惹得南墙根里刨土的其他鸡也"咯咯咯"惊慌地叫起来。

太阳铆足了劲儿地照射着,他满是汗水的衬衣上,一下子着了火似的,烧得后背直发痒。

"峰他爹,脱下衬衣让我洗一洗。"李玉珍瞅了两眼丈夫身上的衬衣,热心地说,"今儿个天气这么好,一会儿就干了。"

郭富贵放下木杈,脱下衬衣,交给了妻子,然后套了件外衣,坐在沙发上,边喝茶边抽起旱烟来。真是一口浓烟解心愁,半杯淡茶化心烦。

李玉珍揉着衣服,心里却一刻不忘地惦记着儿子。

犁完地后,牲口们都消停下来。村里的老少爷们,一大早牵上它们,往后山一拴,就凑到山脚下,点上旱烟,开始谈天说地。一会儿,说庄稼减产的事;一会儿,扯谁家的牲口力气大,又老实;再一会儿,又扯起村里村外的一些新闻,一聊就是大半天,等到吃午饭的时候,才慢吞吞地各自回家。

没了农活,郭富贵的精力,一门心思地都放在儿子的工作问题上。他一想到儿子的工作问题,脊梁骨直发凉,这事够让他皱一阵眉头的。

俗话说:家家有本难念的经。这头不难,那头就难。他的困难,从没消停过,就如同郭川子村后连绵起伏的山峦一样多。

想到困难,让他一下牵出埋在心底很多年前的往事,想起那些往事,心酸涌上心头。

他打小就失去了母亲,和父亲相依为命,过着饥一顿饱一度的日子,身子瘦成了皮包骨,走在路上大点的风都能把他刮倒。他在饥荒中,挨过了一年又一年。在他十二岁那年，身体稍稍好了些，父亲带着他背上粮食去上山岭换苞谷。上山岭是沿着老虎山后的小路一直朝北走，离郭川子村有七八十里地。临走前，父亲肩上挎上大背架，架子上绑着七八十斤麦子，他肩上挎上小背架，也绑上三十多斤麦子，就出发了。那麦子压在身上，越走越沉，感觉脚下的路也越远了。他跟着父亲走一截，歇一阵，走到半路脚肿了，两腿的肌肉都僵了。父亲心疼地给他揉着肿胀的腿脚，捶打着发僵的肌肉，就这样走着歇着，到上山岭的时候，天已经黑了。

父亲连推带敲地喊开一户家门。那年月，日子苦，人的心肠却热心地道，那一家好心人很同情地收留了他和父亲，并给他和父亲做了顿饭。父子俩吃饱饭，瘫软在炕上翻不了身，一合眼就睡着了。第二天，天不亮，父亲就叫醒他。那一家好心人又张罗着帮他们把麦子换成苞谷，接着跟父亲返回村子。麦子换成苞谷，一下就多了一二十斤，他背在身上直发抖，脸色都发白，还没到半路，他的鼻腔流起鼻血来，越流越猛。父亲瞧着他鼻血流得脸色都黄了，着急地不知所措。这时，幸好来了一辆去骆驼坪的马车，热心的马车户帮他止住了鼻血。父亲把苞谷搬上马车，他迷迷糊糊地靠在父亲的怀里返回村子。一想起这件事，他心里就泛苦。

往后的几个年头，连年天旱，整个村子颗粒无收，山里山外饿死了不少人。为了能活下去，父亲带着他，到处讨饭，走了很多地方，后来就到清泉县北边很远的平川县，在那里整整讨了一年饭。那时候，风里来，雨里去，浑身上下不是洞洞就是窟窿，头发又脏又长，像个毡毡。一到冬天，耳朵冻得又红又肿，手脚都裂开了血口子，遇到个好心人，让你吃顿饱饭，睡一会热炕头，要不然就窝在麦草堆里，受冷挨饿。渐渐地身体也越来越不如以前，眼眶里干枯地没一点精神气。哎，那年月苦呀……他越想心越酸，眼圈一下子红起来，泪水汪满了眼眶。

他和李玉珍结婚后，日子慢慢好起来，可惜父亲去世了。他老人家没过上一天好日子，没享上一天的清福。想着那些艰苦的岁月，想着和父亲相依为命的苦难日子，他的心窝里又一股酸水涌上来……

太阳压着山尖，落了下去。一会儿的工夫，天色便麻麻黑了。

郭富贵和李玉珍急切地盼着儿子回来。老两口静静地待在大屋里。

郭峰在车站给刘宗德打通电话，刘宗德告诉他，他被安排在基层学校。他听到消息，兴奋得差点飞起来。雪梅很支持他，支持他去基层学校工作。刘宗德让他去找教育局局长唐全。他兴奋地坐进客车，直奔清泉县。

教育局的办公大楼里静悄悄的，楼道里空无一人，只有隐隐约约的说话声，从几间紧闭的办公室门缝传出来。

郭峰急忙下了车，马不停蹄地来到教育局，找到局长室。

他用舌尖舐了舐发干的嘴唇，捏起拳头"咚咚咚"，轻轻地敲了敲局长室的门板，还没等收回拳头，门"吱"的一声就开了，一个清瘦高挑的中年人，衔着一根烟，从门里出来。

"你找谁？"中年人吐了一口烟，瞄了他一眼。

"你好，我找唐局长。"

"噢，有啥事，你说吧。"中年人急促地问。

"嗯……我叫郭峰，是县委组织部的刘主任让我来找您。"

"知道啦。明天你参加试讲，我给师资办公室的李主任交代清楚了，你去找他就行了。"中年人说完，假惺惺地朝他一笑，几步跨进隔壁一间办公室。

"他就是唐全吧！"郭峰心想着。

他照着唐全的话，来到师资办公室。师资办公室的门大开着，里面坐了好几个人，正围着电脑议论。旁边坐着一个看报纸的人，见有人敲门，抬头懒洋洋地看了一眼，又低下头接着看报纸。

郭峰站在门口，见没人搭理，伸手轻轻敲了敲门板。

"嗯，进来。"那人又问，"找谁？"

"您好，我找一下李主任。"郭峰看着报纸后面一张瘦长的，满脸胡茬的铁青脸中年人说。

中年人没反应地稳坐着。过了几秒钟，他仿佛才反应过来，"嗯。"他僵着脖子，用头指向电脑前的年轻人。

郭峰顺着中年人指的方向看去。一个圆圆胖胖,鼻梁上挂一副眼镜的年轻人,正直勾勾地盯着电脑屏幕看。

"李主任……您好,唐局长让我来找您。"郭峰摸了摸后脑勺说。

李佳一抬头瞟了他一眼,"嗯,我知道,你先坐。"说完又盯在屏幕上。"真烦人,没看见别人忙吗?"他心里嘀咕着。

郭峰无聊地坐在门旁的沙发上,静静地等待着李佳一忙完。这时,满脸胡茬的中年人扔下报纸,出了房间,围在电脑旁边的几个人,也相继地出了房间。

"你是郭峰吧!"李佳一等房间里的其他人走完,扭头仔细看了郭峰一眼,"你的情况,唐局长都给我说了。根据现在的政策,非师范类的大学毕业生,必须参加试讲,还得有教师资格证。这样吧,你准备一下,明天先参加试讲,试讲内容明天临时安排。明天九点半,你来这儿找我,就这样,你先回去。"

郭峰听完李佳一的话,心里虚虚的,没一点踏实感。

他出了教育局,心里又慌又急,讲课是他的弱点,他心里没底。虽然他有信心面对明天的讲课,但他心里虚,他怕讲不好。"怎么办呢?"他心说着。"一定要讲好课。"他暗暗下着决心。

明天要参加试讲。他想今晚去县城郊外的红岗城小姨家。

郭富贵给大青驴喂完料,眼瞅着天都暗下来,还不见儿子回来。"这都三天了,峰子咋还不回来。"他心说着。

屋子里黑咕隆咚的,他进了屋子,靠在沙发上抽起旱烟,烟头上的火星被吸得火亮火亮,烟头燃烧的声音,"刺刺"地在耳边作响。夜风,从门口吹进来,他感觉浑身上下被风吹得有些冷,他拉了一把披在身上的衣服,重新靠在沙发背上。

李玉珍在村口瞭了一阵,路上始终不见儿子的踪影,这才返回家中。院子里黑咕隆咚的。"哎,这人咋不开灯!"她心里悄悄说着,转身"哐当"一声关上大门并上了锁。

房子里,郭富贵烟头的火星,一亮一亮地闪烁。她进屋拉开灯,倒了一杯茶喝了两口,不吱声地坐在床头纳起鞋底。

一阵夜风吹来，吹得门扇"咯吱"作响。

"这骚风！"郭富贵起身关上屋门，"天冷啦，我看过几天就得烧炕。一晃的工夫，大半年过去了，瞅瞅今年的收成，真叫人心乏。"他叹了口气，没底气地说。

"峰他爹。峰子这孩子，你说咋还不回来，是不是事情不顺利，还是……他可能和王雪梅在一块。这样也好，让他散散心。"

"峰子都长成大人了，你就别担心了。"

"峰子身上可带着五千块钱呢。这万一有个三长两短，你说可怎么办？"

"你就是瞎担心，峰子上大学那会，还不是整千整千的拿去上学，你就放一百个心吧。"

"你就是铁石心肠，峰子好像不是你的孩子！"李玉珍不满意地瞪了一眼丈夫。

"你看你，动不动就生气……"

院子里静悄悄的，昏黄的灯光隔着木格窗的白纸，映出窗外，映亮了旁边的一块地面。远处的黑暗处，几片枯叶在风中打着滚儿，轻轻低唱。

第二天一大早，郭峰来到教育局，他站在李佳一办公室门口，想着今天要面对的讲课。"该怎样讲呢？抽取的内容会不会很难，会不会有很多评委……"他担心地在心里反复说着。

李佳一慢吞吞地来上班，看见郭峰若有所思地徘徊在楼道间。他打开门招呼郭峰进来，然后关上门，凑在郭峰旁边，眼珠子一转小声地说："郭峰，你的情况唐局长给我说了，鲁县长也来了电话，嗯……这样吧，你的工作肯定要解决，你不要急，办事得有个过程，眼下学生开学都近两月时间啦，从半中间把你安插进去太明显，万一有人反映出来，对谁都不好。你说是吧！你别着急，等翻过年，就解决你的事，这也是没办法的办法，你好好考虑一下，待会我还得向领导汇报呢。"李佳一说完，两只眼睛一动不动地盯在郭峰脸上，只等郭峰接受他的安排。这样一来，他的阴谋才能得逞。拖上郭峰一年，先给其他人解决，解决一份工作至少也有两三万，没利的买卖谁愿做。不管咋说，只要郭峰按照他的意思来，啥事都好办，再说这也不算什么大事，就算出了事，谁敢把他怎么样。这些年可沾了舅舅不少光，就连鲁国平也得让他三分。他说起当市委书记的舅舅——张政权，心里就骄傲起来。

郭峰心里乱糟糟的，就像塞进了一团乱麻。他不知道该怎么回答李佳一的问话。他压着慌乱的心情，强作笑颜。

"李主任，你就想办法给帮帮忙吧，这事我就靠你啦！"

"不是我不帮忙，我做不了这个主，也没那个权利，你就等等吧，别着急，翻过年就给你抓紧办这事。"李佳一推了推鼻梁上的眼镜，"要不你再给唐局长说说，嗯……其实我都是按照他的意思来做的，领导说啥，我就干啥，根本没选择的余地，反正唐局长说了，等学生下学期开学就解决你的工作，别急，也就是几个月的时间，你说呢？"他晃了晃脑袋，脸上带满了鬼点子。

郭峰听话荏，没得说了，"怎么办呢？再给刘宗德说一下情况？还是给唐局长说？给唐局长说，明摆着是找冲，还是给刘宗德说吧？"他无奈地心想着。

他失望无助地出了教育局，感觉浑身瘫软。

在这一段时间里，一次又一次的希望和一次又一次的失望，让他的心窝热了又凉，凉了又热，再接着又是冰凉，他真是受不住。一次又一次的失望，早撞碎了他的心，他失望透顶。他的头脑昏沉沉的，仿佛火熏一样的难受。这可怎么办呢？他心里惆怅着。

秋风无聊地乱刮着，地上的枯叶可怜地翻卷着。阵阵秋风吹在脸上，让他身上感觉凉，但似乎心情更凉，他紧缩起眉头，带着一脸的困惑。干涩的眼睛眯成了一条缝，双腿灌了铅似的，没个利索样。他双脚无力地踩在路面上，软绵绵得就像踩在棉花上。他浑身彻底没了精神，如同一个泄了气的篮球，空瘪瘪地一点没底气。原先所有的自信和希望被摔成了碎片，他遍体鳞伤沮丧地离去了。

"给刘宗德打电话。"一个念头突然出现在他脑子里。"这不行，还是去找唐局长。"他自语着回过头朝教育局走去。

"噢，郭峰。李主任怎么说了，有没有安排，他会安排好的，你别急。"

山枣红了

"唐局长，李主任说……"

"找李主任就行了，他会安排好的。嗯，就这样，你先回去！"

郭峰半截话在嘴里，半截还在外边吊着，就被唐全软声硬气地搪塞着，半推半搡地撵出来。

他心中像塞进了冰块，凉到了全身，刚才仅有的一丝热情又被冷却，凝固了。他心情很沉重，仿佛压了块千斤石。他走出教育局，心乏地瘫坐在门前的台阶上，光滑冰凉的地砖，暗淡地泛着冷气，几个清洁工沿街扫着地，扫起的尘土飞了他一身，他没知觉似的，一动不动地发着愣。

李佳一从教育局出来，踩在台阶上的几片落叶上，瞅着迎面刮来的尘土，一股烟似的，避向一边。"呸，这骚风。"他骂了一句，不料呼呼的凉风携着尘土又迎面刮了过来，"嘿，邪气！"

郭峰瞅着李佳一的背影，无奈地感叹，"怎么办，我该怎么办呢？"他心苦苦地自问。

他想着从学校那么激情地来到清泉县教育局。等来的，盼来的却是又一次的失望。

希望呀，希望，我的希望在哪儿呢？为什么会是这样子？为什么找一份工作就这样难？他拖着双腿边走边想，干涩的眼圈里充满了无奈和凄凉。

他不想把这事情告诉雪梅，他知道她正盼着电话。但他不能打过去，他不想让她知道这个坏消息，他不能让她跟着他失望，这不公平！

童山秃岭间连绵着的沟沟岔岔，在霜降之后变得更加萧条了。山雀乏味地在山谷间穿梭，没完没了的秋风撒着野，刮得路上的尘土四处乱飞。

长长的山路，坑坑洼洼，冷冷清清。

郭峰回到家，把情况从头到尾给父母亲说了一遍。

郭富贵听完，卷了根旱烟抽起来。他担心着儿子的工作，心里头没个谱。

"峰儿，别着急。"不行我们再想想别的办法。"李玉珍鼓励着说。

"峰儿，我看这事还得靠自己，这样拖下去真不是个事儿，到外面去闯闯，说不定能找份工作，再不能拖啦！"郭富贵着急起来。

郭峰听完父母亲的话，心里舒展了，他埋在心底许久的想法，竟被父母亲翻腾出来。他的心情不再惆怅。他不想在埋怨谁了。重整旗鼓，抖擞精神是他现在急需要做的事。

天气一天天冷了下来，呼呼的山风吹来，仿佛就要到冬天了。霜降过后，村里人都会闲下来，凑在一块晒墙根，闲扯家常。

郭富贵趁着有闲工夫，开始整理他的木工家什，准备找些木工活儿干。庄稼活儿耽搁了不少木工活儿，现在抓紧点，干上它几十天，也有点收入。前几天，村里的同行张大年叫他一起去李家庄装修房子，说好打磨完地就和他去，也不知道他在不在家，郭富贵心想着。

他收拾好家什，出门去了张大年家。

李玉珍喂完猪，又喂鸡，在一边眼热的大青驴，嫉妒地叫起来，不时地用蹄子刨着圈墙，一瞅主人不理它，更加使劲起来。

郭峰听见大青驴的刨地声，心里烦躁起来，气急败坏地扔下书，跑出了小屋，提起鞭子就照大青驴身上抽去，"畜生东西，乱刨个啥！"

大青驴见势不妙赶紧避到墙角里，不敢出声。等郭峰走进小屋，它才回过头来，在槽里嗅了几下，又刨起来。

李玉珍瞅见儿子的阵势，知道他心烦，她心疼儿子，可眼下工作的事没什么指望了，想让他出去闯闯，又怕人生地不熟吃了亏，她实在放心不下呀！

第二天，一大早，郭富贵和张大年带上木工家什就去了李家庄。

立冬的气候，寒气逼人！天空中飘荡着雪花，村里家家户户的火筒里冒起了浓浓的炉烟。

李玉珍给儿子换了床厚实些的棉被，放在炕上。

"妈，我想着到外面找点活干，待在家里实在没啥指望，"郭峰放下书跟母亲商量起来，"先找个活干着，再看看人才市场有什么新的情况。"

"这天都冷了，哪来的活儿干啊？"李玉珍犹豫地看了一眼儿子，"还是等你爹回来再说吧。"

"前些天，想出去，你跟我爹说放心不下。这两天，你又嫌天冷了，到底

啥时候才能让我出门！"

"这一两天你爹就回来，来了问问他再说，你先别着急。"

郭峰听了母亲的话，只得乖乖等父亲回来了。

寒风卷着雪花，直往人衣服里钻。大屋门严实地关着，郭峰坐在火炉边听着母亲唠叨，"这都立冬一两天了，天寒地冻的，你出去了怎么办，不是活受罪吗？我和你爹是支持你去外面闯一闯，可现在出去挨冻受冷地图个啥，我和你爹能放心吗？"

"妈，瞧你说的，我都二十二的人啦，能照顾自己，能见机行事，您就放心吧！再说我在天河上了四年大学，那地方我熟悉。"

"你就是听不进去，学校哪能跟社会比呢，我看你吃了大亏，才知道社会的好歹。"李玉珍一边苦口婆心地劝说着儿子，一边纳着鞋底。

郭峰听着母亲的话，无奈地干着急。他知道母亲为他好，可他的心就是静不下来。

阴沉了几天的天空，终于放晴了。太阳照在白白的积雪上，很是耀眼，融进土里的雪腾起一层水蒸气，烟雾一样四处飘散开。

郭富贵趁着事主家缺木料的空闲和张大年从李家庄赶回来。

李玉珍把儿子闹腾的事，给他说了一遍。老两口一商量，想着先让儿子出去散散心，让他过上几天就回来。这样，也许会让他的心静下来，老两口商量好以后，把儿子叫到身边，把他们的想法说给他听，然后，千叮咛万嘱咐，一个劲地提醒让儿子注意安全。

三

第二天一大早，一家人吃过早饭。李玉珍帮儿子收拾好行李就送他出了村子。郭富贵推着自行车捎着儿子的行李，一直送他出了山，才返回来。

儿子一走，老两口这心里空落落的不是滋味。

时间过得真快呀！这一晃的工夫，峰子都长大成人了，李玉珍坐在炕沿上，揉搓着胀疼的膝盖，脑子里浮现出儿子成长和顽皮的一幕幕情景……

头发半白的李玉珍捋起盖在额头的一股长发，顺手拿下月亮镜，仔细端详。岁月不饶人啊，她望了望干枯的眼睛和粗糙老化的皮肤，不由得感叹着。峰子都二十多了，我怎么能不老呢？来到郭家都三十多年了，风风雨雨地受了不少苦。前两个孩子不幸夭折，叫人伤心伤肺地难过了好些年。刚来郭家那几年，事事不顺，吃不饱，喝不好，还得跟着生产队干累死人的活，等到年底分上点口粮，面糊糊拌清汤地吃不上几个月，就柜底朝天了。为了能让一家人吃饱肚子，丈夫张罗上村里的年轻人，背上半麻袋麦子去上山岭换苞谷，回来时背着满口袋的苞谷，虽然重，但都是救命的苞谷。一年换上几趟，再凑上山药蛋半饥半饱刚够一年的吃喝，李玉珍不断地想起那些苦日子，丈夫那几年为了一家人都苦成了干柴，真不容易呀！

到了包产到户的时候，日子就红火起来！那年月雨水好，种啥成啥，一年粮食少说也能存个七八石，翻上两年，家里都没地方堆了，她想到这脸上的皱纹都舒展开来。后来，有了峰子，她心里更是有了盼头，精神一下子好起来，

心都放在拉扯峰子上。那时候，虽然日子过得不如现在，可开心满足。哪像现在，有个七万八万，就想十万二十万，整天为挣钱忙碌发愁。

房间里冷了下来，她这才意识到炉火败了，她提起碳夹子，夹了块碳疙瘩，"噔"的一声，丢进炉洞里，转身上了炕，提起炕边的鞋底继续纳起来。

郭峰乘坐的客车一溜烟似的向前奔去，他坐在车厢里，满脑子的理想和希望让他恨不得飞起来去实现那些理想。

到了终点站，客车停在车站内，出租车一窝蜂似的围了上来，见乘客下来，恨不得一把拽上去。

郭峰提着行李从车站出来，他的唯一想法是趁天黑前，能找到可干的活儿，这样最起码到晚上也有个落脚的地。

他在街边的一家报摊买了份"英雄"报翻起来。分门别类的招聘广告，诚聘着很多专业的人员，可是翻来翻就是没有适合他的活儿。他重新又翻了一遍，从一个不起眼的角落，发现一条很特别的招聘广告：亿鑫公司现急聘接线员一名，办公接待员一名……，他心热地想去这家公司试一试。

对于这家公司他一无所知。就是感觉能找到自己能干的活儿。这是一种预感，他毫不犹豫地凭着预感去拨打广告上的招聘电话。

"喂，你好，亿鑫公司。这里有最适合您的工作，有展示您才华的舞台。我公司所从事的外贸，电信，学校管理，酒店管理，食品加工等行业，有足够的空间供您发展，您如有什么发展大计，请和我们公司联系，公司地点是：天桥路166号406室，欢迎您的到来。"甜甜的声音干脆利索地从听筒传出，他一听，心里一下子充满希望。

"嗯，我是想问一下，跟桥梁工程设计专业相关的工作有吗？"

"我公司会为您提供和您专业有关的工作，有什么疑问可以来我公司，当面问答好吗？"

"嗯，好的，好的。我这就过来。"他说完，匆匆地挂了电话。

天河市的空气和乡村的空气一样冰冷，他仿佛提前感觉到这座城市冬日的寒冷。

公交慢慢吞吞地带着他赶到天桥路。

他开始沿街寻找亿鑫公司的门牌号，走遍了整条大街，始终未找到 166 号。他重新拨通招聘电话，这才搞清楚亿鑫公司在一条深巷子里面，他瞎碰瞎撞地找到 166 号。

这是一家招待所，是一栋半新不旧的六层楼房，楼面挂满了广告牌。他看着这些广告牌，心里感觉怪怪的。他在四楼的一间窗户下，瞅见了一副崭新的长方形广告牌，上面鲜明地打印着四个鲜红的大字"亿鑫公司"。牌面下方是一些有关公司内容的说明，用黑体字端端正正地印着。他心里有点莫名的疑虑。他搓了搓冻得发红的手背，捂了捂耳朵，提起行李走进招待所的院子，迫不及待地揭开厚厚的门帘，暖暖的热气扑面而来。

"欢迎光临，请问先生要几人间？"一个二十左右的小姑娘，很老练地招呼他。

"噢，我去 406 房间找人。"郭峰站在地板上和气地说。

"那您得做个记录。"小姑娘用手推了一把服务台上的记录本，微笑着说。

郭峰接过笔，写上记录，然后将记录本递给小姑娘。

"谢谢。"小姑娘甜甜地说道。

郭峰还了一个笑脸，提上行李"噔噔噔"上了楼。

406 房间里，招聘主任刘宏端坐在老板椅上，他双手举着报纸，平静地翻阅着。

今天已经有十个人来应聘了，招聘费每人五块，这十个人就五十啦。要是成清这老贼不赖的话，这月下来收入可观！他在脑子里打着算盘，掐算着自己的小算盘，浓妆艳抹的张兰正用心地拖着地板，丝毫没察觉到刘宏的心事。

"哎，张兰。这月工资领了没？"刘宏撂下报纸，看着张兰问道。

"还没，不是九号领吗？"张兰拖完地，"啪"地将拖把放在墙角。

"哎，刚打电话来的那人该到了。准备一下，别出什么差错。"刘宏说着，整理起桌子上的报纸。

张兰摆好凳子，拉开门，瞪大三角眼急切地张望，"哎，刘宏。连个人影

都没有。"她转身关上门，大声地说。

"稍等等，别急！"刘宏不慌不忙地看了一眼张兰说。

刘宏在脑子里温习了一下惯用的"台词"，然后想着来的会是个什么样的人，能不能马上就让他上钩。

"咚咚咚"敲门声打断了他的思路。

张兰看了眼刘宏，妖里妖气地走到门前，拉开门。

"噢，是成总啊，我还以为是应聘的来了呢！"

"这丫头，紧张个啥，等着别人掏腰包，还不高兴。像你这个心态还指望挣钱，早点背上铺盖回家去吧。哈哈，你说是不是？"成清一幅艺术家打扮，秃额头后长长的头发，披过了肩，宽宽的一张蛤蟆嘴，一对狐狸眼狡猾地在眼眶里转着。

"小张，壶里有没有热水？"他躬下胖身体去提墙边的暖壶，一掂沉甸甸的，便带上壶，唱着小曲出了门。

"成总这张嘴，我就服了。啥事到他嘴里，没有的事，能说成有的事，死的能说成活的，真是个人物。"刘宏见成清出了门，对着张兰说起来，"我真是服了他。"

"你当时是不是也是上了成总的套了。"张兰说完，咧嘴笑起来。

"你还不一样？不过我感觉值得，自从到了这儿，跟成总学的东西还少吗？今后至少不会再受骗，而且多少还能捞点钱。"

"学的还不都是坑蒙拐骗！"张兰抢过话茬说。

"你这小丫头，说话真难听……"

"咚咚咚"几声响亮地敲门声打断了房间里的说话声。张兰闻声去开门，一个高个儿站在门口。

"您好，欢迎光临。"

郭峰走进来，向房间四周看了看。

"先生，这是我们公司的招聘主任。"张兰大方地介绍。

"噢，你好。"郭峰伸出手跟刘宏握了握。"是这样的，我是从你们公司在报刊上登的广告了解到，你们要招聘工作人员，我是想来试试，看看有没适合干的工作？"

"先生，您先坐。"刘宏开始演起戏来，"我先向您介绍一下本公司的一些情况。"他眼珠子一转接着说，"亿鑫公司是天河集团的下属公司，主要以服装和房地产开发为主要经营范围，附带酒楼、宾馆、超市、学校等行业。近年来，本公司不断地扩大市场范围，只因岗位空缺急需一些优秀人才为公司牟利。但是您能否被本公司录用，只能靠您的能力、决心、信心和文凭。"刘宏说着，从旁边的材料桌上取了一张合同书，递给郭峰，"你先填写这张合同，然后由张秘书带你去本公司老总那儿应聘。"

郭峰接过合同书，粗粗地浏览了一眼，然后不假思索地挨着框框格格填写上去。

"您跟我走吧！"张兰见郭峰填完合同书，见机地说。

郭峰被领到隔壁的一间房里，一个胖子正坐在对面一张办公桌前看报纸。一看有人进来，故意朝张兰问，"有什么事，没事别烦我。"

"成总，有人来应聘，您给看看。"

"噢。来，坐坐坐。"成清看了眼郭峰，客气地说，"小伙子，想到本公司来，必须按照公司的要求来做事，你行吗？"他盯着郭峰，一眼看出郭峰求职心切的念头。

"嗯……我想我能行。"郭峰坚信地说。

"现在就只剩办公室接待员的位子了，你考虑下，愿意干吗？"

"嗯……我试试看，我相信能干好，不会使您失望的！"

"嗯，真是个不错的小伙子，恭喜你，你正式被公司聘用了！"成清狡猾地看了眼郭峰，"你明天带来两张身份证复印件，然后交给刘主任，现在你得交点押金和合同工本费，共计60元，三年后，合同期一满，就退给你。"

郭峰一听要收押金，觉得不对劲。他虽然不是搞法律的，但也多少懂点法律。任何单位和个人不得私自对他人收取押金和工本费，这一点他是清楚的。但他被成清说得很被动。

"小郭，你加把劲好好干，以后前途无量。嗯，在我手下干，保证亏待不了你，呵呵……"成清说着拍了拍郭峰的肩膀，"几个押金钱都舍不得，怎么挣大钱。来给我！"他接过郭峰掏出的钱又说道，"跟着我没错，我带出来的手下个个是精英，像你这样的人才，用不了多久，准能超过他们，好好干吧！晚上，你跟小刘住在一块，饭就在灶上吃。嗯，你先给小刘打打下手，过两天就解决你的工作，好吧！"他说完话就让郭峰去刘宏的办公室。

楼道里，富丽堂皇，天花板上的节能灯精神十足地工作着，四周被照得亮堂堂的。

郭峰出了成清的房间。他有些疑虑，他不能相信刘宏和成清这么几句话就能解决问题，他感觉刘宏和成清给他设有迷局。先干着吧，他心说着。他想把这件事告诉雪梅，可又一想，刚到这儿，还没摸清楚这儿的情况，还是过一段时间再告诉她。

刘宏和张兰在房间里说笑着。

他敲了几下门板，张兰打开门，"噢，小郭呀，快进屋。哎，小郭，你的行李先放在这儿，晚上你跟刘主任就住在这儿，那儿有折叠床，到晚上拉开就行了。"张兰指着墙角的折叠床大声地说。"小郭，凳子上坐。"刘宏在一旁客气地招呼。

李玉珍待在家里，心里是空落落的，丈夫出门干活是家常便饭，也没多少挂念，就是担心峰子，他虎头虎脑的，善恶不分，好坏不明，万一碰见事可怎么办？知子莫过母，她知道儿子耿直、性急，是个不认输的孩子，脑袋瓜子稍不灵活，就得吃亏受罪。外面的世道黑白混杂的，这娃！真是个犟脾气。不过峰儿心里也慌啊！工作工作没法解决，待在家里也够峰儿受的，她体谅地心说着。

她担心地想着儿子，这些年来还从来没这种感受。她开始回想起往事，那是儿子上小学二年级的时候，他和丈夫去骆驼坪给妹夫家装修房子，晚上回来迟了些，峰子竟坐在大门口睡着了。等吃了晚饭，一家人睡下。半夜时分，峰子突然哭喊着醒来，要凉水喝。她赶忙下了炕，舀了一勺水，峰子见了水就没命地往下灌。一摸他的头，烧得跟火炉子一样。当晚，峰子就是上吐下泻，脸白成了一张纸，连说话的劲都没了，她揪心地用湿毛巾一遍一遍冷敷，还是不见效。第二天，请来大夫打了吊针，峰子才安稳下来。到第三天，峰子终于有了精神，脸上也有了血气。她真后悔把儿子丢下。为这事，她背底里伤心过好几次。自那以后，她再也不敢把峰子丢下了。多少年过去了，这件事好像刚刚发生过的一样，清晰地浮现在她的脑海里。回想继续着，那是峰儿上小学的时候，正逢暑假，峰儿和好几个小孩在太阳下玩耍，一见村里的瞎老汉——郭权，一伙小孩淘气地用脏话谩骂，还有的用小石块打他。她从地里回来，远远地看见这一情景，气急败坏地从树上揪下一根条子，狠狠将儿子一顿好打，疼得峰儿又哭又喊，她硬拽着峰儿回了家。等到天黑掌灯，却不见了峰儿的踪影，多亏王立三从村前的草垛里瞅见峰儿，哄说着将峰儿带回家。真快呀，她叹了口气，她越想心越乱。她索性拿来《金刚经》念起来。经本上，画了密密麻麻的"象形文字"，这是她给陌生字注的"拼音"，看着这些拼音，那些不认识的字，能一字不差地念下去。

　　夜彻底淹没了大地，郭川子村一片漆黑，一些怪鸟的声音，响亮在旷野间。

　　李玉珍熟睡了。她隐约听见门外有汽车的喇叭声，她闻声赶了出去，刚踏出大屋门，就见儿子穿着一身时髦的西服，提着一个皮箱推开了家门。见了面后，娘俩非常激动，一个劲地寒暄。她往后一瞧，家门里又走进一个大姑娘。仔细一看，原来是王雪梅，打扮得快认不出来了。两个孩子拥着她进了大屋，乐得她笑成了一朵花。儿子从皮箱里拿出给她和丈夫买的厚实衣服，既合身又合意；王雪梅给她买了一对金耳环，一对墨玉手镯，还非得给她都带上，她激动地不知说什么好。

　　"妈，我找到工作啦，在一家有名的企业上班，单位各方面都挺好。"儿子兴奋地对着她说，"雪梅已经毕业了，她也找到了工作，单位也挺好。妈，我们准备要结婚呢！"

　　她一听儿子这么说，高兴地恨不得让全天下的人都知道这件大喜事，"嗯，好好好，现在工作有了，媳妇也有了，我们家真是双喜临门呀！"她说着乐得脸上年轻了二十岁。这一笑，让她猛地睁开眼，天已蒙蒙亮，窗户上一片模糊的

白亮。她回想着刚才的梦境，心里兴奋着。是不是儿子找到工作了，她心乐乐地想着。

寒冷的晨风，从窗缝里刮进来，刮得窗户上的纸窸窣作响。屋子里渐渐亮堂，她从热炕上起来，开始一天的生活。

郭峰坐在窗边的凳子上，出神地望着窗外。刘宏起床叠好被子，迅速地塞进窗户旁边的写字台下，顺手又将折叠床折在一块立在墙边。郭峰无聊地提起门后的笤帚扫起地来。

张兰一进来，就坐在写字台前，打开窗台上的收音机，接着拿出记录本和笔。收音机里不断地传出各种各样地招聘信息，她一边听着一边记录起来。郭峰扫完地，很好奇地凑到写字台前，他瞅着张兰的记录本看。噢，原来是这样，他心说着。这就是他们赚钱的秘密，他心里一下明白了。

刘宏洗漱完，打着口哨大摇大摆地进来。张兰斜着眼瞪了他一眼，一看刘宏并不理睬。咧嘴嚷嚷起来，"声音小点，吵吵闹闹的，瞅你那副德行。""行了，行了，你德行好。"刘宏说完，闸住了嘴似的，不说话了。

收音机里播放的招聘信息结束了。张兰合上本子，站起来和刘宏一块下楼去吃早饭。

郭峰坐在凳子上，他清楚地知道已经受骗了，他真想去退回押金。

隔壁的防盗门"哐当"一声被推开。

"小郭，早上好，他们俩呢？"

"噢，成总。他俩刚下楼去了！"

"噢，对对对。小郭跟着我干没错，每天就等别人送钱就行了。"成清的狐狸眼一转接着说，"只要动动脑子、嘴巴和眼睛，那钞票一张一张就来了。你去工程队，还是其他地方打工，能有这么容易挣钱吗？我们是自己当老板，我们给别人好处，他们就得给我们报酬，互相利用，很正常。以后，收入稍好些，给你们每人一间办公室，教会你们怎么去挣钱，怎么发财！"他伸手比画着说，"你这么聪明的人，干苦活累活，简直就是糟蹋人才，你碰上我算是交了好运，以后我教你怎么真正的活人。社会是一所没有围墙的大学，比你上的大学复杂多了。我要慢慢地将你的大脑洗一遍，让你换上新鲜的血液，去认识社会，去认识发展。我培养的手下在天河到处都是，非常吃得开。哎，我看你现在啥都不清楚，啥叫社会？啥叫发展？哈哈，嗯，我看你还是先去吃饭，有时间再给你讲。"

成清站在门口，像老师一样指手画脚地传授了他的一点思想，然后走进来提了一壶热水，扭头出了屋子。郭峰听了成清的话，心里莫名地热乎起来，他为自己的莫名感受感到可笑，刚才想退回押金的想法一下飞出了脑壳。先干着吧，他一下子吃了定心丸似的，心安了下来。

话看谁说，事看谁做，成清不是个省油的灯，是个厉害人。郭峰看在眼里，明在心里。他现在知道亿鑫公司，其实就是中介，成清挂的这块羊头，确实够招惹人的。

接下来的每一天，有很多找工作的人，他们络绎不绝地拥向亿鑫公司。男的、女的、还有些中年人和学生也参加了进来。有时来的人很多，都排成长长的队。人多的时候，成清就亲自出马，一张宽大的厚嘴巴，哇哇一张，能说得那些人心甘情愿掏出钱，然后乖乖地拿上一张写了工作地址的纸条出去。真服了成清那张嘴，狗粪能说成砂糖，真服了！

成清看着郭峰实在，也开始让他坐在旋转椅上接待前来"应聘"的人，每次说完谎，骗了那些人，他都会自我批评好一阵。父母亲遗传给他的是淳朴、诚实和脚踏实地、有骨气地做人，而他……

短短的一个多月时间匆匆过去了，天气变得更加寒冷。上班族们裹得一个比一个严实。今年的冬天仿佛比往年冷多了，更可恶的是那些寒风，像带了刺一样，直往肉里扎。尽管天气晴朗，但风刮在脸上，跟毒刺扎一般，用手搓，用手捂，好像也起不了多大作用。

在一个多月时间里，郭峰身上钱差不多花完了。大多都花在吃早餐上，可成清还没给他上个月工资，就连提都没提过。刘宏更是一肚子坏水，隔三岔五地拍着成清的马屁，提着个猴腮样，跟成清要上五十、六十地花。时不时还耍着心眼让郭峰多做些事，自己却奸猾地讨好成清。

山枣红了

郭峰厌倦了这段时间以来的生活，厌倦了成清、刘宏和张兰。他无聊地坐在办公室里，翻阅起看了好几遍的天河晨报，心里却是无比烦躁。他想马上离开这个地方，简直连一刻都不想待下去了，他感觉自己不适合待在这个地方，也不适合和成清这帮人待在一块，更没意义跟他们待在一块。

郭峰好几天没见过成清的面了，他身上的钱快花光了，他心里着急。他想跟成清说说上月的工资，可就是见不着成清的影儿。几天来，大大小小的事，都是成清的老婆——陈凤出面打理。他想试着跟陈凤说说，先要上一点，凑合着吃早饭，要不然早上就得挨饿了。

他试探地走进成清的办公室，陈凤正坐在迎门的桌前喝着茶，一瞅见他走进来，陈凤和气地招呼起来，"小郭，来来来，这边坐，"说着，找出杯子给郭峰倒水，"来，小郭，先喝点水。这些天来真是辛苦你了。"

"没事，工作就是这样，哪有不辛苦的工作。嫂子，你说是不是呢。"

"哎，也就是，不辛苦哪能挣到钱呢？"

"嫂子，给你说个事。"郭峰直言不讳地说，"这几天，身上带的钱花光了，想跟你要点钱花，嗯……对了上月的工资我还没领，嫂子你看能不能……我身上连一分钱都没了，想吃个早饭都吃不上。"

陈凤一听郭峰跟她要钱，脸色"唰"地暗了下来，眼神跟一把剑似的刺在他身上。

"成总来了，你跟他说，我可没钱给你。再说这两天的收入不好，开支又那么大，哪有钱给你。"陈凤白了他一眼。

他心里本来就窝着气。陈凤这么一嚷嚷，一下子引爆了他心里的怒火，气得他一下涨红了脸。陈凤一瞅他的气势，又软了下来。

"小郭，你别生气。要不你们成总来了，我给他说，你看怎么样？"陈凤的脸温和了下来，"你稍等等，他来了我叫他给你送过来。"

郭峰一听陈凤这话，心里的怒火逐渐从嗓子眼压了下去。"在外面别惹事，凡事忍字当头……"他忽地想起母亲叮嘱的话语，压在心里的火苗慢慢降下去。他回到办公室，刘宏和张兰还不见回来，他心烦地一屁股坐在桌前的凳子上。

桌上的电话机通人性地沉默着。他沉默片刻，提起电话想给雪梅打电话，刚刚提起又犹豫起来。该对雪梅怎么说呢？说这些天在天河，在一家中介公司骗人。他心想着又将电话放了回去。雪梅肯定会埋怨我，埋怨我不理她，不爱她，其实，自个儿的事自个儿清楚。他何尝不想跟雪梅说说话，听听她的声音，那是多快乐的事。可现在处在这样的情况下，连早餐都没着落，怎样跟雪梅说呢？他不忍心将这些不如意的事说给她听。他知道她听了会替他担心，会更加着急。

天河工大在寒风中显得庄严肃穆。它没有春天的活力和朝气，没有夏天的温暖和奔放，没有秋天的凉爽和淡雅，有的是刺骨的寒风和冰冷的空气。

已经是正午时分，嘈杂的脚步声撒满校园的马路，餐厅里拥入了很多年轻大学生，熙熙攘攘的一大片。

王雪梅提着刚打的菜和甜饼跟在丁洁身后，"噔噔噔"地上了宿舍楼。

"雪梅，郭峰有些日子没来学校看你了吧！我看天下的男人都一样。"丁洁塞了满嘴的甜饼，不假思索地说。

"大概是忙着抽不开身吧！哎，工作的问题让他够烦的。"

"再烦也该打个电话，你看连一个电话都没。"

"我相信他，他那么疼我爱我。我呀，就相信我和她的真爱，真爱是夺不走的！"

"谁能抓得住男人的心，反正我是对男人没信心了。"

"你怎么啦？该知足了。你看陈斌哪点不优秀，你净挑三拣四。"王雪梅一针见血地朝丁洁说。

"怎么又说到我了，哎……再不说啦！"

"说到疼处了吧，哈哈。"

"你呀，我看是给郭峰灌了迷魂汤。"

"净瞎说，我也不是吃素的，是好是坏，逃不过我的眼睛。我的郭峰是怎样的人，我心里最清楚！"她说着，脑海里不由得浮现出郭峰的影子。他在校时，总是喜欢静静地看她吃东西，看她微笑；他喜欢听她说话，听她的微笑声。她的每一个举手投足都仿佛让他神往。要是郭峰在多好呀，她奢望地心说着。

让人魂牵梦萦的爱，到底是怎么样的一个概念呢？她感觉表现在她和郭峰身上的，是牵挂，是思念，是难舍难分，是无法抗拒的激情和感动，是看着想他，不见他时更想他的冲动，是她和他说话时脸上的微笑，自信和喜悦……

"丁零零……"刺耳的电话铃声，打破屋内的平静。

"啊，吵死人啦，真烦！"丁洁恼火地提起电话，"喂，找谁？"她半闭着眼睛无精打采地嚷道。被窝里的其他人，探出头瞧着她的怪样，心里觉得可笑。"噢，是郭峰呀，真不好意思。最近还好吧，那我把电话给雪梅啦。雪梅电话，是郭峰的。"丁洁说着堆上笑脸，叫起王雪梅。

"雪梅，是我，这些天还好吗？雪梅，最近不方便，没能给你打电话，不会怪我吗？"

"郭峰，我怎么会怪你呢。你这段时间都忙些什么？工作找的怎么样了？"王雪梅激动地问，"你要照顾好自己，别委屈自己，知道吗？"

"嗯，我知道。雪梅，你答应我，好好吃饭，别总吃那么一点点，多吃点，好不好？现在天气一天比一天冷，身上穿暖和，注意别感冒。"

"嗯，你也一样。"王雪梅说到这儿，心里难受起来，眼圈一下子汪满泪水。

"怎么啦，雪梅？怎么不说话了？"郭峰着急地追问起来，"都怪我不好，过了这么长时间才给你打电话，我知道你的心情肯定好不了。"

听筒里传来轻声的抽泣声，他知道雪梅哭了，她为他而哭，他知道她很想他。他声带颤抖地说："雪梅别哭，我知道你心里很孤单。可你知不知道，我心里也很孤单。每当晨起和日落，我的脑子里都是你，雪梅，我想你……我真想你……"他的心里难受极了，简直是用手紧捏着似的。

屋子里的几个女生一看势头不对，都钻进被窝假装睡起来。丁洁瞅着雪梅可怜的样子，一把抓过电话，"喂，郭峰。你小伙子惹我们雪梅生气了，你可别身在福中不知福，雪梅屁股后面的好小伙多着呢，你可想清楚了。"丁洁说完，"啪"的一声挂了电话，"雪梅，别再哭了，凭什么为他这么痴情。"

"我就是有点难受，我并没责怪他的意思。"王雪梅抹了一把泪水，接着说,"我跟他的感情实在太深太深,我感觉每时每刻都在想他,念他,真的……"

"雪梅,坚强些,太投入感情是要吃亏的。像我这样对感情不屑一顾的人。爱不怕,情不怕,情山爱海进进出出,连个毛都伤不着。"

"哈哈,哈哈……"被窝里的几个女生一下被丁洁的话惹得合不拢嘴。

"恐怕你是没碰见心爱的人吧!雪梅是找到了真爱,为真爱落泪,为真情伤感,太感动人了。"陈小红插了一句。

"咱们雪梅是琼瑶笔下的'人物'呀,大家可别不承认没有被琼瑶小说感动过,那千丝万缕的爱情真是让我羡慕呀!"李月琴诗情画意地抒起情来。

"瞅你那样,琼瑶小说看多了吧!别情呀爱呀的没完没了。"王彩虹插了句话。

王雪梅洗了把脸,想竭力掩盖内心的情感波动,但人欲静心却不能静。

郭峰坐在电话机旁,内心无比沉重。他再次拨通雪梅宿舍的电话。

电话铃再一次响起来。王雪梅伸手一把拿起电话,她好像已感应到这是郭峰打来的,她对自己的感觉丝毫不怀疑。

"喂!"

"雪梅,是我。"郭峰听出了她的声音,带有磁性的声音,他很激动,"雪梅,我知道你很生气,可我……我……"

"峰,别这么说,我知道你忙工作的事,我没怪你,我就是很想你。"

"雪梅,我也很想你。雪梅,你在宿舍等着,一会儿到工大门口,我给你打电话。"

"你在哪儿,别慌里慌张的。"王雪梅担心地急问起来。

"说来话长,到了工大再给你细说。"

"那好,路上小心点!"

"知道了,梅。我爱你!"

"嗯,我也是。"挂了电话,王雪梅反倒对郭峰担心起来。不过,心情越来越好,越来越激动。她感觉那是爱的火花在心底间瞬间燃烧成一团强有力的大火的感觉。

山枣红了

她扭头看了一眼桌上的小座钟。十二点了,她心说着,喜形于色地重新洗了把脸,然后精心地打扮起来。她要打扮得漂漂亮亮地去见郭峰,她要让郭峰看到她欢快激动的样子,这样他才会对她放下心来。他爱她,爱得很深很深,而她更爱他,她是把心掏出来爱他,那份感情,那份爱,只有她和他才能体会到。有时,想想她和他的感情,她感动地偷偷掉眼泪。真爱是有的,她的真爱就是他,他是她生命中的唯一,也是她的一切,至少她是这样认为的。她感觉自己很幸运,人啊,不一定每个人都能寻找到自己的真爱,而她找到了,她为自己的幸运而感到庆幸,她的心里甜甜的,那是爱的滋味,她十分清楚。

墙面上的那块竖立的长方形大镜子里,苗条清瘦,清秀可人,朝气逼人的女孩用手擦匀脸庞的擦脸油,接着用手轻轻地拍了拍。那让男孩们不愿挪动眼球的身形加上她那骨子里透着的一股傲气,让她的美丽更加灿烂。她扎起披在肩上的头发,轻轻晃了晃头,脑后那扎紧发亮的马尾也随着晃了晃。她左右扭动一下身子,自信地眨巴了一下水灵灵的大眼睛,真美,她为自己陶醉。她穿上外套,在镜子前转了个圈。她在班里是拔尖的美女,就是在整个校园里,她也是数一数二的靓妹,身材模样长得跟明星一样。以前,郭峰牵着她的手在校园里闲转的时候,嫉妒得那些暗恋她的男孩心里直泛酸。

她打扮好,就坐在凳子上瞅着小座钟,"滴答滴答"地跟蜗牛似的移动。她恨不得给时针、分针和秒针加点油,让它们像电风扇一样运转起来。

郭峰打完电话,在房间里等成清几个人回来,眼瞅着时间从眼前飞过,就是不见他们回来,他越等越气。

张兰的笑声传进房间,他盼来救兵似的冲出去,拦住张兰和刘宏,说完话,就急匆匆地下了楼。

王雪梅在宿舍里急得待不住,她决定去校门口等他。

校门口车来车往,人流攒动,给冰冷的空气添了不少活力和热闹。

她抬头望了望冰冷的天空,几大片灰灰的浮云挡住了太阳,朦胧的圆盘艰难地移出半边脸。

停下来的一辆公交里,下来很多人,她站在旁边一心一意地瞅着看是不是有郭峰。那些人里面没有他的影子。她的双腿冻得开始有点发抖，贴身的保暖裤仿佛失去了保暖功能，冷冷地裹在她修长的双腿上。她跺着脚耐心地等待。

"雪梅！"一声呼喊声从不远处传来，这声音她再熟悉不过了。是他！是他！她惊喜地回过头。他正站在她身后，激动地三步并作两步走过来。

"雪梅，雪梅。"他说着一把拉住她的手，"梅，冷了吧？"他将她的手握得紧紧的，"梅，你还好吗？我想你！"他声音很低，可她听得很清楚。他的声音里带着激动，兴奋，想念和深深的情感！他含情颇深地望着她。她比以前瘦了，憔悴了。他仿佛看懂了她这些天来的心情和委屈。

"雪梅，你都瘦成这样了。"他痴情地望着她，心疼地继续说，"梅，我不在的时候，你肯定没好好吃饭，没好好照顾自己！"

"峰，别担心我了。我除了想你以外，其他方面都挺好。丁洁说我长胖了，你怎么说我瘦了。峰，你瘦了，真的。你肯定受了不少挫折和辛苦。"王雪梅尽力掩盖着内心深处的酸楚和委屈。那些酸楚和委屈是她这些天来对他的渴望和思念。那是一种感情的痛苦和折磨。现在，她思念的人儿，就在她的眼前，她恨不得用一把手铐牢牢地将他拷住，再也不让他离开她半步。

"梅，没有的事，我各方面都挺好。"

"还不说老实话。那你怎么才来，叫人家大冷天等了老半天。"王雪梅用大眼睛情深意切地看着他问。她恨不得一口将他含在嘴里，让她心疼个够，爱个够，可就是没那个能耐。他控制住内心翻腾的感情，含情脉脉地看着他。他真的瘦了，黑了。他目光里的锐气和野性告诉她，那是他对自己恨铁不成钢，恨木不成材的上进心。

她们相互看着，足足半分钟。

"雪梅，答应我，以后要照顾好自己，可不能再让我担心，好吗？"

"峰，我听你的。但是你要答应我永远对我好，不能让我生气，而且要把自己照顾好！"王雪梅用会说话的大眼睛甜甜地看着郭峰，心里那股欢乐喜悦劲儿让她兴奋地不得了。"峰，你没吃饭吧？"她瞧着他的样子直接问道，"就知道你没吃。峰，咱们去学生餐厅，那儿人少。"她看了看手腕上的石英表，

"13：20，峰，快点走，再迟餐厅就关了。"说着紧拉住他的手就朝校门走去。

郭峰被王雪梅拉进校园。他打心眼里开心，也不知道何故，他一见到她，那心里欢喜的滋味，简直就像跳进蜜缸里似的。他感觉自己太幸福了。他深深地知道，能跟雪梅认识、相处是他这辈子最开心最快乐的事，他常常暗自庆幸。

几只麻雀停留在光秃秃的槐树枝上，缩着身子，蓬着羽毛，小脑袋转动着，灰溜溜的小眼睛东张西望。无趣的野风，呼啦吹来，树枝抖动起来。随着"啾啾"地几声鸣叫，麻雀们拍起翅膀全飞走了，光秃秃的树枝震动了几下慢慢静下来。

他和她在马路上碰见了好些熟人，他们像春天里的太阳那样亲切温暖地向他俩打着招呼。他俩心里暖暖地拐过一道路口，就看见不远处的学生餐厅大开着门。急匆匆走进里面，看到几个大学生坐在餐桌前进餐。打餐窗口消闲无事，餐业员翘首张望，等着盼着有人来打饭。新装的节能暖气片，不声不响地向周围传递着身上的热量，宽大的餐厅里暖烘烘的。餐厅两端的两台大彩电在吊架上播放着节目，闲站的餐业员们无聊地盯着电视屏幕。

郭峰从打餐口打来几个小菜，都是王雪梅平日里喜欢吃的。特别是油炸豆腐，青椒肉丝，鱼香肉丝，她尤其爱吃。米饭和菜都端齐了，两人互相看着，内心的甜蜜感油然而生。

"峰，快吃。"王雪梅咬了半块油炸豆腐，半块喂到郭峰嘴里，"好吃不好吃？"她眨了眨调皮的大眼睛娇滴滴地说。

"嗯，沾了口福的豆腐块就是香。"

"贫嘴！来，再让你吃一块。"郭峰还没吃完，王雪梅又夹了一块塞进去，郭峰的嘴里被塞得满满的，他大口嚼着，惹得王雪梅不禁笑起来，"峰，你一定要对我好，关心我，疼我，知道吗？"

"嗯嗯嗯。"郭峰不停地点着头，嘴里嘟囔地说不清个话。逗得王雪梅又接连地笑个不停。

餐厅外的小广场上，一些大学生悠闲地走来走去。四周的针叶松傲立着，周围的落叶乔木和枯草让它显得格外苍劲挺拔。几片破塑料袋挂在一颗树枝上，随风摇摆，显得很凄凉，很无助。

王雪梅去了公寓，郭峰静静地等着，眼前熟悉的地方让他浮想联翩……

"峰，想什么呢？那么出神！"王雪梅从公寓出来一路小跑过来，她瞧见他发呆的模样儿，奇怪地问。

"这么快就来了。"他回过神，扭转头深情地说，"瞧你，上气不接下气地，跑累了吧！"

"我怕你等急了，就小跑着过来。走吧，带你去个地方。"她说着拉了他一把，一同朝校门方向走去。

她刚才去公寓拿了梳洗用品，跟丁洁要了房门钥匙就急匆匆下了楼。她需要一个清净的地方，她有很多话要对他说，也有很多事要问他。她爱他，爱得很深，很深。在跟他分开的这么长时间里，她无时无刻不在想他，她脑子里、心里、血液里都是他的影子。她陷入了爱的漩涡，她感觉爱他很辛苦，但她乐意。他对她太好了，她宛如生活在他的掌心里，心头上，生命里。他深深的情和火一般的爱让她感受到生命的精彩和生活的甜美。

现在，他就在她的身边。她内心的激动毫无掩饰地表露出来，她甚至感觉到每根头发都在兴奋。

校门口的马路上寒风刺骨，机动车的排气筒吐着白烟，路边的小摊贩们弓着身子，将手伸进旁边的蜂窝煤炉子里，身上严严实实地裹着脏兮兮的旧棉大衣，整个身体套在剪掉一面的恰好能站立起来的大纸箱里。

郭峰在小摊上买了些干炒的瓜子和零食，和王雪梅走进路边的小巷。

丁洁的租房里很阴冷，但比屋外暖和多了。一进门，郭峰拿煤夹掀开炉盖，微暗的火苗将灭不灭地从周围的煤孔间透出来，上面一块煤烧败了，微微露着点热气。

"雪梅，你瞧，还有火星呢！"

"待会儿火苗就起来了。"王雪梅凑过来，拿起煤夹，蹲身敲下炉身下的两个封火盖。

"梅，晚上丁洁在这儿住吗？"郭峰说着，一屁股坐在床上。厚厚的床铺里

传递着电热毯的热能。

"她偶尔住一住，问这干吗？"王雪梅拿起煤夹，掀开炉盖。红红的火焰跳跃起来，她夹去上面的败煤，换了块新煤盖在火焰上面。

"就随便问问。"

"峰，咱们好好聊聊！"

"梅，先说说你最近的生活吧！"

"不，我想听你说。"她说着坐在他旁边，撒娇地推了他一把，"快说，不然我生气了。"

"好好好，我说，我说。"他讨好地看着她迷人的大眼睛，挪了挪身子挨在她身边。

"这还差不多。"她眨巴了一下大眼睛，贴在他身上可爱地说，"峰，你快说。"

"宝贝，那我先说了。"

"嗯。"她点着头贴在他肩膀上竖起了耳朵。

房间里渐渐暖和起来。炉火微微地舔着炉盖，然后试探着伸向烟筒，不料筒壁挡住了去路，它试图让一点点温暖携着浓烟飘出屋外。冰冷的空气弥漫在烟筒口周围，炉烟热情地冲出去，瞬间变得冰冷。

她一听他工作泡了汤，心里如同刮进一股寒风，透心透骨得凉。别的事更不由得他，她看着他怀才不遇的神情和无奈的表情，心里满是对他的担心和关心。

他一股脑儿的将这些天的经历和感受说给她听。一说完，他感觉惆怅的心情卸下了一半似的，顿时舒畅和轻松。而她却仿佛挑起了他刚卸下来惆怅似的，一下子烦恼起来。她觉得他经历的这些烦心事好像是自己经历的一样。她心疼他，她不愿看到他朝气蓬勃的脸庞上挂满失望和无奈。她要他时时刻刻都开心，都快乐……

他起身换了块煤，煤烟又重新活跃起来。屋外的小院里空空荡荡，院中间的小花园里冻满了一层脏冰，这是院里做饭的大学生泼水造成的。寒冷仿佛侵占了小院的每寸土地，刺骨的寒气荡漾在空气里。其他的门都紧锁着，玻璃窗内透着阴冷和寂寞。丁洁租房里浓浓的煤烟从屋顶落下来，给冷清的小院增添了浓浓的人气。

他不想在成清那儿继续干下去，他想换个活儿干。说实在的，不提还好，一提起那活儿，他心里就填满了火药。狡诈的刘宏，险恶的眼神，下流的行为，虎狼一样可恶；张兰表里不一，厚颜无耻；成清更是个大魔头，阴险狡猾，卑鄙下流，面上一套心里一套。

她靠在他的肩膀上，紧紧地靠着。一手揽着他的腰，一手攥着他的手，心贴心地听他说。从工作的事到给别人打工，从不顺心到烦心。

他说完一段又续一段。直到所有的烦心事倾诉完毕，才欢快顺心地停止说话。

"峰，高兴点。不管有多大的困难，我都会站在你身边支持你。振作起来，我相信你。"她为他鼓着劲，加着油，"峰，再别去那破地方了，咱们重新找个活儿，干吗受那个委屈，明天我陪你去换个活儿。"

时间无声息地在寒冷中流淌着，夕阳携着寒光压在山顶上。已经是五点多钟，他出门看了看天色，回来换了块煤，重新坐在床边。

她听完他的叙说，心里为他暗暗叫苦！她原本有好多好多苦话要对他说，但听完他的辛苦和不顺，那些话乖乖地压在到舌根下。

严冬的寒冷，刺骨难熬。而对一个初出茅庐的年轻人来说，无情又陌生的社会更像一个残酷的寒冬，充满挑战，充满寒冷。

他和她的半天时间过得很快，但也很充实，很开心。这是他们许久没有过的快乐感觉。

他爱她，他喜欢听她的声音，喜欢看她，喜欢和她在一起……他觉得他和她像两块磁铁的 N 极和 S 级，永远都吸引着对方。

"梅，晚上我得回去。"

"不行，反正你是不想去那儿干了，还去那个破地方干吗？明天我陪你找个可心的活儿，就在工大附近找，最远也不能超出河南区，听到了没。"

"亲爱的梅，听到了！"他动情地望着她的眼睛说，"梅，你不怕我影响你

的学习吗?"

"峰,那你说,你在学校的时候影响我的学习吗?那时候我在班里参加考试每次都是前十名。你刚才怎么会这样问我,你说你是不是不喜欢我了?"

"梅梅,在我心里你就是我掌心里的宝,心头上肉,我无时无刻不在期盼和你在一起,我怎么会不喜欢你呢!"他看着她不高兴的样子讨好地说,"梅梅,今晚我不回了,我听你的,好不好?"

"嗯,这样才对。峰,我不想让你那么累,那么辛苦。我知道你有很大压力,心里很苦。我不能为你做些什么,但我就想为你分担一些困难,哪怕就一点点,这样心里才能高兴。"她望着他疲惫的双眼,心疼地说,"峰,你一定要坚强,我是你身后坚实的后盾,不管你遇到天大的困难,我都会默默地站在你身边,支持你,鼓励你。相信我,好吗?"

"梅,我相信你。"说完一把将她紧紧搂入怀里。

浓浓的情感世界里,灵魂在血液里沸腾着。他紧紧地抱着她。她幸福在他的怀抱中,满怀踏实和温馨。

一个女孩最大的心愿无非是找到一个将来能刻骨铭心地爱自己关心自己的男人。他就是她要寻找的那个人,就是值得她终身牵挂的另一半。

郭富贵的木工活一干就是好多天,装修完李家庄的房子,接着又是做些小凳凳、小柜柜的零散活儿没个消闲。他心细手巧,干起活来熟练利索。在远近的村庄颇有名气。再加上性格和气,为人厚道,在众人心里是个脚踏实地的老好人。

今天,他来到骆驼坪的一户人家做砧板,他摸索着刚刨光的木板,拿眼睛在一侧瞄了瞄,发现了一个小棱棱,提起刨子又刨起来。布满老茧的粗手开满了口子,口子里沾满了污垢。事主家霍天福端出熬好的木胶,蹲身放在他旁边。

"老哥,冷不冷,要不生个蜂窝煤炉?"霍天福说着点了根"海洋"烟,塞进他的嘴唇里。封闭式的走廊里,几块落地窗明净光亮。

"这么暖和,还生什么火。"他用嘴接过霍天福递过来的纸烟,"噗"地吐了口白烟。

霍天福现在是骆驼坪村的首富人家。可几年前，他还是村里的困难户，四面矮土墙围着几间破土房。风水轮流转，近几年，他在县城包工程，赚了不少钱，而且一次比一次赚得大。他做梦都没想到会有今天这样的发展。这院里的新式瓦房，让他心里有些兴奋，有时他真不相信这院房子是自己家的。从盖房到装潢花了十万多块人民币，现在他不愁钱，还有几十万的存折，而且还有很多挣钱的地方等着他去开工。

郭富贵对村里村外，庄前庄后的发展，看得清清楚楚。家家的日子过得比以前富裕多了，有了钱盖房修院，买车买家电，红火得不得了。但他并不羡慕和眼红这些。儿子的前途比什么都重要，这是他和妻子一直的看法和态度。作为父母亲，一切的努力和希望都是为了孩子。现在盼着儿子找到工作，飞出山窝窝就是他和妻子最大的愿望。

儿子有阵子没消息了，出去闯闯，锻炼锻炼，看看陌生的社会，长长见识，对他有好处，但就这么一个宝贝儿子，他心里总是放不下。想到出门的儿子，他心里不免激起一层牵挂的涟漪。只要回到家，妻子总是在嘴边念叨"峰子咋还不回来？峰子咋还不回来？"儿行千里母担忧，听到妻子唠唠叨叨地念叨，他心里就乱乱的。"这娃也真是，连个信都没。这么长时间，也不管父母亲着不着急，真是的……"他动了动干裂的嘴唇，自言自语地说出声来。他将粘好的木板轻轻地斜靠在墙边。然后，从旁边的工具箱里提起刨子和斧子，甩开斧子"当当"两下卸下刨刃，靠在脚下的磨刀石上磨起来。

苍白寒冷的天空，一缕微微的阳光洒向大地。宽大的落地窗牢牢隔开了寒冷，阳光的温暖透过宽厚的玻璃跨进走廊，照得他身上暖乎乎的。

霍天福的老婆在茶几上摆好饭菜，殷勤地招呼他进屋吃饭。他不慌不忙地放下手中的活，三两下洗完手，凑在茶几边和事主家一起吃起来。

再说到李玉珍，别看她纳着千层底儿和村里的妇女们说说笑笑地拉家常。但静下来的时候，就揪心揪肝地干着急。她天天盼着儿子回来，越盼越着急，可连一封信都没盼回来。

她时常在想，是不是儿子在外面没吃好？是不是在挨冻？是不是受了很多

苦？很多累？是不是遇到什么困难？是不是硬撑着不想回家？是不是……

她盼着儿子能找到轻省的活儿，不求能挣多少钱，只盼着他平安健康。可怜天下父母心，没一个父母不希望自己的孩子过得好，李玉珍和郭富贵也不例外。

刺骨的山风吹拂着周围的童山秃岭。静静的老爷山庄严地端坐着，浓浓的炊烟弥漫在它的脚下。羊把式张万年跟在羊群后，两只手紧紧套在袖筒里，一杆羊鞭牢牢夹在中间。冻得红皴的胡茬脸，土苍苍的又红又黑，头顶的棉帽翘着帽翅一闪一闪地在两边扑扇着，在空中划着优美的曲线。羊膻味飘满了山路，张万年嗅着这股刺鼻的臭味，顺着山路下了老爷山，厚厚的尘土被奔跑的羊群扬起一路。

一会儿工夫，天空像罩了个锅底似的不见个亮光。家家户户屋里的灯火亮了起来，暗淡地照着寒冷黑暗的空气。

"峰他爹，天越来越冷了，霍天福的活儿干完就再别干了，都一把年纪了，自个儿的身体要紧。"李玉珍坐在炕沿上纳着鞋底，瞅着丈夫心疼起来。

"都是轻省活儿，不费劲。"郭富贵使劲搓了一把泡在热水中的双脚，搓下一大片厚厚的污垢。

"他爹，这都快过年了，你看峰子这孩子连个信都不来。二十多的人了，一点事都不懂，真叫人担心死了。"

"别担心了，他会照顾好自己的。我看你这样疼他，也不是个事，得让他闯闯外面的世界，早点自立，这对他有好处。"

"我看你这人就铁石心肠，孩子不是你生的心里就不疼。你看看村里村外的娃们都回来了，就不见咱峰子影儿。"李玉珍停下手里的活儿，唠叨起丈夫来，瞅着丈夫那眉头堆了起来，就不再说啥了。

屋子里沉默无声，大水壶在炉面上叫起来，她起身朝壶口里添了两马勺水，水壶才消停下来，接着又纳起鞋底。

郭富贵洗完脚，就上了炕。他惬意地趴在被窝里，焐烫的被子暖烘烘地直暖进骨头里，一种被温暖陶醉的快感传遍每个毛孔，生活如果一直像这样舒坦多好呀！他心里暗暗嘀咕着。窗格里透进来的丝丝冰凉，落在他满是汗味的头发和耳朵上，这一股冰凉仿佛透进了他的心房，他扭头侧躺下来。已经贴补了好几处的纸窗泛着寒冷进入了他的眼帘。他仿佛看见了窗外的黑暗和阴冷，这让他想起了外出的儿子……也不知道峰子现在在哪儿？真叫人放心不下，他心说着不由地叹了口气，无可奈何得抽起旱烟来。

夜漆黑一片，郭川子村彻底进入了梦乡，周围没有一点声响，所有的东西好像冻住了似的。几声猫头鹰的叫声撕破了黑夜的平静，一股莫可名状的阴森和不安在漆黑的空气中油然而生。

厚重的云渐渐压向郭川子村。不一会，雪片悄无声息地撒了下来。夜风卷着雪花漫天飞舞起来，像仙女撒下的花瓣。雪越下越大，地上铺了厚厚一层，整个村庄如同盖了一床白色的羽绒被。

第二天，郭峰就带着王雪梅去找活儿。乘着公交来到天河市最大的人才市场。招聘大楼的楼面上，悬挂着两条崭新的垂幅，左边写着：诚招天下才子繁荣天河经济，右边写着：广纳四海人杰加快都市发展。他和她认真看了看两条垂幅的字，心里默默念了一遍。

张贴满招聘广告的墙面旁边围观了很多人，他们各自静静地看着招聘信息。张贴的内容大部分是有关招聘高级技工和公司业务员的广告。他和她将整个墙面上的广告挨个看完，心里有些失望。

"雪梅去招聘大厅看看。"他急躁地对着她说。

"嗯，走吧！"她说着眼睛暖暖地看了他一眼，接着说，"峰，别着急！"

招聘大楼门口，挂着两片厚实的藏蓝色门帘，牢牢地阻隔了门外的寒冷。他掀开门帘，里面的双扇玻璃门大开着。走进里面，几间招聘大厅的门都敞开着，里面的摆设一模一样，都是长十多米的两排长条桌沿着门两侧的墙面摆放着。招聘大厅里静悄悄的，偶尔有汽车的喇叭声隔着玻璃窗传进来，反倒让大厅里显得更加安静。他和她走遍了一楼大厅，除了看到桌上有几张废纸外，就是一片空荡荡。

二楼的布置跟一楼大相径庭，招聘桌都是清一色的红木材料，每张桌子后配着一把旋转椅。大厅里的装潢也很上档次，天花板上的节能灯大开着，照得

红木桌夺目耀眼，连地板上反射出的光线都透着高贵典雅，二楼的大厅里隐约传来说话声。

"郭峰，你听，楼上有人。快上楼，咱们上去瞧瞧。"王雪梅拉起郭峰的手腕匆匆地向二楼走去。

二楼的一间招聘大厅里，两个中年妇女正坐在招聘桌前低声地说着话。见有人进来，没看见似的继续说着。

郭峰和王雪梅走进大厅，看了看两个招聘员，又用眼睛扫了一遍桌上的招聘牌，什么商务代表、工商管理、法律顾问……都是与他和她无关的专业。他俩把目光重新投入到两个招聘人员身上。

"阿姨您好，打扰您一下，请问最近有没有招聘桥梁工程设计专业的？"

"姑娘你是这个专业的？"

"阿姨我不是，我男朋友是这个专业的。"她说着用目光指了指郭峰。

"挺帅气的小伙子。这个专业近几年没招过。噢，对了，春节后有个大型招聘会，可能会有单位招这个专业的，招聘时间就在三月初，你们留心点，可别错过了机会。"另一个胖一点的妇女转过脸看了看王雪梅和郭峰和气地说。

"那太好了。"王雪梅高兴地扭头看了看郭峰，"总算没白来一趟。"

"瞧把这姑娘乐的。"旁边的妇女看着兴高采烈的王雪梅，脸上堆起了笑脸。

"谢谢阿姨，再见。"王雪梅开心地看了一眼两位妇女。然后朝郭峰推了推，高兴地说，"咱们走吧。"回头又跟两位妇女打了声招呼，就跟郭峰出了大厅。

"峰，总算有了盼头，就等两个多月的时间。我相信一定有招桥梁工程设计的单位，我也相信你一定能行。"

"雪梅，我信心十足，就盼着招聘会马上到来。"郭峰说着朝另一道门看去，"雪梅，去这边看看。"

隔壁大厅里静悄悄的。一个老年人端着报纸默不作声地看着。听见脚步声，抬了抬头，目光透过眼镜望了过来。一看是一对年轻人在嘀咕。他无心继续看下去，伸手撂下报纸，索性掏出香烟吧嗒吧嗒地抽起来，被熏得发黄的手指紧紧地夹着烟把儿，他美美地吸了两口，然后很舒畅得吐出一口浓浓的白烟来。

好几天没招进业务员了，正在着缺人手的关键时刻，再招不上人，可就没得赚了。他着急地想着。他多想眼前的这对年轻人能前来应聘呀！郭峰和王雪梅在他眼皮下走动了一圈，又回到了门口，回头望了一眼老年人桌前的广告牌，又抬脚走过来。

"大伯，您好。我想了解一下你们公司的情况，广告牌上写的业务员和业务经理主要是干什么工作，我就想问问有没我能干的活儿？"

"小伙子，你先坐。"老年人坐起身来亲切地说，"鸿达公司主要从事化妆品和洗发水的销售，眼下所招的业务员和业务经理，主要负责出货，也就是找销路，这是公司的简历书，你俩看看。"

郭峰和王雪梅接过简历书，认真地看了一遍，又把目光投在老年人身上，老人看了看他俩，将一份招聘表递了过来，"这是招聘表，你想好了就填写一下。"

郭峰不喜欢这份工作，但为了和他心爱的雪梅常在一起，为了锻炼自己，为了以后方便在天河寻求一份可以养家糊口的铁饭碗，也为了父母亲的希望，他毫不犹豫地提起旁边的中性笔，三下五除二地填写完表格。

老年人见郭峰填写完，心里热乎乎的。他看了看填好的招聘表，点了点头让郭峰带上表，去公司报到。

王雪梅看见招聘表上的公司地址万分欢喜。她知道河政路就在河南区和中坪区交界处，而且离学校很近，乘公交车就半小时路程。现在可好了，虽然不能时时刻刻看到他，但想他的时候可以去看他，到了周末还可以在一块。

她再也不想和他分开，她受够了那种离别的痛苦，受够了看不见他时内心火烧火燎的滋味。

冬至后的天气，冰寒入骨，寒风针一般往脸上刮，街道上的行人穿上了厚厚的棉衣，将自己包裹得严严实实。

公交车一口气来到河政路路口。郭峰重新看了一眼招聘表上的地址，河政路87号，他心里默默念道。

"峰，快走，在前边呢，那有个鸿达超市，旁边就是。"王雪梅伸手向前指了一下，领着郭峰迅速地向前走去。

鸿达超市是一家小型超市，虽然占地面积不足 400m²，但是它是鸿达公司的销售门店，里面的装潢大气辉煌，摆放整齐得体的货架上摆满了商品，明亮的灯光照射下来，使货架上琳琅满目的商品光彩夺目。暗藏在四周的音箱播放着经典的英文歌曲。王雪梅听着歌曲，不由得跟着哼唱起来。郭峰的心情很平静，他没有闲情雅致去听音乐，只一门心思地想象着鸿达公司的情况……这家公司会是什么样?我能不能干好活?能让我顺利地进公司吗?

鸿达超市隔壁就是鸿达公司，门口悬着一块招牌——鸿达公司，旁边是一副对联，左边写着：以信誉谋求公司发展，右边写着：以创新加快企业步伐。

揭开军绿色的棉布门帘，透亮的双扇玻璃门大开着，房间的天花板上亮着几盏节能灯，很单调，但很亮堂。里面是大约三米宽的小走廊，两旁墙壁上挂着鸿达公司的简历、规章制度和一些要求。直直往里进，不到十米的地方，有一堵墙壁上面挂着一块公司办公示意图，图下面一个大大的箭头指向左边。穿过三米长的小巷道，两侧都是房屋，左侧是宿舍，右侧是办公室。每个房间的门口钉着块门牌，印着红色的宋体字。右侧第二间门口钉着"招聘办公室"的门牌。

"咚咚咚"郭峰提起拳头轻轻敲了敲门板。

"请进!"

推开门，一个黑瘦的中年人，正抬头望过来，目光落在郭峰身上，眼珠一转又看了看王雪梅，很快地打量他们。"你俩是应聘的吧，有身份证吗?"中年人挺着一个悬胆鼻，沙哑的声音从鼻孔里钻出来。他眨巴了一下圆溜溜的大眼睛，微笑着，长睫毛随之抖了抖。

"有。"郭峰干脆利索地掏出身份证，连同招聘表一块递给中年人。

"噢，你是刚毕业的大学生，以前没干过业务工作吧?"中年人抬头仔细打量了一眼郭峰说，"小伙子长得真精神。"

郭峰看着中年人笑了笑。

中年人接过身份证，放在复印机上复印了一张，"给你。"他将身份证还给郭峰，然后拉开抽屉，把复印件放了进去。"先把行李搬到宿舍去。明天开始，你先参加培训，两天以后，正式上岗。噢，对了，公司没食堂，吃饭得到外面去吃。"中年人看着招聘表补充了一句。

郭峰和王雪梅相互看了看，点了点头，"嗯，好的，好的。那现在我们去搬行李，可能迟一点回来。"郭峰陪着笑脸点着头说。"去吧，路上小心点，注意安全。"中年人关心地说。

他看着郭峰和王雪梅出了门，端起水杯喝了一口。今儿个才来一个，这走的走，不干的不干，啥时候才能把货清完，整不成个事呀！他心想着，如果年底完不成任务，就别指望奖金了，说不定还得扣薪水。他想到这些，又把思绪放到剩余的二十几个业务员身上。这些业务员是他的希望，他的摇钱树。他要这些业务员老老实实地为他挣钱，为他效力。但让他们老老实实地听从他，帮他挣钱，不是那么简单的事。他现在要麻痹他们的思想，让他们听从他，让他们心甘情愿，脚踏实地，精神抖擞地去干活，去挣钱，去为他效力……

近几年，雨后春笋般地出现了许多同行公司，竞争越来越激烈。在天河几百家化妆品公司中，"鸿达"的日子越来越不好过。孙朝阳揉了揉发胀的头皮，想让头脑清醒些。公司交给他的大小事情，一件件清晰地从大脑里浮现出来，就如同装进光盘的DVD一样，一股脑儿地将光盘内容播放在电视屏幕上。他仰头靠在椅背上，想让大脑彻底清静一下，可心里愈加乱起来，他无心继续待在房间里，索性起身向业务室走去。

如同一间教室大小的业务室里，整齐又安静，暖烘烘的气温，让整个房间舒服极了。房间的两侧立着几个长长的货架，它们的最上层整齐地摆满了香水，第二层是擦脸油，第三层是洗发水，最下层是洗面奶。摆放的都是高档货品，在明亮的节能灯下，闪耀着高贵和华丽。房间前面是一套"卡拉OK"设备，后面靠墙是一套真皮沙发。房间的布置，是孙朝阳被提升为业务经理时，亲自安排的，这是他跟业务员沟通和交流的平台，也是他跟业务员歌唱酸甜苦辣的舞台。在十多年的辛勤奔波下，他由一个普普通通的业务员提升为业务主管，

再提升为业务主任。业务经理还是两年前才被提升的。十多年来，他为了这个业务经理的位子不知付出了多少汗水和心血。那些苦，他永远也忘不了。

郭峰回到"亿鑫公司"，恰好碰见成清，他直截了当地跟成清说家里有事不再干了，然后要了工资，提起行李，二话没说跟王雪梅下了楼。成清窝着一肚子火，强作笑脸，无可奈何地望着郭峰和王雪梅的背影，心里装了一团浓烟似的不舒服。

寒冬的天气，夜来得早，亮堂的天空，说黑就黑了。天河市的灯火，照亮了刚拉下来的夜幕。街边的"量贩""酒吧""洗浴中心""按摩中心"和一些娱乐场所，大张旗鼓地喧闹起来，门口艳丽的霓虹灯滚动闪烁，充满着青春、奔放、激情、燃烧的动感。灯火通明的大饭店、火锅城和一些豪华食府里面，坐满了食客，人们的说话声和"叮叮当当"的碗碟声和谐地交错着，宽大的落地窗外，高档的小轿车齐刷刷地停在门外的空地。

郭峰和王雪梅沿着街道朝公交车站走去，呼呼的寒风，带着刺往脸上扎，他和她感觉身上很冷，但心里面很温暖。他俩走得很慢，他就想一直和她这样走下去，她也是这样的想法，他们心照不宣。去公交站的路对她和他来说，不是越近越好，而是越远越好，这样他就能跟她花更多的时间走下去，这种感觉对他来说太好了。

"峰，冷吧！"她伸手捂在他冰冷的耳朵上，"这么冰，让我多捂一会。"

"梅，你也冷吧？"他将她紧紧搂进怀里，"让我抱抱，"说着用感激的目光暖暖地望着她迷人的脸庞。

公交站旁的路灯亮着，他和她紧靠着站在月台上。"郭峰，我感觉到了你的心跳，咚咚，咚咚。""我也听到了你的心跳，咚咚咚，咚咚，咚咚咚，咚咚，好像在说，我爱你，郭峰，我爱你，郭峰。""嗯，它就是这样说的，可我没听出你的心声，你不爱我？""不，它在告诉你，雪梅，爱你，雪梅，爱你。"

回到鸿达公司，天色黑成了锅底，街道的灯火却亮堂堂。

孙朝阳给郭峰安顿好房间，说了上班的情况，就急匆匆出去了。

房间里暗暗的，一盏沾满污垢的灯泡老态龙钟地亮着，一张床躺在角落，几个暖气片散着热量，房间里的温度让人浑身舒坦。

王雪梅将房间彻彻底底打扫干净，房间里一下子清爽多了。收拾完房间，铺好床，看了看时间——20：40。想了想明天还要上课，她不得不早点回去。

郭峰提着个暖壶推门进来，刚放下壶就忙着找杯子给王雪梅倒水喝。

"郭峰，别倒了，我得早点回去。"

"先喝点水，一会儿去吃饭。然后，再回学校。来来，别着急，我一会儿送你回去。"郭峰倒了水，端起杯子送进雪梅手里。

"郭峰，可不能再磨蹭。你送我去车站就行了，刚到这儿，可别太随心所欲了。"

"梅，我知道。你等等，我去一下洗手间，马上回来。"郭峰出了宿舍，就去给孙朝阳打招呼。他一定要送雪梅回去，他知道她怕黑，他不能让她一个人回去，他放心不下。

业务经理室的灯亮着，门也大开着，里面不见孙朝阳。他朝楼道里传来歌声的方向走去。歌声是从业务室传来的，他想去看看孙朝阳是不是在里面。于是他敲响了门板。

"你好。"一个看上去大约十七八岁的小个姑娘推门出来，盯着他好奇地问。

"请问孙经理在里面吗？"

"在，你稍等一下。"小个子姑娘朝他笑了笑，扭头进了业务室。

片刻工夫，孙朝阳挂着一脸欢乐走出来，一看是郭峰就拉着他往业务室进，"小郭，大伙都在里面，去认识认识！"

"孙经理，我有事找您。"郭峰赶忙说，"今晚我不在公司住了，我送女朋友回学校，明早一定赶回来。"

"我当啥事，去就是了！哎，小郭，你得跟大伙儿见个面。"孙朝阳边说边拉开门，"不会耽误你的事的。"郭峰被孙朝阳拉进了业务室，里面满是欢乐，二十几双眼睛齐刷刷看了过来，看得郭峰浑身不自在。

"兄弟们，请大伙儿先安静一下。这位是咱们刚来的新朋友，我不多说了，

就让新朋友来个自我介绍。"孙朝阳拍了拍郭峰的肩头,"小郭,说吧!"

"各位朋友,大家好!我叫郭峰,很高兴见到大家,以后咱们都是朋友,俗话说'在家靠父母,出门靠朋友',我希望大家肯交我这个朋友!但是今晚很抱歉,不能和大伙儿一块热闹,不过,从明天开始,我们就会在一块了……"等郭峰说完,"啪啪啪"地掌声响亮地拍起来。他跟旁边的几个人握了握手,点了点头,笑着退出了业务室。

回到宿舍,雪梅急不可待地让他送她去坐公交……

冬日的夜,寒冷的风。灯火纵然辉煌,车流纵然喧闹,人声纵然沸腾,但也无法驱赶走可怕的寒冷。

出租房的小院里,寂静得仿佛与世隔绝。寒冷的空气,冰块一样,直往脸上扑,扑得人脸上发疼。

小屋里的灯亮了起来。蜂窝煤炉已经熄灭,里面的煤块早败了过去。郭峰倒腾完败煤,找出几根干柴,"啪"地一下打着打火机,点着一团纸,架上干柴,生起炉子来。

王雪梅将电热毯调到高温,就来到郭峰旁边帮着生火,一阵工夫,炉子里生起火苗。郭峰往炉子里加了几根干柴,塞进一块蜂窝煤,一屁股坐在床沿上,感觉浑身酸困。蜂窝煤在柴火中燃烧起来,浓浓的煤烟顺着烟管往屋顶外飘。郭峰瞅着煤块燃烧起来,接连又加了两块煤,盖好炉盖,躺在床上解起乏。

夜很黑,星很明。

屋子里的床板,"吱吱呀呀"地响了起来,声响很大,很有节奏,紧跟着女人呻吟声低声传来,后来声音越来越大,越来越清晰。一次又一次的撞击将他们的身体紧紧连成一体。撞击越来越猛烈,越来越执着,这是爱的撞击,爱的表露,爱的诠释,爱的最高境界。

她疯狂地接受着他的爱,他的亲吻,他的撞击。她全身心地投入其中,他是她的男人,她永远的男人和依靠,她牢牢地搂着他的腰杆,任他猛烈撞击。她皱着眉头尽情地享受着被爱的最大快乐,撞击让她浑身瘫软颤抖,她不断地呻吟着,那是在为爱呐喊歌唱。

一阵猛烈的撞击让她血液沸腾。她兴奋地将脖颈仰得更高。她等着他闪电雷雨的最后冲刺。她的乳房疯狂地摇动着，像一对刚出炉的白面馒头，酥酥的，白白的，充满了弹性和诱惑。

他猛地一下瘫软在她身上，像抽了筋似的，连呼吸都没了力气。他和她搂着进入了梦乡。没有人打扰，就连屋外的空气都仿佛替他们着想，静得没一丝风响。

光秃秃的山岭连绵起伏，就像一波一波的海浪。偶然间，羊户的吆喝和羊鞭声从山间传来，张万年缩着身子，敞开嘴骂起来，瞅着羊群连蹦带跳地跑下了山坡，气急败坏地拔腿去挡，"这群畜生气死人了。"他撂开羊鞭"唰"地一下打向带头的几只羊。羊群惊慌地扭头闪向一边，回头瞧了他一眼，低下头乖乖地咬起草来。他凶巴巴地拉着黑脸，捡起羊鞭照着带头跑的羊就打，吓得羊群四散开来。

乌鸦声从空中传来。"哇啊，哇哇——"一只乌鸦叫着落下山头，其他的乌鸦，也哇哇叫着落下来，一下来就占据了半个山坡。"这乌鸦，真会找地方。"张万年瞅着被乌鸦惊到一边的羊群，回过头气愤地说。"呔——"他朝着乌鸦群喝了一声，"唰"一下，乌鸦群飞起来，"唰唰"两下，在不远处又落了下来，回头朝张万年瞅了瞅，不作声地缩起身子，在地上休息起来。

郭富贵干完骆驼坪的活儿，就闲了下来。在家里闲待了两天，待不住了，心里急得总想干点啥。他先是提着斧头，叮叮哐哐地修理家里的破烂东西。后来，家里细碎活儿也干完了，心里又开始急起来。

其实，他并不是因为闲得没事干而心急，他在心急儿子。都好几个月了，连个音信都没，寒冬腊月的，儿子肯定吃了不少苦头。他想起这些，心里就乱乱的，乱得有些矛盾，原本他想让儿子去社会中好好锻炼锻炼，但现在又怕他吃亏受骗，受冷挨冻。

可怜天下父母心，儿女都是父母心头的肉，尤其对郭富贵来说，就郭峰这么一个孩子，他清楚，儿子就是整个家庭的希望，是他和妻子生活的信心和精神支柱。

郭富贵急得无聊，就打算买几张富丽板，做个衣柜。以前，总给别人做家具，自己家却连个挂衣服的柜子都没。说干就干，东西买来以后，就在院子里干起来。他白天忙活着，晚上打开"老黑白"，看看新闻联播。再就是旱烟棒子抽在嘴里，心也宽了，乏气也过了。

李玉珍天生勤快劲儿，一天忙里忙外，进进出出地给丈夫打下手，晚上又拿起针线活，一针一线地忙活。

日子一天天地过着，寒冷也一天天地伴着日子过着。

郭富贵的衣柜做好了，端端正正、漂漂亮亮地站在院中央。李玉珍瞅着，怎么瞅，怎么顺溜，她开关了几下门板，再瞅瞅里面，心里热乎乎的。她在衣柜周围走了一圈，前前后后看了一遍，满意地提起笤帚，将里里外外的木屑扫出来。

"郭叔，家里来信了，郭叔……"村里的张子夫老师，拿着信边喊边走进院子来。

郭富贵和李玉珍把衣柜抬进小屋，听见有人喊。等回过头，张子夫已站在小屋门口。

"郭叔，家里来信了，给你。"张子夫上前把信递给他。

"张老师，谢谢你了。屋里进，屋里进。"郭富贵说着出了小屋，揭开大屋门帘，让张子夫进屋。

"郭叔，不了，您忙吧！家里还有事，我得赶紧回去。"

"那我就不留了。"郭富贵说笑着送张子夫出了家门。等他回头到了大屋，李玉珍早拆开了信，等着他念。李玉珍没念过书，不识字，拿着信干等着。

"峰他爹，快给念念，你看这信，就是峰子来的吧？"

"就是峰子的，这娃才写信来，真是的。"郭富贵接过信，三两下展开信纸念起来。

爹、妈：

你们好，家里一切都好吧！爹又让您给妈念信了，每次都是这样！爹，妈的腿病又犯了吧？疼得厉害吗？中药能除根，副作用也小，让妈吃中药好些。再不行就扎扎干针，针灸治疗效果也好。爹，妈舍不得花钱吧！妈就是那样，不到万不得已是不会花钱的，真拿妈没办法。爹，您就多照顾妈一些，别让她再操劳了。我现在大学毕业了，不用再为我攒学费了，您和妈就别再舍不得花钱，该花的地方您和妈就花。

　　爹，您的身体还可以吗？您不会怪我先问妈，没有问您吧！妈的身体不太好，家里全靠您了。您又出去做木工活了吧？天冷了，再别出去了，您的身体也不比以前，多关心自己一点。山里风大，身上要穿厚实，妈给您去年买的棉大衣没穿吧？您老是等到过年才穿，爹，把棉衣穿上吧，身上暖和些。我现在长大成人，您就不要再省再攒了，您和妈辛苦了这么多年，早该轻省些。爹，您烟抽得还那么紧吧？您血压高，戒不了，就少抽些，您让妈炒些豆子，闲下来您就嚼豆子，嘴里有了事干，也许会少抽些，很多戒烟的人，都用过这一招，您试试看，说不定时间一长，能管用。

　　爹，您怪我了吧！我都成大人了，您和妈就别担心，我会照顾好自己的。

　　刚到天河时，我去了一家公司做接线员，也就是接电话的，公司规模很小，里面是有几个人，活儿很清闲，一点都不累。公司里的同事们都是热心肠，他们和我总是说说笑笑的，从不闹矛盾拉脸子。公司领导是个温和的中年人，特别关心我，跟他们在一块很舒服，很开心。最近几天，公司散了，也不知啥原因。前几天，我重新找了一份活儿，现在正接受公司的培训。爹，我感觉这儿活挺轻松，也挺适合我，里面的大小职员有五六十人，很多人我都不认识，但他们很热情，很友好。对了，前几天我去找王雪梅了，她见了我很高兴，我来天河的事儿，她都知道了，她很支持我在这儿干，我写信时，她再三叮咛，让我代她向您和妈问好呢！这家单位离天河工大很近，她一有时间就来我这儿，我们相处得很好。

　　爹，这儿的住宿问题，由单位解决。我住的这间房里，暖气很热，一到房间里就得光着膀子。这间宿舍里，暂时只有我一个人住，很方便。饭在单位的食堂吃，这儿的饭菜很好吃，我每次都吃得很饱，胃口比上工大那会还好。

爹，快过年了，家里一定很忙吧！我刚到这儿，一时回不来，就辛苦您和妈了。爹，我在这儿一切都好，您和妈就放心吧，我能照顾好自己，等年近了我就回来啦！

峰儿

郭富贵结结巴巴地念完信，心里感慨万千。他相信儿子，相信儿子一定能行，相信儿子是最棒的。

山沟里走出去的孩子！应有雄鹰一样的耐力和机智。他读完儿子的信，内心渐渐平静下来。

"峰他妈，现在放心了吧！"

"总算来了封信。我就巴望着峰子能好好的。在外面闯闯也好，说不定峰子能找上个好工作，可就是这寒冬腊月的……"

"不吃点苦头哪能行，先苦后甜。现在呀，就是跟黄连一般苦，也得让他尝尝。你看看，骆驼坪的霍天福，前些年苦不苦，日子难不难。现在他的日子够红火吧！他凭着一把破瓦刀，走南闯北打天下，不照样发了家，致了富。人啊，苦了好，苦了才有上进心，苦了才能珍惜来之不易的生活。"

"哎，你说也是，可我们就峰儿这么一个娃，我这心里能不担心吗？我就盼着峰儿平平安安的，我就知足了。"李玉珍想到这一点，心里就一阵酸。

郭富贵出了大屋，提起扫帚"唰唰唰"地扫院里的木头渣子。李玉珍洗了把手开始做起饭来。

院里扫干净了，郭富贵"啪啪"几下打去身上的土，瞅了瞅揉面的妻子，自个儿泡了杯茶，一屁股坐进沙发，伸出粗糙的榆树皮手卷起旱烟来。

浓浓的烟吐出口来，郭富贵心里满怀舒畅，他又深深地抽了一口，烟头"刺刺"地冒起火星。

"峰他爹，别抽了，你一天净是个抽抽抽，抽的烟比吃的饭还多，这屋子里满是烟味。"李玉珍一边切着洋芋丝，一边大声地说。

"几十年的烟龄，都抽成瘾了，哪能一下戒了？"郭富贵吐了一口烟，实打实地说。

"你血压高，你自己看着办，我也不多说，峰子在信上也提醒了！"

"哎，让我慢慢来。"烟灰缸里半截烟头正冒着青烟，青烟越来越少，最后慢慢地消失。郭富贵端起茶杯喝了两口，咂了咂嘴，斜靠在沙发上，不一会竟打起呼噜来。

入九的寒天，呵气成霜，滴水成冰。山谷里的野风，发疯地吹。小孩子的脸冻得像红红的洋葱蛋；闲下来的妇女们凑在一块，往炕上一挤，手里干着针线活儿，嘴里村里村外，村前村后的拉开话匣子，唠个没消停。

李玉珍做好饭，便叫醒了丈夫。

郭富贵睁开眼，发着愣坐起身，打了个哈欠，凑上前吃起来。

冬日的清晨，天格外寒冷。

街市的灯光照亮了黎明前的昏暗，汽车的马达声、喇叭声，人们的脚步声、车铃声和早点摊的吆喝声掀开了都市的晨纱。

郭峰早早地到了鸿达公司。

楼道里静得只有空气在流动，他拖着脚步声走进宿舍，拿着刷牙工具进了水房。"哗哗"的水声，打破了原本宁静的空气。

一会工夫，楼道里便有了更多的脚步声，水声和嘈杂声。

业务室里，来得早的十几个人，精神抖擞地凑在一块闲聊。郭峰和这些人不熟，也没有跟他们搭话，独自闲看着房间里的摆设和墙壁上有关化妆品的小广告。

门"砰"的一声被推开，一个小姑娘急匆匆进来，"大伙开始晨练了，咋还没开始呢！经理马上来，快点，快点！"她走到房间中央，喊起来。

小姑娘就是昨晚从业务室见到的那个小个子，郭峰一眼就认出来她。

小姑娘，柳叶眉，大眼睛，高鼻梁。举手投足间，流露着非凡的气质，一张嘴，两排石榴般的牙齿露了出来，说着一口标准的普通话。还有那招人喜欢的鸭蛋脸上，总挂着灿烂的微笑。房间里的所有人中，她是年龄最小的。也可能正是年龄小的原因，其他人都很乐意配合她的工作。

"喂，老板您好！您今天穿得真漂亮。"一位长着马脸，大概三十多岁的高个男子，目光热情地盯着迎面的一位跟他年龄相当的矮个，热情地说，"您这一身全是名牌，一看就是大款。"

"是吗！你可真会说话。我可不是什么大款！您还有事吗？我要赶着回家。"

"哟，老板真是关心家里人啊！您在家肯定是父母的好儿子，妻子的好丈夫，孩子的好父亲。您还没给家人买礼物吧！"高个子觉得火候差不多，接着更是把好听的话往小个子耳朵里塞，"买礼送健康，夫妻更恩爱，小孩更聪明，老人更安康，不买礼怎么行？对了，我就是给您送健康送礼物的。我们公司生产的洗发水，洗面奶畅销全国各地，更得到老百姓的一致好评。其实，我公司从来没忘记长期以来一直支持和关心我们的广大顾客。今天，公司搞特价送实惠，不求利，不赚钱，就为让更多的老百姓知道'鸿达'公司，知道雨洁洗发水。产品好不好，不光是看着要好，还得用着好。你瞧瞧，这就是我们的产品——雨洁洗发水，中央电视台天天做广告。"高个子把洗发水送到矮个儿手里。

"您这是真货吗？现在假货太多，前几月刚买了瓶雨洁洗发水，可把我坑苦了，刚开始还可以，到后来纯粹用不成，像糨糊一样。这样吧，你问问别人，我还是去超市买。"矮个子说完，将洗发水还给高个子，扭头就走。

"老板，您说得在理。但您也得看看货再下结论。货真不怕买主少，再说超市的很多货还是从我们公司进的。当然，现在假货太多，让很多顾客受了骗，可是很多顾客受骗，那是因为他们不了解"鸿达"，不了解雨洁洗发水。"高个子伸手做出打开洗发水的假样，又装模作样挤出一点涂在手背上。"是我们的产品，只要轻轻一揉，立刻起泡沫，而且泡沫很多，再轻轻一拉，就会拉出一条长长的丝，再闻闻它的香味多纯多香。洗过头，感觉更好，一头的清新舒爽，头发柔顺光亮，而且可以彻底抑制头皮屑再生，防止头发分叉，防止脱发，保持头发长久健康亮丽，精神洋溢。"高个子连珠炮似的说，眼睛仿佛能看穿别人心理似的盯着矮个儿，"老板，你可以当场试试，如果感觉不好或是有啥不舒服，我这箱货白送你，或者直接拨打消费者投诉电话——12315，投诉我们。"

"您也别说得那么严重，这样吧，我先买一瓶试试。"

"您会受益匪浅的，我们在送实惠做广告期间，只讨个本钱，另外赠送您一瓶大宝 SOD 蜜和一盒牙膏。也就是说，您只给我十二块八毛钱的本钱就行了。"

"那好吧，不耽搁你时间，我买了。"矮个儿装着掏出钱的样子，伸手把钱交给高个，然后接过高个假装拿过来的洗发水。

高个儿和矮个儿演练完后，又有其他人开始演练起来。郭峰看出了名堂，这些业务练习都是为跑业务开展的，台上一分钟，台下十年功，要把洗发水卖给别人，就得靠心理战术，能说会道的嘴巴，精明的头脑，和丰富的经验。

"你叫郭峰对吧！"那个小个姑娘走上前，脸上带着甜甜的微笑对着他问。

"对，我是郭峰。"

"你刚刚来这儿，对这儿的工作和环境还不熟悉，你先看看他们练习，晨练后，我给你安排业务培训的事。"小个姑娘眼睛眨了眨，一副小领导的样子。

"嗯，好的。"郭峰很热心地回答。

晨练结束后，几位主管把各自的业务员组织到一块，然后讨论和总结晨练中出现的一些失误。

房间里满是讨论声，每个人各抒己见。门"吱"的一声被推开了，孙朝阳走进来，他稳步走到"卡拉OK"前，清了清嗓门。

"弟兄们，大家早上好，大家辛苦了。"他很精神地重复着每天早晨必说的同一句话。

"经理早，经理辛苦了。"房间里的业务员和主管们齐声重复着每天早晨必说的同一句话。他们原地端正地挺着身子，等待着业务经理——孙朝阳的训话。这几天，他们真不愿再听他说话，哪怕一个字都不愿听。有人开始按捺不住内心的烦躁，身子左晃右摇地站不稳当，内心不满地嘀咕起孙朝阳。

"……弟兄们，请别怪我唠叨，我知道大伙最近受了不少苦，出了不少力，甚至连饭都顾不上吃，水都顾不上喝。说实在的，如果没有大家的这种吃苦精神和顽强拼搏的勇气，就没我孙朝阳在鸿达的立足之地。目前整个销售部来说，

我们的业务成绩跟公司超市的销售成绩基本持平，我们是以最低的投入夺取了最理想的业绩，我们的业绩让公司的其他部门羡慕和赞叹。这些业绩是大家的，这是大家用汗水，用双脚一步步苦出来的，我很感谢大家，我更为拥有你们这些精明能干的业务精英而感到自豪和骄傲。最近一段时间，咱们的业务成绩呈逐渐下滑趋势，那是市场造成的，是竞争造成的，但是我相信这只是暂时的现象，因为我清醒地知道，我的手下都是一流的业务精英，我们不在乎这短暂的困难。风雨过后见彩虹，我相信大家在努力之后一定能看到绚丽多彩，亮丽迷人的'业务彩虹'。弟兄们，不要为暂时的困难而气馁，不要为暂时的失败而垂头丧气，从哪儿跌倒就从哪儿爬起来，这就是我们的业务精神。我们'鸿达人'永不服输，我们业务人永不服输。弟兄们，大家是最棒的，最能干的，大家一定要相信自己，相信自己的能力。"孙朝阳看了看二十几张充满自信的脸庞，心里热乎起来。他觉得刚才的这番话没白说，这堂早课他没白上。说心里话，他对最近的业务成绩很不满意，但在这个节骨眼上，只能鼓舞业务员们的战斗士气。"今天我就说这些，希望大家调整调整，谁都有失败，关键是在失败后，能坚强地站起来，坚毅地走下去，剩下的时间，大家做总结吧。完了以后，按时提货。"孙朝阳说完，就出了业务室。

"小郭，你的培训让马主管负责，从今儿个开始，你多多跟他学习，他的业务能力相当出色。"

"好的。"郭峰朝着小个姑娘点了点头。

其实，这位小个姑娘正是业务室的部长。除了孙朝阳，她就是业务室的老大了。她姓李，名少杰，芳龄十八，别看她年纪小，她可是鸿达公司难得的人才。

李少杰给郭峰说完话，挥手让那个高个子马脸模样的男子过来。郭峰一看是刚刚做过晨练的那个男子，心里不由得敬佩起他的业务能力。他的晨练那么精彩，他一定是个做业务的高手，郭峰心说着。

"马主管，小郭是昨晚刚到公司的。"李少杰看看马脸男子，又看看郭峰说，"他的培训就交给你了，可别马虎。"

"没问题，你放心。"马脸男子自信地看了李少杰一眼，目光又放在郭峰身上。"你好，我叫马奔程，以后咱们就是搭档。"

"我叫郭峰，以后还请马主管多多指教。"

"你过谦了，一看就是聪明脑袋，用不了多久肯定会超过我。"马奔程堆起笑脸，接着说，"小郭，我们做业务的人跟唱戏的演员一样，台上一分钟，台下十年功，演员要练唱，我们练的是说功，你看看那边墙面上的一些文字，都是我们要练的内容。"他说着，用手指了指门边墙面上的一张文字，跟郭峰一同走上前。

推销产品应采取的几大步骤：
一、对顾客亲切的招呼（目光柔和）。
二、介绍自己是干什么事的。
三、介绍产品和公司。
四、对不同年龄，不同态度的顾客，挖空心思地打开他们的购物欲望。
五、跟顾客交易。

郭峰看着墙面上的字，在心里一字一句地默念了一遍。

"我们做业务，主要还是根据这几个步骤跟顾客进行交流，另外就是靠经验取胜了。其实也没什么难的，只要放开敢说敢讲就行了。"马奔程张着大嘴巴说，"你看那几个是我们同组的业务员。"他说着给郭峰介绍起来。

一会儿工夫，李少杰吩咐房间里的人去提货。一屋子的人出了业务室，匆匆走进业务室隔壁的一间库房，出来时各个抱着个纸箱，纸箱里装满了洗发水、洗面奶和牙膏。一伙人抱着纸箱走出鸿达公司大门，就以小组为单位分道扬镳了。

马奔程张罗着要去石门县，手下的几个业务员讨论了一番，都相互点着头。

石门县郭峰去过一次，那次是跟王雪梅去南湖公园玩，而这次是跟着马奔程和其他的业务员去做业务。郭峰知道，他的主要任务是参加业务培训。他不清楚具体的培训方案和要点，但他知道做业务得有魄力，得大胆地说服顾客，让顾客心甘情愿地来买洗发水。

一行人穿过鸿达公司对面的马路，在就近的早点摊上吃过早餐，便匆匆赶着去乘车。

寒风嗖嗖地刮着，客车绕着弯弯曲曲的公路快速地行驶。

马奔程和业务员合计好，在石门县三河镇下车。原因很简单，那儿的村庄多，经济条件也不错，有利于做业务。计划定好了，各个心里有了底，安心地靠在座背上迷糊起来。

郭峰望着窗外光秃秃的山岭和路边萧条的树木。这样的山岭和树木，在郭川子村也有，他脑子里不由得想到了家，家的温馨和温暖一下占据了他的心窝。不知道爹和妈现在在做什么？他们肯定还有忙不完的活儿……哎，老爹老妈真不易呀……想想身体越来越差的父母亲，他心里苦，他何尝不想接过父母亲的担子，可眼下没有选择，条件不允许，他恨自己，恨命运，早知道有现在这样的就业压力，当初就不上什么大学了。他开始有些妄自菲薄。越想心里越烦，没工作可怎么办，靠自己打工过日子，可不是一件容易的事。再说，眼下的社会，他还没真正走进去，就算走进去，他也是那个圈圈里的小娃娃，见过几个锣大的天啊！想创业，难呀！

客车奔跑着，一口气跑了两个多小时，马奔程睡意未了地和业务员们走下车，外面的寒气狠狠地打在脸上，针扎似的。

郭峰瞧着眼前的一大片村落，心里一片好奇和兴奋。马奔程开始张罗着业务员们分头行动，他和业务员们商定好下午四点在原地集合。说完，一伙人各自抱着一纸箱货就走了。马奔程担任郭峰的培训任务，自然就是郭峰的培训老师。他性格热情奔放，马脸一扬兴奋地不得了。郭峰很谦虚地抱着纸箱跟着他，里面的洗发水、洗面奶、牙膏拥挤地碰撞着，发出"啪——啪——啪"的响声。

到农村做业务，得挨家挨户地串，见人就说，不管一个人，还是一伙人，不管场面大，还是场面小，都得凭三寸不烂之舌去打动顾客的心，把洗发水卖出去。

"喂，您好，哟，您长得可真富态，一看就知道是有钱人。啊，这次可找对人啦，我都找了半天，才碰见您。"马奔程说着，将胸前的工作证递给对面迎来的浓眉大眼的中年人,那人接过工作证,没搞清啥名堂,就听马奔程连珠炮似的,说得那人张口结舌。"可要打扰您几分钟,这是我们的产品,比雨洁第一代产品更具有去头屑,去污渍,防脱发分叉的功效,它对发质的改善和柔顺看得见,摸得着。嗯,这样吧,还请你亲自试试我们的产品,让您真正体验我们产品的特色和价值。如果您试了之后,感觉我们的产品来头不对或者是冒牌货,那你可以在公司投诉我,或者拨打消费者投诉电话12315投诉我们。我为啥要说这么多关于雨洁新一代产品的特色和优点,其实就想请您帮我们公司在农村做个广告,让更多的农村人知道我们鸿达公司,知道新一代雨洁洗发水的功效,让他们都能用上我们的产品。

"哎,你说了这么多,我还是放心不下,是真是假,我咋知道?再说,我也不想买,你还是再找个人吧!"中年人犹豫地撇了撇嘴。

"您误会我了,我不是给您卖,我是让您给我们做做宣传,让更多的人知道我们的产品,您现在明白了吧!"

"噢,那行,那行,我可以给周围的人说说你们的产品。"

"那您得拿上一件我们的产品。"马奔程说着,从纸箱取出一瓶雨洁洗发水,一瓶大宝SOD蜜,一盒高露洁普通牙膏。"你看看这是我们的产品,另外,我们还赠送这两样东西。"

"那我就拿了。"中年人笑眯眯地接过三样东西。

"您真幸运,来吧我来给您做个实验。"马奔程说着拿过洗发水,挤了一点,涂在手背上,"您看好了,我现在轻轻给它揉几下,您看全成了泡沫,再往上一拉,有很多细丝,您再闻闻,很香吧!您如果经常用它洗发,那您的头发,百分百比现在更健康,更亮丽。"马奔程眼珠子一转,看了一眼中年人。"在我们做广告期间,只收您15块钱的广告费。"他干脆利索地说。

"哎,不是不要钱嘛!"

"您误会了,我们的产品是送您的,还赠送您一盒大宝和一盒牙膏,我们收取的是广告费,您明白了吗?"

"啊,是这样。"中年人犹豫地点了点头。

"像您这样有钱的老板，不会为几个广告费犹豫吧！如果在超市，光雨洁洗发水就得二三十元钱，您说是吧！"

"嗯，这倒是实话，好吧，给你钱。"中年人说着伸手掏出了钱，数了数，拿出十五元，给了马奔程。

"麻烦您替我们公司做个宣传，祝您天天好运。"马奔程嘴上涂了蜜似的，甜甜地说。

中年人点了点头，笑呵呵地走开了。

郭峰抱着纸箱，像听老师讲课似的。他感觉做业务其实就是卖洗发水，并非马奔程和其他业务员说的那样，为了能把这些货卖出去，马奔程和业务员们真是用尽了心思，但这些都是为了挣钱，为了生存，为了养家糊口。

"小郭，做业务时，要学会用眼睛看穿顾客的心理，然后对症下药，让他乖乖地听你的话。"马奔程边走边说，"有时会遇到一些难缠的顾客，那就得忍一忍，千万不要灰心。人上一百，形形色色，做的业务多了，什么样的人都能碰到，可不能因循守旧地用一套方案来应对，就像医生给病人治病，一个病人就得一个药方。小郭，好好干，用不了多久你就会超过我的。"

接下来，马奔程挨家挨户地推销，跟他说的一样，不是所有人都是那么痛快地接受他的洗发水，有的甚至凶巴巴的让他难堪地要命，并且不止一次两次，而是十次、二十次的难堪。这些小风小浪他早就习惯了，久经沙场的他，对这样的小事，就像是吹在脸上的一股寒风一样，风过了，就没了事。

关于洗发水的功效，郭峰半点都不知情，据业务员们说，洗发水货真价实，或许跟业务员们说的是一样，或许就连业务员们也不清楚，而这些似乎跟他没多大关系。他现在关心的问题是让自己在短时间内，能跟马奔程一样，可以能言善辩去做业务，手舞足蹈地来演说，然后打动顾客的心，让他们主动地掏腰包。他学做业务，好像并不是为了以后能挣钱，而是一种无奈的选择罢了。

"小郭呀！干这行的，洗发水只不过是个道具而已，想让顾客心甘情愿地掏钱，就得挖空心思地说服人家，让人家相信你说的一字一句，就好像老师给学生上课，没人喜欢照本宣科，只有想法子让这堂课生动起来，让学生跟着你的节奏兴奋起来，让学生着迷于你精彩地演讲，那这堂课就算成功了。反正做业务学问深着呢！我一时也说不清楚，你慢慢地琢磨，会明白的！"马奔程哈了口气，揉了揉冻得发疼的耳朵，他的肚子里已经饿得"咕咕"地叫了好长时间。人是铁，饭是钢，一顿不吃饿得慌。马奔程深陷的眼窝，已没了早晨的精神气，他紧缩着眉头，仿佛思索着什么，又仿佛发愁着什么，脚底下虽说软绵绵地没了劲，但却一刻都不停地踏着村子里的小路向前走。郭峰受了感染似的，脸上是失望和自信参半的表情，他放下纸箱，直了直腰，抖了抖酸困的双臂，继续抱起箱子朝前迈去。狭长的小路，越走越远。马奔程接过纸箱瞧了瞧里面仅有的两套洗发水，心里顿时轻松下来。"就剩两套了。"他听着"哐当哐当"洗发水相互的撞击声，心说道。洗发水的减少让他的心情娱乐起来，他的双臂顿时轻松，脚步也有了劲儿，他感觉好像即将要打胜一场战斗似的，心底充满激动和兴奋。

"哟，都三点了。"马奔程看着手机说，"小郭，咱们得往回走，反正就剩两套了，在路上张罗张罗就卖完了，"他说着朝着没去的一大片村庄留恋地望了望，"等以后再来这儿吧，这儿的人家真多！"说完干脆地转身，对郭峰说，"小郭，走吧。"

回来的路上，两套洗发水并没卖出去，也没顾上卖。走了四十多分钟，终于到达约定地点，已经有几个业务员站着等了，马奔程朝着先来的人看了看，发现他和郭峰回来的最迟。

"兄弟们辛苦了，今天的情况还好吧！"马奔程说着客套话跟几个业务员握了握手，眼角瞅了一眼几个空纸箱，"哎呀，兄弟们可真行，全整光了，早知道让你们多装几套！"

"得了吧，马主管，你就会说些面子话，早上带货的时候怎么不说。"业务员张刻爽挑逗地甩了他一句。

他愣愣地站着，张口结舌地半天对不上话。他苦苦地一笑，脸上一片平静，他早就做好准备，迎接业务员们的唇枪舌剑了，每天做完业务，大家都会合起来"修理"他一顿。遇上这帮"伶牙俐齿"的家伙，他哪怕满身是嘴也很难辩

过。业务员们一边在跟他辩说，一边等着客车。等说够了，热闹够了，就会自觉休战。这时，身上的乏气消失了，精神也恢复起来。

傍晚的寒风，格外厉害，吹在脸上就像被铁刷子刷过一样。

路边的毛柳瑟缩地抖动起来，在冷清清的夕阳下，显得苍老瘦弱。一瞬间的工夫，一片灰色的浮云淹没了夕阳。奇怪的是，这片浮云如同一只硕大的飞鸟似的，正不偏不倚地朝太阳飞奔，它遮盖了太阳。金灿灿的圆盘从"飞鸟"的身上映了出来，光亮暗淡许多。没了阳光，风一下子变得更加可怕，气温仿佛也降低了许多。

迟迟不见客车的影子，马奔程无奈地着急起来，但着急也是闲的，客车照样不来，天色照样会黑。

郭峰瞅了瞅微微发暗的天空，不知道该咋办。他现在又饿又冷，就盼着客车马上到来，然后带上他和大伙一起回到公司去。风刮得一阵比一阵厉害，刮得人心里冷冷的，乱乱的。

"嘟，嘟嘟嘟……"几声喇叭的叫声从远处传来，接着一辆客车从远处风驰电掣般呼啸而来。业务员们看到客车的影子，一个个眼睛瞪得跟铃铛一样大，匆忙赶到公路边，挥动着手使劲挡车。

大客车刚一停，一个个争先恐后挤向车门，等上了车，这才踏实下来，各自找了个座位安心地坐了下来。

回到天河，已经快八点了，天黑漆漆的，地冷冰冰的。郭峰饿得恨不得一下子闯进饭馆，将所有的饭菜都吃个精光。他和同伴们下车的第一件事就是吃饭，一伙人匆匆进了一家饭馆急急要了大碗干拌面，呼啦呼啦吃起来。

孙朝阳在楼道里着急地走过来，走过去。他已经在公司门口瞭望了好几次，始终不见马奔程和他的业务员们。是不是出了什么事，还是今天走的地方远了些，孙朝阳心想着。

"今晚孙经理肯定会责怪咱们。"马奔程自认为先知先觉地对着张刻爽和同伴们唠叨。

"你怎么知道我一定会责怪你们？"孙朝阳听到说话声迎上去，一看正是马奔程和他的业务员们，就给马奔程堵上一句。

"啊，孙经理，是您！"马奔程难为情地抠起头发。

"赶快到我办公室汇报工作。"孙朝阳话音没落，一伙人就匆匆进入经理室。

公司给每个业务员按 8 块钱一套洗发水的价格算。业务员们做业务时的价格一般是 12 块或是更高些，一套的差价大概是 12 减 8，也就是 4 块。多卖多得，少卖就得搭上自己的，除去吃饭和乘车的钱外，到自己手里的，也就没几个钱了。

"大伙饭吃了没？要不你们先去吃饭。"孙朝阳坐下关心地问，他收完钱，瞧着一伙人一脸的疲惫，热乎乎地说，"今晚你们可以不去业务室活动，早点休息，别太劳累了，今天真是辛苦你们了。"

走了一天的路，说不累那是假话。

郭峰从经理室出来后，就径直来到宿舍，浑身的酸困使他乖乖地躺了下来，也许是平常没有像今天这样走动过，他感觉疲惫地连睁眼的劲都没了。房间里的那盏旧灯泡，昏暗地亮着，暖气很热，他伸展身体，舒服地睡起来。

热闹的业务室里，孙朝阳亮开了嗓子唱着台湾歌手张行唱过的歌曲《迟到》。他唱得很投入，声音很浑厚，很有气势。唱的跑调的地方，惹得业务员们在心里偷乐。

就在这时，门被推开，马奔程一摇一晃地进来，他刚才从经理室回到宿舍，刷完牙，洗完脸，精神一下子又来了，他按捺不住地又跑到业务室来。

听到推门声，二十多双眼睛齐刷刷看了过来，马奔程不知发生了什么，只见他们咧开嘴朝他笑起来。

孙朝阳唱完歌，一瞅马奔程的样子，心里觉得可笑。

"马哥，今晚是马头上擦油，满是光溜。"铁哥们杜月生张开大嘴笑出声来。

"狗嘴里吐不出象牙，一张嘴就知道你放啥屁。"马奔程说着扭头朝墙边的容貌镜照了照，这一瞧，才知道发型走了样，像牛舔过似的。

"得了吧，马哥！说大话不怕闪了舌头。"

"说大话？我会说大话，养猪的还不知道猪的毛病。"马奔程说完大笑起来。

在场的所有人都知道，马奔程和杜月生是无话不说，无话不谈的"铁哥儿们"，生活中是诤友，晨练中是搭档，只要有他俩的身影，就有大伙的欢笑。

"马哥，今晚咋这么迟才来，还是单枪匹马，你的业务员都丢了咋的？"

"别瞎说，孙经理允许了让他们早点休息，不信你问孙经理。"

"原来是这样，那你做个代表先亮个嗓吧！"杜月生望了望孙朝阳，扭头把话筒给了马奔程。

"那我就不谦让了。"马奔程提着话筒，清了一下嗓子。"弟兄们，大家晚上好，嗯……原谅我的姗姗来迟，下面我将功赎罪，给兄弟们献上一曲，我想唱《真心英雄》，不知道大家是不是喜欢？"

"就唱这首歌。"房间里纷纷喊道。

"好吧，既然大家喜欢，我就献丑了。"马奔程说着示意放光碟的李少杰选放歌曲。

"……在我心中曾经有一个梦，要用歌声让你忘了所有的痛；灿烂星空，谁是真的英雄，平凡的人们给我最多感动……"马奔程声情并茂地投入在歌唱中，他将自己放的很开，他的嗓音不赖，他将胸腔里的自信和勇气都唱了出来。每天面对着形形色色的顾客，瞧着他们五花八门的面孔，忍受着刁难刻薄的粗语，如果没有宽大的胸怀和坚强的信念，要做一个成功的业务员，那是妄想。白天忍受的许多委屈，提起话筒这么一唱，天也宽了，地也阔了，那些委屈和困乏一股脑地离开了身体。

"马哥，唱得太棒了，再来一首。"杜月生拍着巴掌大声地说。

孙朝阳听完马奔程的歌，就悄悄走出业务室。他来到办公室，翻开最近的出货登记表，认真地看起来……

"朝阳，要注意身体，别劳累过度，晚上早点睡。"妻子的叮嘱声，猛地从耳边传来。每次回家，妻子都少不了这些唠叨话。"上班的时候，你只管照顾好自己，我和女儿你就别操心。"想起这些话，他心里充满了对妻子深深地感激，他感觉实在对不住妻子和女儿。

他不由得思念起妻子和儿女来，他放下出货登记表，急匆匆地走出办公室，朝宿舍走去。

他拿起床头上的全家福，静静地看着。这让他更加思念起妻子和女儿来。好多天没回家了，他看着相片，心里一片牵挂。

街道上冷冷清清。零星的行人在路灯下匆匆忙忙地赶着路，出租车不歇息地忙碌着，已经是深夜两点多了，整个城市好像还不想睡去。

天河水的流动声在河道中哗哗地响着，仿佛在讲述着天河的过去和现在，又仿佛在预言着天河的将来。黑暗的水面不歇息地流动着，前进着，仿佛有讲不完的故事和道不尽的回忆。

第二天，郭峰起了个大早，洗漱完后，就拿出好久没翻过的书看起来，这些都是大学学过的专业书本。在参加清泉县毕业大学生招聘考试期间，他不知下了多大的苦功来复习这些书。

晨昏中的天空，黑里泛着白。寥寥的几颗星星一闪一闪的，渐渐地，天空亮堂了，一切夜的影子消失得一干二净。

"哟，大哥您好。您穿得真洋气，这有钱人就是不一样，如果再将头发洗洗就更有风度了。"张刻爽提高嗓门跟同组的业务员肖登封晨练起来。

"你这人，怎么这么说话，我头发洗不洗跟你有啥关系？"肖登封瞪大眼睛刁难张刻爽。

"爱美之心，人皆有之，尤其咱们年轻人就更不用说了，这总跟您有关系吧……"

业务室里的晨练声，在房间沸腾开。马奔程开始给郭峰示范做业务的几个要点。

"咱们做业务首先要给顾客一种亲切感，不管目光、言语还是表情，都要让顾客感到亲切和温暖，尤其对女性顾客，说话要特别注意，年轻女性称姐姐比大嫂更有沟通性……"

马奔程很负责地把一些经验和重要的环节认真地讲给郭峰。

"小郭,现在咱们俩练习一下,假如我就是顾客,来吧!"马奔程拍了一把郭峰的肩膀。

"嗯,那我试试。"郭峰朝后退了两步,准备演练。

"哟,这位大哥您好!"郭峰说着上前跟马奔程握了个手,"您这身衣服真漂亮,一看就是名牌。"他说着露出大大的微笑,"向您介绍一下,我是鸿达公司的,这是我们的产品——雨洁洗发水,想必您在电视上看到过我们的广告,它的特效与功能看得见,摸得着,它所具有的去屑止痒,防脱发,防头发分叉,柔顺和改善发质等功能持久有效。今天,我们送实惠,送满意,主要是给顾客做做产品宣传,做做广告,目的是让更多的老百姓了解我们的产品,真正享受到我们产品的好处。"他说着将货架上的洗发水递给马奔程一瓶。

"嗯,真香。"马奔程揭开瓶盖,一本正经地闻了闻,"这一瓶多少钱?"

"我们送实惠,送满意,宣传期间,不图钱,不图利,只收15块钱的宣传费,另外还要赠您一瓶大宝油和一盒牙膏。"

"哟,还有赠品,我要了。"马奔程毫不刁难地要了洗发水。其实,他心里清楚,对一个新业务员的训练,最重要的是训练他的自信心,而不是严厉地刁难他。

"小郭,你做得挺不错,有头有尾,能抓住顾客的思想,比我刚做业务时强多了。"马奔程淡淡一笑,"小郭,就一点做得不到位,眼神和表情要做得自然些,轻松些就好了。不要急,慢慢来,过一段时间,你肯定能超过我,不信你记着我说的话。"

郭峰听完马奔程的话,心里热乎乎的。

晨练之后,孙朝阳照常传达了他每天必谈的业务精神,就好像是一位每天早晨及时给业务员充气的充气员一样,充足气好让他的业务员们精神抖擞地为他去做业务。

业务培训在马奔程的带领下很快结束,郭峰打心底里体会到业务员的艰辛。他感觉自己待在这儿,不只是缓兵之计,而且还可以锻炼自己。短短的业务培训，让他吃到了苦头，明白事事都不易。但他相信用不了多久，他就会胜任这份工作。

天色暗了下来，都市的夜装绚丽多彩；都市的夜声，沸沸扬扬，热闹迷人。

他躺在床上，想着白天做业务时的不顺心，那些顾客实在太气人，见了他简直像见了瘟神一样，横鼻子竖眼睛的，没个好脸。他面对这些顾客，心里就窝火，但脸上还得挂满微笑，嘴上还得甜甜的。

"小郭，去业务室。"马奔程边敲门边喊。

"好的，我待会就到。"他应着声坐起身，又疲惫地躺下。

业务室里的嘈杂声，快要掀翻屋顶。"同志们静一静。"杜月生提起话筒说，"我先给大伙儿亮个嗓。"

听到杜月生要开唱，房间里一下静了下来，接着掌声响起。

"杜主管，唱《水手》。"几个业务员叫喊起来。

"弟兄们，没问题，放音乐！"杜月生眼睛一挤，朝着放光盘的李少杰抛了个媚眼，幽默地说，"辛苦了少杰妹妹。"

话音一落，惹得李少杰笑红了脸，"好你个杜月生，赶快唱你的歌。"

郭峰听着业务室里的热闹劲儿，怎么也躺不住了，他坐起身，兴冲冲地朝业务室走去。

业务室的门"吱呀呀"一响，马奔程一瞅原来是郭峰。

杜月生的歌刚一唱完，马奔程一把拿过话筒。"郭峰，来来来，给大伙唱个歌。"他说着从人缝中拉了一把郭峰。他想锻炼一下郭峰的魄力。做业务需要魄力，需要比其他职业更加突出的魄力，他要郭峰抛下不必要的腼腆和害羞，让他无所顾虑地去展示自己。

"马主管，我恐怕唱不好。"

"放开唱就行了。"马奔程咧开大嘴说，"下面有请我们的新同志——郭峰给大家演唱一首歌，大家欢迎。"话声刚一落就听见哗啦啦的掌声浪潮般涌起。郭峰鼓着劲怯生生地拿起话筒，总怕唱不好。

"大家好，感谢大家给我这么热情的掌声，下面我送给大家一首校园歌曲《白桦林》，希望大家能够喜欢。"

话音一落，李少杰很麻利地找出光盘，放进 DVD 中。

富有感染力的音乐从音箱中飘出来。

"静静的村庄，飘着白的雪，阴霾的天空下，鸽子飞翔，白桦树刻着那两个名字，他们发誓相爱用尽这一生，有一天战火烧到了家乡，小伙子扛起枪奔赴边疆……"抑扬顿挫的歌声飘荡起来。

"当当当，当当当……"

李少杰听到敲门声，扭头去开门。

"你好，请问找谁？"

"打扰你一下，请问郭峰在里边吗？"

"噢，请稍等，他正在唱歌，马上就出来的。"李少杰说完笑嘻嘻地关上门。

王雪梅站在门边，仔细聆听。她心里既高兴又兴奋。她听出他的歌声里有点疲倦的味道，她自信她的感觉不会出错。

门被拉开了，"雪梅，让你久等了。对了，路上冷吧，我们先去宿舍。"郭峰关心地说。

几个业务员探出头来，怪怪的瞧了瞧王雪梅。"郭峰女朋友真漂亮。"一个业务员说出声来。眼睛眨巴眨巴地看着王雪梅。

王雪梅笑了笑，赶紧低下头躲在郭峰身旁。郭峰和王雪梅说说笑笑地走进宿舍。

"雪梅，吃饭了吗？"

"早吃过了。"

"你一会儿陪我去吃饭好吗？"郭峰给王雪梅倒了杯水，觉得肚子咕咕叫，这才想起还没吃晚饭。

"看你，还没吃饭，现在才知道饿？穿上衣服走吧！"王雪梅说着用手指整了整郭峰头顶上的几根乱发，"走走走。"催促起来。

迷人的灯光，照亮了穿梭的车辆，汽车喇叭声搅乱了凝固的空气。

郭峰拉着王雪梅，慢慢吞吞地走进鸿达公司附近的一家小面馆。人是铁，饭是钢，热腾腾的饭下了肚，浑身顿时有了劲，两条腿也灵便多了。

远处的霓虹灯把周围的高楼大厦照得金碧辉煌。一道道彩色灯带将一座座建筑物装饰地绚丽迷人。眼前的一切，如同一幅精妙绝伦的都市风景画。王雪梅望着眼前的夜景痴迷，她仿佛觉得她和郭峰就是这幅绝世之作中的主人公。她越想心里越甜，越想越感觉这一切仿佛都是真的，她的双眸中闪动着自信，她的心里无比兴奋。一股强有力的动力和欲望在她的血液里沸腾翻滚，她压了压内心的激动，挥手让郭峰向着眼前的灯火辉煌处望去……

李玉珍扳着手指掐算着时间，眼看就要过年了，还不见儿子回来，她在心里着急着。

院子里，暖和的阳光铺了一地，她和丈夫把屋子里能搬的东西都搬了出来，能挪的家具也挪了出来，满满当当地摆了半院子。接着，将每个屋子打扫干净，折腾了整整一天。到太阳压着山尖子就要落下去的时候才将摆在院子里的家当重新搬进屋里。

李玉珍三下五除二地揉好面，拿起擀面杖连推带压地擀出一张滑溜溜的面。

郭富贵将火炉子拨弄地呼呼直响，李玉珍把切好的面条下进锅里，调上酸菜，一顿地地道道的乡村家常饭便做好了。

郭富贵吃着面条，越吃越香，越吃越有味，就像是咀嚼他和妻子之间几十年的感情，越嚼越甜。他美美吃了三碗饭，心里说不出得舒坦，再抽几口旱烟，简直赛过神仙的生活。

他靠在沙发上，侧着脑袋享受着旱烟的刺激。黑红的额头上，几道皱纹如同几道犁沟深深地爬在上面，两侧被寒风吹得发黑的脸颊，胡子密密麻麻地长着，如同两块"荒山地"。他"噗"地吐出一口烟，那烟雾散在空中，掠过胡子拉碴的脸庞，弄得一屋子刺鼻味。说也怪，这股刺鼻味，倒给屋子里增添了不少生机和活力，更好像给脸颊上的那两块"荒山地"，带来了希望的烟火。

"峰他爹，左邻右舍的都开始杀猪了，我们怎么办？是等峰儿来再杀，还

是早点杀?"李玉珍边洗锅边问丈夫,"再迟几天,恐怕忙不过来。有好多东西没洗,还要蒸馍馍,到年跟前,这时间就更紧了。"

"我看,先把其他活儿干,杀猪的事缓几天,我思谋着峰儿也就这几天回来,等峰儿来再杀也不迟。杀完猪让峰儿给尕三哥送上些肉。人家帮了忙,没功劳,也有苦劳,我们还没谢过人家,你说呢?"郭富贵弹了弹烟灰,望了望妻子,斟酌地说。

"嗯,也行,我明天开始洗,等峰儿来了再杀猪。我巴望着峰儿明儿个就来就好了。"李玉珍牵挂着说。

"我思谋着明儿个峰儿来不了……"老两口你一言我一语地唠着,不觉得屋外天已黑了。

黑暗阴冷的山谷,伸手不见五指,哈气就能成霜。威武的老虎山和俊秀的月亮山,静静地蹲坐在郭川子村两旁。高大肃穆的老爷山雄伟地端坐在村后,放眼瞭望山谷中的一草一木,一田一地。月亮山和老虎山守候在老爷山身旁,仿佛等待着寒冷黑暗退却和日出黎明到来。

光秃秃的树木在寒风中唱着低调的曲子。山鸟的怪叫,断断续续地从黑暗中传来,忽地惊起一片狗叫声。北斗星慈眉善目地含着笑,从云絮间探出头来,眨着智慧的眼睛望着沉默寂静的郭川子村。

村口的老柳树,粗壮苍劲,一条条柳枝像小姑娘的辫子一样,长长地挂了下来。

历经沧桑的老柳依然健壮硬朗,他如同一位忠实的老兵似的默默地守在村口,守护着郭川子村,又如同一位慈祥的老翁瞭望着离家远去,迟迟不归的孩子。

多少年来,他默默地奉献了青春,毫无怨言地守在村口。他为自己的理想和期盼发愁,他想让村里更多的人家富裕起来,让他们住上小洋楼,开上小轿车,走上宽敞干净的水泥路,喝上甘甜卫生的自来水,吃上健康营养的海鲜,能让孩子们在村里修建的学校里读书学习,能让村民们学会科学种田,科学养殖……他替郭川子村的发展,设计了最完美的蓝图,他的想法,仅仅只有默默不语的山神爷知道。

灰蒙蒙的天空，转眼间晴开了，满天的星斗霎时光彩诱人，耀眼夺目，仿佛无数盏明灯挂在天宇中，又仿佛无数颗宝石一闪一闪地发着光。

太美了！老柳的眼珠被满天的星光吸引了。好久好久没有看到过这样晴朗的天空，他的心情一下子轻松起来，他看到这些，仿佛能看到郭川子村快速发展的明天一样。

夜是墨染过的，风是带着寒气的。老柳看着星空想象着。他脑海里的美好憧憬让他的心窝暖洋洋的。郭川子村沉睡着，周围的群山也沉睡着。老柳看着他们，把他们当作朋友，当作兄弟。他一下又想到如今的国家政策对农民好得不能再好了，党的恩情重如山啊！寒风凛冽地吹着，他从寒风中仿佛能感觉到春天的味道，这让他更加相信郭川子村快速发展的必然性……

李玉珍站在村后的老爷山脚下，长长的山草绿油油地盖满山坡。天空下着雨，细细密密的雨滴打在她身上，地上早就湿透了，山路滑得没法下脚。温暖的阳光从云絮中洒下来，照射在山草上，可爱的水珠晶莹剔亮，熠熠生光。她抬头看着怪怪的天气，不知所措。雨落在她的脸庞上和花白的头发上，衣服全都湿了，却感觉不到一点凉意。不一会，浓黑的云层飞快地向四周散去，雨水洗过的天空，瓦蓝瓦蓝的。一条彩虹挂在天空，虹桥很长，也很鲜艳。

雨水过后，阳光普照大地，老爷山精神百倍。李玉珍看着雨后的群山和田野，心里说不出的高兴，她的眼中充满希望和光芒。一个人影儿远远地在老爷山上走动着，越来越近，越来越清晰。几道阳光斜洒下来，端端的落在那人身上，让他神气盎然，高贵不凡。他威风凛凛地大踏步走下山坡。李玉珍仔细一瞧原来是儿子，她心里既惊又喜，她急忙问儿子去哪儿了，儿子只是笑而不答，她连追问几声，儿子才说是去跟一位仙人学本事。她一听是这样，心里热乎乎的。她问儿子，哪位仙人教你，儿子摇头不语，兴高采烈地拉起她的手朝家里走。

满路的泥巴，湿漉漉的，踏上去却一点不滑，娘俩说说笑笑往回走。猛然间，听见一声巨响，李玉珍吓得睁开眼，才知原来是一场梦。丈夫正在生炉子，刚才那一声响是丈夫不小心将炉盖碰掉在地上。她打了个哈欠翻起身，快快地起了床。然后坐在炕头上，把刚才的梦原原本本地说给丈夫听……

山枣红了

天空中，带着几分霸气的太阳，拨开一团云霞，腾空而起。腊月天的气候，带着点春的气息，风缓和了些，阳光暖和了些，就连鸟儿的叫声仿佛都动听了些。但不管怎么说，山村的早晚，气候还是非常寒冷，鸟儿们很少在这时候戏耍追逐，歌唱跳跃。但晚睡早起的老汉们耐不住安闲，早早起来，穿得厚厚实实，戴上棉帽口罩，背上背斗，提上拾粪叉叉，到田间地头，庄前村后拾牲口粪，拾干柴。

太阳有一竿子高了，阳光仿佛依然带着寒气，刺骨的冷。

郭富贵眉头沾满了霜气，就连睫毛都快粘连在一块，他伸手揉了揉眼睛，霜气融化在眼窝里。肩上的背斗满载着牲口粪，背斗上面用一根破旧的细绳绑着一捆干柴，牢牢地盖在粪上面。他紧紧地抓着背斗系带，手上套着的帆布旧手套，缝缝补补地落了不少补丁。

王雪梅从考场里出来，脑子里昏沉沉的，她揉了揉困倦的眼睛，走出教学楼。就剩下午一门功课的考试，过了下午就能放假了，她想到放假心情一下轻松了。

马路上满是大学生。有舍友们在议论刚刚考过的试卷内容。丁洁拿着书本指手画脚地跟其他舍友查看试卷上的内容，陈小红一查完得意地欢呼，差点没跳上天。李月琴拉着个长脸，气呼呼地瞪了陈小红一眼，"有什么了不起的，瞧那德行样。"

"月琴，怎么啦！别这样，算我失态了，行了吧。"

"好了好了，瞧你那妖精样，也不顾及别人的感受。"李月琴一本正经地说。

"知道了，可别再揭我的短了！"

"姐妹们，都考得好吧，就剩一门了，我们该好好庆祝庆祝！"王雪梅"哐"的一声推开门，兴高采烈地说，"中午咱们踏踏实实睡一觉，下午来个超常发挥！哎，小红，今天怎么格外开心？看来……"

"人家考得好呗！"丁洁抬起头说道。

"丁洁，我怎么招你了！"陈小红凶巴巴的理论起来。

"我说小红，今天是吃了炸药，还是怎么啦！"丁洁直截了当地问道。

"行了行了，今天是怎么啦。"王雪梅在刚烧起的火头上浇了一桶水。

房间里一下安静下来。空气中浓浓的火药味。

"小红，还生气呀！"丁洁眼珠子一转，大声地说，"我这人的性格你还不清楚，说话风风火火，半个话茬都压不住。"

"我哪是生气呀！丁大小姐的性子我又不是不知道，如果那样也生气，我还能生得过来吗？我？"

"还是你明智啊，这样吧，今晚我请客，算是讨好你吧！"丁洁走到陈小红身边，嘴里含了冰糖似的，甜甜地说，"小红，你说怎么样？"

"那干脆请大伙一起去！"陈小红说完，笑起来。

"小妖精，你以为我是百万富翁的闺女！"丁洁说着，朝陈小红屁股上捏了一把。

"好好好，就我一人。"陈小红说完，赶紧闪到一边，"可不许欺负弱女子。"

"你们俩真是笑死人了，一会儿刮风，一会儿晴天的。"李月琴刚开嘴，笑眯眯地说，"干脆你俩合伙请大伙算了，省得争来争去，大家说怎么样？"

"好好好，主意真不错。"王雪梅带着头喊起来。

"咋又把我给扯进去了，我划不来死了。"

"那就这么说定了，咱们的丁洁和小红请大家吃饭，大家说好不好？"

"好！好！"其他几人欢呼道。"好了好了，请客就请客，有丁洁掏钱我还怕请客！"

"啊，好你个小红，就知道算计我！"

丁洁和王小红笑哈哈地闹腾起来，惹得姐妹们都笑起来。

晚上，丁洁和陈小红守信地请舍友们去吃饭，就在学生餐厅，姐妹们围成一桌，摆了满满一桌的荤菜素菜，每人还要了一碗米饭，。

王雪梅匆匆忙忙吃完饭，给姐妹们说了声，就赶回了宿舍。她要去郭峰那儿，说好了要跟他一起回家，得赶过去看看郭峰那儿的情况。

她在宿舍里，急匆匆地打扮了一番，挎上背包下了楼。

天说黑就黑，路灯亮了起来，明亮的灯光洒在她灿烂的脸上。她的头发已经超过肩，今晚她没扎成马尾，而是直溜溜地披着。模样看上去，比平时成熟了许多。

校门口的大学生比平时增多了不少。路边的小摊贩们瞅着前来的大学生，脸上乐滋滋地堆满了微笑。周围的饭馆酒吧，也都是欢乐的大学生，店老板们一个个忙得不亦乐乎。

郭峰待在宿舍里，看着在大学里学过的书本。灯光暗淡地落在书本上，刺激着发困发胀的眼睛。待在鸿达公司一月了，他适应了在这儿学习，在这儿工作。虽然灯光暗淡，但是心里平静，他感觉白天辛苦地工作并不影响他在晚上学习，反而增加了让他坚定学习的信心。

逆境往往可以使一个人坚强地成长起来。

郭峰在毕业后，经历了人生第一次找工作的失败，然后进入亿鑫公司又是一个失败，现在待在鸿达公司，又何尝不是一次更加可怕的失败。但他到现在并不清楚其中的是非曲直。可每一次失败后，他都诚心诚意地付出了努力和辛苦，偏偏天公不作美，给他的总是失望，他失望得有些害怕，害怕得有些自卑，但每次失望之后，害怕之后，自卑之后，他更加勇敢，更加坚强。他不想让父母用心血浇灌的希望化成泡影，他不想看到父母因为他的工作问题脸上挂满忧愁，他更不想看到父母因为他而增添更多的白发。为了父母亲，为了更好地生活，为了美好的一切，他必须勇敢，必须坚强，他相信黄天不负有心人，他坚信他的付出和努力一定会换来可喜的成果。

王雪梅披着一身寒气，"噔噔噔"几步跨进鸿达公司的大门，推开玻璃门，一股热乎乎的空气扑面而来，她走进来，心里立刻踏实下来。

几声敲门声匆忙传来。

郭峰闻声放下书。

"郭峰，是我，快开门。"

"雪梅，是你！"

他听见王雪梅的声音，心里一下亮了，他赶忙上前拉开门。

"雪梅，快进来暖和暖和。"郭峰说着提起暖壶，倒了杯热水放在桌上，"喝点水身上就暖和了。"

王雪梅放下背包，脱下口罩，望了一眼郭峰，满意地坐在床沿上。

"郭峰，工作辛苦吧！看你脸色，那么难看。"

"哪有的事！"郭峰坐下来，对着王雪梅遮掩地说。他知道雪梅把心全放在他身上，他不想让她担心，也不想让她着急，但他怎么能够瞒得过她，她难道不懂他吗？

"还不老实，哼，我就知道你会这样。"她说着心疼地摸摸他的脸，"以后要关心自己的身体，知道吗？不然我会担心的！"

"知道了雪梅，我听你的。"他双手轻轻捧起她的脸，静静地看着。"雪梅，我爱你。"他吻了吻她的嘴唇，深情地说。

"我知道。"她说着紧紧抱住他，"峰，晚饭吃了没？我匆匆忙忙赶过来，没带什么好吃的东西，你饿不饿？"她抬起头含情脉脉地问他。

"梅，我今天的业务做得很顺利，就早早回来吃了饭。梅，你吃了吗？你想吃啥？"

"我吃了。今晚是丁洁和陈小红请的客。"她静静地望着他，接着说，"我就想永远吃你请的饭，就算是一包方便面吃着都香。"

"那从明天开始，我天天请你吃方便面好不好？"

"啊，不会吧！你真舍得让我吃方便面！"

"还当真了你！"他满足地看着她，继续说，"等以后咱们有了钱，我让你吃香的喝辣的，把我的雪梅吃得白白胖胖。"

"啊……我才不吃呢，吃那么胖难看死了！"她大呼小叫地扑进他的怀里，撒着娇接着说，"我要亭亭玉立的身材。"说完咯咯咯地笑起来。

"雪梅，咱们躺下来聊吧？"他搂着怀中的她，温存地说。

"峰，是不是累了？"她望着他疲惫的眼神，心疼地说，"看到你累成这样，真舍不得让你再做什么业务了。峰，你要好好照顾自己，不要再让我担心

好吗？"

"知道了雪梅，我会照顾好自己的，来咱们躺下。"他说着和她一块躺下来。

屋子里静静的，他和她出神地望着屋顶，脑子里一片空白。这片空白，好像是自己未来的那一片空白，他不知道自己的未来是什么样的，他只能先用一片空白来看待它。而对她来说，以后能跟他走在一起，跟他白头偕老，是她填补这片空白的最理想化的特写。

"梅，你喝点水吧。"

"我不想喝。峰，咱们说说话。"

"说什么呢？"他动了动嘴唇，疲惫地说。

"嗯，什么都行，你是不是瞌睡了？"她扭头看了看他，"就说一会儿，好吗？"

"梅，让我想想，嗯，说些什么呢！嗯，让我说说我的童年，那时候，可有很多趣事。"

"那快点说说。"她侧过身，摇着他的胳膊说。

他的童年时光全是在郭川子村度过的，他了解郭川子村，就像郭川子村了解他一样深刻。童年的影子撒满郭川子村的每一寸土地，童年的趣事也少不了跟郭川子村有关，那每一寸土地上都镌刻着他一个个童年的故事⋯⋯

"在我童年的时候，村子周围的树木特别多。一到夏天，绿油油一片。什么白杨、柳树、榆树、李子树、苹果树、枣树⋯⋯种类很多。尤其是村后的那一大片果树园，可诱人了。那时候的秋天，雨水非常多，隔三岔五地下雨，地里的麦子长得格外好，麦穗长长的，就连山上的草都长得格外茂盛。因为经常下雨，路上也根本起不了尘土。雨过后，稍稍一晾，路上的雨水就渗干了，小孩子们喊叫着溜出家门，凑在一起，一凑就是一大帮，然后就朝村后的果园悄悄摸去。"他说着，抿了抿嘴唇，"村后山洼上的水槽里，山水正哗哗地往下流，山水流到山脚下的水沟里，再往村前流去。一大帮小孩顺着水沟边的小路，蹑手蹑脚地来到果园边。这时候，果园里的看守老汉——胡三爷通常是不在的。

一个是他年纪大了，一个是刚下过雨。

那时候，村子里很贫困，平常根本见不到什么好吃的，更不用说吃了。

看见光溜溜的苹果：红香蕉，黄香蕉，国光……一个个被雨水冲洗得光亮光亮的，还有那刚刚着色的红枣儿，铃铛似的坠满树枝，一帮小伙伴们馋得直流口水。

那时候，胆子小，没一个敢上树，总怕胡三爷赶来。就干脆拾起石块、土块朝树上扔。石块打在树枝上哐哐直响，却不见一个苹果掉下来。听到敲打声，拴在果园里的大黄狗就"汪汪汪"地拼命叫起来。这时看守果园的胡三爷不知道啥时候鬼使神差地从身后猛地冒出来，手里还提着一把鞭子，吓得我们浑身冒冷汗，差点没把尿撒在裤裆里。

那个胡三爷，一脸的胡茬，恶狠狠地朝地上打了两鞭，眼睛凶巴巴地扫过来。吓得我连气都不敢喘，害怕得低着头往其他伙伴身后躲。胡三爷张开嘴机关枪似的骂起来。我只顾害怕，哪顾得上听他骂什么。胡三爷骂够了，提起鞭子空打了几下，警告我们，如果再敢来，就打断腿。他说完就让我们走，我们吓得腿都不敢动，他看到我们的害怕样，咧嘴笑了，豁豁牙都露了出来。看到他一笑，我们才挪开步子，心有余悸地往家走，走了老远才敢回过头朝他胆怯地看了一眼。现在想想当时的可怜样，真是可笑。不过那时，就怕胡三爷真的要打断我们的腿，害怕极了，但心里还是想着苹果，想着大红枣儿。"他说着不由得流出口水来，"那时，家里的生活真是太穷了，感觉吃个苹果、枣儿，都是一种奢望，再比如糖果，瓜子，那都是过年才能吃到的好东西，在平时想都别想。"

"等上到小学五、六年级的时候，个子长高了，胆子也大了。一到秋天，果园里硕果累累的时候，我和几个同伴提上木棒，蹑手蹑脚地躲在果园边，瞅着胡三爷走远，发疯地跑到树下，一顿猛敲，然后捡起苹果，逃之夭夭。等胡三爷撵过来，早不见我们的影儿，气得胡三爷跑到家里给父母亲告状。后来，胡三爷拴了两条大狗，见人就"汪汪汪"地疯了似的叫，我们不敢靠近，就远远地望着满树的果子眼馋，那红红的枣儿挂在树上，甜在心里。有一次，胡三

山枣红了

爷不在，正巧两条狗挣脱了绳，跑了。消息一传十，十传百，我们得到消息直奔果园，吃了豹子胆地上了果树，不管三七二十一就猛摘。我喜欢吃枣儿，三下五除二地上了枣树，拣大的红的就往兜里揣，揣满了，就使劲吃，又香又甜的枣儿吃在嘴里，甜在心里，那枣儿真是太好吃了！"他感叹着继续说，"我现在都还记着它的甘甜味，真是好吃！"

"到了中学，就没时间那样玩闹，只是到每年的秋天，母亲就会跟胡三爷要上些枣儿给我解馋。红红的枣儿，那个香味，那个甜味，实在让我难以忘记。到后来，就是连年的旱灾，好几年都没见着一滴雨水，地上干得直冒烟，庄稼晒成了干柴，草芽儿晒得出不了头，那些果园里的果树们，死的死，干的干，砍的砍，到现在就只剩一片空地了，哎，太可惜了！"

"峰，你的童年真有趣。哎，原来你喜欢吃枣儿呀！那太好了，我家种着几棵枣树，还有一棵沙枣树。那枣树还小，刚结枣儿两三年。也不知道我爸从哪儿买来的树苗，结出的枣儿又红又大，吃起来可甜了。我妹妹也喜欢吃枣儿，一到秋天，枣儿成熟的时候，大一点的，红一点的，都给她拣着吃光了。等明年秋天，我请你到我家吃枣儿，管保你吃个过瘾。不过明年的那个时候，我早就毕业了，也不知道能不能顺利找到工作！"

"外语系就业前景那么好，你还发什么愁呀！"

"现在这年月，谁说得准啊！真希望明年能顺顺当当地就业。"她说完，紧紧地靠进他的怀里。

夜渐渐深了，街道里灯火不眠，出租车缓慢地爬行着。

漆黑房间里，回荡着强有力的喘息声，床板吱吱呀呀地动荡起来，呻吟声和吮吸声悄悄地传出来。

"我爱你，我爱你，你是属于我的，你是我的生命，你是我的一切。"郭峰不断在心里喊着，"雪梅，你是我的，你是我的……"他不断地在心里重复着地说着。

她忘我地呻吟着，她和他徜徉在爱的海洋里，下体猛烈地撞击和迎合，让她和他真正融为一体，她兴奋到了极点。

两天后，鸿达公司给业务员放了假。郭峰带上行李和王雪梅从公司出来，就直奔天河工大。

丁洁和姐妹们全走光了，屋子里空荡荡的，几个床铺卷折了起来，露出厚厚的棕垫子，就剩王雪梅的床铺乖乖地平铺着。

王雪梅一到宿舍三两下将床铺卷折起来，急匆匆收拾好行李，留恋地望了望空荡荡的房间，提起行李转身跟郭峰下了楼。

这一放假就是四五十天，她一定会想念姐妹们的。到宿舍没有见着她们，着实让她遗憾。都怪自己只顾着去郭峰那儿。她为这事有点忐忑，仿佛腹腔里那颗跳动的心被提在半空似的。

车站里热热闹闹的。郭峰和王雪梅坐进了一辆红色的大客车，里面的暖气热乎乎的，悬挂的液晶电视机屏幕上，刘若英正唱着《一生有你》。王雪梅跟着音乐低声哼起来。

平坦的高速路上，大客车风驰电掣，像一个红色的精灵，顺着高速路向前行驶，两侧的绿化林飞一般向后移去，斑斑驳驳的残雪撒在两侧山的阴洼里。看到这些，郭峰想起几十公里外的郭川子村。

那光秃秃的山坡，光秃秃的树丫，青砖土墙的房子和粗壮的大柳树组合成的村庄轮廓浮现在他的脑海里。父母亲忙碌操劳的画面，也不由得在眼前浮现……

"郭峰，今天一别，不知啥时候再能见着你的面呢？寒假最少也得四十天！"王雪梅说着脑袋一偏，斜靠在郭峰肩膀上。见他没动静，扭头一看才知他正在发愣，"郭峰，我刚才说的话你听见了没？"她说着瞪了他一眼。

"噢……雪梅，刚才我在想家里的事。"他偏过头温柔地说，"过完年，咱们早点去天河好吗？雪梅，我也不想和你分开。"他握紧她的手，眼光温柔地看着她。

"没别的法子吗？我就想一直和你在一起。"她说完紧紧地贴在他身上。

窗外的绿化林，树木越来越茂密。山脚下，山腰间，山顶上都是树。郁郁葱葱地盖满山的肌肤，洁白的雪迹，斑斑驳驳地残留在苍绿的树枝上。山峦不断地重叠着向远方延伸，一片片苍绿的树木也跟着延伸到远方。

山枣红了

　　王雪梅望着这些由松树，柏树，杉树和各种不知名的常青树组成的绿化林不由得出神。短短十几年的时间，能让两侧的山峰绿树成荫，万木峥嵘，真是不简单呀！她仿佛看到了一种精神，一种扎根贫瘠，不畏艰难，不畏坎坷的精神。她记得小时候，这一带童山秃岭，狂风一过，浮尘扬天，公路上除了尘土还是尘土。现在，她看着这些从干枯的童山秃岭间站起来的密密匝匝的树木，欣然自得。这些成片的树木像一个个绿色的精灵，深深地扎根在这片干涸的黄土地上，奉献给这片贫瘠的大山一身绿意。它们呀，是走过一道道坎坷，走过一重重艰难，从黄土堆里坚强地站起来的，它们凭的是坚韧不拔的精神，凭的是一身百折不挠的铮铮傲骨。

　　她仿佛看懂了这些树木的生活意义和生命价值，她把这些思想转移到她和他的身上……

　　大客车驶进清泉县的地界，她不由得收起思绪，叫醒旁边熟睡的郭峰。

　　"峰，过完年，我想早些去学校，你也早些去天河好吗？要不我早点来你家咱们一块去天河？早点去也好有更多的时间和机会找工作，我陪你去找，不能再这样拖下去。"王雪梅显得有些着急地说。

　　"嗯，我也是这样想的，咱们一块去天河。"郭峰拧起眉头，紧紧地闭上眼，"雪梅，我一定会找到工作的，"他说着，紧紧地捏起拳头，"我相信我能做到，一定能做到。"

　　"峰，我相信你，你一定会成功，我会永远支持你。"王雪梅说着紧紧握住郭峰的手。

　　儿行千里路，娘担万里心。李玉珍盼过初一盼十五地等着儿子回来，她心里一天比一天着急。

　　太阳划过头顶，移向西边的天宇，风开始变得温和了些，阳光也暖和了些。李玉珍端起刚烧热的一锅水，"哗"地一下倒进大铁盆里，她不放心地又搓起洗了好几遍的猪下水。她原本打算等儿子回来再杀猪，可人等得，日子等不得，索性趁着今儿个天气好，杀了猪。郭富贵刚出去给屠家送屠宰费。她一人在家里忙活着，一时又惦念起儿子来。

大门"哐当"一声，李玉珍听见推门声，探出屋子一瞅，郭峰正提着个行李包走进来。

"峰儿，回来了！"李玉珍瞅见儿子，心里别提多高兴了，"快进屋，峰儿，路上冷了吧！来，把包放下，在炉子上烤烤手。"

"妈。今天不刮风，一点都不冷。"郭峰瞧着母亲卷着袖筒，提着湿湿的双手，又看看地上的大铁盆，"妈，杀猪了？"

"今早杀了猪，我在洗下水，快洗完了。"李玉珍说着将铁盆挪到一边，"峰儿，妈洗洗手就给你做饭，你先坐下来喝口水。"

"妈，不急，您歇一会。我先把包放到小屋去。"郭峰望着母亲孝顺地说。然后出门将行李整整齐齐地放进小屋，回头一瞧屋子里多了一个衣柜，端端正正地站着。他"吱"地一下拉开衣柜门，他的衣服整整齐齐地挂在里面的挂杆上。

"妈，这衣柜是啥时候做的，真漂亮。"他朝着隔壁大屋里的母亲喊了一声。

"半月多时间了，那是你爹干完木工活回来做的，你看看合不合你的意？"

"我爹做活儿就是细心。"他说着，"吱"的一声关上衣柜门。

儿女是精神，钱财是威风，这话说得一点不假，自打郭峰进了家门，李玉珍和郭富贵走起路来格外有劲，说起话来精神抖擞。

太阳渐渐落下山去。一会的工夫，地上便盖上了黑影。

"峰儿，这十斤肉给尕三哥送过去。给你办工作，尕三哥费了不少心思，虽然没办成，但还是欠人家一个人情，这些肉就是个心意。"郭富贵提着割好的肉，用塑料袋包好交给郭峰。

"峰儿，早点回来。"李玉珍说着找出手电筒递给儿子。"给，路上小心点。"

屋外黑咕隆咚，寒气逼人。"汪汪"的狗叫声四处传来，一会儿又是牲口的叫唤声，此起彼伏。

郭峰握着手电筒，一晃一晃地走向王立三家。他推了推王立三家的大门，门虚掩着，他"哐当"一下推开，三两步跨进院子。里面静悄悄的，西屋里，

灯光将纸窗照得亮堂堂的。

"尕三哥?"他在院子里喊了一声。

"哎,是谁呀?"王立三的老伴徐氏应着声,掀开厚厚的门帘探出头来,"来,进屋呀!哟,是峰子呀,进屋进屋。你瞧这天黑的,我都认不出你了。"徐氏看着郭峰,呵呵地笑着。

王立三正坐在火炉边看电视,听见院子里有人喊,就叫老伴去看。一听是郭峰来了,将抽剩的半截旱烟扔进烟灰缸。

郭峰一进屋子。王立三山羊胡子一翘一翘地问:"郭峰,啥时回来的,怎么也不来老哥家里?"

"老哥,今天中午才到家的,这不晚上就来这儿了。"郭峰说完,咯咯地咧嘴笑起来。

"嗯,这就好,来峰子,这儿坐。"王立三指着旁边让郭峰坐下来。

"嗯。"郭峰应着声,将带来的肉放在柜上,然后转身坐在王立三旁边。

徐氏给郭峰泡了一杯茶,轻轻地放在炉面上。

"峰子,你送来的是啥东西?"王立三瞅着柜上鼓鼓囊囊的塑料袋问。

"噢,是猪肉,今天刚杀的猪,给老哥您送来吃,一点心意,不成敬意!"

"看,又破费了不是,家里啥肉都全。前几天刚杀了个羊,其他的牛肉、鸡肉、鱼肉,娃们前两天就送来了。"

王立三和老伴跟郭峰闲聊了一阵,又谈起郭峰工作的事来。他抽起刚卷好的旱烟,火星子在烟头上闪烁着,他们越说越投机,谈完工作的事,又说起郭峰的父亲来。

"峰子,你爹是个吃尽苦头的人,啥苦头都遇上了。哎,苦呀!"王立三叹了口气,接着说,"打小你奶奶就过世了,家里又穷,你爹跟着你爷爷要过饭,喝过红薯粥。饿死人的年月还啃过榆树皮,你看看你爹五十多的人,看上去像是六十多,就是那时候亏得。"

王立三对那些苦日子的回忆,刻在心里。想起那些受穷挨饿的寒酸日子,他着实动情。看看现在的生活,不愁吃,不愁穿,国家不收公粮,还补贴钱,这社会咋就这么好，几千年不遇呀！

夜黑星亮，满天的星星亮晶晶的撒满天宇，仿佛无数颗夜明珠，争齐斗亮。

郭峰对父辈们所经历的艰难和困苦，早就耳熟能详，但每次听起这段往事，他都很乐意听，就好像在听一部艰难困苦的历史剧一样，每听完一次，都仿佛能让他刻苦自励，发奋图强。

王雪珍盼了姐姐好几天，还不见她回来，心里急躁地安不下心，哪里还有心情学习。忽然听见家门"吱"地响了一声，赶紧出门去看。

"姐，你咋才回来。"她一看是姐姐，惊喜地小跑过去，"姐，我放假好几天了，你才来！都急死我了。"她嗲声嗲气地接过王雪梅手中的行李。

"珍珍，爸妈都好吗？"

"爸妈都好，都盼着你回来，嗯，他们俩刚出去一会儿，临出门还念叨着你呢！"

"珍珍，这次考试怎么样？有进步吗？"王雪梅看了一眼满脸得意的妹妹，郑重其事地说，"珍，要当回事。"

"姐，你就放心吧，我知道该怎么做。"

姐妹俩进了北屋，放下行李，就拉开了话匣子。

王雪珍给姐姐倒了水，拿来馍，还没等王雪梅吃两口，吧嗒吧嗒地又说开了。

"姐，你是不是让未来的姐夫'软禁'了？"她不假思索地朝王雪梅吐了一句，声音很脆，很入耳，就像一串金珠落入玉盘。

"珍珍，可别瞎猜想，你现在的首要任务是学习和考名牌大学。"

"姐，知道。我一问起郭峰，你就闪开话题，真不够意思！"王雪珍眼珠子一转，甜甜地叫嚷道，"姐，啥时候把他带来让咱爸妈看看？"

"小妖精，净知道出馊主意。"

"好了好了，不说这个了。"王雪珍握住王雪梅的手，又卖开关子。"姐，那你猜猜咱家又添置了啥东西？有了它千里之外都可以聊天谈心！"

"电话！珍珍，爸啥时候装的，让我看看，在哪儿？"王雪梅说着站起来四

周扫视，"在西屋，对不对？"

"嗯，在墙角柜里！"

王雪梅迫不及待地朝西屋走去。她伸手推开墙角柜的磨砂玻璃门，轻轻地拉下一块崭新的苫巾，一部崭新的电话机出现在眼前，大红的外壳跳进眼眶。真漂亮，她心说着提起话筒，"嗒嗒嗒"地按了宿舍号码，电话那头立刻"嘟嘟"地响起来。

她挂了电话，盖上苫巾，一把关上磨砂玻璃门，就出了屋子。

怪不得进村时路边栽了一排电线杆，原来是架电话线的，她心里才一下明白过来。

"姐，你猜猜，爸还给咱家添置了啥好东西？"王雪珍说着掀开门帘从屋子里走出来。

"又是啥，你别跟姐卖关子了！"王雪梅站在院子里急切地说，"珍珍，给姐说说，还有啥？"

"姐，你跟我来。"王雪珍说着走到小屋门口，一把推开门。

"姐，你看。"

一辆崭新的摩托车规规矩矩地迎门立着，车把手上绾着一匹大红被面。车前的大灯又明又亮，黑亮的车身擦得一尘不染。前轮的护瓦上，用螺丝上着一个塑钢牌，上面写着：宗申摩托，还印着相关的商标和图案。

王雪梅不由得伸手抚摸起眼前这个浑身黑色"家伙"。"姐，咱俩推出去。等会儿爸来了让爸给咱俩教着骑。"

"珍珍，这么沉，能推出去吗？还是等爸来了再说。"王雪梅双臂用力摇了摇沉重的车身，怯怯地说。

"姐，让我来。"王雪珍说着走到车前，双手攥紧车把，"姐，你从后面扶着点。"说着，用力扶直车身，慢慢地朝门口移。她憋着一口气，牢牢扶着车身，小心翼翼地从门口把车推出门外。

王雪梅不放心，在车后喊着让妹妹稳住车慢慢来。她把心提到嗓子眼上，直到妹妹出了屋子，把车稳稳地停在院里，才把悬着的心放到肚子里。

"珍珍，让姐感觉一下。"王雪梅说着骑上座，伸手摆弄起车把来。

摩托车用单撑子支着地，她一晃，车身一摇，吓得她差点从车上掉下来。王雪珍赶紧一把扶稳她，让她慢慢下了车。

家门"哐当"响了一声。王兴城和冯瑞说说笑笑地跨进家门来。

"雪梅……你瞧这姐妹俩！"冯瑞瞧见刚回来的大女儿和捣蛋的小女儿，开心地喊道，"雪梅，雪珍，都这么大了还调皮！"

"爸妈，快来教我骑车！"王雪珍老远就撒起娇来。

"爸妈，回来了。"王雪梅笑盈盈地迎上前，拉住父母亲的手，笑嘻嘻地望望母亲，又望望父亲。一扭头冲着父亲娇声娇气嚷道，"爸，买了车也不告诉人家一声！今天得罚您教我骑车。妈，您说对不对？"

"好好好，爸教，爸教。"王兴城被女儿牵着走向摩托车，"咱们大闺女也要学古时候的花木兰，骑车上阵呀！"他轻轻拍了拍女儿的后脑勺，乐呵呵地笑起来，"长大了，长大了，宝贝女儿们都长大了，看来爸爸不得不老喽！"

"爸，您说什么呢？您还年轻！"

王兴城和冯瑞听见女儿的话，欣慰地笑起来，刻在脸上的几道皱纹都笑成了一朵花。

看到大闺女回来，王兴城和冯瑞高兴的劲儿填满胸怀。几个月不见，女儿长得跟电影明星似的。王兴城在外包着小工程，平时忙得不可开交，每次回家都是风里来雨里去。不过苦中有甜，百元钞票没少挣。现在瞅着她们一个个长大了，就巴望两个宝贝女儿成才。幸好两个宝贝女儿，个个聪慧标致，秀气可爱，学习也都上进。

"雪梅，进屋歇会儿，刚刚回来还折腾！"冯瑞拍了拍女儿的手背，心疼地说。

"妈，没有事。"王雪梅说着抓住车把，一抬腿，骑上车背，王雪珍懂事地退到旁边，心里却并不乐意。

王兴城心里清楚小闺女的脾气，一瞧她满眼不乐意的样，偏有意没理会她，用眼角偷看着她，就见她噘起嘴巴，满脸的不高兴。

"爸就会偏心眼，姐来了理都不理我。"王雪珍不高兴地叫嚷。

"哟，我的小千金，怎么啦？"王兴城伸手摸了摸小女儿的头顶，亲切地说，"珍珍，你是不是想要骑呀？"

"珍珍，还跟姐过不去，死丫头。"王雪梅扭头朝妹妹呵呵一笑，一看妹妹拉着脸便改了口，"还是咱珍珍先骑吧！姐先喝点水去。"她知道妹妹的倔脾气，凡事都得让着她一点，不然非闹腾不可。

"这还差不多。"王雪珍嘴角一扬，露出得意的微笑，"姐，等会儿你再来骑。"

"好吧！谁叫我是你姐呢！"王雪梅说着关心地瞅了妹妹一眼，"小心点。"

"还是姐姐懂事，珍珍上车吧！"王兴城话音刚落，王雪珍已经跨上车。

王雪梅走进屋，看见母亲从套间里端着面盆出来。

"妈，您歇会儿，让我来。"王雪梅凑过去接过面盆。

"雪梅听话，你歇会，妈和面。"冯瑞抓过面盆接着说，"雪梅，咱娘俩好好唠唠！"她带着心事，轻声问女儿，"雪梅，昨儿个你爸打电话去你宿舍，你的同学说你已经走了，怎么今儿个才来？我和你爸担心死了。"

"妈，您还不放心女儿呀！我都这么大人了，还担心。"

"妈不是不放心你，现在社会复杂，什么样的男孩子都有，妈是怕你吃了亏。雪梅呀，妈心里矛盾，村里跟你一般大的姑娘都嫁人了，有的孩子都两三岁了。"

"妈，我不是在上学吗！再说，翻过年我才 23 岁，你怕我嫁不出去呀！"王雪梅坐进沙发，跟母亲理论起来。

"雪梅呀，我也就说说。如果你心里有了人，以后抽空带来，让我和你爸瞧瞧。我和你爸就巴望着你们姐妹俩将来有个好工作，好对象。"冯瑞揉着面，语重心长地说。

王雪梅一听这话，觉得母亲咋像变了个人似的。

"雪梅，那个郭峰，人咋样？你可得把人瞅好，看他是不是真对你好。反正你也不小了，自个儿得慎重！"

"妈，我知道。等有机会，我带他来让咱全家人看看。"王雪梅理直气壮地说。

"反正你得深思熟虑，我和你爸也不想过多干涉你的婚姻大事。对了，前些天有好几个说媒的都来过了，都说小伙子的条件好，工作好，人品好。我和你爸说你还在上大学，都给推掉了。"冯瑞看了一眼女儿的僵硬表情平和地说，"我和你爸不贪图什么条件，只要对你真心好，有个安定的工作我们就满足了。"

"妈，以后再有这样的人来，你就直接推了。"王雪梅气呼呼地瞪歪了眼睛，"妈，郭峰那小伙子，人挺好，我和他认识快四年了，像他那样好的小伙，不多见了。妈，我说的是真心话！"

"雪梅呀，妈要的就是你的真心话，看来你是死心塌地了，不过也得让他过过我和你爸的眼睛吧！"

"那当然，我相信他肯定能过您和我爸这道关。翻过年，我抽空带他来咱们家！"王雪梅喝了口茶，起身给母亲当起帮手来。

摩托车的轰轰声，一下搅得院子里乱哄哄的。王雪珍吓得心差点从嗓子眼里跳出来。

过年的气氛越来越浓。办年货，写春联，给小孩、老人们添置新衣……感觉刚过了腊月二十三，除夕就到眼前了。

男人们忙着贴对联，门神，门帘钱，打扫屋子。女人们洗洗擦擦。屋里的桌桌柜柜，碟碟盆盆都得挨件擦洗，讲究的是：新年新气象，万象更新。一切物品家什也都得干干净净，崭新迎接新年的到来。

除夕晚上，屋里屋外、院里院外打扫干净以后，女人们又开始忙着包饺子；男人们则凑在一边打下手，揉面团，擀面张，一家人共享新春的气氛；小孩们更是乐得不可开交，"哇哇哇"地欢叫着跑进跑出。

包完饺子，郭富贵烧上醋碳石，就坐进沙发认真地分起凿好的神钱。这是为他明儿个早早去雷公殿准备的。他信佛，他相信这样可以让全家平安吉利。他打算明早叫上儿子一块去，他脑子里静静地盘算着。

郭峰为工作的事搞得心里乱乱的。但正值过年，他不得不暂时把烦乱的心

情静悄悄地埋藏在浓浓的年味之下,高高兴兴陪父母亲过年。

夜慢慢地在漆黑中爬行着,漫天的星斗分外明亮,一闪一闪的,精神极了。

迎春晚会在电视机里热火朝天地播放着。郭富贵无心理会这些。他上了炕,腿焐进被窝,伸直腰杆,靠在墙上,独自盘算一年来的收入情况。从木工钱算到豆子钱,再从豆子钱算到木工钱,翻来覆去地合计。收入不比前些年头好了!他心里暗暗惆怅。

一番盘算之后,脑子里不由得回想起父亲来。一幕幕苦难的镜头,像放电影似的清晰地浮现在眼前……父亲带着他到几十里外的上山岭背苞谷,沉甸甸的麻袋压得背都驼了,身上的汗水像是泼上去的水,累得嗓子眼里直冒烟,双腿都困得直发抖,感觉全身的筋都快断了,苦呀!他想起那些年月心里就觉得不是滋味。父亲为了能让他填饱肚子,累成了干柴,浑身瘦成了皮包骨,眼睛深深地陷进眼窝,想起来够心痛的。那时的岁月,父亲真是吃的阳间饭,受的阴间罪,不容易呀!他的脑海里不断地涌现出几十年前的艰苦岁月,心里苦得像是汪满了黄连水。

李玉珍又开始打扫屋子。打醋碳之前得重新将地扫一遍,打完醋碳就不能再动家什了,这似乎太传统,但村里人和她都不想打破它。她简单地扫了扫几个屋子,收拾起笤帚,就帮着儿子扎火把。

郭富贵准备好醋盆子,就往里面夹烧红的醋碳石。"刺——刺——"醋酸蒸气一下子从醋盆里腾起,酸味儿扩散开来。

"峰儿,点火把。"郭富贵端起醋盆,看着沸腾的醋水说。"峰儿,你前面走,火头放低。"

清油火把烧起来刺啦刺啦作响,火星子唰唰地往地上掉。郭峰拿着火把挨个儿在每个屋子转了一遍。郭富贵跟在后面,嘴里念着:"诸神回避,醋碳神到来了!"父亲念完。郭峰也应着声跟着:"醋碳神到来了。"

醋酸味扩散了一院子,酸得爽心怡人。相传打醋碳可以驱邪祛病,消灾消难,把一切不顺意不吉利的东西,把一切龌龊统统消除掉,让一切吉祥如意跟着新年一起到临。这是郭富贵向往的,也是全家人和村里人一心向往的。所以,年年除夕的打醋碳，人人都诚心诚意地做着，就是希望好运、健康和顺心如意降临在自己和全家人身上。

噼里啪啦的鞭炮声打破了黑暗中的寂静。王雪梅从睡梦中惊醒过来，顿时睡意全无。

西屋里的灯光和父母亲的说话声透过玻璃窗，从低垂的窗帘间悄悄飘进来。她静静地躺着，耳边传来妹妹平和柔顺的呼吸声。她转过头看了看熟睡的妹妹，又转过来继续躺着。

院子里又响起一阵噼里啪啦的鞭炮声，炮火光闪闪地映在窗帘上也一闪一闪的。鞭炮声一下搅翻了她平和的心境。她听见父亲的脚步声进了西屋。不一会儿，西屋的门"吱呀"声，母亲的说话声传了出来。"兴城，路上小心点，天寒地冻的。上完香早点回来吃饺子。""嗯，知道啦！"父亲应着声穿过院子，家门"哐当"一声，脚步声随即消失在黑暗的大门外。

她望着渐渐朦胧的天花板发愣，便从被窝里伸了个懒腰，匆匆起了床。

天说亮就亮了。

王兴城带着一身尘土从山上回来。

"爸，冷吧！看您脸都冻红了。"王雪梅说着提起打土掸子，"唰唰唰"几下，打掉父亲身上的土，"爸，上香的人多吗？明儿个您带上我和珍珍！"

"傻丫头。这么冷的天，你和珍珍就别去了。"

"珍珍明年要考大学，我今年毕业后还得找工作。上个香，图个吉利。爸，您说对吧！"

"嗯，我大闺女说的在理，那明儿个咱们几个都去。"王兴城脱下手套，冲女儿呵呵一笑，咧开嘴接着说，"让菩萨保佑珍珍明年考上名牌大学，保佑雪梅今年找个好工作，嗯，还得找个好对象！对了，还得保佑你们的妈妈做好家里的后勤工作，好让我安安心心地去外面包工程，揽生意，顺顺当当地挣钱供你们俩上大学。"王兴城说着一屁股坐进沙发，"哎，我左想右想，还是你们的妈最辛苦，一个人守着个家院，最伟大！雪梅，你念得书上说什么'一个成功的男人身后，必定有一个伟大的妻子在支持他！'，我看应该再加一句，应该这

样说。"王兴城摸了摸鼻子，笑了笑说道，"一个幸福的家庭背后，肯定有一个成功的妈妈在做后盾！"他说着，"哈哈哈"地自个儿乐起来，"对吧，女儿们！"

"爸，您是越来越可爱了，有点像艺术家了，您看我妈正在心里乐呢！"王雪珍说着，笑歪了嘴。

"珍珍，说话越来越没规矩了。"冯瑞转身朝女儿的耳朵轻轻一揪，"听你爸的话，得多长几个心眼，那是他在自个儿夸自个儿呢！"冯瑞满脸的喜悦，温柔地望了丈夫一眼，又瞅瞅两个宝贝女儿温柔地说，"来来来，吃饺子，馅里包了硬币，吃到一个给一百，赶紧吃，吃到了让你爸当场兑现。"

"赶紧吃！"还没等冯瑞说完，两个女儿就争先恐后地吃开。

"珍珍慢点。"王雪梅瞧着妹妹抢着吃的可爱样，心疼地说。

王兴城乐呵呵地看着两个宝贝女儿。

"嗯，吃到一个，爸您瞧！"王雪珍调皮地从嘴里吐出一个两分硬币给父亲看，"爸，您可看准了。"

"嗯，一百。吃完了就给你！"王兴城嘴角一笑，接着说，"珍珍，待会儿可别忘了给老爸老妈先拜年。"

"知道！爸，你可得把红包准备好。"

"那当然，你们姐妹俩谁表现好，就给谁多给点！"

"爸，我是当姐的，该给我多点吧，您说对不对？"王雪梅娇气地冲父亲理论。

"我是小闺女，应该多一点，对吧，爸！"王雪珍插上一句。

王兴城瞧着身边两个可爱的宝贝女儿跟他争论，心里乐得开了花一样。一年到头和女儿们欢聚的时间，就短短几天。这些年，他忙着包工程，根本没空和女儿们在一起。虽说钱是挣了不少，但对女儿们的关心太少了！都说父母的心放在儿女上，可他的心都扑在挣钱上，听到雪梅考上了大学，才知道她学习不错；听到珍珍的考试成绩在班里名列前茅，才清楚她的学习也不错。作为父亲，女儿们的学习和生活他从来没关心过。他想到这些，心里充满了深深的歉疚。

"爸，我吃到三个硬币，您看好了，待会得给我三百。我姐吃到一个。"王雪珍冲着父亲大声说，"我妈还没吃到呢！"

"珍珍，我一共包进四个，你爸说，我吃到一个给一千！给我分一个，钱咱娘俩平分。"冯瑞看了一眼丈夫，凑到小女儿耳边嘟嘟地耳语。

"妈，您偏心珍珍。"王雪梅偷听见母亲的话，"哇哇哇"地叫起来，"您得跟我平分。"

"哎，我看你们娘三个合起伙来算计我，那可不行！"王兴城笑哈哈地连说带理论。

一抹阳光带着吉祥，悄悄在院子里落了脚，清冷的晨风在空气中柔柔地吹拂着。

路上已经有人在走动了。初一早晨，兴的是拜年，晚辈们凑在一块去长辈家拜年。问个平安健康，喝上几盅小酒，然后趁着酒兴聊些发家致富，沧海桑田的话儿。等聊够了，又去另一家拜年问好……王兴城吃完饺子，给妻子和女儿们发了年钱，就出去拜年了。

农家过年，那年味浓得就像打开的几千年的佳酿，老远老远都能嗅到它的香味。

王雪梅和妹妹吃完饺子，就到北屋里蒙头大睡，只剩母亲一人在西屋里，忙来忙去的给拜年的晚辈们倒茶拿酒，让烟让瓜子，孙子辈的小孩还得发个红包。小孩们乖乖地喊声："给奶奶拜年，给奶奶拜年！"然后接过李玉珍发的红包，活蹦乱跳地溜出屋子，叫喊着去玩乐。

村里村外的空气里，一片欢天喜地。划拳声，热闹声一阵紧接一阵。

欢闹声从早晨一直延续……

天色麻麻黑，王兴城才醉醺醺地进了家门。浓浓的欢悦和醇香的烈酒，让他红光满面。

王雪梅听见父亲的脚步声，急忙从屋子里出来。

"爸，看您喝成啥样了，不知道少喝点！"

"爸没喝醉，你爸喝不醉，今儿个你老爸还没喝好。雪梅，给爸取一瓶酒，让爸喝好。"王兴城看着一边搀扶的女儿，醉话连篇起来，"爸没醉，爸

山枣红了

没醉……"

冯瑞瞧见丈夫醉醺醺的样子，就是一肚子气。她最怕丈夫喝醉酒，看他一会儿吐，一会儿闹的痛苦样，真让她受不了。

"雪梅，取酒，让他喝个够。"冯瑞给女儿使了个眼色，让女儿假装去取酒。

"夫人，你生气了。我真没醉，我是酒不醉人，人自醉呀！"王兴城说着。他不想让妻子担心，他懂妻子的心……

"爸，您在炕上先躺会儿，不然我妈可真生气了。""看你那个的样子，还说没喝醉！"王雪梅和王雪珍姐妹俩说着，将父亲扶上炕。王雪珍捣蛋地揪了一把父亲的耳朵，"再喝成这样，我还揪！"

王兴城刚躺下便打起呼噜来。

"妈，您别怪爸了，大过年的，爸多高兴，别再埋怨他了。"王雪梅放低声音，对着母亲说。

"妈，我姐说的对，干吗埋怨爸呀！"王雪珍插了一句。

"还不都为你爸好，如果他疼你们姐妹俩，疼这个家，就少喝点。快奔五十的人了，他还逞强，酒是好东西吗？把身体喝坏了怎么办？"冯瑞发愁地说起来，"前些年，你爸喝得烂醉如泥，吐得很厉害，急得我团团转。我一会儿擦，一会儿洗的……"

王雪梅望着父亲因酒精作怪发红的脸庞，听着他深厚有力的打呼声，心情平静了下来。一会的工夫，父亲脸上的酒气渐渐退去，深镌的皱纹显亮地露出来。她发现父亲脸上的皱纹多了，深了。看着一道又一道皱纹。她不由得回想起父亲这么多年的奔波劳累。小时候，在她记忆里，父母亲老爱吵架。每次吵架后，母亲就抱着她偷偷地哭。直到她懂事，才知道母亲和父亲吵架都是因为家里穷。有一次，刚刚种上庄稼不久，母亲又跟父亲吵起来，吵得很厉害，她都被吵架声吓哭了。父亲一气之下，摔门就走了。母亲瘫坐在地上大哭，哭得很惨。她依在母亲的身边用小手给母亲擦泪，母亲抱紧她，哭得更厉害了。

父亲出走后，音信全无，好多天都不见回来。母亲担心地四处打听，但没一点消息。那一阵子，母亲急出了心火，嘴唇起了好多泡，吃药也不管用，人都瘦了一圈。时间一天天过去，母亲度日如年，心神不宁。母亲白天除了干活，就拼命打听父亲的消息，晚上翻来覆去地睡不着，常常在被窝里流泪。

半年过去了，母亲瘦成了一根柴，强打精神撑着。有一天，父亲突然回来了，变得又黑又瘦。母亲见到父亲抱住就哭，父亲也哭了。母亲知道父亲学会了瓦工。几天后，父亲要出去包活干，母亲把那年的全部收入都凑给父亲做本钱。这次父亲走后，母亲勤勤恳恳地干着家务活，精神逐渐好起来。

几个月后，父亲回来了。他给母亲、妹妹和她，每人买了一套新衣服，把挣来的钱交给了母亲。过了几天，父亲又出去了，以后的日子里，父亲每过几天就回家一趟，母亲总是那么开心。她抬头继续想着……

夜漆黑无边，灯明亮如昼。

不知哪家的院子里人声沸腾，接着响起了"迪斯科"。

热闹声越来越大，穿透了漆黑的夜。她的思绪被劲爆地迪斯科旋律扰乱了。聆听着欢快劲爆的音符，她的思绪一下子跳入到现今的幸福生活中……

再说到郭峰，正月初一这天，他在村里拜年，到中午才回来，初二去了骆驼坪的大姨家走亲戚，初三这天就在家里闲待着。

郭富贵在初三这天下午去了王立三家，天麻麻黑了还不见回来。郭峰和母亲围坐在火炉边，看着电视。一阵工夫，郭富贵带着满身的酒精味从大门外回来。他显然喝了不少酒，脸上发了白。酒精在体内作怪，他感觉脑袋随着脉搏跳动一大一小地膨胀着。也许是喝了酒，那脸上皱巴巴的皮肤都展拓了很多，在灯光的照耀下显得格外精神。

"峰儿，你爹肯定喝醉了。快沏杯茶，让他醒醒酒。"李玉珍说着朝丈夫看去，"看你，脸都喝白了。"

"没有事，就喝了几盅盅。"郭富贵说着一屁股坐在沙发上。"峰儿，今晚有个好消息告诉你们娘俩。"他咂了咂嘴，继续说，"今儿个尕三哥告诉我，昨儿个他的俩外甥来拜年，他把你工作的事给俩外甥又说了。他小外甥让你初八去找他。但愿这次事情能成。"

"真是个好事。愿老天保佑峰子赶快有个工作！"李玉珍看了看儿子高兴地说，"没个安省的工作，闯社会难啊！"

"嗯，闯社会不容易。现在峰子早点参加工作，就是我们最大的愿望啊！"郭富贵抨了抨嘴，接着说，"我感觉，这回不会有啥闪失！"他很有信心地说，眼神里充满了期待和盼望。

郭峰默默无言地听着父母亲说话。他因父母亲的自信而感到自信。

过年的喜庆和热闹气氛，浓浓的继续着……

初八这天，天空飘起了大雪。刮起的山风，携着雪片四处乱飞。雪越来越大，渐渐地盖住了山，盖住了村庄，盖住了山路……

寒风撒野似的刮着山沟，雪片也撒野似的压向地面，积雪已没过鞋口。"咯吱吱，咯吱吱"的脚步声，顺着山路坚定地移向山口。飞雪阻挡了他的视线，寒风和雪片箭一般扑向脸颊，他微闭着双眼，迈着有力的步子，向前移去。天冷风寒，浑身像裹了一层铁皮似的，冰冰冷冷的。他感觉浑身都起了鸡皮疙瘩。

公路边的几棵矮树，瑟缩着身子，在寒风中挺立着。郭峰走出山路，站在公路边抖了抖身上的雪花，挺直腰等起客车来。鹅毛般的雪片盖在头顶和衣服上，他不再去理睬，一心一意地等车。路边的寒风咆哮着。他挪了挪双脚，站得更稳，更踏实，好像一棵刮不倒，吹不烂，压不弯，冻不死，晒不裂的青松。

风还在撒野，雪也在撒野。路上不见个车影儿，公路上雪层不断地在增厚。一阵更猛的狂风暴雪后，天空透出点亮气。接着风柔和了些，软软的雪片也稀疏了些。银色世界清晰入目，他的双眼被耀眼的雪照射着迷成一道缝。

一阵的工夫。天空出奇的亮堂了，雪也渐渐停了下来。

雪刚停下，就有车辆跑起来。路面上蓬松的积雪，一会的工夫，就被碾得又实又硬。他搓了搓耳朵，期盼地瞅了瞅公路尽头，还不见客车的影儿。

清泉县城，车水马龙。一些推雪车，吼着嗓子忙碌着。路边的大水沟里，雪被倒得满满的。几辆"三马子"还往里面使劲地倒。路上雪水泥泞，行人探着脚，小心翼翼地迈着步子。

天空露出了蓝底子，太阳从云絮间探出头来，将一缕缕柔柔的阳光洒下地面。街上的脚步声多了起来，热热闹闹的。

郭峰到清泉县城时，已经中午十二点多了，他下了客车直奔县委大院。

刘宗德无聊地在办公室走来走去，烟灰缸里已经扔了十几截烟头。他狠狠地吸了几口香烟，走到窗边，伸手将窗户推开一道缝。

"咚咚咚……"听到敲门声，他不慌不忙地吐出一口烟。"请进。"他说着转身向门口看去。一看是郭峰，这才想起答应舅舅的事来。"噢，是郭峰！坐坐坐。"他将烟头一捻扔进烟灰缸里。"路上冷吧！来，先喝点热水。"他说着倒了杯水递到郭峰手里，然后坐下来打起电话。

"喂，老唐。您春节过得好吧，给您拜个晚年，不算迟吧。哈哈！嗯，是这样的，托您办的事，您可重视重视！哈哈，老弟的事儿，您可要费心些，改天咱俩好好聚聚，啊！"

"你老弟托的事，怎敢怠慢。嗯，我跟师资办公室说了，你让那个学生赶快来找我，其他的事你就别操心，我让李佳一去办！"

"好的好的，老唐啊！真是让您费了不少心！嗯，这样吧，我现在就让他来找您。"刘宗德哼哼哈哈着放下电话。

郭峰判断，刘宗德刚才是给教育局局长——唐全打电话，肯定是这样，他对自己的判断深信不疑。

"郭峰呀！现在你得去教育局找唐局长，你就说是我让你找他的，赶紧去！"刘宗德急忙地催起来。

"嗯，我这就去！刘主任真是让您费心了！"郭峰说着起身匆匆出了刘宗德的办公室。

唐全接完刘宗德的电话，静静地坐在椅子上等郭峰来。他拉开抽屉，拿出郭峰的几张证件复印件重新看了看。

"咚咚咚"门板响了几声。

"请进。"唐全应了一声，朝门口看去，一个高个儿小青年走进来，"你就是……"

"唐局长，您好。嗯……是组织部的刘主任叫我来找……"

"噢，知道，知道！"唐全没等郭峰说完话，就插上话来，"这是你的证件复印件，我都看过了。你带上它去师资办公室找李主任，他会帮你办工作的，嗯，你现在就去找他，就说是我让你去的！"

李佳一正在凳子上闲坐着，脑子里却不消停。当市长的舅舅——吴正答应他，下一届领导班子调换，提升他为教育局局长。一个小小的局长哪能满足他，他恨不得一下子跳到县长的位上。

郭峰敲开门，看见心事重重的李佳一。

"是唐局长叫你来的吧！"没等郭峰张嘴，李佳一直截了当地问。

"啊，是的，李主任。"郭峰说着把几张证件复印件恭敬地递给李佳一。

"噢。这个我看过。是这样，你这事，我尽快办。各种程序过后，等鲁县长签个字就行了，现在人事安排都得县长点头。鲁县长刚刚去外地学习，估计得一两个月才回来，你先回家，等办好了，我通知你！"李佳一说完，冷冰冰地斜了郭峰一眼，点上一支烟，抽起来。

郭峰被李佳一冰冷的眼神无情地打发出来。满怀的热情和信心又变为一次失望。

路上的雪水被车轮碾成了黑乎乎，车轮一过泥点子乱溅。晾干的地面，像刷过一层泥似的。

郭峰把去教育局的情况，一五一十地告诉了刘宗德。刘宗德一听，一肚子火。

"这个唐全，托他半年的事，到现在还搪塞。把我当猴耍，鲁县长那儿，我早就说定了，他一拖再拖……"刘宗德火冒三丈。鲁县长刚刚走，签字是不可能的了。现在棘手的问题是赶紧得解决郭峰的工作问题，人家的前程可耽误不得。嗨，刘宗德苦笑一声。

"郭峰，事情到这个份上，就只能等等看。你告诉家里人，别着急。等鲁县长一来，这事就成了。"刘宗德实事求是地说。

"刘主任，这事让您费心了。"郭峰抠了抠脑勺，"这事还得劳驾您……"

"嗯，你放心。啊，回去把情况跟家里人说说，就说我在抓紧办呢！"

事情并非郭富贵两口子预料的那样顺利，也并非王立三想的那样如意。有道是，希望越大，失望就越大。

　　村前屋后的巷子里，娃娃们玩闹着。一会儿，捏着雪球打雪仗，一会儿，凑在一块堆雪人，嫩生生的脸蛋和小手冻得红扑扑的。鼻孔里的鼻涕，流过了嘴唇，伸出小手一抹，继续玩起来。

　　太阳划过头顶，将柔柔的阳光洒在厚厚的积雪上，洁白的雪面上泛着刺眼的白光。山风缓缓地吹着，一双脚印正顺着铺满积雪的山路无力地向前走去。

　　郭峰踩着雪路，脚下发着"咯吱咯吱"的空响。他抬抬头，瞅了瞅凉生生的太阳，心里受了感染似的一片凄凉。他今天又为工作的事，一脸无奈和失望。他紧拧着眉头和冰冷的心窝表达出了自己真实的心情。

　　他理了理发昏的头脑，努力着不再去想工作的事。

　　走着看吧！他叹了口气，迈开步子一心一意地朝前走去。

　　父母亲正伸着脖子等着他的好消息，他该向父母怎么说，他真不愿再看着父母亲为他的工作发愁。以前，母亲为供他上学，拿一分钱当两分钱用，拿一根蒜苗当两根用。想到这些他心里就不是滋味。再想想父亲，拖着病腿，既要忙碌地干农活养家，又要辛苦地提上木工家什走东奔西地干木工活挣钱，手上的老茧一层摞一层，裂口一道又一道，身体瘦了，背也驼了，付出的这些心血和汗水都是为了他呀！

　　时间一晃，半个正月就快过去了。王雪梅觉得时间过得还是很慢。

　　他时不时就会想起跟郭峰在一起的情景。她觉得对郭峰的思念很沉重，仿佛一个包袱似的时时压在她身上。可她就想见到他，看着他的傻样儿，跟他说话。

　　时间一步跨到了正月十五。这天，天晴气朗。冯瑞为丈夫和女儿们煮好元宵，又炒了几道拿手好菜，一家人欢欢乐乐地凑在一块吃了一顿团圆饭，高高兴兴地过元宵节。她知道正月十五一过，丈夫就要外出揽活，女儿们也要上学。所以，这天的饭菜她准备的格外丰盛，她要让全家人吃得开开心心，让丈夫和女儿们感到这个家的温暖。

　　冯瑞打发走了丈夫，就打发小女儿去了学校。家里的两个人走了，只剩下

她和大女儿。

"雪梅,珍珍走了,你啥时候去上学呀?"

"妈,我们几个说走就走了,就剩您一人,孤孤单单守着家。嗯……妈……我呢,留下来陪陪您,您说怎么样?"王雪梅靠在母亲身上乖巧地接着说,"妈,你不会赶我走吧!"

"呵呵,傻丫头,你人陪在妈身边,可心能陪在妈身边吗?妈妈是过来人,还不清楚你心里想啥?"冯瑞摸了摸女儿黑黝黝的头发,贴心地问,"雪梅呀,妈能不能问你点事儿?"

"妈,您见外了。"王雪梅转头望着母亲娇声娇气地说,"您就问吧!"

"雪梅,妈知道你是乖孩子,你的学习,妈一百个放心。我就问问那个郭峰,人到底咋样?你可把眼睛擦亮了!"

"妈,您不相信女儿的眼光?那下次回家,我带上他让咱全家人瞅瞅,到时候,我保管你欢喜地当亲儿子看他。嘿嘿!"王雪梅说完笑起来,两个小酒窝欢快地浮上脸庞。

"你这丫头,真不害臊!还没嫁人,就学会帮男朋友说话,我看你呀恐怕早就把心交给他了。"

"妈,郭峰他人挺好的,要不然,你女儿还跟他来往!"王雪梅昂了昂头,高傲地撇了撇嘴。

斑斑驳驳的残雪,代表着冬天的最后一道风景,覆盖在山的阴洼里。逐渐煦暖的阳光洒在山坡上,招来一群群欢快的小山雀。

开始有人拉粪了。不到一两天时间,农户们不约而同地都动起身来。路上一下热闹起来,马车、毛驴车、三马子拉着粪跑起来。

郭富贵驾着大青驴拉完自家的粪,就去帮王立三家拉。郭峰轮着洋镐"啪啪啪"地刨着冻实的粪堆,王立三在旁边举着铁锨,拍着坚硬的粪疙瘩。中午的太阳劲大,阳光晒在粪疙瘩上,一阵阵工夫就消了,铁锨轻轻一拍,就松散了。

王立三拍着粪疙瘩,心里却惦着郭富贵一家的情意。做人啊,得讲情分,有了情分,这人才有个活头,才有价值……

徐氏单枪匹马地做着午饭。奔七十的人了,耳不背,眼不花,手脚沉稳。做起活来,井井有条,步步到位。

她做好饭,跑到大门外,招呼老伴和郭富贵父子来吃饭。回头又倒好洗脸水,等着几个人进来。

太阳晒得大地舒服极了。蕴藏在土壤里的生命力,正在悄悄萌动……

徐氏拉着拉条子。凳子上坐着的三个人呼呼地吃着。

"峰子,夹上菜。"王立三山羊胡子一翘一翘说,"多吃点!"正说着,大门"哐当"响了一声。徐氏走到门边,掀开门帘一瞧,李玉珍踏着步子从大门外走进来。

"峰儿,你同学来家了!"李玉珍一走进院子里,就声音脆脆的喊起来。"三嫂,让峰子去招呼他同学,下午我帮着拉粪。"她冲着徐氏笑呵呵地说。

"峰他妈,来来来,先进屋吃饭,让峰子吃完饭就回去。"徐氏热情地招呼。

"三嫂,我刚吃过饭,您再别忙活。先让峰子回去,同学在家等他呢!"

王立三一听郭峰的同学来了,一边让他吃完饭回家,一边又招呼李玉珍坐。

父亲和妹妹走后,王雪梅在家和母亲待了两天,就被母亲打发了出来。乘上车,她按事先和郭峰约好的,先来了他家,然后一起去天河。

从客车上下来走的这一段山路,够让她受的。高高低低,弯弯曲曲的,走得两条腿都酸了。

到了郭峰家,李玉珍欢喜得恨不得将她捧在手心里。这会儿,李玉珍去叫郭峰,她在大屋里坐了坐,就来到郭峰的房间。

小屋里,一沓书整整齐齐地摆在写字台上,新添的衣柜端端正正地站在墙边。屋子里没生炉子,但也不觉得冷,只是有点凉意。她走近写字台,伸手拿起支在上面的相架,不觉得露出笑容。夹在玻璃框里面的相片,是她在天河工大附近的一家小相馆照的,穿着一身迷你裙,站在一座宁静的小屋前,脸庞微微带着笑,两个招人喜爱的小酒窝,显亮地露着;苗条亭立的身材,着实迷人。她非常满意地看着自己的照片,如同欣赏着一幅完美无缺的风景画似的。

大门"砰"的一声被推开,她闻声走出小屋,瞅见郭峰跨着大步正走进来。他穿着一身褪了色的运动服,一进门就张嘴"雪梅,雪梅……"地喊开。

"郭峰,我在这儿呢!"她应声小跑着过来。"看你身上弄成啥了,把运动服脱了,换件干净衣服。"她说着伸手拉开上衣拉链。

"雪梅,路上累了吧!"郭峰边脱着衣服,边欢喜地问起来。

"嗯,有点。要不是你,你说我会受这些累!嘿嘿!"她边说边着迷地看着郭峰。

"雪梅,真想你……"他傻傻地看着她,语调深情地说。

"嗯,我知道,我也想你。峰……"她话说了一半停下来。她想说的是,从家里出来后,恨不得变成一只小鸟一下子飞奔到他身边。

午后,煦暖的阳光轻轻柔柔地洒进院子里,温暖地宛如腼腆的春姑娘走进了院里。

连绵起伏的群山,重重叠叠地耸立在贫瘠而干涸的土地,沟沟洼洼里的残雪蒸发了似的,一两天的工夫消失得无影无踪,清风吹拂着,封冻的地面一下子消了两三寸。

郭峰把去找刘宗德和去教育局的情况,一五一十地告诉雪梅。他感觉这一说出去,心里的疙瘩顿时消了。

下午,他和她形影不离地待在一块。他们兴奋地谈天说地,好像有说不完的话儿,道不尽的情。从互相的爱慕谈到将来生活,从学校谈到社会,从社会谈到工作……

一轮明月从晴朗的夜色中徐徐升起,皎洁的光芒照亮了黑暗,照亮了起伏的山峦,也照亮了崎岖的山路……

吃过晚饭,王雪梅让郭峰带着她去村里的路上走走。月光皎洁地洒满地面。她和他踏着月色并肩齐走,远处的山峦依稀可见,<u>丝丝春寒在清澈的空气中飘移着</u>。

"峰,今晚月色真美!"

"她好像是专门为咱们照亮的,怕咱们在黑暗中迷失方向!"

"如果是那样的话，咱俩多走走，特别是那些坑坑洼洼的地方，免得浪费月亮姑娘的一番美意。"

"我想月亮姑娘并不只是想为咱们照亮那些不平坦的地方，而且更想照亮那些绝境险地，好让咱们看得见，不要傻傻地踩进去。"

"很有哲人的思维。峰，我觉着你对事物的看法又深了！"

"你在夸我！"

"不，是客观的评价。"

"雪梅，咱们明天就去天河。尽管刘宗德说，鲁县长一来就能解决我的工作，可那都是两月后的事儿，谁敢担保万无一失。"他皱了皱眉，心事重重地说。

"嗯，一颗红心，两手准备！虽然在天河找工作不是一件容易的事，但至少存在一丝希望。刘宗德纵然真心实意地帮忙，但他保证事情一定能成？"

"你说得对，他能保证的话。半年前，我早就上班了。不过，每个人都有难处，我半点都不能怪人家。人啊，我看不管什么事，靠自己是最保险的！"他抬头望了望如盘的月亮，掏心窝地说。

"峰，别发愁了，上天会保佑你的，就像今晚的月亮一样，会帮你走出困境，找到工作的。峰，黄天不负有心人，你一定会成功的！"她紧紧握住他的手，贴心地说，"峰，不管你遇到多少困难和挫折，我都愿意和你一起分担。"

说话声淹没在脚步声中。月光下，一条弯弯曲曲，朦朦胧胧的山路向山外延伸了出去。他和她站在村口的大柳树下，坚定地望着这条通向山外的山路，他和她仿佛望穿了这条山路的尽头，望穿了这条满载着他的理想和希望的山路。

明天就要踏着眼前的这条路走了，他想着。耳边仿佛听到了自己坚定自信的脚步声……

晴朗的天空，开起一轮火红的太阳，阳光暖暖地洒满了千山万岭。娇柔的春风，携着一丝清凉，抚醒了沉睡的大地；嫩黄的草芽从向阳处争先恐后地探出尖尖的脑袋；小虫虫们也开始出洞走动。俗话说：九九加一九，黑牛白马遍地走。地一消透，农户们赛跑一样忙碌开来。散粪、耙地、下种、播种。吆喝牲口的声音清脆地在田野间传播。

郭富贵吆喝着大青驴，摇着耧，种子均匀地从耧眼里撒进田地。新翻起的松软潮湿的泥土中，散发出浓浓的农家肥味。李玉珍抡着锄子在地头上拉着耧到不了的地方。这是最后一块播种的地。潮湿的泥土味，飘进她的鼻腔，这样的湿度最适合庄稼的成长，她看着一粒粒种子下了地，仿佛看到满地沉甸甸的庄稼。

播种和收割一样，都得赶时节，错过了时节就会错过好收成。庄稼人对这个把握得很准，如同老中医给病人把脉，对病症一把一个准。

才短短七八天时间，山川里外的田地，都播种完毕。潮湿松软的土壤里，顿时充满勃勃生机。

天河市的大街小巷，跟往常一样热闹。汽车的马达声，喇叭声，行人的脚步声，自行车的铃声……混合成一首完美和谐的城市交响曲。鲜艳的迎春花绽放了，沿着大街两旁的绿化带怒放着，芬芳的花蕊招来很多蜜蜂和蝴蝶。这些蝶儿蜂儿扑扇着美丽的翅膀，像一个个小精灵似的。它们在花丛中飞来舞去，一会儿落到这朵花上，一会儿又扑到那朵花上，然后拨弄上一阵，又飞向别处。蓬勃的朝气和诱人的艳丽春花在暖暖的阳光下大放异彩。街上的行人望着满目的花朵，感觉这里好像要举行一次隆重的盛会似的。是这些花儿感染了他们。他们为春花的朝气和活力，兴奋着，喜悦着。他们的精神显得更加振奋，仿佛也是被那些积极向上花儿感染了。

四

郭峰来到天河市，先暂时去鸿达公司做业务。这样总有个落脚点。最重要的是能趁着做业务的时间，走访各个人才市场。

他一干就是二十多天。在这二十多天里，他都是单独出动做业务，范围就在天河市区。自个儿的苦，只有自个儿知道。一天抱着满纸箱的洗发水，凭着两片嘴唇"哇哇哇"地张罗，碰到的都是白眼和冷脸，还得憋着一肚子委屈，继续面对更多的白眼和冷脸。有时，为了省钱还得饿着肚子。

刚才，他跟王雪梅通了电话。听她说，本周末将在天河师范大学举办一届大型人才招聘会，可是招聘岗位几乎都是面向师范类专业。不管怎么样，还是得去碰碰运气。听到这个消息，他激动地热血沸腾。

有人说，高考如同千军万马过独木桥。如果形容就业，可以毫不过分地说，就如同是千军万马过钢丝绳。

他把心思全心地放在周末的招聘会上，这是一次难得的机遇，他不能让它白白从身边溜走。

东方的天际，挂着一层暗灰色的云絮，波浪一般，长长地盖住了一大片天空，慢慢又变得单薄透亮，好像里面装满了光和热似的。

半边太阳探出头来，金灿灿的光线穿过云絮。它身下的那一片云絮成了一条平展的线条，如同地平线似的。不知从哪儿飘来一片灰色的云絮擦着这道"地平线"缓缓前移。慢慢地，这片云絮被什么牵了一下，变幻成一群奔跑的骏马。

山枣红了

太阳有一竿子高了,吉祥的光芒洒在刚刚割过的草坪上,春的色彩早染绿了平展展、软绵绵的草坪。环形跑道的两边摆满了桌椅。看球台上整整齐齐地摆了很多花盆,五颜六色的花朵竞相争艳,吐露芬芳,给周围的空气涂上了浓浓的喜庆气氛。一些横幅早早地悬挂了起来,上面端正地印着地区和单位的名字。

田径场入口处的铁门紧闭着,前面用钢管搭起了一道门,门的横梁上挂着一匹横幅,上面写着:热烈祝贺教育人才招聘会在我校举行。两侧的立杆上各挂着一条垂幅,左边写着:诚聘真才实学能手播撒满腔热血献身教育事业。右边写着:精挑专业技术精英奉献博大爱心培育满园桃李。

铁门两边摆好了几排花盆,成扇形延伸到十多米远的马路边。参加招聘会的有关单位的招聘人员陆续入场。门口早被买好门票的大学生挤得水泄不通。穿着制服的保安人员,守在门口警觉地观察着周围的情况。

短短二十多分钟,环形跑道上,就已经人山人海。招聘桌前被应聘的大学生围得死死的。他们争先恐后地将毕业证、学位证和自荐书递给招聘人员。

郭峰和王雪梅挤在人山人海的环形跑道上,朝前缓慢地移动。两侧招聘桌早被大学生里三层外三层包围地死死的。他和她随着人群的移动挪动着脚步。两个多小时过去了,打问了很多人,没有找到有关招聘桥梁工程设计专业的单位。看到其他招聘单位的招聘人员对他所学的专业,不理不睬,他心里就乱了阵脚。

"雪梅,你不能光顾我了,我的这个专业,没单位会招的。"他提了提精神,拉着她向前走去,"看,那儿有好几家单位都在招外语教师,去看看。"他说着拉着她挤了过去。

"专科学历的同学,请你们先去别的地方看看。啊,真抱歉,我们对学历的要求最低是本科,实在对不起!"一位女招聘员推了推鼻梁上的黑边眼镜,友好地说。她身后悬起的横幅上,端正地印着:天河市第二十中学,八个鲜艳的大字。下面紧挨着用小字体印着:现招外语教师五名(限外语专业本科或本科以上学历)。

"老师,您看看我的。"王雪梅从人缝中将自荐书塞过去,清了清嗓子提起声音喊,"老师您看看。"

戴黑边眼镜的女招聘员抬头从人缝间瞧了瞧她。"你是在校大学生？噢，这儿还有几个在校生交来的自荐书！"

"嗯，我们六月份才能拿到毕业证！"

"嗯，没毕业证不要紧。"女招聘员带着一脸的和气，亲切地说，"能力比学历更重要，我们要的是能教给学生知识和能力的人，而不是拿着高学历来拿高工资的人。来，这儿有表，刚才交了自荐书的和各个证书复印件的同学，每人两张，请你们认真填一下，填完，一张给我，一张你们带着。下周星期四到我们学校参加笔试和试讲。"女招聘员朝身边的两位男招聘人员看了看，接着说，"让他们早点来，不能耽误咱们的其他工作。"

"嗯，对对对。"旁边的两位男士互相看看，点着头说。

两位男士给几个应聘的大学生发完表，看着他们趴在招聘桌上工工整整地填写。几分钟的工夫，表都填完了，招聘人员接过表，认真地看了一遍，然后才放心地让他们走开。

王雪梅交完表，心里涌动着几分兴奋和踏实。但她十分清楚，要真正被天河市第二十中学聘任，还必须通过笔试和试讲两大关卡，眼下就剩几天的准备时间，想到这些，不免有些紧张。

"雪梅，得好好准备准备。笔试，你肯定没问题，关键是试讲，得下点功夫！"

"嗯，郭峰，我真有点紧张……"

煦暖的阳光，照得地面暖洋洋的。拥挤的人群中，除了感受到阳光的温暖，更多的感受是严肃、紧张和高涨热情的应聘气氛。

几家欢喜，几家忧。世事皆是如此而已，何止一次小小的人才招聘会。

郭峰料到出师不利。雪梅早先告诉他，这次招聘会主要面向师范类的专业，而他也早已在心里做好了承受失败和压力的心理准备。

"峰，你别着急，下午我们再来看看，也许会有合适的单位。"王雪梅望着郭峰失望的眼神，宽心地说，"再难的事，我们一同面对，万里江山还不是人打下来的，看把你愁的。"

说实在的,她不想看到他紧锁眉头,不想看到他失望的眼神。他原先可不是这样的……她替他着急起来。

"雪梅,我没事。这次招聘会,主要面对师范类专业,而我是非师范专业呀!擦边球都打不着!"他说着拉着她挤出田径场,"不说这些了,咱们去吃饭。"说着一同朝天河师大校门口走去。

下午的招聘会场对郭峰来说,依然是毫无收获。王雪梅陪着他挤来挤去地移动在人海中,凡是沾点边的招聘专业,他们都去积极应聘,然而,等来的却是"对不起",或是"很抱歉"之类的话语。

没指望了,郭峰心说着。他努力地抓着有可能的希望,但凡是有可能的希望却并没给他可能有的现实……

阳春三月,天河市成了一个大花园。

王雪梅过关斩将,顺利通过了笔试和试讲。她双手捧着刚刚拿到的聘任书,内心的欢喜一股脑儿地涌上脸颊。

几个月后,自己就是天河二十中的外语教师了!一想到这些,她心里说不出的喜悦和兴奋。

郭峰在一边分享着她的喜悦和快乐。现在他们要去鸿达公司。今天,他陪她一起去看招聘情况,可喜的是她被正式聘任为天河市第二十中的外语教师了。他从心底里为她感到高兴,但同时也可能是因为她的成功,让他对自己的境遇感到深深的无奈和失落。他并不是看到雪梅的成功而有这样的情绪,而是成功和失败的鲜明对比让他感到失败的失落……

鸿达公司里一片静然。王雪梅刚进郭峰的宿舍就瞌睡遇到了枕头似的扑倒在床上,大睡起来。

郭峰帮雪梅盖好被子,就找出脏衣服准备拿到水房去洗。

一缕阳光穿过沾满污垢的玻璃窗,暖暖地落在郭峰的后背上。窗外停车的小院里空荡荡的。一些废旧的纸片随着突然来临的一股风,打着旋儿,在地上"吱吱呀呀"地滑动起来。不料,惊醒了拴在院里的大狼狗。大狼狗一看是几张纸片,才止住叫声,继续卧下去睡了。

小院里安静下来，阳光斜斜地洒下来，暖暖地照着地面。郭峰将洗干净的衣服，搭在小院里晾衣服的铁丝上，伸了伸腰站在北墙边上晒起墙根来……

一群麻雀不知从何处飞来。乌黑的小眼睛东瞅瞅西望望，一个个四散开来觅食吃。一只发现了狗食盆，"哗"地飞进里面，沾沾自喜地啄起粘在盆上的狗食，其他的麻雀一瞅见，也都飞了过来，争先恐后地啄起来。

卧睡的大狼狗，警觉地睁大眼睛，瞅见盆里的麻雀，一下子暴跳如雷，翻起身冲了过去，咧开大嘴，"汪汪汪"地大叫起来。

麻雀们吓得惊慌失措，惊叫着一股烟似的逃走了。

大狼狗朝着天空，用鼻子嗅了嗅，不吱声地回过头，蹲坐下来，瞅着空盆儿低嚎起来。一会儿，又站起来汪汪地朝着天空大叫几声，那根粗重的铁链也跟着"哗哗啦啦"地作响……

郭峰被阳光晒得浑身舒坦，不觉得困意上身，他咧开嘴，打了个哈欠，转身走向宿舍。

王雪梅还在熟睡着，郭峰便凑在她身边呼呼睡去。

天说黑就黑了，太阳留恋地滚下山头。眨眼间的工夫，连绵的群山和偏僻的村落笼罩在漆黑的夜色中。

夜冷飕飕的，寒风不断地吹向山谷和村庄。郭峰站在黑暗中，凭直觉向前走去。脚下的路坑坑洼洼，他磕磕绊绊地走着，险些摔倒。眼前的黑暗，让他迷失了方向，他不知道该走向哪里？周围静静的，只有寒风的流动声。他确定好一个方向，迈开脚步坚定地向前走去。身上的汗水越来越多，湿透了衣服。喉咙干得发不出声来，肚子也饿了，再也没力气走下去，他双腿软地都打起颤来。困乏、饥饿和恐慌填满了腹腔。他望着满目的黑暗，内心一片渺茫。他孤零零地站着，无助地望着四周的黑暗。他开始恐惧地大喊："有人吗？救救我……"

周围除了他的回声外，一片静然。他边喊边摸着黑暗继续走，走了很长很长的路，他穿过了一大片的树林，身上被树枝划出了许多血口。接着他趟过了几条湍急的河流，冰冷的河水，冻得他浑身发僵，他在河水中一次次被冲倒，但他一次次挣扎坚强站起来。终于上了河岸，眼前依然是一片黑暗，他继续拖

着瘫软的身体坚持着向前走去，不料一脚踩在险滩里，半个身子陷进淤泥中。他胆怯地往外挣扎，身体却越陷越深。他无意间抓住一根树藤，使出浑身的劲挣扎出来。汗水和泪水润湿了脸颊，他可怜地向前爬去，却爬进一个大水滩，水越来越深，他整个身子掉了进去。水流越来越急，浪头越来越猛。他在波浪中一起一伏，嘴里灌进了好多水，他拍打着水面，拼命地挣扎。一个猛浪打过来，彻底打翻了他。他被呛得上气不接下气。冥冥之中，他开始失去知觉。水不断的灌进嘴里，他痛苦地张着嘴，任凭黑暗、冰冷和恐惧占据身体，任凭冰冷的水无情地灌他，他的身体早已被灌得麻木僵死，大脑也因缺氧昏死过去。

  突然，天空一亮，眼前的黑暗瞬间消失。暖暖的太阳，照在水面上，一股水柱将他猛地从水中高高托起。他渐渐恢复了意识。睁开眼一看，原来他掉进了一片无边无际大海中，他害怕得六神无主。猛地，一股巨浪盖了过来，连同他脚下的水柱一同变成一个巨大的漩涡。奇怪的是，他没有被大漩涡旋下水底，而是稳稳地站在漩涡中间。忽地一下，漩涡变成一股巨大的水柱直冲而上，他被顶到半空中。就在这时，脚下射出万道金光，那冲到半空的水柱，一瞬间变成一条腾空而起的青色巨龙。

  那青龙，身长百丈，吞云吐雾，满身的鳞片闪闪发光，只见龙头一摆，龙须飞舞。

  他骑在龙背上，双臂牢牢地抱着龙身。脚下的海水翻腾狂跃，天空电闪雷鸣，瞧着可怕的阵势，吓得他双眼紧闭，将龙身抱得更紧。突然龙身一动，便踩着青云腾空而起。茫茫大海，一望无际，巨龙在空中风驰电掣。

  等他睁开眼，巨龙已飞到一座城市的上空，脚下摩天大楼金碧辉煌，肃穆林立。巨龙在上空盘旋了一圈，稳稳地落在一座宽大的桥面上，等他从龙身上爬下来，在桥面上刚站稳，那巨龙便腾空而起，在城市上空盘旋了一周，朝着回来的方向匆匆飞去，一瞬间便不见了踪影。

  他站在桥面上，望着巨龙远去的身影，心里充满了感激和敬畏……

  忽然间，桥面摇动起来。他从睡梦中猛地惊醒过来，额头上的汗珠和眼角的泪水，还未干去。刚才的梦境还在脑子里影影绰绰。

"起来了，都七点多了，还睡！"王雪梅使劲推着。

楼道里频频传来脚步声，他发着愣怔翻起身，草草洗了把脸，感觉头脑清醒了些。

她整理完床铺，扫起地来。

"郭峰，咱们去吃饭！"她扫完地，望着他，伸手理了理他头上乱扎的几根头发。

"走吧，咱们去吃！"他摸了摸饥饿的肚皮说，"雪梅，今晚得好好给你庆祝庆祝……"

街道上，路灯明亮而夺目。空气格外清新凉爽，街上的行人熙熙攘攘，来往的车辆川流不息。

出了鸿达公司，沿街的店铺里，节能灯大开着，店老板跷着二郎腿，优哉游哉地等着生意，瞅着几个顾客进来，眼睛一下子亮了，比天花板上的节能灯还精神。过了一排店铺，紧挨的是几家酒店和一家穆斯林手抓店。

门前停满了各种各样的小轿车。门口的迎宾堆着专业的笑脸，彬彬有礼地招呼着客人。

"峰，今晚我请你吃手抓，就去这儿！"王雪梅说着，拉着郭峰朝旁边的手抓店走去。

路边体面大气地立着手抓店的招牌，夺目的彩灯交替地闪烁着，上面几个醒目的大字——福楼拜羊羔肉，十分吸引人。

宽大的落地窗内，食客爆满。

"欢迎光临。"两位迎宾挂着灿烂的微笑，清脆地说，"二位请进。"接着很礼貌地揭开门帘。

店内的装潢豪华大气，高贵雅致，带着浓浓的穆斯林民族风格和特色。年轻的服务员穿着清一色的穆斯林服装，个个精神抖擞，勤快利索。

走进玻璃门，迎面立着一块一米多高的根雕艺术品。上面搭着一块很相称的翡翠玉如意。

食客们的吃喝声和说话声低声回荡，就连几桌喝酒划拳的，也都小着声，

配合着周围的气氛。

一位年轻利索的女服务员，招呼郭峰和王雪梅坐下来。另外的服务员来倒茶，又接着拿着菜单过来。他们要了四斤手抓，两个小碗烩面，喝起茶来。

龙井茶扑鼻的清香，喝到嘴里，格外爽口，格外地道，格外地沁人心脾。

"雪梅，这茶真香，尤其是这杯味道格外香。"他捧着茶杯饱含深情地说，"雪梅，恭喜你。我在这儿以茶代酒向你表示祝贺。"他举起茶杯"咣"的一下，跟王雪梅碰了个杯。

"峰……谢谢……其实我真希望你能把我今天的快乐和成功，当作我们俩共同的欢乐和成功。"王雪梅望着郭峰深情地说，"我曾经说过，不管你遇到多大的困难，遭受多大的挫折和痛苦，我一定会紧紧牵着你的手，跟你一同面对。峰，你一定会成功的，相信我说的话，你得有信心，我会永远支持你，永远为你加油！"说着"咕咚"喝下一口茶水。

"梅，我对自己信心十足，再加上你的支持和鼓励，我想没有任何困难会难倒我！"郭峰放下杯子，动情地看着王雪梅，很自信地说，"梅，你对我的好，我会永远藏在心里，我相信我会因为你，而成为世上最幸福最快乐的人。"他说着抓起她的手，紧紧地握在手心里，动了动嘴唇，坚定地继续说，"梅，有了你的支持，我一定会成功的！"

旁边的服务员有眼色地走过来添满茶水，杯子里的茶香，浓浓地飘逸出来。

"峰，等咱们有钱了，我天天请你吃手抓，咱们也能够像城里人一样，好好消费，好好享受。"

"是啊！我们俩都是从山村来的，我们身上有乡下人的淳朴、豪放、热情和吃苦耐劳的精神，但我们俩身上更具有的是农村的那种贫困和害怕贫困的影子。梅……等我找到工作，我们会慢慢好起来的……"

"峰，吃吧，多吃点！看你，最近身体又垮了。好了，咱们现在什么都不谈了，眼前的这些肉和这两碗面，才是咱俩的正事……"

天空挂满了点点繁星，跟街上的路灯交相辉映，美丽极了。忽地，一颗流星在天空划过，不知了去向。

"流星!"王雪梅双脚刚踏出手抓店,一瞅见流星,就急匆匆地让郭峰看。

"快许愿!"郭峰望着燃烧殆尽的亮光急忙喊。

清冷的河风凉丝丝地拂着空气,株株国槐在路灯下,默默地站在滨河路两旁,如同一位位卫兵,肃穆地守着自己岗位,天长地久地倾听河水的声音。

他和她从手抓店出来,散着步来到滨河路。

黑暗的河面泛着粼光,它凝聚着巨大的力量,向前流动,仿佛谁也阻挡不了它前行的脚步,它靠着坚强的毅力,扫平脚下的沟沟坎坎,冲刷掉暗藏的礁石,绕过高山丘陵,穿过山洞深穴,不辞辛苦,执着地奔向宽广的大海。

郭峰望着河水,一下想起下午做的睡梦来……那条大青龙托着他来到一座宽大的桥面上……他把睡梦完完整整地讲给了王雪梅。

"峰,听我妈说梦见龙,怀孕的女人会生男娃,男人会交好运。有时候,这些唯心的东西怪灵验的。"王雪梅眨着眼睛认真地说,"峰,这也许是成功的预兆。嗯,我相信好运会很快降临到你的身边。"

郭富贵种完庄稼,开始干木工活。李玉珍和村里的妇女们凑上一伙,开始上山扒洼地,拾发菜,这也算是个副业。有道是:靠水吃水,靠山吃山。多少年来,村里的妇女们除了做家务和种地外,就靠这片光秃秃的穷山,拾点发菜,卖些钱来填补家里。一斤发菜一百来元,手麻利一点的,一月下来少说也能拾三斤多。雨水好的年月,庄稼的长势好,发菜的长势也好,手指轻轻一抠,那发菜成股成股的。

落日的余晖,长长地洒下山谷,童山秃岭间渐渐暗了下来。李玉珍和同伴们低着头蹲跪在山洼里拾着发菜。眼瞅着太阳就要落下山去,他们才一个个站起来,伸伸酸腿,互相商量着准备下山回家。

连绵起伏的群山,罩上了黑影子。山峦渐渐远去,袅袅炊烟缭绕在山前村后。

郭富贵干了一天木工活,回到家,天已麻麻黑,还不见妻子回家。他三两下捅开炉子,封住的炉火呼呼地扯开。他开始和面洗菜,准备晚饭。

大门"哐当"一声,李玉珍拖着疲惫的身体走进来。

"峰他妈，才回来！以后早点回来，山路又黑又陡的。"郭富贵瞧着妻子发困的脸色，体贴地说，"来，洗洗。"他舀好水，把水盆端放在妻子跟前。

累了一天，李玉珍浑身又累又疼。吃过饭，这才感觉解了些乏气。

自打种完庄稼，这一月的时间里，每天上山扒洼，虽然不是什么出大力的活儿，但够熬人的。那浑身的疼痛只有自个儿体会得到，这些天来，她觉得老了许多，身体不比以前那么听使唤。自从郭峰出门后，她的心思全搁在他的工作上，就为这个愁得她心神不宁，整个人都消瘦了。她实在不愿看到儿子为了寻求一份工作而背负沉重的思想压力。

郭峰去天河后，郭富贵跟王立三斟酌再三。最后去了一趟县委组织部，他找了刘宗德，低声下气地给人家求情下话。事情不顺，找上二十个刘宗德，跑上两百趟也是白搭。鲁县长不在县里，签不了字，事情只能暂时搁浅！

他凑在火炉边，吧嗒吧嗒地抽着旱烟，旁边的大茶壶在炉火上响起来，水蒸气从壶嘴上涌出来，飘到空中不见了踪影。李玉珍坐在炕沿上，用拳头捶起腿来，两条腿又酸又疼，像蚂蚁咬似的。她捶了一阵腿子，摊开发菜，在炕沿上择起来。

"他爹，我看这些发菜够三斤，收的人一来，咱就让他收了，放的时间一长，就掉斤。趁现在农闲工夫，我得抓紧拾。"她用手指理了理额前垂下的几根头发，抬头望了望丈夫，接着说，"咱峰子的工作还得花钱，咱们能帮上的，就尽力帮。"

"说的也是，现在得赶紧凑钱，尕三哥外甥万一没了指望，咱们就得另做打算。"郭富贵吸了一口烟，"噗"地吐出来。"也不知道峰子怎么打算，一时半会儿也没法联系。电话线从骆驼坪快架到咱们村了，到了咱们村，我们也装一部，这样一来，峰子有事没事，打个电话来，咱们心里也踏实，省得咱们整天扯心扯肺地担心。"

"嗯，我们生活紧巴一些都行，电话得装。这峰子找工作，还要联系人，装上电话就方便了。"

老两口说着话，手底下择着发菜。郭富贵粗厚的茧手，拿斧头，锯子，那自然是得心应手。但干起择发菜这样的细活，可真是难为他了。手指头笨得不听使唤，择起来又慢又粗，木工活干惯了，干起这活来，急得他心里团团转。他望了一眼妻子眼尖手快的利索劲，不由得回想起往事。

多少年来，他跟妻子相敬如宾，互相尊重理解，凡事共同商量斟酌，两人从不大吵大闹，无论干啥事，两个人都是一条心一口气。

他的记忆翻到了刚和妻子结婚的那段日子。那时候，生活虽然苦，日子却是甜的。

那年父亲干不动活了，又缠着一身的疾病。妻子想方设法要让父亲吃上药，吃饱肚子。那时节，村里刚分了粮食，妻子就打发他去换苞谷。上山岭，他跟着父亲去过好多趟。那条路，他熟悉得跟自己的身体一样。他背上麦子单枪匹马地去换苞谷，路上前不着店，后不着村，他并不害怕，就是妻子对他放心不下。最后，妻子给父亲烙好够几天吃的干粮，缸里打满水，硬跟着他去换苞谷，一去就是十几天。一连好几年，年年如此。肚子是没饿着，可妻子连流了三个孩子，整个人瘦成皮包骨。他心里明白，在那个穷困潦倒的时节，如果不是妻子跟他去换苞谷，也许孩子会活下来，但他就会像父亲一样，被活活累倒。妻子都是为了他和这个家，才付出了失去三个孩子的沉重代价。

他想着想着，心里泛起酸来，眼泪差点从眼眶里掉出来。如果那三个孩子都活下来，老大也够三十了，他心里苦苦地说着。

茶壶里的水滚开了，茶壶里的水蒸气掀着茶壶盖不停地响，水从壶口漫出来，流到炉面上"刺刺"地响，水蒸气一下腾起来。

"快……快，水开了。"李玉珍见丈夫没反应，迅速撂下发菜，一把将茶壶提开。

郭富贵从回忆中撤了出来。"哟！哟！"地喊着，赶紧拿起擦炉布，擦去炉面上的水。

"坐在旁边也不知道操心的！"李玉珍责怪地拌了拌嘴，提起茶壶，将开水倒进旁边的水壶里。倒满水壶，掂了掂还剩一些开水，就叫丈夫来洗脚。

郭富贵拍了拍手上的土，找出洗脚盆往地上一放，将半壶热水"哗啦啦"

倒进去，掺了一马勺凉水，脱下袜子，卷起裤腿，将脚泡了进去。

他腿脚不好，一冷一冻就会疼，一疼起来连肌肉带骨头地疼，这个痛苦他心里最清楚。不过，每天洗一洗，泡一泡，舒筋活血，腿脚也舒坦。但是活干累了、乏了，就没心思去洗，为这个妻子在屁股后面没少喊他。

他洗完脚，浑身疲惫地上了炕。

李玉珍择完最后一撮发菜，回头朝丈夫一瞧。他早已呼呼地睡着了，呼噜声有节奏地从喉咙里拉出来，像打雷一样响亮地传开。她揉了揉困乏的眼睛，将拣好的发菜收在一起，用手掂了掂，足有三斤。

夜已深，人已静。

高大伟岸的老爷山稳坐在郭川子村后。夜风静悄悄地吹着，几声怪鸟叫在山间清澈地传开，瞬间的工夫，淹没在黑暗中，天宇中的繁星一闪一闪地眨巴着眼睛，璀璨夺目，如同无数盏明灯挂在天空。突然，有一颗星星猛然间更亮了。它越来越亮，越来越低，仿佛要落向地面。星光渐渐照亮了周围的黑暗，眼前是连绵起伏的山峦和沟沟岔岔。那颗眼看就要落下的星星，在半空里停止了脚步。忽地，一道金光过后，那星星不见了踪影。随后，却变幻成一个僧人轻轻飘下地面，他很轻，就像一条轻纱似的。他站立在一团云絮之上，双手在胸前握着一串佛珠。头上戴着一顶黄色僧帽，身穿黄色僧袍，披着一匹红色袈裟。他面色和善，一副道骨仙风的样貌。

李玉珍猛地瞅见仙人下凡，惊慌地赶紧磕起头来。

"阿弥陀佛，施主莫慌，快快起来。"僧人双手在胸前合十，和颜悦色地说。

李玉珍慢慢抬起头，看到一团云雾缭绕中，一位老僧人若隐若现。

"施主，莫烦莫烦，万事都有定数，你的烦心事，过不长时间自然会了却的。你只管放心，阿弥陀佛！"僧人动了动嘴唇，拉着长长的声音说。长长的白须随着下巴轻轻地抖动着。"施主，你下山去吧，好人会有好报的……"老僧人说完，不见了踪影，只留下一团云絮翻飞缭绕。

李玉珍"师傅，师傅"地叫着，却怎么也找不见僧人。

耳边传来"汪汪汪"的狗叫声,她一下子从睡梦中醒过来。窗户上刚刚有了点亮气。丈夫的打呼声依然在耳边响亮。

她很迷信,她自个儿最清楚。不管是初一,还是十五,不管是赶庙会,还是修庙院,她都是带着一百二十个虔诚,敬奉着佛祖。

院子里大亮了,郭富贵吃了早饭,就去干木工活。李玉珍在屋子里收拾着锅碗。

煦暖的阳光洒在院子里,墙上和屋顶上。老母鸡慢吞吞地站起来,拍了拍翅膀,"咯咯咯"地叫着,脑袋一伸一伸地左看看,右瞅瞅,瞅见半截葱头,啄了几下,看了看不能吃,就走开了。

李玉珍洗刷完锅碗,提上装发菜的塑料袋走出大屋。瞅见老母鸡正悠然自得地闯进花园,低下头刨着。

"嗬!"她甩了两下胳膊,吓得老母鸡"喳喳喳"地叫着躲开。

她看着老母鸡逃出了花园,几步走进厨房,匆匆找出一大片废塑料,然后很仔细地苫在花园里,又找来几块砖头压在上面。看着苫好了,拍了拍手上的土,提上塑料袋匆匆出了家门。

郭峰抱着洗发水在街道上走着。他逢人就说,见人就问。他的业务能力比以前提高了很多,只要搭上话便能牵制住对方的心理。但毕竟钱是硬头活,谁都短,谁都不愿意轻而易举地掏出来。不过,今天的洗发水卖得比前些日子快多了,不到中午,一箱货就卖精光了。

他为今天的业务暗自高兴,他兴高采烈地找到就近的一个公交站,一屁股坐在月台的座位上等公交来。

今天的货,出得真利索,他心里乐着。干这个活儿,全都为了锻炼自己,给自己长点见识,挣钱不挣钱在他看来并不重要。图这个活儿,最主要是让他在天河市有个落脚的地儿,好让他有机会找工作。他心里重复着从干这活儿起就说过的一句话。

天河市在他想象中,是完全能够给他一个生存空间,完全能够容纳他,完全能够给他一个展翅翱翔机会的地方。

他知道，现在只要寻找机会，等待机会，就会有属于他的一份工作。

他现在打算去天河市的一家人才市场。他和雪梅在年前一起去过这家人才市场，那里的工作人员曾经告诉他和雪梅年后有招聘会，而且很可能有招聘他所学专业的招聘单位。想到这些，他心里不由得感到兴奋和紧张。一定要抓住属于我的每一次机会，千万不敢错过呀！他狠狠地捏紧拳头，仿佛捏紧了什么重要的东西似的。不，他捏紧的是不敢错过的机会，属于他的，也是属于千千万万待业大学生的就业机会，他捏得很紧，甚至指关节都被捏得咯咯作响。

公交在旁边停了下来，他上了车，在一个空位上坐了下来。

车厢外，熙熙攘攘地行人和热闹红火的店铺快速地向后移去，公交左拐右拐，稳稳当当停了下来。

他仿佛要参加一场战斗似的，激情饱满地朝前走去。前面的报栏边围满了跟他一样的年轻人，再往前的墙边上围了更多的人。旁边的招聘大楼楼面上，醒目地垂下两匹长长的大红条幅，左边的条幅上写着：热烈庆祝2006年，天河市春季人才招聘会，开幕（招聘时间：4月7日——4月9日）。右边写着：敬请社会各界精英光临！

他的目光被两匹垂下的条幅深深地吸引住。他看着上面的时间，掐指一数，仅有半月的时间，招聘会就开幕，这是天大的好事，他期盼已久……

旁边的报栏和墙上张贴着最近的招聘信息，有的已经贴了好长时间，被风吹日晒得很旧破。他草草地扫了一遍报栏和墙面，没有发现让他兴奋的信息。然而周围的人群却让他产生了莫名的紧张和压力。他看着周围的人群，一下子让他想象到半月后招聘会的场面来……

招聘大楼的门，紧锁着。透过玻璃窗可以看到里面的一大片空地，空空荡荡地泛着平静。

周围的人群，渐渐散去。悬挂在楼面上的条幅在午后的清风中猎猎抖动，显得格外夺目。

他兴奋地血液沸腾，恨不得大叫几声。他觉得脚底一下子长了好多劲儿，仿佛一跃就可以跳到九霄云外。他有一种预感，可以说是一种灵感，他感觉能在这次招聘会上他找到期盼已久的工作。他觉得靠的是跟其他同龄人一样的运气、机会和能力，但在这三者中他更坚信自己的能力，他坚信自己的能力不是多彩的肥皂泡，而是能够让他闪烁智慧光芒，体现人生价值的画笔。

他把喜悦的心情和招聘会的事，打电话一股脑儿地告诉王雪梅，他想让雪梅一同分享他心中的快乐。

他在宿舍里平静地享受着让他兴奋了一个下午的好心情，一边等待着雪梅的到来。

天河水浩浩荡荡，顺流而下。它透着柔情和秀气，舞动着柔软的腰肢，迈着轻盈踏实的脚步，坚定执着地流向宽广的大海。

和风徐徐地顺着河道吹着。几个小孩在河风的吹拂下转动着线轴，小眼睛一动不动地盯着高高飞起的风筝，小手小心翼翼地松着线，一边瞅着高飞的风筝，一边慎重地挪着小步子。

看到其他风筝一下跃高了许多，站在河滩里的小男孩急切地跺脚。

"爸，快帮我，快帮我。我要超过他们！"小男孩张开小嘴"哇哇"地叫起来。

"叫你不要着急，耳根子就是硬！"小孩的父亲抓过线轴操作起来，那风筝很听话，一下子有了劲，直线向上升起。

"风筝飞高喽！风筝飞高喽！"小孩天真地叫起来，脸庞上乐成了一朵花，"爸，你帮我超过他们！"

风筝稳稳当当地往高处飞升，小孩望着飞高的风筝"哇哇"地欢呼起来，"超过他们喽！超过他们喽！"

"爸，咱们也飞得高一些，那个风筝超过咱们了。"旁边的一个小女孩望着父亲甜甜地说，"咱们超过他们……"

几只风筝越飞越高，就剩芝麻大的一丁点，几对小眼睛牢牢地盯着自己的风筝，心里既紧张又兴奋……

郭峰带着王雪梅来到天河滩上，飞翔的风筝吸引了他俩的眼球，望着几个可爱的小孩稚气欢乐的脸蛋，不由得勾起他和她未泯的童心。

蓝天白云，微风吹拂，几只风筝随风起舞，高飞猛进，超越自我，可它不论飞得多稳多高，风儿是它们的主宰，蓝天是它们的开拓地……

郭峰由风筝联想到自己。他感觉现在的他是属于无风条件下的那一只风筝。他现在等待的是"风"的到来。

落日的余晖点燃了天边的最后一道晚霞。薄薄的晚霞如同一只展翅飞翔的"金凤凰"，扑闪着翅膀用力朝太阳飞去，栩栩如生，惟妙惟肖。

"雪梅，你瞧，那道晚霞……"

"啊，真漂亮，多像一只神物。"王雪梅眨了眨大眼睛，好奇地说，"它真像一只'金凤凰'，扑扇着翅膀奋力朝它向往的地方，执着坚定地飞去。大自然的鬼斧神工呀！真是不可思议。"

"不过，我更看重它的画意，它的处境多像我呀！"

"对对！峰，我感觉这是老天爷特意给你我的提醒和鼓励呀！"

"不错，我俩命大福大，老天爷在随时随地祝福我们，保佑我们呀！"

"嗯，对！"

几天后，郭峰试探着想给刘宗德打个电话，他想了解一下刘宗德那边的情况。他清了清嗓子，拨通了号码。

"喂，你好。"刘宗德礼貌地对着话筒说。

"刘主任你好，我是郭峰。"

"噢，是郭峰呀！你的那事，鲁县长回来后，我就跟他说了，我是求情下话，他说先等等再说，可能这一学期是办不成了，你和家里人都别着急，我找机会再说说。"

"嗯嗯……嗯……啊啊……"郭峰嗯啊着失望地放下话筒，"嘟嘟"地断线声，还在一边无聊地响着。

他对刘宗德心存的一线希望像肥皂泡一样破灭了。他的心里像灌进 –50℃的冰水，冰到极点。他有点狼狈，甚至于双腿都如同灌了铅似的，失落得像丢了三魂七魄。

一道残阳黯然地淹没在一团苍白的云层中。瞬间，透出一股暗淡的伤感和冰冷的凄凉。

刘宗德坐在办公桌前，心里埋怨着舅舅。舅舅真不该揽下这桩事，他一想到低头下话的辛苦，就是一肚子火。

其实，鲁县长回来后，他及时地去找了他。不料姓鲁的变了卦，给他一脸难堪。他是诚心实意地想帮这小伙子一把，可是心有余力不足呀！

时间的脚步，不停地前行着，就像天河市的天河水一样，怎么也挡不住它前行的脚步。

数天后，刘宗德正趴在桌前写着材料。一串电话铃声打断了他的思路。

"喂，你好！"他匆匆提起话筒。

"喂，德娃，是舅舅！"

"噢，舅舅！"一听见是舅舅打来的电话，一下热情起来，"您老人家好吧！"

"嗯，好着呢！最近忙不忙？"王立三大声地说。

"这几天忙。"刘宗德实打实地说，"舅舅，郭峰那事，鲁县长推辞了，我再想想别的办法。"

"德娃，要是实在有困难，就让人家想别的办法，就别再耽搁人家，舅舅知道你做事也不容易。"王立三山羊胡一翘一翘地接着说，"你找人下话求情，总要花销些钱，要是用到钱的地方，你就给舅舅直说。"王立三耿直地说。

"不用不用。舅舅，这事得两手准备，您让人家也想办法。我尽力帮忙。如果实在办不成，我尽快给人家回话。"

"嗯……就这样，那我挂了。"王立三说完，挂了电话。

电话是从郭富贵家打的。电话是昨天刚装的。为了装电话，郭富贵下话求情，好不容易才请来百忙之中的电信人员为家里装了电话。

刚才的对话，他在一旁听得是一清二楚。看来峰儿的工作没指望了。他不由自主地冒出一身冷汗。他心里乱了套，不知该怎么办才好。

此时，他巴不得王立三能给他出个主意，哪怕是句宽心的话也好。他深深地吸了口旱烟，然后像泄气的皮球似的，吐出来。

"富贵叔……"王立三抖动着山羊胡子，思索着说，"就等待吧，好事多磨！"

郭富贵不吱声地从茶几上拿了根纸烟，递向王立三，"三哥，抽根烟再说。"

"嗯……这个不过瘾，还是卷一根！"

"说的也是。"郭富贵说着顺手将旱烟匣子挪过来，"三哥，这是昨晚刚搓好的烟渣，你尝尝！"

"嗯，色道不错，让我卷一根尝尝味道！"王立三说着抓了一撮，找出卷烟纸卷起来。

郭富贵心烦，避而不谈儿子的工作，天上地下，村里村外地扯开家常。

人就是这么回事，投缘的，千言万语倒不尽。不投缘，半句话都多。

郭富贵和王立三饱尝过60年代的艰难生活，经历了包产到户俭朴生活；又幸遇新世纪免收皇粮的好政策。哎，风雨人生几十年，虽然两人年龄相差很多，但是有相同的经历，有对生活说不完的真情实感和酸甜苦辣呀！

刘宗德接完舅舅的电话，无奈地靠在椅背上，心里充满了对舅舅的埋怨。他叹了口气，趴在桌上继续忙起来。

李玉珍下山时，天色已麻麻黑了。郭富贵做好饭在家等着，听到大门"哐当"被推开，他出门去瞧。

李玉珍走进院子，把发菜交给迎面走来的丈夫，抹下头巾"啪啪"地打去身上的土。

"他爹，今天给尕三哥外甥打电话了吗？"李玉珍边打土边伸过脖子问。

"打了。嗯……还要等些日子，可能到后半年才有希望，三哥外甥就这么说的。他正在想法子，要我们做好两手准备。"

"我看就靠定尕三哥外甥，再没别的法子了。咱们自个儿没本事，亲戚间也没个做事的人。再不能拖了，得抓紧！"

"说的也是，但人家在尽力帮忙，不能催得太紧，那样反而适得其反。"郭富贵舀出一碗饭，放在茶几上，"来，先吃饭，吃完再说。"

可怜天下父母心！世上的父母亲啊！没有不希望自己孩子生活幸福，出人头地，有所作为的。郭富贵和李玉珍何尝不是这样，他们巴不得儿子能像一只雄鹰，早点飞上宽阔的天空，坚强地朝着理想和梦的方向勇猛刚毅地飞翔……

郭峰费了好大的劲，买了两张入场门票。招聘处周围人山人海，早就被围得水泄不通。

招聘大厅里人挤人。四周的窗户都大开着，空气还是闷得慌。狂躁、闷热、焦急、拥挤让整个会场杂乱无序，就如同在一个巨大的化学反应器里，进行一次剧烈反应似的。

王雪梅挤出一头汗水，她跟在郭峰身后吃力地挪动着，心里既闷又热，仿佛生了个大火炉，直烧到嗓子眼了，她用唾液润了润干涩的喉咙，捅了捅郭峰的后背喊起来，"郭峰，咱们分头看看吧！"

"嗯，这样也好！"郭峰用唾液润了一下喉咙，"雪梅，你朝那个招聘大厅看看，然后在门口等我，可别走开了！"他用嘴指着旁边的一间招聘大厅说。

王雪梅点点头，挤了过去。

郭峰一推一搡地挤进人堆，移进大厅里，踮起脚尖儿朝里仔细查看。他一一看过招聘桌上的招聘牌，还是没有桥梁工程设计专业，他不放心地重新看了一遍桌上的招聘牌，才转身失望地朝大厅门口挤去。

"郭峰！郭峰！"王雪梅挤在旁边的一间招聘大厅门口，朝他喊。

他听见喊声望去，王雪梅正朝他招着手。

"郭峰，来这边！"王雪梅抬头大喊。

他从人缝中挤过去，擦了一把汗津津的额头，还没反应过来，就被王雪梅推着朝里进。

"快进！快进！里面有招桥梁工程的。"王雪梅说着，吃力地推着郭峰朝里挤。

王雪梅哪能挤得进去，被人群推搡地打转转。不料遇见丁洁和她男朋友陈斌刚挤出来。她赶快打听有没有招桥梁工程的，丁洁三言两语说了情况，就朝二楼挤去了。

她从丁洁话中得知有招桥梁工程的好消息，就站在墙边眼巴巴地等着郭峰

出来。她盼着他赶快来这边的招聘大厅。就在等待中，他的脑袋左顾右盼地出现在一大堆脑袋群里。

郭峰挤过来，同她一起吃力地挤进那边的招聘大厅。

"老师，这是我的简历和证书，您看看！"郭峰从人缝中把资料递过去。

一位大眼睛中年男子接过郭峰手中的资料，快快地翻了翻，然后看了看郭峰，堆上慈祥的微笑，轻轻地说，"小同志，我们招的是工程师，你瞧，这牌子上都写清楚了。嗯，这样吧，如果我们招的情况不太好，会考虑你这种情况的。今天招聘桥梁工程专业的单位有好几家。"中年男子说着向两边的同事看了看，接着说，"二楼三楼都有！"

"对对对，小同志先去二楼三楼看看！"中年人旁边的一位说。

"老师，您再考虑考虑好吗？"王雪梅看着招聘桌前的牌子：中铁四局。牌子下面写着：招聘桥梁工程师五名。这是家好单位，她心想着，朝三位招聘人员求情道，"老师，您能不能给个机会，您可以对他的工作能力观察一段时间，如果您不中意他的工作能力，我们无话可说，要不然，我们不甘心呀！"

"姑娘，我刚才都跟你们俩说清楚了，这样吧，如果以后招适合这位小伙子的，我们会优先考虑他，你说好吗？"中年人礼貌地说，"你们可以留下他的姓名和联系地址。"

"那谢谢您了！"郭峰说着，三下五除二地写下姓名和地址。

"走，咱们到别处看看，看他能招到什么样的工程师！"王雪梅带上了情绪，一把拉着郭峰向门口挤去。

"这小姑娘……"中年人难为情地向两位同事看了看，干笑了两声，继续忙活起来。

"雪梅，怎么啦！"郭峰说着，跟在王雪梅身后，吃力地挤了出去。

"我真不想看到他们那种德行，明明就不想招你，还装出一副道貌岸然的样子。不说了，咱们去二楼。"

招聘大楼门口的几个售票员热火朝天地售着门票，脸颊上的汗水直往下流，周围的人群密密麻麻的，疯了一般购买门票。

门口的人群拼命地往里挤，还没购到门票的，干巴巴地站在人群后，瞅着售票人员干着急，心里却恨不得插上一对翅膀飞进去。

强烈的求职欲，让参加招聘会的人群陷入严肃紧张而又焦急恐惧的浓浓气氛中。

人啊！就是这样，在不同的历史时期，有着不同的追求和使命，就如同解决温饱问题后，转向经济建设一样。有了好的经济建设，才有更高的生活水平。就像眼下经济腾飞的中国，人民的生活水平，经济收入大大提高，政府对人民的优惠政策也越来越多。然而，淹没在幸福生活之后的竞争和压力，在全民参与的经济建设中却又显得越来越强烈……

通向二楼的不锈钢扶手，被推倒在一边。

"慢点！慢点！挤那么凶干吗！"维持治安的警察，"哇哇"地大嚷起来，人群却没听见似的，继续簇拥着往前挪动。

"哎哟！挤死了！慢点，我不上了。"一位夹在中间小个儿姑娘吃不消了，叫喊起来，"求求大家让我出去！"

周围的人，没反应似的，继续争先恐后地往上挤。

小个儿姑娘无可奈何。被半推半挤地"逼"着朝二楼移去。

楼上楼下都是应聘人员。宽大的招聘大楼，仿佛成一个扩大了几万倍的蚂蚁窝。招聘大楼内，越来越闷热，里面的人，个个像焖在锅里的小米粒，早就胸闷口干，满面汗水。

郭峰和王雪梅"移"到二楼，足足费了十分钟时间。嘈杂声冲击着耳膜，两人的大脑发着胀。

"郭峰，想办法挤进去！"她戳了一下他的后背，鼓着劲说。

他被挤得转不过脖子，就轻轻点了一下头，表示听见了她的话。突然，一下子出来几个人，将他挤到一边，后面又有更多的从里面出来。他有些奇怪，正在他感到纳闷地时候，听到"明天早点来，现在下班了！"一个胖高个儿的中年人大声地说，他一瞧那样子肯定是某家单位的招聘人员。

"雪梅，下班了，我看今天没指望啦！"他扭头对着她失望地说。

"你看你，不是还有明后两天吗？就是打不起信心！"看到他的沮丧样，她脸上显得有些不高兴。

"雪梅，放心吧，我有的是信心。"他望着她鼓着劲说。

"那就好，最好是这样。"她微微一笑，脸上的阴云顿时散去，嘴角的两个小酒窝为他显露出来，她收起酒窝，继续为他打气地说，"峰，不能气馁，一定要坚信！"

西斜的太阳，灿烂暖和，照得人心暖洋洋的。清新凉爽的空气轻飘飘的，吹得行人浑身清爽。

"峰，明天咱们早点。"王雪梅疲倦地说。

"嗯，咱们明天早早动身。"郭峰困得两腿发胀，他张开干巴巴的嘴，扭过脖子朝王雪梅看了一眼，继续说，"晚上咱们早点休息。"

公交车晃晃悠悠地停在工大门口。他和她下车后，随便找了一家面馆坐了下来。

校门口的马路上走着熙熙攘攘的大学生。一些出租车和小轿车也凑着热闹，喊叫着来回穿梭，几辆装载车冒着黑烟费着很大劲，才艰难地穿过川流不息的人群。

他和她吃着饭，听着耳边嘈杂的声音，心里不由得乱糟糟的，格外不舒服。

城市的喧嚣声，并没因为黑夜的到来而安静下来。瞧，灿烂诱人，光彩夺目的灯光闪动着，将周围的楼群和夜色装扮得金碧辉煌。路边的树枝上，一串串的挂灯，跳动着迷人的色彩，像一串串精灵，将行人带进一个个童话的世界。

大酒店、大饭店、海鲜楼和一些娱乐场所，比平日里更加红火起来……

舒畅均匀的呼吸声，活跃地跳动着，淹没在黑漆漆的房间里。

他和她在丁洁的租房里过夜，白天的困乏让他和她在这一间小屋里睡得很沉很香。

公司给他准了三天的假，说是家里有急事。其实，公司离招聘会的地点比工大近很多，但无论如何不能回公司过夜。如果引起公司对他的怀疑，那他在公司会待不下去的，他也会因为这样而失去在天河的一个落脚点，所以他不得不跟她一块来丁洁这儿。

他和她香甜地熟睡着，像刚结束了一场战斗的一对战友，紧紧依偎着，续存着体力，等待着天亮后的又一场战斗。

无月的夜空，繁星点点。清新怡人的空气携着阵阵夜风，穿梭在黑暗中。夜幕下的群山万壑，怪兽般地蜷缩着，时不时传来一些野兽的怪叫声。

村落里的公鸡开始打着鸣。仿佛一下子要将天叫亮似的。

李玉珍听到鸡鸣声，赶紧起来。三下五除二地洗梳完，才发现天还早，就盘坐在炕沿上拣起发菜。

她择着发菜，心里不由得又想起儿子。她和平常一样，脑子里又开始乱想。

不知道峰儿在外面好不好，干的活儿重不重。在家千日好，出门半日难。

东方的天空中透出了亮气，鸡鸣声"喔喔喔"地此起彼伏，狗叫声、骡马声也相继传开来。

袅袅炊烟在周围弥漫着。羊叫声顺着村后的山路，向老爷山后移去。晨昏中，羊把式张万年"啪啪"地甩下几声鞭响，催赶着羊群上山。

连绵起伏的山峦，在薄薄的黑暗中露出朦胧的身影。一阵工夫，几片朝霞染红了东方，喷薄欲出的火球，露出一点光亮。一道墨黑色云层，呈一条线，笔直地横在火球上方，如同一把天尺画出的地平线，正等待火球地腾起。火球终于移到"地平线"，万道金光将"地平线"镶上了一道金边，透亮透亮的。一会儿工夫，似波、似浪、似烟、似雾、似尘、似纱的薄云絮在"地平线"上飘飞开来。原来是一群昂首奔跑的"天马"，活灵活现，惟妙惟肖，或藏头或露尾，或嘶鸣或抛踢，滚滚飞尘一般向后飞去。气势磅礴的马群飞奔竞驰，如同挂在半空的一幅"天马竞驰"图。渐渐的，一群天马只剩一匹，它奋蹄飞奔，欲一蹄踏尽天地。

火球腾了起来，只留下支离破碎的残云和万道金光。天彻底大亮了，起伏的山峦沐浴着太阳的光辉。它们静静地躺着，懒懒的，一动不动。几个人影在山洼里慢慢地移动着。这儿是离村庄十几里地的涝坝山。涝坝山之所以叫涝坝山，是因为它的脚下有一个大涝坝，雨水好的年月，水汪得满满的，来去的飞

禽、羊群、牲口，都会喝里面的水。时间长了，这些牲畜们便会自觉地来找水喝。

涝坝山虽然离村庄远些，但发菜却不少，尽管是旱年天，也能拾个盆满钵满。

李玉珍在一伙妇女中，数年龄最大的，别看她年龄大，拾起发菜却是个好能手，一点都不比年轻人慢。

"富贵嫂，慢点！"羊把式张万年的老婆——柳英英咧着嘴笑呵呵地说，"拾那么快干啥！富贵哥斧头一响，票子乱淌，你这样辛苦，划不来！"

"哎，柳英英。张万年的那百十只羊，剪一茬羊毛就够你拾半年的发菜吧，再别说羊皮羊肉！就你一年卖的羊粪也有上千块吧，咋也跟咱们跑到山上来了。"上过高中的年轻媳妇牛菊香大声地说，"富贵嫂的娃子在上大学，正是花大钱的时候，能凑一些，算一些。对吧，富贵嫂！我看这人呐！是越有的越想有。"

"你……"柳英英被噎得一句话也说不上来，"就你牛菊香会说！"说完"扑哧"一声，情不自禁地笑开了。

一伙妇女们瞅着柳英英的难堪样，不由得咧嘴笑起来。山洼里顿时兜满了笑声，瞬间，飘散到好几个山头。

"笑什么笑，你们就会挖苦人！"柳英英回过头朝几个同伙大声地嚷，"就数你牛菊香笑得最厉害。"

"不笑了，不笑了。"牛菊香满脸通红地捂住嘴，"咯咯咯"地笑了两声停下来。

山洼里恢复了平静，几个身影仍旧蜷蹲着，移动着。细细的发菜，贴在山坡上，用手抓起来很慢，得拿着工具。妇女们有的用钉锥，有的用钩针，有的是用细铁丝自做的工具，一下子插在发菜上，一挑就到手。

"富贵嫂，你娃大学快毕业了吧！"牛菊香打破了刚刚平静下来的气氛，问道。

"他婶子，峰子去年夏天就毕业了。"李玉珍直了直腰，清了清嗓子，大声地说，说完又蜷蹲下来。

"时间过得真快呀！感觉你娃刚上大学没几天，这眼睛一眨就毕业了。哎，你不说我以为你娃还在上大学呢！"

"我哪有心思说呀！峰子在外打工，工作都还没着落！"

"哎，大学生不是好找工作吗？怎么找不上？"胡三的儿媳妇接过话来。

"现在啥年代，城市里满街都是大学生，哪像前些年的大学生，大学一毕业，工作就安排好了。"一个年轻的后生媳妇，抬起秀气的脸蛋，抿了抿嘴，动开嘴皮子，"我娘家的兄弟，大前年就大学毕业，整整找了两年工作，愁得我爹妈都老了一截。去年六月份才把工作安排好。哎，为了一份工作，我娘家可费了不少周折。"

听到后生媳妇的一番话，李玉珍心里一阵惆怅，后生媳妇说的都是大实话。她一想到儿子的工作，心里仿佛着了一把火，烤得心窝发烧、发烫又发慌。

她心里着急地想起儿子来，脑子里浮现出儿子奔波辛苦的情景。一会儿，脑子里又信马由缰地想象着儿子被一家有钱单位正式聘任，正在办公室里工作着⋯⋯

她脑子里浮现出儿子奔波辛苦和顺利成功的交替场景，不由得极力为儿子设想着最美好的前景。她想象儿子很帅气地坐在宽大豪华的会议厅里，给很多人讲话，一会儿又驾着小轿车进了豪门。紧接着又是儿子升职了，坐在豪华宽敞的办公室里，里面的办公桌，老板椅，书架都是新的，就连几盆鲜艳的花也是刚搬来的。再瞅瞅，从茶杯到台灯，从晶莹剔透的鱼缸到发亮的真皮沙发都是从国外进口的高档产品。等下了班，又有专车接他去高级饭店吃饭，吃完饭，司机又送他回公司公寓休息。

李玉珍片刻工夫，彻底走进了幻想的王国，儿子是王国中的国王，她是创造和设计这座王国的设计师。她为儿子设计着天底下最豪华、最气派、最漂亮的王国，儿子带领着老百姓，把王国建设得更加繁荣昌盛；老百姓的生活水平，都是超小康。儿子生活的周围，有绿绿的草坪，有清澈见底的河流，有景色怡人的公园⋯⋯她越想越清晰，仿佛身临其境；她越想越精彩，仿佛忘记儿子还在街市苦苦求职的身影。

山枣红了

李玉珍的思绪被儿子找工作的事罩上了一层厚厚的愁云。她压力越大，越是不由得在脑子里乱想象。

"富贵嫂，偷着乐啥呢？看你笑嘻嘻的样子，肯定有啥美事！"柳英英咧开大嘴乐呵呵地说，"快给大伙说说，别一个人美滋滋地乐。"

李玉珍立刻收回想象，金碧辉煌的王国一下子消失了。

"你这人怪呀！不专心干活，倒会察言观色！"她对刚才的表情有点难为情，不由得一笑，想借此打乱柳英英的问话。

"富贵嫂，有啥好事，快说说。"一伙人七嘴八舌地说起来。

"你看看，我哪有什么好事，要是有好事我还能装在肚子里！"

"是不是峰子相上好对象了？嗯，八成是这样……"一伙人拉开话匣子，你一句，我一句地扯起来。

太阳普照着大地。遍山满野都是顶出脑袋的青青麦芽，湿润的土壤中散发出勃勃生机。向阳长出的青草，在春风的吹拂下精神抖擞地活动着筋骨。

村口的老柳泛着绿意。微风吹来，柳条舞动起婀娜的腰肢，在阳光的沐浴下，撒下一片迷人的倩影。

胡三蹒跚着老腿，抽着七寸多长的旱烟锅。呛人的烟雾，不时从嘴里吐出来。烟锅里的旱烟燃烧着，火星子一亮一亮地闪烁。身边还不到三岁的小孙子牵着他的衣角心不在焉地走着，瞅见老柳树满眼好奇，他跨开小腿，一个劲地跑过去，绕着老柳转了一圈，抬头朝上望了望，好大的树呀！他两只小手抓住粗糙的树皮往上攀，哪里上得去，小嫩手还不放，一不小心绊倒在树下，趴在地上"哇哇"地哭喊起来。

"哇……爷爷……嗯……"

胡三赶紧迈开老腿，三两步赶过去，一把抱起孙子。

"小乖乖不哭，小乖乖坚强，看爷爷的！"说着抬起老腿在树上装模作样地踢了两下。

"……嗯……哇……我……踢……我踢。"小孩掉着泪珠子从胡三怀里翻腾起来，伸出小手照树上打了几下。

"再不哭了。你看，树爷爷都掉眼泪了。"

"我不管……嗯……哇……"小孩的眼泪继续流着，"爷爷，我长大比大树还要高，还要高……嗯……"

"对对对。我孙子长大比大树还高。"胡三看着孙子的天真可爱样，堆上笑容，核桃脸上的皱纹一下子舒展开来。

"哟，小贝贝怎么啦？"郭富贵刚干完木工活，疲乏地从前面走来，瞅见胡三和小孩便走了过来，"哟，小贝贝眼泪哗哗的，谁惹你啦！"他叫着小孩的乳名儿，喜欢的一把抱过小孩笑嘻嘻地说。

"我长大了比大树还要高。"小孩瞪着大眼睛，看着郭富贵倔强地说。

"对，小贝贝长大了比大树还要高，还要壮。"

小孩止住哭声，从郭富贵怀里下来，又回到老柳边玩起来。绕着老柳左三圈右三圈地转起来，嘴里嗯嗯呀呀地自语着，也听不清说个啥。

真快呀！望着小孩让他回想起童年的儿子来。那时，妻子和他跟前跟后地照看着儿子，怕他碰着，摔着，像宝贝一样守护在身边。

有一次，儿子正在家门口说着大人们听不懂的童语，一步一摇地自个儿玩着。正巧一群牲口跑过来。听到蹄声，吓得他几个飞步从院子里赶出来，一下子扑在儿子身上。一群牲口擦着边儿跑了过去。吓得他浑身都竖起了鸡皮疙瘩，心扑通扑通地快跳出嗓子眼。等他浑身发颤地站起身，儿子却一下从怀里挣扎出来，"哇哇"地喊着追牲口。

快呀！转眼间的工夫，儿子已经长大成人了！他心想着，也许是出于对儿子的挂念，他心里觉着有一股莫名的凄凉……

"娃娃的脸，头顶的天，真是一会儿下雨，一会儿晴啊！"郭富贵瞅着玩开的小孩，小声地说。

"嗯，就是。"胡三应着声，笑呵呵地说。

郭富贵跟胡三唠叨了几句，就迈腿朝家走去。

院子里静悄悄的，一群麻雀围在花园边的猪食盆里，啄着粘在盆里的猪食。熟睡的小黑猪听到饭盆声，大呼小叫地嚷起来。麻雀们立刻飞到一边，用灰溜

溜的小眼睛一瞅，不理会地又飞到猪食盆里啄起来。

不知何时，天空铺上了一层棉花云，盖满整个天宇，一道一道的，如同随风起伏的微波，更像是用犁耕出的犁沟。夕阳照透了周围的一片"犁沟"，露出一片生机勃勃的景象……

大门"哐当"一声，麻雀们吓得一下飞走了，小黑猪却厉害地叫起来，大青驴也跟着"吱儿吱儿"叫唤。

郭富贵还没走进院子，就被猪叫声和驴叫声吵得心里发毛。他匆匆地给大青驴添了两筛子铡草，三两下喂了猪，劈了些柴。然后走进大屋沏了杯茶喝起来。茶杯里的水蒸气顺着杯沿轻飘飘地冒出来，他拿起茶杯，喝了两口，又拿出卷烟纸，卷起旱烟来。

快两个月了，峰子这孩子连个信都不来。他抽了两口旱烟，靠在沙发背上埋怨着。也不知道这娃现在干些啥活？工作找得怎么样？哎，这个刘宗德总是拖延，绕来绕去地干耗人。如果峰子能自个儿找到工作，也就用不着给他低三下四地求情下话。峰子呀！你可要尽力尽心地找工作，我们可没靠得住的硬棒人啊，郭富贵抽着烟，心里乱糟糟的。

天色渐渐暗下来，满天罩上了灰蒙蒙的云层，凉凉的空气从云层里撒下来，清爽怡人。

李玉珍和同伴们顺着弯弯曲曲的山路快步朝家走来。

村里各家的烟囱里炊烟袅袅，眼瞅着夜幕悄悄地拉了下来，还不见妻子回来。饭香味从厨房飘了出来，郭富贵从厨房里出来伸长脊子瞅着大门，门外没一点动静。他端好饭，坐在沙发上干等着妻子回来。热喷喷的饭在茶几上冒着香气。他着急地抽起旱烟，瞅瞅窗外黑乎乎的天色，心里更加着急。忽听到大门"哐当"一声，他两步赶出屋门，只见妻子慢慢地走进院来。

"峰他妈，该早些回来，瞅瞅天都这般黑了。"郭富贵既担心又埋怨地说。

李玉珍二话没说，疲乏地解下围巾，打去身上的尘土，望了望丈夫担心的样子，不吱声地进了屋。

今天山上风大，吹了一天的风，李玉珍浑身发困，说句话都感觉会伤了元气。她放下发菜，猛猛喝了两口茶几上的茶水，才感觉身上有了点精神气。她懒懒地朝沙发上一坐，稍稍歇了口气，觉着浑身舒服了许多。

郭富贵和李玉珍吃完饭，摊开发菜择起来，一边择一边谈着儿子的工作。他们唠叨着说过许多遍关于儿子工作的老话题。

乌黑的云层将天空涂成了一块小黑板，空气一下子潮湿起来，云脚越来越低。瞬间，雨滴打下来。雨声越来越大，打的地面哗哗作响。风猛地刮了起来，携着雨滴舞来飞去，一会儿工夫，地面就被浇透了。

郭川子村和周围的山川田地，静静地沐浴着雨水的洗礼，雨水不断地滋润着龟裂干燥的山地，开始有雨水集聚起来，纷纷向地面上的小坑小洼里跑来。雨继续下着，仿佛要把地面下透三尺才肯歇下来。

郭富贵站在群山连绵间的山地里。晨曦的光亮照透了群山和村庄。

田地里，麦子绿油油的，麦穗个个饱满茁壮，沉甸甸地低着头，晨风微微拂来，麦波起伏荡漾，煞是好看。麦地边的山草正在使劲地长，它们在晨光中显得格外精神抖擞，在晨风中喧嚣着。

旁边的儿子正躬着腰，拔野麦。高高的麦浪淹没了他的下身和脑袋，只露出宽宽的后背在麦浪中缓缓移动。忽地一下，不知从何处冒出一头大黑牛，又黑又壮。宽阔的脊梁看不到脊梁骨，两只又长又粗反卷的犄角和黝黑的身子都黑得发亮，犄角上绾着一匹大红缎子做成的大红花，瞧上去带有一副高贵福相模样。大黑牛迈着矫健的步伐，到儿子旁边稳稳地站住脚，还没等儿子反应过来，那犄角轻轻一挑就将儿子"放"在背上。儿子惊忙抓紧犄角。刚坐下来，那黑牛便迈蹄前奔，一下子腾云驾雾地朝前飞去。瞬间，儿子和大黑牛消失在东方的光亮里。

他张皇失措，一个劲地大叫儿子的名字，喊干了喉咙，叫哑了嗓子，也不见儿子应声，只有自个儿的声音在群山连绵间回旋。

一阵晨风接连吹来，他的泪珠倏忽落地，浑身发着凉，他睁开眼，发现身上的被子揭下半截。他从梦境中恢复神志，头脑渐渐清醒了些。

三月间清晨的凉气，从纸窗里透进来，端端落在他的被子上。鸟雀们早就

翻腾起来，叽叽喳喳，闹个不停，一会儿飞到窗格上晒太阳，一会儿飞上屋檐叫嚷。

他回忆着刚才的梦，不由得想起儿子，内心倍感牵挂。

李玉珍已经在厨房里烧水做饭。

一大早起来，瞧见湿湿的院子和汪在小水窝里的雨水，心里不由得高兴。麦芽正等着雨水呢！这下好了，真是好雨知时节呀！她感叹地心说着。

烧好热水，给猪烫了食，还不见丈夫起来。

"喂，峰他爹，快起来。昨晚下雨了，院里湿漉漉的，快起来看看！"

"下雨了，这雨可下得正是时候！"

他匆匆起床，拉开屋门一瞧，心里满是滋润，仿佛院里小窝窝里的雨水汪进了他心里似的。

这下好呀，麦苗的长劲可就大了，再不愁苗出不齐，他欢喜地心说着，仿佛卸下了一桩心事似的。他抬头望了望清澈明朗的雨后晴天，嗅了两口清爽怡人的新鲜空气，感觉满心的舒坦。阳光斜斜地照着碧空，透过湿润的空气落在院里，撒下一片白花花的光亮。

"峰他爹吃饭了！"李玉珍隔着厨房喊着。

"嗯。"他应着声，提起脸盆到厨房舀了两马勺水，端到院里，匆匆洗完脸。便端起饭碗吃起来，还没等吃完一碗饭，就见妻子提着个空塑料袋朝家门外走。

"峰他爹，我先走了，你慢慢吃，可别忘了锁好门。"李玉珍说着"哐当"一下拉开大门，走了出去。

"嗯，晚上早点回来！"他见妻子走出去，急忙对着大门喊了一声。

湿润的地面透着亲切的泥土味儿和勃勃生机，阳光洒在地面让人感觉格外的心情舒畅。

李玉珍叫上几个同伴，开始朝老爷山后走去。雨后的山土潮湿松软，小草吸收了雨水的营养，蹬腿探头地使着劲往外钻，仿佛一下子要长出地面十米高似的。

在招聘会的第二天，郭峰依然没能找到工作，他开始为自己的前程担忧，甚至开始怀疑他在这个社会中的价值。

两天的招聘会上，王雪梅寸步不离地陪在郭峰身边，她在耳边不断地鼓励他，给他打气，生怕他承受不住一次又一次的心理打击。

她真心希望他顺顺利利地找到自己称心的一份工作，可希望总是不眷顾他。老天，你发发慈悲帮帮我的峰吧！她望着精神不振的郭峰，默默对天祈祷。

她清楚她并不能打开他惆怅的心结，但她只想用自己滚烫的感情和爱去安慰他浮躁凌乱的心灵。她能看懂读懂他的思想，他的心情。也正因为这样，她才相信自己能真正让他有一个良好、健康的心境，她相信自己能做到。

"峰，不要着急。有一天的时间，就会有一天的机会和希望。看你愁眉不展的样子，好像活不成了似的。没什么大不了的事！男子汉大丈夫，拿得起放得下。"她说着有意地板起脸，"再这样，我可生气了。"

"雪梅，我没有心情不好，就是感觉很累很累。"

"我就不累？"

他仿佛被她的一席话拽上了百米起跑线，退缩不得，只有振作精神，一鼓作气。

"梅，这两天陪着我让你受累了。我这两天心情比较低落，我真不想影响你的心情，但还是让你生气了。"他没精打采地望着她说，"梅，我心里就是太着急，我怕又……"

"我对你信心十足，难道你对自己就没信心！"

他提起精神从床上翻起身，拿起桌上的纯净水，喝了两口。

她瞅了瞅他迷迷瞪瞪的样子，知道他是心乏。

"峰，你先坐坐，我出去一下。"她说着拍了拍他的双肩，转身出了门。

他坐在床沿上，有气无力地喘着气，头脑昏昏沉沉，仿佛即将爆炸。他开始思考来天河市的这些日子。这些日子里，他时时刻刻地攒着劲，寻找和等待机会，眼下机会来了，却……他心乏地想着。

天色暗了下来，黑影子罩上了小院。他出了屋子，站在小院门口等待她的到来。小巷里来往的大学生熙熙攘攘。脚步声和说话声撒了一路。老远处，他

看到她摇摇晃晃地提着一扎啤酒走来。

"雪梅，你提酒干啥呀？"他接过啤酒疑惑地问。

"给你喝呗！"她甩了甩发困的胳膊，心情高涨地说，"怎么，不想喝呀？"

"想喝……"

他和她走进屋子，找出杯子，打开啤酒，倒了两杯喝起来。

几杯啤酒下了肚，透心的冰凉。一会儿工夫，肚子膨胀得圆鼓鼓的。酒精分子开始活动，扩张着他们的血管。不胜酒力的郭峰早就满面通红，脑袋在酒精作用下，一大一小地膨胀着。王雪梅虽不能喝酒，但她愿意陪着他喝，脸色渐渐带上"红霞"。

"石头、剪子、布……我赢了，你喝！"王雪梅兴奋地咧开嘴笑着。

郭峰端起纸杯，喝了个底朝天，酒精使他的脑袋膨胀得更加厉害。

啤酒味浓浓地塞满屋子，顺着门边的小缝隙直往院里扩散。

郭峰感觉身上发困发软，脑子里还发愣。酒精作用让他的眼珠都红了起来，他软软地斜躺在床沿边，啤酒胀得肚皮鼓鼓的，像一个充了气的皮球。

王雪梅收拾完地上的空啤酒瓶，然后舀了半盆凉水，放在板凳上，回头望着红光满面的郭峰，甜甜地喊，"峰，洗洗脸会好受些，来，洗脸水都准备好了。"她说着软软地坐在他身边，伸手轻轻地推了推他宽宽的肩膀。

"雪梅，真累，我心里好难受。"酒精在他的胃肠里拼命地发着威，他心里刀剐般的痛苦。

"快点起呀！"她说完，朝着他的软肉揪了一把。

"哎呀！"他疼地叫了一声，一骨碌翻闪到一边，一把捂住大腿搓起来。

"还要睡吗？"她嘴一咧得意地笑起来，嘴角的两个小酒窝可爱的露了出来。

"专找软处下手，我真服了你了。"他搓着大腿，起身走近脸盆，"雪梅，你这一下够让我清醒的。"说完捞起冰凉的水浇在脸上。

远处的几座灯塔上，千瓦灯正精神抖擞地亮着。周围一片寂静，虽然夜黑，但满天的星斗却比平常明亮了许多，它们眨巴眨巴闪烁着，像无数颗宝珠似的。

已经是深夜三点多，王雪梅从梦乡里憋醒了，两把推醒郭峰，要他陪她去厕所。郭峰揉了揉发涩的眼睛，昏昏沉沉地陪她走出屋子。

小院里又黑又静，凉丝丝的空气沁人心脾。厕所在小院外，顺着小巷往里走四五十米便到。它修建在一片荒地里，是专门为外住的大学生提供的。里面长年没人打扫，又脏又臭。

王雪梅体内的啤酒仿佛才开始发起酒力，搞得她脑子里一阵胀一阵疼，肠胃里翻江倒海，身子软得像一堆棉花，浑身难受得没一点精神。她将一只胳膊搭在郭峰的脖颈上随着他走，他扶着她，几乎将她架起来。

荒地里空荡荡的，远远可以闻到公厕里散发出的臭味。

郭峰扶着王雪梅进了厕所，就在外面撒起尿来。眼前黑暗的荒地，宛如一位流浪街头的穷汉似的，丝毫不顾及熏天的臭味和旁边公厕的存在。

据说这片荒地几年前还是一片菜地，后来不知道啥原因断了水路，才成了这样。有人说荒地卖给开发商。对这些事儿，郭峰没兴趣，就觉得这片荒地让这座城市大煞风景。他觉得这片荒地就好像一滴墨汁似的，很不雅观地涂在天河市这幅美丽的画卷上。

"呃啊，呃啊……"王雪梅刚走出厕所几步，就恶心地吐起来，吐得上气不接下气，吐得撕心裂肺，肠胃刀剐一般难受，控制不住的身体差点趴在地上。郭峰赶忙跑过去，一把扶住她，用手赶紧在后背上轻轻拍起来。王雪梅斜靠在他身上继续呕吐着，浑身无力地跟散了架似的。再也不喝这讨厌的酒了，她痛苦得好像心里钻进无数只蚂蚁。

一阵呕吐之后，王雪梅感觉脑子清醒了许多，肠胃里的难受减少大半，精神也好了许多，只是身子还有些发软。她喘着粗气，颤巍巍地站起身，发软地靠在郭峰身上。

屋子里充满了浓浓的啤酒味，推开房门那刺鼻的味儿直冲鼻腔。

刚才，啤酒的酒劲让王雪梅好一阵折腾，她回到房间，又是洗又是刷地清洁了一番，精神好了许多。

郭峰等着她洗刷完，拉开被子躺下来。

王雪梅上了门闩，疲倦地坐下来，她感觉身子困得仿佛有无数只小虫在骨头里咬，就连脱衣服都要使出九牛二虎之力，抬抬胳膊，胳膊困得直发抖；伸伸腿，腿困得发酸。她费力地脱上衣和裤子，最后只剩下内裤和胸罩。

修长的玉腿，白皙柔滑，在六十瓦的白炽灯泡下泛着夺目的白光；两颗诱人的乳房不大不小，不肥不瘦，匀称地恰到好处，在灯光下挺立着；秀气青春的脸蛋白里透红，十分标致。她感觉身上有些发热，没马上盖被子，便赤裸裸地躺下来，原先挺拔的身材愈加苗条修长。

"睡吧，雪梅。"郭峰半闭着双眼，不经意地瞅了瞅耀眼的灯，"关上灯吧！"他见雪梅没反应，转身向她看去，目光便立刻凝固在她的身上。王雪梅已累得闭上眼，但她能强烈地感受到他火辣辣的目光。她感觉他有好几分钟的时间盯着她的身体。她开始感觉浑身不自在，仿佛一团火焰炙烤一样不舒服。

一股雄性的气息压向她的身体，她有些好奇和兴奋，又有些胆怯和羞涩。

他实在控制不住了，一股强大的兽性占据了他的身体，他浑身充满了对她的强烈欲望。在往常，如果得不到她的同意，他是不敢强来，但现在，他早就忘了这些。

他实在忍不住了，一下子扑过去跟她疯了似的热吻起来。她迎合着他，张开嘴兴奋地接受他的嘴唇。

床板"吱吱呀呀"地有节奏地响动着，一阵急促猛烈的呼吸后，一切平息了下来。

他瘫软地趴在她身上一动不动。

"峰，我冷……你抱紧我……"

"怎么了雪梅？"他说着用身体紧紧抱住她。

她浑身颤抖地缩着身子，仿佛冷到极点。

"雪梅……"他说着吻了吻她，将她抱得更紧。

房间里恢复了平静，均匀的呼吸声从鼻孔里传出来，他和她泥浆一般瘫软地睡着。屋外的院子里依旧漆黑无边，宁静安详。

天空透出了蓝底子，东方的天宇里一片明亮，一朵彩霞渐渐散开，一下子铺满天空,像红纱平铺下来似的,大火球腾上天空,照透漫天的红霞,撒下金光灿灿的万道阳光。

郭峰和王雪梅早早地起了床,乘上公交车,急匆匆朝招聘会场赶去。路上的车辆打着喇叭,抢着道,看得他和她心里火急火燎。到了招聘大楼下,周围早围满了人群,但比前两天减少一些。拿到门票的应聘者,挤在门口等着检票员的到来,旁边的几位保安人员威武地站着,眼睛时不时扫向眼前的人群。

其实,人们的心早就插上翅膀,飞进门里面去了。一个保安从门里面匆匆走出来,几位检票员随后跟了出来,门口的人看到检票员,便一拥而上。

郭峰被拥进了招聘大楼,王雪梅随后跟着,朝招聘大厅移动。每天的招聘单位都在更换,招够了需要的人就打道回府,新来的招聘单位架起招牌,等待前来的应聘者,有些没有招够人的单位,继续原位不动坐着,一心想要精挑细选地招到满意的人员。

大厅内的拥挤不像头两天那样的厉害,原本紧张着急的气氛仿佛低调了些。由于看到招聘大楼外张贴的招聘单位分布示意图,应聘者的脚步有了准确的目标,拥挤的场面变得井然有序。

几位拿到聘任书的,满怀欢喜捧着聘任书朝外挤去;一时半会还没被招聘的,板着张紧张的脸,着急地四下应聘,心里急得像上紧发条的齿轮。

虽然紧张恐慌的气氛没头两天厉害,但有个别的人,紧张和恐慌早超过了头两天,郭峰就是其中一位。感受着严肃紧张的气氛,心情一片茫然。王雪梅无言地跟在郭峰身后,希望他能用平常的心等待眼前的冷酷。

农村的孩子,踏进大学校门是何等的艰辛,除了跟城市孩子一样的寒窗苦读之外,困难的经济处境更是让家长和孩子头疼的一件大事,逢上个旱天年,颗粒不收也并非罕事。

郭峰就是从生活穷困的农村迈进大学校门的山里娃,眼下他已毕业,正指望挣工资奔前程,却连个工作还没有。

他的脸色难看极了,额头上明显得生出几道浅浅的皱纹。从工大毕业到现在不到一年的时间里,他整个人深沉了很多。

他心烦气躁地用手抠了抠发愣的脑袋，朝另一间招聘室挤去。

王雪梅跟在身后不敢说话，只是在心里暗暗鼓励他。

"峰，不要着急，咱们耐心点，还有好些招聘桥梁工程的单位！"王雪梅打着气说。

郭峰扭头强作笑脸地点了点头。顺势挤进一间招聘大厅，里面人显然减少了许多，走到里面也不拥挤。

"老师，麻烦您看看我的材料。"郭峰恭恭敬敬地用双手把一沓证件送到对面一位胖墩墩的招聘人员手中。那人接过证件，用眼睛横扫了一遍，冷冷地看了他一眼，"对不起，我们需要有实践工作经验的职员，你去别处看看。"说完一把将证件推给他。

听到这话，他心里像塞进了几块冰疙瘩，张口结舌地退了出来。

"哎，小伙子，给我看看！"

他刚退出来，听到旁边桌上的招聘人员亲切地喊道。回头一看是位中年人，头发花白，脸上却显得很有精神。他听到喊声，赶忙挤进去，很礼貌地把材料递给中年人。低头不经意地看见桌上的招聘牌，上面写着几个闪亮的大红正楷字：天河市政公司。下面写着招聘专业：桥梁工程设计。看到招聘牌上的这些鲜艳大字，他心里一下亮堂起来，就如同阴沉很久的天气，突然透出了亮光似的。他的眼里冒出了自信，整个身体也一下子充满了精神。他注视着中年人的举动，等待着，盼望着，希望中年人能说出聘任他之类的话语来。他的心情既激动又紧张又有几分担心害怕。

中年人抬头认认真真看了他一眼，"小伙子，如果你被我们公司招聘了，你对参加工作之后的薪水和工作环境有何要求呢？"中年人很温和地问。

"啊！"他心里如同飞进了几十只蝴蝶似的欢呼雀跃开。中年人的问话让他浑身充满自信，他觉得中年人就是他的知遇。

王雪梅在屁股上捅了他一下，示意他赶快回答中年人的问话。

"噢，老师……我对参加工作之后的薪水要求在一千六左右，往后我希望每年都涨一些，嗯，对于工作环境可以根据工作需要来调配。"郭峰简单地说。

"就这些要求?"中年人望着他笑了笑,接着继续说,"我们完全可以接受你刚才的要求,嗯……你可想好,如果再没别的要求,就可以填写这些材料。"中年人说着递过来三份招聘合同书。

"嗯!"郭峰接过招聘书,激动得手指都在发颤,不,是身体内的每个细胞都在发颤。

"小伙子,恭喜你!过几天到公司可要好好工作。"中年人很友好地微笑起来,一边伸手跟郭峰握了握手。

郭峰工工整整地填完招聘书,毕恭毕敬地拿给中年人。

"嗯,小伙子的字写得真不错!"中年人说着又满意地看了郭峰一眼,顺手把填好的招聘书给旁边的两位同事分别给了一份。那两人看了看,又递给中年人,满意地点了点头。中年人见两个同事没意见,提起笔在三份招聘书上的负责人一栏里签了字,拿了一份递给郭峰。

"拿好了,到时间准时来公司报到,我们三人代表公司热烈欢迎你的到来。"中年人说完,又一次热心地伸出手跟郭峰握了握。

"小伙子够精神的!"中年人旁边的两位招聘人员瞅着郭峰很羡慕地说,"哎,年轻就是福呀!"

郭峰紧紧握住中年人的手,感激地说不出话来,只是一个劲地点着头,就连脑袋上的一根根头发都乐疯了似的一个劲地跟着点着头。

招聘大厅里的人减少了很多,空气也一下子清爽了一些,不闷不燥的。郭峰给中年人和另外两个人招聘员打完招呼,便满怀欢喜地移出大厅。楼上楼下紧张的气氛明显减少,说话声也减小了。

招聘大楼的门口宽敞了很多。迎门的空地上,闲闲地站了好多刚出来的人。

"现在心里美了吧!峰,说说今晚该怎么祝贺你?"王雪梅笑盈盈地望着兴奋不已的郭峰说。

"雪梅,今天总算解决了我们家的一桩大事,哎,这份工作不知道让我父母亲愁白了多少根头发,增添了多少道皱纹。现在总算云开雾散,艳阳高照!"郭峰满目兴奋地望着雪梅,抿了抿干干的嘴唇说道,"雪梅,我感觉能拿到这

份招聘书，全是托了你的福，如果没你的鼓励和支持恐怕我早就没有信心了。今晚的祝贺应该说成庆祝才好，它是咱们共同盼了多少个日日夜夜才得到的东西。以后，咱们再也不用发愁工作的事了，要是我父母亲知道这事，肯定会高兴坏的。雪梅，今晚你说了算，不，以后你都说了算！"

"嗯，这还差不多。"王雪梅扭过头满足地笑了笑。"峰，咱们先去丁洁那儿洗洗，然后再决定去哪儿吃饭，你说呢？不过，今晚可不能铺张浪费，你那钱可来得不容易！"

"好的，没问题。"

公交慢慢吞吞地小跑着，像个乐坏了的老太婆，精神抖擞，小心翼翼地朝目标跑去，满车的乘客不慌不忙地稳坐着，窗外的风景慢慢地移向车后，更远处的又慢慢移到眼前。路边的小垂柳顶着个盖头似的亭亭玉立着，青翠的叶儿给周围的空气添了不少鲜活气。

"郭峰你瞧，这些小树真漂亮！"

"雪梅，你看。它们多像是点缀这座水泥森林的绿色精灵呀，少了它们就没有了灵气！"郭峰瞅着窗外诗情画意地说。

"对，你看它们多精神，我现在真想变成一棵小树，漂漂亮亮地为这座城市的四季播撒绿意，我想让这座城市变得更美更漂亮，峰，我觉得从今天起我会爱上这座城市的！"王雪梅扭过头，饱含深情地说。

"梅，你已经在这里扎下深根了。虽然还没到二十中上班，但你早是二十中的人了，你的理想和愿望会在不久的将来实现。你的这种精神美呀，不久以后会播撒在二十中的每一寸土地上。"

"谢谢你能这样说我！"王雪梅眼角一笑，想了一下说，"峰，这番话挺受我耳朵欢迎的。"说完实实地靠在郭峰的肩膀上。

公交加快了速度，扯着嗓子朝前奔去。三月间的空气，清爽透凉地扑进车窗内，使得车厢里原本憋闷的空气清新很多，也使得郭峰发昏的脑袋更加清新。王雪梅带着浑身的疲惫，惬意地靠在郭峰身边。

郭峰满怀舒畅地倾听着车窗外空气悦耳地流动声，双目欢悦地望着一幢幢移近而又远去的建筑群，一切释然地随着公交向前奔去。

公交在工大门口，稳稳地停下来。郭峰推醒迷迷糊糊的王雪梅，拉起她匆匆走下公交。工大门口热闹沸腾，几个卖报的小摊贩提着个扩音器醒目地站在人流中。手中的扩音器"哇哇"地叫喊着，吵得周围没个消停。

郭峰和王雪梅踏着人声鼎沸的马路，径直走向丁洁的租房。王雪梅打开锁，推门进去，顺手将背包扔在桌上，便直挺挺地躺在床上。卫生香的烟味顺着她翕张的鼻孔飘进鼻腔，她马上嗅到卫生香的清香。她惊奇地坐起来，朝房间四下看了看，发现窗边的小缝里插着未燃尽的半截卫生香，烟气正顺着墙面袅袅上升。房间被打扫得干干净净，桌上留下一张留言条。上面草草地写着：雪梅，不见你们回来，我就走了，不多说了，好好陪陪郭峰吧！

"峰，丁洁来过了，这鬼丫头！"王雪梅说着将纸条放回桌上。

夕阳落下山去，黑影子渐渐拉下地面，不多时便华灯初上。

餐饮业并没因夜的临近而冷清下来，反倒比白天更加生意兴隆起来。

"雪梅，今晚的这第一杯酒我敬你。"

"哎，应该我敬你才对！"王雪梅举起酒杯接着说，"这些日子里，你吃了不少苦，受了不少罪，有道是'苦尽甘来'。今天你成功了，是我打心里所祈盼的事，更是你父母亲所祈盼的。峰，为你的成功，我敬你一杯！"

"雪梅，你可知道这些日子来，是谁在支撑着我，鼓励着我？"

"峰，咱们啥都不说了，干！"王雪梅说完，跟郭峰手中的酒杯碰了碰，仰头将一玻璃杯啤酒一饮而尽。

郭峰喝干酒杯，提起酒瓶又将酒杯倒得满满当当，啤酒沫瞬间盖满杯口，又慢慢消失。

点好的几道菜都上了桌，热气从菜盆中蒸发出来，袅袅地飘出香味。

"雪梅，昨晚咱俩是借酒消愁愁更愁，今晚正好反过来，是酒不醉人人自醉。干，一切尽在不言中！"几瓶啤酒下了肚，郭峰就涨红脸庞。"雪梅，在我心灵最脆弱，思想压力最沉重的时候，你在身后默默地支持了我，帮助了我。我感谢你，来，干，一切尽在酒杯中！"

郭峰和王雪梅吃着喝着，心里说不出的舒坦和快乐……

熙熙攘攘的街市，洒满了霓虹灯光，闪烁跳跃的彩色灯带将周围的建筑群装扮得五彩缤纷，绚丽迷人。

坐落在天河北岸，卧龙山脚下，依山傍水的天河市政公司，正在夜灯的照耀下，欣赏着天河对岸的建筑群。夜色中的水泥森林，在旖旎的彩灯下着实可爱。一座座被五彩灯带装扮的斜拉桥，在灯光地轻抚下横卧在天河两岸，如同花账下的睡美人在酣睡似的。

市政公司的大门紧闭着，拉伸开的不锈钢伸缩门在路灯下泛着金灿灿的光芒。两侧的墙面上贴着清一色的高档黑色墙砖。左侧的墙又高又窄，右侧的墙却又矮又长。左侧的墙面上竖镶着六个金色的大字"天河市政公司"，在明亮的灯光下熠熠生辉。右侧的墙面上横镶着八个金色大字"求真务实、科学创新"。两面墙一个高一个矮凑在一块，像站着岗的"两兄弟"。

值班房里，灯大亮着，灯光顺着玻璃窗和敞开的铝合金门照出来，洒在迎面的路边上。值班保安身着灰色保安服，坐在窗边的写字桌前一手托着下巴，一手翻着报纸闲看着。

沿着大门径直向前，不到百米的地方便是市政公司新建的综合办公楼。有几间房里正亮着灯，灯光透过窗户斜斜地洒下地面，正好落在楼前的一座小花园里。盛开的花朵在灯光轻抚下显得格外娇艳迷人。

几个捣蛋的小孩，蹦蹦跳跳地在综合楼前玩耍着。一会儿跑到马路边的车棚里捉迷藏，一会儿又跑到门房前玩耍。他们跑到哪儿，叫喊声撒到哪儿。

综合楼上的一间房里，灯光突然熄灭。紧接着听到响亮的关门声和几个人的说话声。脚步声和说话声渐渐移下楼梯。

"京京该回家了，还玩！"陈建栋站在门口的台阶上，瞅见调皮的儿子，亲切地喊起来。

"爸爸，我一会儿就回来，您跟叔叔阿姨们先回！"小孩子听到父亲的叫声，张开小嘴巴应声说，甜甜的声音像一个悦耳的音符，灌进陈建栋耳中。

"这孩子，玩得连家都不回！"陈建栋转过笑脸，朝着旁边的几个同事说，回头朝儿子又喊道,"京京,早点回来。"

"知道了爸爸,一会儿就回来。"小孩边说边跟着同伴朝一边跑去。

陈建栋很不放心地回过头朝儿子又看了一眼,慢慢转过头和几个同事朝家属楼走去。

"陈经理,新招的人员快报到了吧?我缺人手,总不能让我当光杆司令吧!"高级工程师朱天琦摇头晃脑地用手捋了捋没几根头发的脑门,直打直地问。

"稍等等,过几天新职员就来报到,到时候拨给你就是。哎,不过人事编制可是一个萝卜一个坑!"

"那我知道,你把调走的人数给我补齐就行了。"朱天琦习惯地笑了两声继续说,"新职员来了可提前给我打个招呼,也好让我腾出时间挑个手脚麻利的。"

"老陈,到时候干脆把新职员派到老朱家算了!"运输大队长刘奇成开起玩笑来。

"哎,老刘,你是不知道我们搞图纸、搞预算的辛苦,工程动工前没有你们的事吧!可我们就不一样,整天忙忙碌碌外出测量,回来还得对着电脑制图预算,这可是细心活儿,一点不敢马虎,你说没几个助手行吗?"朱天琦实打实地说。

"文官一支笔,武官跑断腿,我们运输大队起早贪黑,披星戴月,干得都是出力活,一忙就没个消停……"刘奇成咧开大嘴,唠唠叨叨地争辩到。

"行了,行了。你们俩别争长论短,看人家小吴,一个女同志从早到晚地忙活,从不叫苦叫累,看看你们两个爷儿们倒诉起苦来了。"陈建栋看了一眼旁边的试样员——吴学倩一语中的地说。

吴学倩听完陈建栋的话,看了看几个男人,提起嘴角,微微地笑了笑。

卧龙山迷人地蜷趴在五彩的灯带下,闪烁的灯带舞动着,将它活脱脱变成一条即将腾空跃起的金色巨龙,正准备飞向星光灿烂的夜空。

郭峰按照报到时间,准时来天河市政公司报到。王雪梅陪着他一同走进市政公司的大门。

"喂，你们找谁？"值班保安从门房里走出来，硬声硬气地重复了一句，"你们找谁？"

"噢，你好。我是市政公司招聘的大学生，今天来这儿报到，这是我的女朋友。"郭峰望了望保安刮得铁青铁青的胡子脸，很和善地说。然后伸手从王雪梅的背包里取出招聘书递给保安。保安接过招聘书，眼睛草草一扫，立刻态度友好地还给郭峰。

"综合办公楼的四楼是人事办公室，你看那栋就是综合楼，顺着这条马路直直过去。你先把行李放在门房，报到完后再来拿。"保安更加热情起来，"今早陈经理早早就上了办公室，现在可能正等着呢，快点去吧！"

郭峰听了保安的话，径直朝综合办公楼走去，看样子这栋楼是最近几年修建的，楼面的设计新颖时尚，独具特色，凝聚了很深的实用性和观赏性。它笔直地矗立着，十八层的高度，使它犹如一位身材丰满而又匀称高挑的超模。

人事办公室里，经理陈建栋叼着一根香烟，四平八稳地躺在老板椅上。高级工程师朱天琦靠在一边的真皮沙发上端详着一沓招聘书，看完一遍，接着又看起来。

"怎么回事，都八点了，还没新职员来报到。来，给支烟！"朱天琦说完，朝陈建栋要了一支香烟抽起来。

"你好好看看，招聘书上写的是上午9时准时报到，现在才8点，稍等等，一会儿就会有人来。"陈建栋吐了口烟，慢吞吞地说。

"咚咚咚。"几声清脆的敲门声打断了人事办公室内的谈话。

"请进！"

门"吱"的一声，被轻轻推开。一对年轻俊俏的男女一前一后地走了进来。

郭峰一看房间里坐着两个人。坐在老板椅上头发花白的中年人正是前几天招聘他的工作人员。那人仔细望了他和王雪梅一眼，一下堆上了笑脸，"你们俩这么早，来，坐坐坐。"陈建栋很客套地边说边找出纸杯给郭峰和王雪梅倒水。

郭峰应着声跟王雪梅一块走到陈建栋旁边。

"坐坐坐！"陈建栋倒了两杯水，很客套地端到门边贴墙的一张红木茶几上。茶几两旁摆放着两张大气的单人真皮沙发，它们静静地坐着，仿佛等待有人来坐进它们的怀抱。

朱天琦瞅着两个年轻人坐下来，便对着招聘书上贴着的相片对照着看。

"你叫郭峰吧！"朱天琦望着郭峰继续说，"是天河工大桥梁设计专业的？"

"是。"郭峰应着声望着朱天琦。

朱天琦起身从陈建栋的办公桌上取过一沓自荐书，认真地翻开，"郭峰，你在学校的时候，实习过多长时间呢？"

"嗯，前前后后有一年多时间，都是在学校承接的工程上实习的。"郭峰简单地作了回答。

"郭峰，你做过简单的工程设计吗？"

"嗯，有过。是一座立交桥，我和几个同学合作完成的。"

"郭峰，你的档案带了没有，待会儿得存放到档案库。"陈建栋打断了两人的谈话，"你还得填一份新档案，要跟原来的装一块。"

"带了。"郭峰说着从雪梅背包里取出一个牛皮纸档案袋和一份招聘书，起身递给陈建栋。

轻柔的晨风从半开的铝合金窗户吹进来，正吹到窗台上的一盆不知名的花儿上，那花儿盛开地像一团燃烧的火把，在风中一摇一摆。

"老陈，这孩子挺不错，我就要他了。"

"呵呵！"陈建栋笑了笑，"嗯……这……"

"就别再犹豫卖关子了！"朱天琦直言不讳地说。

"好好好，就依你！"陈建栋说完朝郭峰说，"郭峰，今后你就是朱高工的门下，跟着朱高工多学学，为咱们公司多做贡献。"

郭峰听陈建栋说完，才知朱天琦是市政公司的高级工程师。这时朱天琦起身走过来，"小郭呀，今后咱俩就成搭档了，我首先热烈欢迎你的到来。"朱天琦说着伸手跟郭峰握了握，"行李都带了吗？今天把吃住给你解决掉，明天咱们就上班。"

"嗯，朱老师，行李都在门房那儿了。"

"那好，待会儿让门房保安安排你的住宿问题，公司有餐厅，饭就在餐厅吃，伙食很便宜的。"

"好的。"郭峰礼貌地说，"朱老师，今后在工作中还需要您多多指教，多多支持，多多帮助。"

"没问题，放开大干就是了。"

"哎，你们俩先打住。"陈天栋说，"郭峰，以后再找朱老师聊吧！你还得填几份材料呢！"

王雪梅一听要填表，赶紧从背包里取出笔，悄悄递给了郭峰。

陈建栋说完，从办公桌边拿过几张材料，递给郭峰，"小郭，填完这些材料，你就是天河市政公司的正式员工，今后呀，你得跟着朱高工好好学，他的助理可不一般啊！"

郭峰满怀欢喜地点着头，伸手接过陈建栋手中的材料，趴在桌上认真地填写。

郭峰填完材料，认认真真地检查了一遍，恭恭敬敬地交给陈建栋。

"嗯，小郭这字真秀气，嗯，这就行了。"陈建栋说着，整理好手中的材料，一同装进档案袋。

"哎，郭峰，这位姑娘是……"斜靠在沙发上的朱天琦瞅了一眼王雪梅便问。

"这位是我女朋友，叫王雪梅，天河工大外语系的。"郭峰对着两位领导实打实地说，"七月份就毕业了。"

"咱们家属院还有一间小套房。郭峰，你可得抓紧办事，不然就叫别人抢了。"朱天琦开着玩笑，笑呵呵地说，"咱们公司就是缺房，很多未婚年轻人可都盯着那套房呢！"

朱天琦的这番话，倒把王雪梅听得脸红到脖子上。

"哎，郭峰，这样吧，你和小王先收拾房间把住宿问题解决了。你看还缺什么生活用品，趁今天有时间抓紧去买。"陈建栋笑了笑，"明天可就要准时上班。"

"嗯。"郭峰和王雪梅相互看了看，又望了望两位领导，"陈经理、朱老师，那我们先去收拾宿舍。"

"嗯，关于小套房的事，我给你们操心着。"陈建栋笑了笑，目送郭峰和王雪梅走出人事办公室。

郭峰和王雪梅走出办公大楼，心里欢喜得无法形容。他感觉自己仿佛变成了一只起飞的雄鹰，脑海里满是远大的志向。王雪梅喜悦着他的喜悦，跟他一块欢欢喜喜地向门房走去。

宿舍被安置在门房那一排，车棚旁边的小四楼上。这栋楼是原先的办公楼，现在改成了职工宿舍，里面住着二十几个单身，一到晚上下班回来，就热闹起来。打扑克，玩麻将，喝酒……反正不是打扑克的声音，就是搓麻将的声音，再就是吆五喝六的划拳声。

灶房就在职工宿舍对面，一天做什么饭炒什么菜，都在小黑板写出来，挂在灶房门口的墙面上，不想吃就给灶房大师傅提前说一声。保安给郭峰和王雪梅说清楚这些事后，便匆匆去了门房。

房间里的摆设很简单，一张床，一张写字台和一把椅子。墙壁已失去刚粉刷的光彩，虽然有点暗，倒也平整光溜。

郭峰和王雪梅，将房间打扫完。从玻璃窗到窗台，从床板到桌椅，再到青色的水泥地面，被整理得干干净净，原本满是尘灰的屋子一下子整齐干净。铺好床铺，放好行李和盆盆罐罐，屋子里顿时有了家的样子。

"再添一个小衣柜和鞋架就漂亮了！"王雪梅瞧着打扫干净的房间，愉悦地说，"嗯，然后在窗台上摆一盆花。"她认真地思考着房间的摆置，最大限度地让这间小屋更加漂亮。

郭峰为即将参加工作而兴奋着。他望着漂亮的房间和心爱的雪梅，心里激动地不知用什么话来表达此刻的心情。他觉着自己就像阳光下成长起来的一棵茁壮小草，正尽情地沐浴在温暖潮湿的空气里。他欢喜着，心里甜得像打翻了蜜罐。

他痛快地躺在床上，望着头顶的天花板和灯管，觉得仿佛一下子融进了空

气，然后慢慢扩散，扩散满房间，又顺着窗户和门飘到房间外，飘落到周围的角角落落，树枝上，花朵上，小草上……我是天河市政公司的人啦！他为自己的好心情兴奋着，对王雪梅说话声是半点都没听到。

"郭峰，出去买点东西。"王雪梅提高了嗓门，"听到没有？"

郭峰半天才应了一声，好像从美梦中突然苏醒。

俗话说：钱财是威风，儿女是精神。自从郭峰把找到工作的事告诉父母亲。郭富贵和李玉珍像年轻了20岁。连说话走路都格外不一样。郭富贵离不开的早烟，也敢撂在一边，做开木工活那劲头格外足。再看看李玉珍不管上山还是下地，那股子热心劲，赛过30岁的年轻媳妇们。

自儿子去市政公司报到后，一向信佛的老两口，虔诚地在自家摆了一架灯，诚心地祷告着，打点着。仿佛只有这样，老两口才能安心。

郭峰找到工作的事，没过几天就在村里村外传开了，左邻右舍的村里人和听到消息的亲戚都来郭峰家祝贺，搞得郭富贵老两口好一阵忙活，他俩心里的喜气在众人地祝贺下提升到了极点。

这人要翻了身，仇人也会敬他三分。郭富贵两口子在村里人眼中一向是过着平平淡淡的日子，性格敦厚，心地善良，不争长论短的大好人。但自从郭峰找了工作，这村里人对着老两口的评价节节飙升，见到他俩也是格外尊重。

报到后的第一天，郭峰早早起了床，从灶房吃完早餐，就在门房外等待朱天琦。

红红的太阳精神抖擞地腾跃起来，转眼间，暖暖的阳光便撒下地面，不认识的工作人员一个个的从他眼前走过，还不见朱天琦的人影儿，他心里有点着急起来，耐着性子翘首等待。

不一会儿，一辆黑色桑塔纳稳稳地停在门房边，"小郭，快上车。"

郭峰一看是朱天琦，三两步走近桑塔纳，躬身钻进车内，坐在朱天琦旁边，刚坐稳，桑塔纳便开起来。

"小郭呀，让你久等了。对了，早饭吃了吗？"朱天琦关心地问，"今早请你吃饭！"

"朱老师，我在灶房吃了，那儿的伙食真的很好，既便宜又实惠。"郭峰实在地说。

"那到中午再请客了。"

桑塔纳在笔直平整的柏油马路上飞驰着，一路上郭峰和朱天琦谈笑风生，说笑声撒落了一路。桑塔纳沿着北滨河路，径直到城西的开发区。这片地带是远离楼群的郊区，几栋正在修建的商品楼拔地而起，几架高耸的吊塔热火朝天地工作着，钢丝绳在滑轮上来回穿梭，运送着建材。地面上的指挥员手执指挥旗，口衔指挥哨，打着手势吹着哨子指挥着。

"你看，我们的点就在那儿。"朱天琦指着车窗外的一块平地说，"这是我们最近几天才承接的活儿，你看，碾的多平整，我们的活儿就是在这块平地上，建一座高五十层的摩天大楼。不久的几个月时间里，我们的摩天大楼将在这里拔地而起，到那时候，它就成为我们市政公司人的骄傲了！"朱天琦继续说，"这栋楼是天河机械厂集资让我们修建的，住宅和办公为一体的综合楼，赶年底就得完工。看来，不久的将来这里又是一块繁华地带了。"

桑塔纳开到点上稳稳地停了下来。平地上已经有几个人，见朱天琦从车里钻出来，老远大喊着打招呼。司机从后备厢里抬出测量器材，轻轻地放在地上，然后跟朱天琦和郭峰打了招呼，便驾车走了。

晴朗的天空，阳光煦暖地普照着大地，风柔和又亲切地轻抚着一幢幢水泥建筑。郭峰的心情跟天气一样的晴朗。平整的工地上，他开始了在天河市政公司的第一天的工作，这也是他人生征途中新的开始和历史使命的新起点。他用手中的三角测量仪，望着远处的标杆，胸腔充满抱负，他心里明白万丈高楼平地起，而他的满腔抱负也将是万丈高楼平地起。他在脑海里为自己设计着一栋栋别具特色，独一无二的现代化大厦。他仿佛看到他的未来……他成为高级工程设计师的画面，他站在万人羡慕的领奖台上，接受设计建筑最高荣誉的"普利兹克奖。"

想归想。但对一个从零开始的建筑人来说，要从零走向建筑的最高领奖台，那需要付出多少……他下着恒心，怀着吃尽苦中苦，方为人上人的信念，跟着

朱天琦起早贪黑，披星戴月。他在工作中的热忱和积极上进，让朱天琦暗自喜欢。他对他在业务上的不断成熟和脚踏实地的苦干精神表示深深欣赏。很快他得到领导的信任和器重。

山一样的纯朴和厚道，让郭峰在工作中发挥出火一样的工作热情。曾经无业的压抑和惆怅，如同过眼云烟在曾经烦恼的心里消失得一干二净。

时光的脚步飞快地走着。王雪梅从工大毕业后，就到天河二十中上班，每到周末给学生补完课，便乘车迫不及待地赶到天河市政公司。郭峰的工作没有规律性，一忙起来就没个消停，王雪梅每次都等上几个小时才见他回来。看到郭峰在工作中的繁忙和辛苦，让她着实心疼，但她深深知道郭峰内心是快乐的，他热爱他的工作，热爱他的职业。

每周末，她和他短短的相聚，便又匆匆地分开。刚刚分开又盼着马上到周末。一晃的工夫，半年时间过去了。中秋这个代表收获和瓜果的节日，带着一丝丝清凉来到城里城外和大街小巷。街市里外满是瓜果和扑鼻的瓜果香味。小贩们站在路边一边大声张罗着，一边捂着塞满钱的腰包，心里乐着。

"嘟嘟……嘟……"王雪梅的手机在口袋里响了起来，她提着两袋水果刚从公交上下来，正顺着滨河路朝市政公司走去，她没有理会手机的来电，任凭它叫破喉咙。他跟郭峰约好明天一同回家去。都好几个月没回家了，想起这些她不由得更加想念起爸爸妈妈和调皮的妹妹来，恨不得插上一对翅膀一眨眼飞到家里去。

郭峰打不通王雪梅的电话，就在宿舍楼下焦急地走过来走过去。夕阳西斜，照在院子里的几棵枣树上。一颗颗红红的枣儿在阳光照耀下吐着浓浓的香味，光溜红润的身子像元宝似的，泛着宝气。

沉稳轻盈的脚步声，从门口响亮地传来。郭峰警觉地一回头，看见王雪梅正走进市政公司大门。

"雪梅。"郭峰朝着王雪梅老远喊了一声，迈开脚几步赶了过去。"雪梅，刚才我还打电话呢，也不告诉我一声，好让我来接你。"

"才几步路，接什么呢！"王雪梅喘了口气，"明天咱们早点动身，我好想家，我爸妈很想见见你。"

"真的吗？那明早咱们坐头班车。"郭峰兴奋地说。这是他第一次去雪梅家，心里不免有些兴奋和紧张，甚至感觉有些胆怯。

"峰，先让我上楼歇一会，然后咱们去买点东西。"

他和她上了楼，躺在床上短短休息一会儿，便出了市政公司。

夕阳的余晖，点燃了周围的一片云霞，不多时便烧红了半边天。薄薄的彩霞渐渐拉满天空，仿佛一匹铺天的彩纱。太阳留恋地压下山尖滚了下去，天色暗了下来。

"嘟嘟……"郭峰的手机响了起来。他拿出电话一看是家里的号码，他按下接听键，母亲的声音从听筒里传了出来。

"喂，峰儿。这会儿下班了吗？饭吃了没有？天凉了，早晚加点衣服，别着凉了。八月十五到了，我蒸了月饼，你回家拿点去尝尝。"李玉珍一打通电话便迫不及待地抓紧给儿子说话，"峰儿，要回家的话，带上雪梅，我好好做些饭菜让你和雪梅吃。"李玉珍继续说，"峰儿，今年咱们山里雨水好，庄稼都大丰收了。前几天，你爹把豆子粜了，一斤一块四毛钱，卖了九千多。今年你爹的木工活也多，加上我拾发菜攒的钱，总共下来有一万六千多的收入。我看，除了平时的花销，准能存个一万多。"李玉珍兴奋地说。

"妈，今年的收入这么好呀！"李玉珍一连串的话，听得郭峰兴奋不已，"妈，这么多年来，我看就数今年收入最好！"

"嗯，今年这样的收入，搁以前，我和你爹做梦都不敢想。"

"妈，你和我爹可不要累坏了，现在我上班了，工资也还好，明年你和我爹少种点地，家里够吃就行了。"

"嗯，峰儿，你别担心我和你爹，我们好着呢！"李玉珍接着说，"峰儿，你跟雪梅的事儿也该抓紧了，有时间多关心关心人家，别只顾着工作。"

"妈，我正想跟您说这事呢，雪梅的爸妈想要见我。这会儿，我和雪梅要去买点东西，明天一大早就去。"

"噢，那赶紧去，对了，现在挣工资了，不像以前，你先给雪梅漂漂亮亮

251

地买一身衣服，其他的东西你们俩商量着看，峰，我挂了。"李玉珍说完，轻轻地放下电话，心里却早盘算着给儿子和雪梅做些啥好吃的饭菜。

郭峰和王雪梅来到附近的一家超市，挑挑选选地买了一些瓜果烟酒。郭峰为王雪梅挑了一套黑色套裙，配上一双枣红色的高跟鞋，连王雪梅都佩服他的眼光。接着匆忙给雪梅的妹妹——雪珍买了几套高考复习资料，才去吃晚饭。

路灯照退了夜带来的黑暗，街上的车辆忙碌地穿梭着。城市的声音并没因夜的到来而安静，反倒更加热闹。街边的小夜市摆了上来，卖服装的，卖皮带的，卖小电器的，买发卡头花的，卖化妆品香水的，卖棉花糖糖葫芦的，卖马扎小凳的……郭峰和王雪梅穿过拥挤热闹的小夜市，心怀舒畅地朝市政公司走去。

王兴城离开家才几天，刚承包下来的二层楼还没打地基，冯瑞就打了好几个电话让他回去，说要见雪梅的男朋友，幸好还没大干起来，要不然这个摊子还真丢不下。临走前，他给几个大工交代了一下，扔下两盒烟，骑上摩托车直奔家里，刚走开几步，手机又响起来，还是妻子的，他又停下来接通电话。

"兴城，天都黑了，路上骑慢点，我和珍珍在家等你回来吃饭。"

"知道，再别催，一会就到。"王兴城挂断了电话，一股烟似的奔向家。

明天一家人都团圆了，还有雪梅的男朋友也来，冯瑞心里激动地像跳进了两只兔子。下午，他叫来邻居剁了家里的两只大公鸡，敲了一只肥兔，称好瓜果蔬菜，准备让全家人坐在一块吃顿团圆饭。自从雪梅参加工作，这回还是头一趟回家。她知道女儿的辛苦，每次一打电话，娘俩就是说不完的心里话，女儿虽然不提工作的辛苦，但她早就听出女儿的不易。

王雪珍在一边帮着母亲择菜，冯瑞看着小女儿认真的样儿，心里暖暖的。珍珍乖了，懂事了，她心说着微微扬起嘴角，挂上笑脸。

两个女儿都长大了，往后不指望她们带来什么富贵，就盼着她们有个好的工作单位，找个贴心的男人。雪梅算是不愁工作了，就巴望着她明天带回来的是全家人都中意的小伙子。冯瑞一边切着肉，一边想着，明年我的珍珍考上大学，毕业后找上好单位，再找个贴心的男人，我就安心了。

地上刚刚落下麻麻黑的影子，王兴城就回家来。王雪珍活蹦乱跳地扑过去帮父亲推车。王兴城瞧见珍珍来帮他推车，乐得脸上笑成一朵花。

"爸，您怎么才来？让我妈盼星星盼月亮地才盼来您！"

"鬼丫头，你说啥！"站在院子里的冯瑞，听见女儿的话，嘿嘿地笑起来。"兴城又没戴头盔！看护腿也没套！说你啥好呢？就不知道爱护自己。"冯瑞拉下脸心疼地说。

"爸，您老是这样，身体可是自个儿的，像您这样迟早会骑出病来的！"王雪珍凑到父亲身边娇气地责怪道，"爸，以后可要注意，听见没？"说着伸手娇滴滴地揪住父亲的耳朵，"老爸听见没？"

"哎，这傻丫头！"王兴城支好车，朝身后的宝贝女儿喊，"老爸以后注意就是了，行不行？"王兴城被女儿的关心和娇气暖进心窝，瞅瞅埋怨的妻子，心说道，"以后注意还不行吗？"

冯瑞好像听到了丈夫的心话，也关心地说："好吧，可不能有下次！"

王雪珍等父亲支稳车就催着他去洗手，冯瑞便去厨房下面。

天还没黑下来，一轮圆月便升上天空。轻柔的月光柔柔地照进院子，月光下的小院显得宁静而祥和。清爽的秋风吹来，院子里好一阵凉爽，院里小园中，长起来的几棵小枣树碰到风儿，便携着满树的枣儿，一同晃来荡去地调皮捣蛋起来。十五的月亮不但圆，而且分外明亮，几棵枣树的倩影在明亮的月光下清晰可见，红红的枣儿爬满了枝头，坠弯了树梢。院子里飘满了浓浓的枣香，轻轻嗅上一口，浑身舒坦和惬意。

王兴城吃过饭，正准备抽根烟，就被冯瑞从沙发上拉起来催着他去清洁个人卫生。

"冯瑞，明天我们是看雪梅找的对象，又不是看我，把我打扮成一朵花干啥？"王兴城懒得动弹，冲着妻子看了一眼，咧开嘴懒洋洋地说。

"给我看，行不行！"冯瑞狠狠瞅了丈夫一眼，埋怨地说。

王兴城一看妻子板起了脸，赶紧挂上笑脸。"我洗，我洗，我洗还不行吗？"他笑着，乖乖地动起身来。

冯瑞望着丈夫的傻样,也笑起来。"说真的,要不是雪梅的男朋友来家里,我才懒得让你洗头洗脚。"冯瑞看了一眼丈夫接着说,"还不都是为给雪梅长脸呀!"

王兴城卷起袖筒,捞起水"哗哗"地洗起来。水盆里盛满的清水,洗了几下就黑了。看到脏兮兮的水,他才想起已有半月没洗头了。

他洗完头,洗完脚,刮完胡子,精神面貌直线上升。他浑身舒坦地靠在沙发背上,跷起二郎腿抽起烟。

冯瑞拿着空盘子出了屋,借着月光走进园子。月光下,满树的枣儿圆润溢香,"珠光宝气"地缀满枝头。红红的枣儿摘满了一盘子,还没来得及品尝,那浓浓的香味就沁进她的心窝。

"妈,今年的枣儿真好吃,颜色也好看。"王雪珍抓了一把枣儿大口地咬着,"爸,您尝尝,真好吃!"

"今年施了些化肥,这枣儿比去年的大,还好吃。"冯瑞拿着一颗枣儿端详着,"这可比城里卖的好吃多了。"

"咱们这山里的枣树,原本是靠自然生长,不需要施肥浇水,只靠它顽强的生命力生存,只要有一点雨水,它就能长得枝繁叶茂,枣肥味甜。"王兴城嚼着枣儿继续说,"现在条件好了,有了自来水,能浇水能施肥,枣儿反倒不如早些年甜了。"他看了看妻子很肯定地说,"我吃着这枣儿一点都不如过去的枣儿甜,就是个头大了些。"

"爸,这枣儿比城里卖的好吃,个头也大!"王雪珍说着朝嘴里又塞进一颗枣儿,大口地吃起来。

郭峰激动地一夜没合眼。第二天,天麻麻亮就起了床,害得王雪梅也早早地起来。两人梳洗打扮了一番,便去了车站。

太阳火火地烧着地面。郭峰瞅着车窗外的行人和爬满客车的车站,不由得回想起毕业时雪梅送他的画面,都一年多了,却像是昨天刚经历的事。

他想着从毕业以后到现在,这一年多来的时光里,所经历的坎坷和来之不易的成功,内心一片感慨……

平展宽阔的高速路上，大客车加大马力快速奔跑。郭峰靠着椅背，想象着到雪梅家的欢乐情景……王雪梅早早就看出了他的紧张心情，看着他偷偷地乐着。

　　高速公路两侧的山峰被常青树覆盖得郁郁葱葱，望过去满眼翠绿，煞是好看。过了绿化林带，那些山峰便是连绵的童山秃岭。郭峰回过神来，望着窗外披着点绿意的黄土山坡和远处的连绵群山，想家的思绪填满胸怀。大客车快速前往郭川子村的路口。郭峰带着思乡的急切心情，急忙回头望了一眼车身后回家的山路。然后，随着客车匆匆向前奔去。

　　"郭峰，我家快到了。"王雪梅望着不远处的沙枣树林，提起神来说，"我们在前边的沙枣林边下车。"

　　郭峰顺着公路前望，一片沙枣林静立着，远远望去，仿佛一位迎宾似的，盼着客人的到来。一阵秋风刮过，沙枣林"哗哗啦啦"地响着。大客车减着速，然后稳稳停了下来，郭峰和王雪梅走下车，迎面清新凉爽的空气扑鼻而来，带着清香的沙枣味，直奔肺叶。眼前的农村景象，让他和她对这个远离城市的世界感到着实地亲切和充实。

　　村庄的轮廓远远地进入王雪梅和郭峰的眼帘。"郭峰，那就是我们村。"郭峰顺着王雪梅手指的方向看去，在一大片村落的后面，一座小村庄整齐地坐落着。"就是那儿吗？"

　　"嗯。"王雪梅应着声说。她站在沙枣林边，内心翻滚着血浓于水的亲情，脚下的每一寸土地，每一棵小草，每一块石头和头顶的每一方空气，每一只小飞虫都让她感到无比的亲切和激动。急切想家的激动心情，让她归心似箭。

　　沙枣林中的黄土马路，通向远处的村落。他和她顺着马路直直地朝村落走去。马路两边全是犁翻的旱地，在阳光下懒洋洋地躺着，惬意地汲取阳光带来的养分。一群来歇脚的野鸽子，纷纷落下来，还没有站稳脚又扑棱棱飞起来，结成一伙朝远处飞去。村子越来越近，狗叫声，羊叫声隐约传来，几头牲口闲散地在村前的地埂上啃着草，瞅见有人过来，竖起了耳朵，睁圆了眼好奇地看，一看不认识，脖子一低继续啃起草来。

　　越靠近村庄，郭峰的心里越紧张，也不知道为什么反正就是紧张。

"郭峰，咱们歇歇吧！也好让你调整调整内心的紧张。"王雪梅说完，看着郭峰可笑地哈哈大笑。

"我也不知道怎么回事，就是紧张！"郭峰实打实地说。

"别怕，有我呢。你呢就跟平常一样，别扭扭捏捏的。我爸妈很随和，不会给你压力的。看你，一个大男人还怕羞不成！"

"我就想，你爸妈见了我会不会乐坏身子。"

"去你的，把你美的！"

王雪梅的手机"嘟嘟"叫了起来，她掏出手机按下接听键，就传来妹妹的声音。

"姐，来了没？我和爸妈眼巴巴地等你呢！"

"珍珍，告诉爸妈，我和郭峰已经到村口了。"

"姐，那你等着，我和妈这就出来接你和郭峰……"王雪珍话没说完整，就一把挂了电话，兴冲冲地拉着母亲，朝大门外走去。

王兴城坐在北屋的沙发上，静静地等着客人到来。茶几上的烟灰缸里，一根刚扔进去的烟头，还冒着刺鼻的青烟。他伸手拿起茶杯，喝了一口，接着又取出一支烟抽起来。

一阵秋风吹来，将挂在门口的吊帘刮得窸窸窣窣作响。他好像耐不住安静，也想起身走出屋子。

混凝土打的院子里。两只才睁开眼没几天的小白兔从窝里跑出来，翘着短尾巴一蹦一跳地，三两下凑到小园墙边，眯起小眼睛晒起太阳来。几片树影落下来，刚好洒在小兔身上。秋风一阵一阵地吹来，那些树影在小兔身上可爱的摇动起来。这些树影是小园里几棵亭亭玉立的小枣树撒下来的，听妻子说，枣树能招财进宝。仔细观看，一个个红枣儿像一个个元宝，透着珠光宝气，散发出醉人的香味，沁人心脾，他细细想想还真有那么一点意思。

大门外传来妻子和女儿们的脚步声和说话声。接着，就见妻子和两个女儿让着一个小伙子走进家门。嗯，这肯定就是雪梅说的郭峰吧！王兴城仔细看了两眼，小伙子相貌端庄帅气，怪不得妻子说雪梅一个劲地将他挂在嘴边。

"郭峰，这是我爸。"王雪梅走近父亲撒起娇来，"爸爸，这就是郭峰。"

"叔叔，您好。"郭峰望着一副老板模样的王兴城，毕恭毕敬地问。

王兴城伸手亲切地握住郭峰的手，"郭峰，走累了吧，我们家可离公路有一截路。"他说着很满意地让着郭峰往屋里进，回头看了一眼大闺女，"雪梅，累坏了吧，可别怨爸呀！"

"爸，我就怨您，有车也不来接我们。"

"那不早来个电话，让爸闲闲地在家里等你。下次记得早点给爸打电话。"王兴城说着，慈祥地瞧着女儿。

王雪梅拽着父亲的胳膊一个劲地撒着娇，乐得王兴城笑呵呵地咧着嘴。

"雪梅，快让郭峰进屋，你看这么大人了，还跟小孩子似的。"冯瑞站在郭峰身后一边喊女儿来，一边仔细打量着郭峰。她用女性特有的眼光和直觉，审阅着郭峰。她是过来人，从长相看人品性格都有一大套经验。眉毛宽阔修长的人相貌出众，聪慧温和；高鼻梁，大眼睛，嘴巴宽阔的人，文才飞扬，通情达理……冯瑞看着眉清目秀的郭峰，心里有了底。看着大闺女对郭峰的亲热劲，恐怕他俩早就海誓山盟，天长地久了。不过女儿的眼力真的不比自己差。瞅着郭峰的文雅大方和规矩样，她心里踏实了。她看看女儿再看看郭峰，还真相配。俗话说：冬瓜配西瓜，蛤蟆配青蛙，俊姑娘配帅小伙。瞅瞅女儿和郭峰，还真有那么回事。

王雪珍懂事地端来一盆水放在洗脸架上。郭峰草草地洗了一把脸，就被雪梅一家人让到北屋里。看到雪梅一家人的和蔼随和，他不由得放松了紧张的心情，他觉着贴心的舒服和自在。

王雪梅洗完脸就跟着母亲进了厨房，王雪珍跟前跟后地陪着她说着话，好像对她有说不完的话。几个月没见妹妹，她觉得妹妹懂事多了。冯瑞瞅着两个宝贝女儿，心里暖暖的。珍珍平时的霸道和雪梅平时的娇气好像一下子没了，两人仿佛一下子成了大人，这让她心里着实地高兴。

王兴城跟郭峰寒暄了一番，就聊起工作来。

郭峰是搞工程设计的，对工程设计方面的知识，自然了如指掌。他对目前

建筑设计的全新结构和科学设计的合理性、可行性分层次多角度跟王兴城聊了一番。王兴城听得很带劲，很投机。他对农村住房修建的流行结构和装潢样式的独特见解跟郭峰进行交流沟通。

郭峰对王兴城在建筑设计方面的熟练和渗透性佩服地暗暗叫绝。没想到未跨进过大学校门半步的王兴城，竟能有超卓越的工程设计天赋。真是"山外有山，人外有人"。

王兴城跟郭峰越谈越投机，在平时干活时感悟到的一些设计原理到郭峰这儿都得到了科学解释。他没想到搞了半辈子的建筑，实践知识自然掌握了不少，而理论上的知识仅是那么的只言片语。他从郭峰身上看到理论的重要性，现在就算自己是个十足的建筑界土专家，但跟郭峰的理论知识交流后，他觉得简直就是刚进校门的小学生……小伙子是个真才实学的实在人，他跟郭峰聊了老半天，除了从郭峰身上看到真才实学外，就剩下一身的淳朴厚道。

"爸，吃饭了。您跟郭峰还没聊够呀！"王雪梅走进来将茶几上的水果盘和茶杯端到一边，"爸，你俩吃完再聊，郭峰早上还没吃呢！"

"那准备吃饭。郭峰，饿坏了吧！"

"没有呢，叔！"郭峰说着站起身，"叔，我跟雪梅去端饭。"说完和雪梅一块去了厨房。

一会儿工夫，茶几上摆满了饭菜。许是饿了，郭峰美美吃了两碗长面，这才让胃舒坦了。吃完饭，收拾干净茶几，雪梅一家人和郭峰玩起扑克牌。

王兴城和冯瑞虽然打着牌，心里却不清闲。觉着郭峰是个可靠人，坐在一块一点儿都不感觉生疏，反倒觉着郭峰是自家人。王兴城和冯瑞早看出女儿已经把心交给了郭峰，再看看郭峰对女儿是那么喜欢和尊重，两口子还有啥好说的，心里着实高兴。

王雪珍一点都没料到郭峰能让父母亲这么快就喜欢上他。她觉着姐姐的郭峰的确是个可以让姐姐放心托付终身的牢靠人。他稳重大方，帅气朴实，有很多地方像父亲。也难怪父母亲那样喜欢他，瞧着姐姐的欢快劲儿，她心里由衷地替姐姐高兴。

夕阳的余晖斜斜地照进院子。洒在小园里的几棵小枣树身上。

打牌声从屋子里偷偷地溜出来，大胆惬意地窃吸着沁心爽肺的枣香。夕阳压着山尖停了下来，它将最后一抹阳光铺撒在枣香里。

打完牌，王雪梅心致勃勃地叫郭峰陪她去家门外走走。半年多没回家，她觉着从家里到村里，每一棵小树，每一株小草，每一块地……她都很想去看看。

村前的一块块旱地，平坦得像推土机铲过似的。紧挨的几个小村庄跟合作村一样依山而建，合在一块如同一个用俄罗斯方块拼成的长条。

王雪梅在脑子里翻开生养她的这块热土的地图，回想着小时候，不知在这块热土上跑了多少回。

"郭峰，咱们去村后走走。"村后的那块地是她小时候跟小伙伴们最喜欢去，也是经常去的地方。她走着想着，脑海里不由得浮现出那一片片郁郁葱葱的树林。

村后的群山肃穆安然地耸立着，由于雨水好，山坡上的草绿油油覆盖着。山脚下的平地里，是一大片树林，高矮不一的树木错落林立，一片片枯黄的树叶，时不时掉下几片，悄悄地落在树脚下。鸟儿的鸣叫声，从树林四处悦耳地传来。

"这儿的树可真多！"

"前些年还多。"王雪梅在树林前站住脚，她望着眼前的一片祥林，心情愉悦地说，"后来天旱了几年，很多树都旱死了，原先这些地方全是树。"她指着旁边几块荒地接着说，"各种各样的树都有，什么柳树、白杨、榆树、枣树、沙枣树、果树、梨树……瞧，你看那儿还有一棵枣树呢！"

"你看，还有几颗枣儿呢！"一棵脖子粗的枣树在几棵柳树间歪着脖子耸立着，枝头上坠着几颗红扑扑的枣儿，郭峰说着伸手指着让雪梅看，"你看就剩这几颗了。"

"还真有！这里的枣儿都是小孩们的，照往常树上早就精光了，那些小孩打下枣儿不说，有时还撅下树枝玩耍，折腾得枣树遍体鳞伤。不过这里的枣儿可甜了，比我家那几棵枣树上的还甜。"王雪梅说着，望向树尖的几颗枣儿，嘴

里直泛口水,"这些枣儿可是经过千锤百炼的绝品啊!就像蜂蜜一样,是由许许多多辛勤的蜜蜂付出千辛万苦的劳作才换来的。这棵枣树看似平静安详,其实它付出的心血和辛劳远远超过那些蜜蜂们!"

"是啊,你看这几颗枣儿,浑身披着红,多像是血液浸泡成的!你刚才说得对,这棵枣树的辛劳我看真是远远超过那些蜜蜂们。枣儿们有那么高的营养价值和药用价值,我看也正因是这棵枣树备受恶劣环境的煎熬。也只有咱们山里生长的枣树,才具有这样顽强的生命力,苦中生长出来的,定能战胜环境的坎坷,结出不平凡的超有营养、超有药用价值的枣儿!"

"这些枣儿们,是咱们旱山地中的精髓。这棵山枣树受了不少苦,遭了不少罪才换来枣儿们一身红,一身香甜啊!"王雪梅望着几颗红红的枣儿感叹道,"峰,我觉着你挺像这棵山枣树。不,准确地说应该是有股子山枣树精神。"她说着欣赏地看着郭峰微笑。"如果没有那股子山枣树精神,我想,也不会结出今天这样爱情和事业双丰收的'大红枣儿'!"王雪梅说完,望着郭峰幸福地笑了笑,踏实满足地和郭峰紧紧靠在一起,内心顿然间感觉到一股莫名的甘甜,如同枣汁似的灌进她的心窝。

雪梅的话让郭峰一下回想起求职路上的一番番挫折和坎坷,那些曾经的失望失落,辛酸和无奈,瞬间从心底重新涌入心窝……他内心感叹地抬起头,长长地吐出一口气,一切释然地望向几颗红红的山枣儿,一股浓浓的枣儿的香甜味直沁心脾。